나의 길

김학철 문학 전집 제7권

나의 길

보리

일러두기

1. '김학철 문학 전집'은 김학철이 남과 북, 그리고 중국에서 쓴 글을 모두 모아 보리출판사에서 전집으로 다시 펴내는 것입니다.

2. 작가가 살았던 광복 초기 서울, 북녘과 중국에서 쓰이던 말, 비표준어들을 원전에 따라 그대로 표기했습니다. 현행 한글 맞춤법과 다른 부분이 있지만 우리말이 지역과 시대에 따라 다양하게 쓰이는 모습을 볼 수 있도록 했습니다.

   예) 고르롭다, 낙자없다, 내리꼰지다, 때벗이, 말째다, 맥살, 생일빠낙, 권연(궐련), 말라팽이(말라갱이), 안해(아내), 엉뎅이(엉덩이), 우습강스럽다(우스꽝스럽다), 장졸임(장조림), 쪼각(조각), 네(네), 반가와서(반가워서)

3. 독자들이 읽기 쉽도록 한글 맞춤법에 따라 고친 것도 있습니다.

   ㉠ 한자말은 두음법칙을 적용했습니다.

   예) 란리→난리, 래일→내일, 력사→역사

   단, 인명 표기와 고유명사는 두음법칙을 적용하지 않고 원전을 따랐습니다.

   예) 아→리, 유→류, 임→림, 인→린

   ㉡ 사이시옷, 된소리 따위도 적용했습니다.

   예) 바줄→밧줄, 혼자말→혼잣말, 배군→배꾼, 잠간→잠깐, 되였다→되었다

   ㉢ 외국에서 들어온 말은 외래어 표기법을 따랐습니다.

   예) 그로뿌뜨낀→크로폿킨, 뽀트→보트, 라지오→라디오, 뻐스→버스, 샴팡→샴페인, 씨비리→시베리아.

   단, 중국 고유 인명과 지명은 외래어 표기법을 따르지 않고 한자음대로 표기했습니다.

   예) 모택동(마오쩌둥), 장개석(장제스), 북경(베이징), 연안(옌안), 태항산(타이항산)

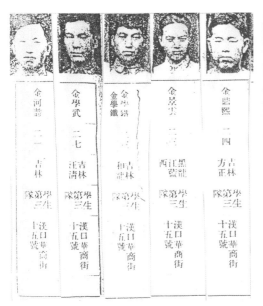

황포군관학교 특별 훈련반 시절 김학철.(왼쪽)
조선의용대 창립대회에서의 김학철.(오른쪽 위)
김학철의 황포군관학교 동학회 증서.(오른쪽 아래)

1991년 서휘, 강진세 등 조선의용대 전우들과 서안에서 다시 만났다.

60여 년 만에 찾은 서울 옛집 관훈동 69번지. 오무라 교수와 함께 찾았다.

2001년 김원봉, 석정 유가족들과 함께 김원봉 부인 박차정 여사 묘지를 찾았다.
"누님, 늦어서 미안합니다." 눈물을 보이셨다.

강만길, 성대경 교수와 함께.

백낙청, 최원식 교수와 함께.

신경림 시인과 같이 탑골공원을 스쳐가다.

조정래와 함께. 그와는 보성고 선후배 사이다.

추천사

혁명적 낙관주의자 김학철

신경림 시인

김학철 선생은 정통 사회주의자이고 인류가 가야 할 길은 사회주의
라는 생각을 한 번도 버린 적 없다. 끝내 권력과 타협하지 않고 자신의
길을 꿋꿋이 걸어간 사람이다.

내가 이런 김학철 선생의 작품을 처음 읽은 것은 1948년 〈담뱃국〉
이라는 소설이었다. 김학철 선생은 사회주의자이지만 그가 쓴 소설에
서는 인간의 여러 가지 모습, 사람 사는 기쁨이 고스란히 담겨 있었다.
그 뒤 그 작품에 대해 서평을 쓴 인연으로 연변에서 김학철 선생을 여
러 차례 만나게 되었다. 내가 본 김학철은 정직하고 겸손한 사람이었
다. 또 소설 쓰는 것을 매우 즐겨했다.

김학철 선생의 글은 한국 문학을 매우 풍부하게 만드는 중요한 한국
문학의 한 갈래라고 본다. 그가 쓴 글들이 〈김학철 문학 전집〉으로 나
온다니 참으로 기쁘다. 혁명적 낙관주의자 김학철 선생을 다시 만나게
되었다.

〈김학철 문학 전집〉 발간을 축하하며

오무라 마스오 와세다 대학 명예교수

한국의 보리출판사에서 〈김학철 문학 전집〉 전 12권이 출판된다고 합니다. 정말 반갑습니다.

김학철은 불요불굴의 사회주의자였습니다. 그가 평생 지향한 것은, 그의 말을 빌리면 '인간의 얼굴을 한 사회주의'였습니다. 그것은 어려움 속에서도 마음은 넉넉했던 팔로군 생활에서 나온 것입니다. 그에게는 인간의 얼굴을 하지 않은 사회주의는 있을 수 없고, 사회주의가 되려면 인간적이어야만 하는 것이었지요.

2001년, 김학철의 유해는 태어난 고향인 원산에 닿도록 두만강에 띄워 보내졌습니다. 원산에 닿은 유해는 한국에 와서 〈김학철 문학 전집〉으로 태어났고, 동해를 건너 일본으로 가서 〈김학철 선집〉이 되었습니다. 이제 더 나아가 태평양, 대서양, 인도양을 건너 전 세계로 퍼져 나갈 것입니다.

김학철 선생을 기리며

이종찬 우당교육문화재단 이사장

김학철 선생이란 어른의 성함을 처음 들은 것은 1980년대이다. 내가 국회에서 선배로 모신 송지영 선생이 "김학철이란 분이 계시는데 그분이야말로 진정한 휴머니스트이고 오염되지 않은 순수한 공산주의자이시지. 그분은 한 번도 지조를 꺾지 않으셨고 올곧은 그대로 삶을 사셨다."고 소개했다.

최후의 독립군 분대장 김학철 선생은 일찍부터 독립운동에 가담해 태항산에서 일본군과 전투 중 총격을 당해 다리를 다치고 일본군에 붙잡혔다. 일본에 협조했다면 치료라도 제대로 받았을 테지만, 그것도 거부하여 평생 다리 하나가 없는 불구가 된 채 일본 감옥에서 해방을 맞이했다.

김학철 선생은 전 생애를 레지스탕스로 일관하셨다. 그분이 누리고 바라는 삶은 간단하다. 필수품으로 원고지와 펜, 그리고 간단한 옷가지, 누울 자리만 있으면 그것으로 족했을 것이다. 왜 우리는 마하트마 간디를 찾아야 하나? 우리의 스승은 바로 김학철 선생인데!

이제라도 김학철 선생의 작품을 모아 전집을 낸다고 하니 매우 반갑다. 김학철 선생의 해학과 유머가 있는 여유로운 필체를 독자들도 함께 느끼길 바란다.

혁혁한 투사, 진솔한 문인 김학철

김학철이 없었다면 우리의 굴욕적인 식민지사의 한 부분은 어찌 되었을까. 그 굴욕이 한결 비참하고 수치스럽지 않았을까. 우리의 독립투쟁사 말기에 '조선의용대(군)'라는 다섯 글자가 박혀 있다. 그런데 그 독립군이 어떻게 결성되고, 어디서, 어떻게 싸웠는지 실체적인 명확한 기록이 없었다. 그 역사 망실의 위기를 막아낸 사람이 바로 김학철이다.

김학철은 바로 조선의용군의 '최후의 분대장'으로 싸우다가 왼쪽다리에 총상을 입었고, 치료를 받지 못해 상처가 썩어 들어가다가, 일본의 나가사키 형무소까지 끌려가 결국 절단당하고 말았다.

그 후 그는 불편하기 짝이 없는 '외다리 인생'을 살아 내면서 총 대신 펜을 들고 문인의 삶을 개척했다. 그리고 소설을 창작하기 시작했다. 그의 고결한 영혼 속에서 탄생한 진솔한 작품이 바로《격정시대》이다. 그는 그 소설을 통해 작가의 진정한 소임이 무엇인지를 보여 주었다. 작가는 민족사에 기여하고, 인류사를 보존해 가는 존재다.

이제 그분의 모든 작품들이 전집으로 묶여 우리 문학사에 크게 자리 잡으며 많은 독자들을 만나게 되었다. 기쁘고 보람스러운 일이다. 선생께서도 특유의 잔잔한 미소를 지으실 것이다.

한국판에 부쳐

〈김학철 문학 전집〉이 드디어 고국에서 출판된다. 김학철은 이 땅의 자유와 독립을 위하여 피 흘리며 싸웠고 다리 한쪽을 이국땅인 일본의 나가사키 형무소 무연고 묘지에 파묻었다. 그리고 평생을 쌍지팡이(목발)에 의지해 살아야 했다. 그러나 그는 행복했다. 그의 피 흘림이 고국의 독립과 자유를, 동아시아의 평화를 가져왔고 고국의 번영과 민주주의 실현을 보았다. 그러나 아픔도 안고 갔다. 고국의 분단이, 고향 동포의 배고픔과 신음 소리가 그를 평생 괴롭혔다. 그 땅에서도 자유와 민주를 실현하기 위하여, 권력에 아부하는 타락한 좌익 위선자들과는 달리 일생을 몸과 붓으로 독재 권력과 싸우며 고군분투했다. 그의 호소와 날카로운 비판이 이 〈김학철 문학 전집〉에 고스란히 스며 있다.

김학철은 《격정시대》에서 어린 시절 본 충격적인 사건을 신나게 서술하였다. 20세기 초 고향 원산대파업이다. 그 당시 어린 김학철이 이해할 수 없는 것은 조선 부두 노동자들의 대파업에, 원산항에 정박한 일본 선박들이 일제히 고동을 울리며 성원을 하는 것이다. 이것이 인류의 공동체 의식이, 세계 각국의 노동자들이 같은 정의의 가치를 공유함을 어린 김학철은 알 리가 없었다.

그러나 훗날 김학철은 평생을 이 공통된 정의의 가치관을 위하여 피 흘려 싸웠다. 그 흔적은 중국 대륙의 치열한 항일 전장에, 일본 감옥에, 조선 반도 남과 북에 어려 있다. 그것은 조선 민족의, 일본 민족의, 중국 민족의, 동아시아 모든 민족의 자유와 독립과 민주주의 권리를 위하여, 모든 피압박 민중과 약자의 권리를 위하여, 정의와 자유를 갈망하는 투사들과 함께 파쇼와 전제주의를 향해 싸우고 피 흘리며 돌진하였다. 그의 사상과 작품은 그 어느 한 민족의 것이 아니고 자유와 정의를 위한 모든 분들께 속한다. 이것이 한국에서 〈김학철 문학 전집〉 출판이 가지는 의미라고 본다.

이번 출판을 위하여 여러 한국 학자, 지성인들이 심혈을 경주하였다. 보리출판사와 유문숙 대표님, 윤구병, 신경림, 김경택, 김영현 등 선생님들과 편집인 여러분께, 또한 수년간 지원을 아끼지 않은 한국문화예술위원회에 감사드린다. 그리고 그동안 김학철 작품을 한국에서 출판한 창작과비평사, 실천문학사, 문학과지성사, 풀빛출판사 등 출판 부문 여러 선생님들께 다시 한번 충심으로 감사드린다.

우리 세대가 만든 분열과 아픔의 벽을 넘어 동아시아 여러 민족의 정상적인 교류와 공동 번영을 위하여 〈김학철 문학 전집〉 한국판 출판이 기여하기 바란다.

마지막으로 이 〈김학철 문학 전집〉 한국판을 치열한 항일 전장에서 희생된 김학철의 친근한 전우들인 석정, 김학무, 마덕산 등 수십 명 전사자들께 삼가 드린다.

김해양
2022년 8월 중국 연길에서

차례

제1부
나의 길

나의 길

1916년에 아름다운 항구 도시 원산에서 나는 누룩 제조업자의 아들로 태어났다. 일곱 살 때 아버지를 여의고 홀어머니 슬하에서 자랐다. 공부를 잘하지 못해 언제나 통신부에는 새 을(乙) 자들이 판을 쳤다.

"또 오리(乙)투성이구나. 넉가래(甲)는 하나두 없구."

어머니가 체념적으로 탄식하시는 것을 들을 적마다 나는 몹시 열적었다. 그래도 "다음 학기엔 잘할 테니까 엄마 염려 마." 소리는 한 번도 안 했다. '넉가래'는 애당초에 나하고 궁합이 맞지 않는다는 것을 자신이 잘 알고 있었기 때문이다. 그 대신에 어머니가 "네가 술을 마시거나 담배를 피우면 홀어미 자식 소리를 듣는다. 알겠느냐?" 하신 말씀만은 명심해 철저히 지켰다. 70년 동안을 청교도처럼 술 담배와 담을 쌓고 살아왔으니까 말이다.

우리 큰아버지는 대서업자였으므로 대일본제국의 '육법전서'를 성전으로 받들어 모셨다. 그래서 나를 불러다 앉혀 놓고 누누이 타이르는 것이었다.

"공산당이란 불한당패니까 아예 가까이할 생의를 말아."

후에 내가 총을 맞고 일본 감옥으로 끌려갔을 때 바로 그 큰아버지가 우리 어머니를 보고 "제놈이 총 한 자루 들구 숫제 제국 군대와 맞서 보겠다구? 그놈이 아주 돌지 않았다면야 언감생심 그따위 짓을 할리가 있나. 허 참!" 하는 바람에 우리 어머니는 자기 아들이 천지간에 용납 못 될 대역죄를 지은 줄 알고 가슴이 덜컹 내려앉았다는 것이다.

그 큰아버지가 나를 훈계하고 있을 바로 그 무렵에 우리 외삼촌의 처남인 안몽룡(安夢龍)은 엠엘(ML)파였으므로 '치안유지법 위반'에 걸려 서대문 형무소에서 징역을 살고 있었다(해방 후 그는 원산시의 초대 시장으로 됐다).

이런 무슨 갈래판인지를 도무지 알 수 없는 환경 속에서 자라던 나는 서울 보성고 재학 중에 리상화의 시를 접하게 된다.

지금은 남의 땅

빼앗긴 들에도 봄은 오는가.

이 부르짖음에 열광한 나머지 나는 그 빼앗긴 땅에서 살아야 하는게 새삼스레 절통했다. 그런데다가 또 입센의 《민중의 적》에서 주인공이 '이 세상에서 가장 강한 것은 혼자 따로 서는 사람'이라고 갈파하는 것을 보고는 그만 아주 환심장을 할 지경에 이르렀다.

문학지 〈조선문단〉이 복간됐을 때 나는 볼런티어(자원봉사자)로 뛰어들어 심부름꾼이 됐다. 심부름을 다니면서도 은근히 딴마음이 있어서 제 주제도 돌보잖고 명색 소설 한 편을 써다가 편집부에 디밀었더니 편집장 리학인(李學仁, 보성고와 일본대 졸)이 읽어 보고 "이봐 총각, 이두

안 나서 뼈다귀 추렴부터 하겠나?" 하는 바람에 나는 도리어 웃음이
나왔다. 등 뒤에서 몰래 어른의 흉내를 내다가 들킨 아이 모양 쑥스러
웠다.

─빼앗긴 땅을 붓으로 되찾지 못한다면 총으로 찾지!

그리하여 나는 상해로 건너가 조선민족혁명당에 입당, 김원봉(金元
鳳)의 부하가 돼 반일 테러 활동에 종사하게 된다.

그런데 여기서 또 나는 헝가리 애국 시인 페퇴피의 시를 접하게 된다.

사랑이여
그대를 위해서라면
내 목숨마저 바치리.
하지만 사랑이여
자유를 위해서라면
내 그대마저 바치리.

외아들인 나는 홀어머니도 돌보지 않고 외국으로 달아나와 있었다.
무엇 때문에? 목숨보다 더 중한 사랑, 그 사랑보다 더 중한 자유, 그 자
유 때문에!

그 후 나는 중앙육군군관학교(교장 장개석)를 졸업하고 조선의용대(조
선의용군의 전신)에 입대하게 된다. 그러니까 정식으로 장총을 멘 조선독
립군이 된 것이다.

1938년 10월, 일본군에게 함락되기 직전의 무한, 당시 세계 반파쇼
진영에서 동방의 마드리드라고 부르던 무한에서의 일이다.

그때부터 긴장한 전투의 나날을 보내던 중에 우습기도 하고 또 한심

스럽기도 한 일 하나가 생겼다. 전투 중에 우리가 사살한 적병의 잡낭
(멜가방) 속에서 우리글로 된 수진판 책 한 권을 뒤져냈는데 거기에 '발
가락이 닮았다'라는 단편 하나가 수록돼 있었던 것이다.

　책뚜껑이 다 떨어져 나갔던 까닭에 누구의 작품인지는 몰랐지만서
도 아무튼 우리 문인들의 '걸작'임에는 틀림이 없었다. 그 후 여러 해가
지나 해방된 서울에서 나는 리태준, 김남천 등을 통해 비로소 그 작자
가 누구인지를 알게 됐다. 그리고 그때 사살한 적병이 우리 동포라 추
측하니 왠지 마음이 아팠다. 학도병 같은 무슨 그런 사람이었으리라.

　1941년 12월, 태항산 항일 근거지에서 나는 홍사익(洪思翊) 휘하의
일본군과 접전을 하다가 중상을 입고 포로가 돼 일본으로 끌려가 나
가사키 감옥에서 그물 뜨는 작업을 하다가 같은 복역수인 송지영(宋志
英)과 사귀게 됐다(송은 해방 후 한국문예진흥원장 등을 역임했다).

　나를 '비국민(非國民)'이라고 극도로 미워하는 감옥 의사가 총상 입
은 다리를 치료해 주지 않아 나는 3년 동안 내내 고름을 흘리며 견뎌
야 했다. 그러다가 1945년 초에 그 못된 놈의 의무 과장이 전근이 되
는 바람에 겨우 소망의 절단 수술을 받게 되니 나는 곧 살 것 같았다.
앓던 이가 빠진 것같이 거뜬했다. 그러나 마음 여린 송지영은 도리어
나를 얼싸안고 울음을 터뜨리는 것이었다.

　"이봐요 송 형, 내가 우산 귀신이 됐으니 이제부턴 비 맞을 걱정은
　안 해두 돼."(우산 귀신은 외다리로 통통 뛰어다닌단다.)

　이런 농담을 하기는 하면서도 국민학교 교원으로 있는 누이동생에
게 사실을 그대로 알리기는 좀 난감했다. 그러나 결국은 알리지 않을
수 없어서 편지를 쓰는데 짐짓 호기롭게 이렇게 썼다.

　"사람의 정의는 '인력거를 끄는 동물'이 아니다. 다리 한 짝쯤 없어

도 문제없다. 걱정 말아!"

나는 혁명 군인으로서의 출로가 아주 막혀 버린 고비에서 문학의 길로 전환할 결심을 내렸다. 하룻강아지 범 무서운 줄 모르는 격이다.

1945년 10월 9일, 맥아더 사령부(연합군 사령부)의 명령으로 일본 전국의 정치범들이 일제히 풀려날 때 송지영과 나도 출옥하여 시모노세키를 거쳐 서울로 돌아왔다.

서울서 일 년 동안 소설 명색의 글들을 부지런히 써서 발표하다가 정치 정세가 험악해지는 바람에 나는 조직의 결정으로 부득이 월북을 하잖을 수 없게 됐다.

평양에서는 김사량과 친교를 맺었고 또 리태준과도 내왕이 잦았다. 그러다가 장편소설 하나 넉넉히 엮을 만큼 복잡한 사정이 있어서 1950년 가을 북경으로 들어와 중앙문학연구소(소장은 여류 작가 정령(丁玲))에서 연구원으로 본격적인 문학 공부를 하기 시작했다.

1952년 가을, 연변 조선족 자치주가 성립된 뒤에 나는 역시 아직은 밝히기 어려운 사정들이 있어서 연변에 와 정착을 했다.

그러나 창작 활동은 4년 정도 했을 뿐이다. 1957년 '반우파 투쟁' 때 나는 숙청을 당해 장장 24년 동안 붓을 꺾어야만 했다. 그간에 또 분노에 찬 정치소설《20세기의 신화》(27만 자, 미발표)를 쓴 죄로 10년 동안 감옥살이를 하고도 다시 3년 동안을 반혁명 전과자라는 극히 '고귀'한 신분으로 안해가 공장에 다니며 벌어다 주는 것을 얻어먹고 사는 신세가 될 줄이야. 그러다가 1980년 12월에 다시 열린 공판정에서 무죄 판결을 받고 명예를 회복하고 보니 내 나이 자그마치 예순다섯 살이었다.

나의 현재 진행 중인 라스트 헤비─최후의 분발은 그때부터 시작된 것이다. 그리고《격정시대》가 서울에서 출간되는 것을 계기로 나의 활동 영역은 갑자기 넓어졌다.

　문학의 정상에로의 등반이 얼마나 어려운 일인가를 이젠 잘 알았지만 그래도 죽을 때까지 견지할 작정이다.

　민족의 질을 돋워 올리는 데 이바지하지 않는 문학이란 상상하기가 어렵다. 그런 무의미한 문학에다는 정력을 허비하지 않는다는 것이 나의 소신이자 신조다.

나의 젊은 시절

테러 활동과 전쟁과 감옥살이로 이십 대 젊은 시절을 나는 고스란히 바쳤다. 나름대로의 신념에다 바쳤다. 스무 살에 상해에서 반일 테러 활동에 뛰어들어 맥아더 사령부의 정치범 석방 명령으로 일본 감옥에서 풀려나는 서른 살까지 나는 지겨운 줄도 모르고 또 한눈도 팔지 않고 오로지 한길을 걸어 나왔다. 제멋에 겨워서 자신만만하게 걸어 나왔다. 하긴 자신만만한 것은 지금도 마찬가지다.

나의 젊은 시절의 동료들은 다 민족의 정화였다. 물론 부족점들도 있었다. 실수 또한 적지 않았다. 하지만서도 빼어난 인물들임에는 역시 틀림이 없었다.

내가 상해에서 첫 시작으로 겪었던 일은 어이없는 실패로 끝이 나기는 했었지만서도 그 기억은 유리에 난 줄칼 자국마냥 반세기가 지나도록 가시지 않고 내 머릿속에 생생히 그대로 남아 있다.

당시 우리 행동대의 대장은 최성장(崔成章)이었다. 그리고 대원들로는 서각(徐覺), 라중민(羅仲敏), 왕극강(王克强), 안창손(安昶孫), 김학철

(金學鐵) 등이 있었다. 그러나 '햇병아리' 신참이라고 권총을 주지 않아서 나는 '비무장'으로 참여를 해야 했다.

일본 경찰의 끄나불을 처단하는 행동이었는데 내 소임은 나팔을 부는 것이었다. 총소리를 엄폐하기 위해 크게 소리만 내면 되는 것이었으니까 아무리 불 줄 모르는 손방이라도 능준히 다 해낼 수 있는 일이었다.

최성장과 서각이 그자가 거처하는 2층으로 올라가고 안창손은 뒷문을 지키는데 나는 현관문을 등지고 서서 죽어라 하고 나팔을 불어 댔다. 나팔 소리를 듣자 골목 어귀에서 딱지치기를 하던 조무래기 서넛이 무슨 구경거리가 난 줄 알고 부지런히 쫓아와 눈들이 동그래져 가지고 쳐다보는 게 못마땅해 나는 '저리들 가라'고 소리를 지르고 싶었으나 나팔 소리를 잠시도 멈춰서는 아니 되므로 입을 비울 재간이 없어서 소리도 못 질렀다.

내가 목에 핏대를 세우고 나팔을 불어 대고 있을 즈음, 비갈망으로 현관문 위에 덧댄 시멘트 채양에서 별안간 사람 하나가 쿵 뛰어내리더니 곧 불 채인 중놈 달아나듯 하는 것이었다. 나는 무슨 영문을 모르는 까닭에 그놈이 뺑소니치는 것을 곁눈질로 바라보며 계속 열심히 나팔만 불었다.

불시에 우악스러운 주먹 하나가 내 잔등판을 한번 콱 쥐어박더니 "듣기 싫다, 고만 불어라. 멍청이!" 하기에 놀라서 돌아보니 최성장이었다. 화가 잔뜩 난 그의 얼굴은 군데군데 불긋불긋하고 또 세비로의 호졸곤한 앞자락에서는 김이 무럭무럭 솟아오르고 있었다. 그의 등 뒤에는 시무룩한 얼굴을 한 서각이 따라섰는데 이 역시 풍년거지 쪽박 깨뜨린 형상이다.

나중에 안 일이지만 최와 서가 들이닥치는 것을 보자 그자는 잽싸게 손을 썼었다. 상 위의 보온병을 집어 들어 앞장선 최성장을 겨누고 내던져서 뜨거운 물벼락을 안긴 것이다. 그 바람에 최성장이 주춤하자 그자는 열려 있는 창문으로 날쌔게 몸을 빼쳐 채양 위에 일단 뛰어내렸다가 다시 땅바닥에 뛰어내려 삼십육계를 부른 것이었다.

그날 덴둥이가 됐던 최성장이 십여 년 후에는 군단 참모장이 돼 두각을 나타냈다. 그러나 불과 몇 해 안 가서 그는 모종 사건으로 허무하게 처형을 당했다. 그날 뒷문을 지켰던 안창손은 후에 포병사단의 참모장이 됐으나 애석하게도 전사를 했는데 직격탄(폭탄)을 맞았던 까닭에 시신도 수습을 못 했다.

서각은 항일 전쟁 시기 연안에서 태항산으로 오는 강행군 도중 급병이 나서 할 수 없이 점아평(店兒坪) 부근의 한 촌락에다 맡겼었는데 후에 찾으러 가니까 촌장이 새 무덤 하나를 가리켜 보이며 '병사를 했다'는 것이다. 정말 병사를 했는지 아니면 일본군이 들락날락하는 곳이라서 항일 군인을 보호했다가 들키는 날이면 온 동네가 도륙이 날 테니까 미리 손을 썼는지, 아무튼 영원히 풀지 못할 수수께끼로 남았다.

당시 우리 대 소속이었던 왕극강도 십여 년 후에 이 역시 모종 사건으로 허무하게 처형을 당했다. 그리고 라중민도 사단장이 됐었으나 뜻하지 않은 사건에 휘말려 들어 과실치사 혐의로 철직(撤職)을 당했다 (오발로 인해 중앙 부장급 인물 하나가 즉사를 했던 것이다). 그는 군복을 벗기우고 어느 임산 사업소로 쫓겨 내려갔는데 그 후의 소식은 아는 사람이 아무도 없다.

태항산에 묻힌 서각을 제외하고는 모두가 8년 항전을 끝까지 겪어 낸 독립군들인데 그 어느 하나도 제명에 죽는 거라곤 없다.

나는 또 나대로 일본 감옥에서 4년, 중국 감옥에서 10년, 징역살이 복이 터진 데다가 또 다리 한 짝은 미리 일본 감옥 묘지에 묻어 놓고 있는 형편이다. 나까지 죽었더라면 이 글은 누가 썼을까.

도대체 우리들이 무슨 죄를 지었길래 개개 다 운명이 이 모양이다. 민족의 사업에 청춘들을 고스란히 바친 죄인가.

황포동학회

황포동학회(黃埔同學會)란 황포군관학교 동학회의 약칭인바 동학회는 우리말로 한다면 교우회나 동창회가 될 것이다.

지난 5월 4일, 나는 중앙군관학교(즉 황포)를 졸업한 지 장장 53년 만에 비로소 막차를 타듯이 그 동학회의 회원으로 되었다. 지지난해 정월, 그러니까 89년 정월, 49년 만에 공산당 당적을 회복하고 또 같은 해 가을에는 서울에 가서 무려 55년 만에 보성고등학교 교우회 회원으로 된 것들과 아울러 감안할 때, 어쩐지 전기적(傳奇的)인 색채가 좀 비낀 듯한 내 신상이다.

1924년, 손중산(孫中山)이 광주 황포에다 황포군관학교를 세울 때는 국공 합작 시기였으므로 학교의 교장은 비록 장개석(蔣介石)이었을 망정 정치부 주임 주은래(周恩來)를 비롯해 엽검영(葉劍英), 섭영진(聶榮臻) 등 많은 공산당원들이 교직을 담당했었다. 그리고 학생 대오에도 림표(林彪), 서향전(徐向前), 진갱(陳賡), 속유(束裕) 등 후일의 쟁쟁한 홍군 장령들이 많이 재학했었다.

이 황포학교에는 그 초창기부터 조선 학생들이 여간 많지가 않았다. 1930년대 초, 서울에서 간행되던 우리말 잡지 〈조광(朝光)〉에 사진까지 곁들여져 실린 '황포군관학교의 조선 학생들'이란 기사를 읽어 보고 나는 당시 큰 충격을 받았었다. 그리하여 마침내는 황포학교를 찾아갈 결심까지를 내리게 됐던 것이다.

여기서 한 가지 짚고 넘어갈 것은 일본제국주의의 언론 통제가 그때만 해도 상당히 '관용적'이었다는 점이다. 당시는 마르크스의 《자본론》도 다 공개 발행, 자유 판매했었다.

1949년 4월 '백만웅사 하강남(百萬雄師下江南)' 때, 남경을 함락시킨 해방군은 국민 정부가 미처 처치 못 한 비밀문서들을 깡그리 노획해다 보관을 했는데, 그 가운데는 황포학교 매기(每期) 졸업생들의 명단과 졸업 사진들도 다 들어 있었다(1기에서 23기까지. 그중의 한 기치만이 분실됐음).

"이번에 가 졸업 사진을 보니까 김 선배(김학철)는 맨 앞줄 왼쪽으루 두 번째구 그리구 문 선배(문정일)는 둘째 줄인데…… 김 선배는 체격이 아주 늠름하시던 걸요."

이것은 나보다 10기 후배인 손건지(한족, 66세)가 장춘에서 맡아 온 회원증을 내게다 건네면서 한 말이다.

"한번 꼭 가 보십시오. 50여 년 전 사진인데…… 궁금하시잖습니까. 소싯적 동창생들의 얼굴두 한번 보실 겸."

아닌 게 아니라 가 볼 생각이 간절하다. 그중에 아직 살아 있는 게 과연 몇이나 될는지. 그리고 한쪽 뺨에 깊은 칼자국이 비낀 대대장(별명 썰룩이)의 무서운 얼굴도 한번 보고 싶다.

"그런데 성회(省會)에 보관돼 있는 묵은 등기부에는 김 선배의 본적이 룡정으루 돼 있더라구요. 정말 룡정 태생이십니까? 이번 이력서엔 분명 조선 원산이라구 기입하신 걸루 아는데……."

그가 이런 의문을 제기하는 것도 무리는 아니었다.

"뭐라구? 내 본적이 룡정으로 돼 있더라구? 아하하!"

나로서도 처음 듣는 자신의 본적지였다. 나는 청년 시절에 서울서 상해로 직행을 했던 까닭에 룡정이라는 게 어디 가 붙어 있는지도 몰랐었다.

"그건 까닭이 있는 거요. 당시 황포학교가 조선 학생들을 자꾸 받아들여 군사 인재루 길러 내니까―일본 놈들은 그걸 몹시 맞갖잖아 했었죠. 그래 참다못해 남경 정부에다 항의를 한 거예요. 조선 학생들을 싹 다 쫓아내라구. 장개석이가 그 압력에 굴복해 눈가림으로 조선 학생들을 일단 다 출학 처분하긴 했지만서두…… 이튿날 도루 다 뒷문으루 끌어들여다가 다시 등록을 시키는데 '이름을 모두 중국식으루 갈구 그리구 본적두 다 동북 삼성으루 고치라'는 거예요. 그 통에 내 본적두 아마 룡정이 돼 버렸던 모양이요. 누군진 몰라두 간도에서 온 어느 친구가 대신 써넣어 줬겠지. 내가 지리를 몰라서 어리뻥하니까."

"아하하, 그런 속내평이었군요."

우리는 얼굴을 마주 보며 한바탕 재미스레 웃었다.

현재 중국 땅에 살아 있는 조선족 황포 교우는 모두 7명으로서 북경의 문정일과 로민, 심양의 한청과 조소경, 서안의 홍순관, 합비의 리홍빈 및 연변의 김학철이 곧 그 일곱 사람이다. 그리고 연변의 황재연과 안휘의 료천탁은 이미 타계를 했으니까 산 사람의 명단에는 들지를 못한다. 남북 조선에는 아직도 적잖이 살아 있을 테지만 그것은 국경

밖의 문제이므로 여기서는 거론하지 않는다.

오 참, 소련 민스크에 또 하나―리상조가 살아 있다. 나이 77세에 귀는 절벽이래도 아직 멀쩡히 살아서 무언가를 쓰고 있다.

조소경은 완전 실명, 홍순관은 수전증으로 편지 한 장 쓰기도 어려운 형편. 그러나 76세의 김학철은 여전히 현역 작가로 최후의 분발을 하고 있다.

50년 전에는 개개 다 일당십의 역군들이었으나 세월은 아무래도 당해 내지를 못하는 모양이다. 21세기에 접어들면 이 땅에 남아 있는 일곱 명의 조선족 황포 교우도 늦가을의 철새들처럼 다 떠날 테니까 뒤에는 두어 줄의 희미한 역사 기재만이 남게 될 것이다.

아, 태항산

조선 작가 김사량(金史良)이 일본군의 봉쇄선을 뚫고 태항산에 들어와 제일 처음 만난 조선의용군이 곧 털보 김철원(金鐵遠)이었다. 김철원이는 당시 전초 지역에 설치된 연락처에서 비밀 루트를 통해 들어오는 사람들을 감시하고 있었다.

"아하, 당신이 김사량이요?"

안내원의 소개를 받고 김철원이는 륙색(배낭)를 짊어지고 어줍은 자세로 서 있는 김사량을 아래위로 한번 훑어보더니 이와 같이 시큰둥한 소리를 하더라는 것이다.

연락처에서 하룻밤을 드새는데 그 무섭게 생긴 털보에게 좀 잘 보이려고 김사량이 소중히 간직해 온 위스키 한 병을 코 아래 진상했더니 그놈의 털보가 대번에 백팔십도의 전환을 하더라는 것이다. 태항산은 원래 술 담배라는 게 아예 없는 세상이라 여러 해포 만에 한잔 얻어 하니 얼큰한 게 어지간히 좋았던 모양이다.

"우리 의용군에두 원래 작가가 둘이 있었소. 김학철이란 친구하구

나하구…… 이렇게 둘이 있었지. 하지만 그 친구 지금 일본에 끌려 가 감옥살일 하구 있거든. 그러다나니 작가라곤 현재 나 혼자뿐이지 뭐요. 그런 판에 마침가락으루 당신이 들어왔으니……. 어허허! …… 일이 참 잘됐단 말이야. 우리 한번 손잡구 본때 있게 해 봅시다.”

김철원이가 호기롭게 장담을 하는 바람에 김사량은 정말 그런 줄 알고 진심으로 그 호걸풍의 털보를 우러러보며 그의 가르침을 받게 된 것을 천만다행으로 여겼다는 것이다.

“그런데 나중에 알구 보니까 그 친구…… 순전한 허풍이었지 뭐야.”

해방 후, 김사량이 나를 보고 어이없는 듯 이렇게 말하는 바람에 나는 허리가 끊어지게 웃었다. 김사량도 엉터리박사에게 속은 게 새삼스레 우습던지 허리를 잡고 웃었다.

털보 김철원이는 원래 상해에서 나와 같이 테러 활동을 하던 친구로서 문학하고는 거리가 멀기를 남극하고 북극만큼이나 먼 친구였다. 그 대신에 군인으로서는 쩍말없는 사나이였으므로 조선전쟁 때 그는 기갑부대 참모장으로 맹활약을 했다.

김사량이 태항산에서 ‘노마만리(駑馬萬里)’를 쓰는데 원고지는 고사하고 그냥 종이도 없어서 시계를 팔아 꺼칠꺼칠한 토산 종이를 사 썼다는 이야기는 태항산의 경제생활이 얼마나 어려웠는지를 실감나게 설명해 준다.

그 김사량 외에 진짜 작가라고 할 만한 사람이 태항산에는 없었다. 몇몇 있었다는 것은 다 김학철 같은 ‘대용품’ 작가들이었다. 아, 왜 ‘이가 없으면 잇몸으로 산다’잖는가. ‘꿩 대신에 닭도 쓴다’잖는가. 그와 같은 의미에서 ‘잇몸’ 같고 ‘닭’ 같은 작가 명색이 몇몇 있기는 분명히 있었다.

적군이 쳐들어오면 붓이고 종이고 다 집어던지고 총을 들고 달려 나가야 하는 이른바 작가들이 오죽했으랴. 우리는 지난날을 너무 낭만적으로 미화하지는 말아야겠다. 그렇다고 구태여 평가절하를 하거나 신화같이 과장하란 말은 아니지만.

사실 말이지 반세기가 지나 70의 고개를 넘어선 지도 한참 되는 지금도 나는 어디 나가 '나는 작가'라고 말하기가 좀 계면쩍다. 나의 고등학교 후배 조정래(나는 26기, 조씨는 52기)의 《태백산맥》이 200만 부가 팔렸다는 소식에 접한 뒤부터는 더욱 그러하다. 주눅이 아니 들래야 아니 들 수가 없다.

실패작

각설하고, 태항산 시절에 내가 쓴 각본 '등대' 이야기를 좀 해 보자. '등대'의 연출은 최채(崔采)가 맡았었다. 그는 일찍이 촬영소에 재직한 바 있었다. 그런데 무대에 오를 배우가 도무지 맞갖잖았다. 그래서 숫제 최채와 내가 역을 하나씩 맡아 버렸다. 그러고도 또 모자라서 조선의용군에 하나밖에 없는 일본 여자 권혁(본명 데라모토 아사코)까지 동원을 했다.

무대장치는 박무(朴茂)가 맡았다. 그런데 유감스럽게도 극보다 무대장치가 더 찬란해 '한 푼짜리 푸닥거리에 오 푼짜리 두부' 격이 돼 버렸다. 게다가 리명선(李明善)이 맡은 음향효과 또한 어찌나 박진했던지 배우들의 대사가 무색해질 지경이었다. 그러니까 공정히 평가해 아주 실패작까지는 아니더라도 준 실패작은 틀림이 없었다.

박무는 해방 후 통신사의 사장이 됐고 또 리명선은 조선전쟁 때 인천에서 전사를 했다. 그리고 일본 여대원 권혁은 조선에 아직 살아 있음 직하나 연신(連信)은 없이 지낸다. 최채와 나는 아직 건재, 연변의 터줏대감 비슷한 존재들이 돼 버렸다.

태항산 시절 우리 선전부에는 미술가 장진광(張振光)과 작곡가 류신(柳新, 본명은 전용섭)도 있었는데 그들 둘만은 '대용품'이 아니었다. 진짜였다.

장진광은 태평양 상에 둥실 떠 있는 섬—하와이에서 태어났다. 그는 여라문 살 때 상해로 건너왔는데 나중에 반일 단체의 군자금을 마련하다가 붙잡혀 일본 나가사키 감옥에서 7년 동안 징역을 살았다. 죄명은 '강도'였다. 후일 그는 조선의용군에 입대를 했다. 입대를 한 뒤에도 그는 계속 시사만화를 그렸는데 화필이 없어서 탄피에 양털을 박아 만든 붓을 썼었다.

41년에 내가 총을 맞고 일본으로 끌려가 징역을 산 것도 역시 장진광이 징역을 살고 나온 바로 그 감옥이었다. 그러니까 장진광과 나는 일본 감옥의 동창생으로서 선후배 사이인 셈이다. 그가 선배 내가 후배.

원쑤의 옥수수

류신은 본래 간도 룡정 사람으로서 양주소(술도가)집 아들이었다. 별명은 '깽깽이', 바이올린이 항상 그와 더불어 있었기 때문이다. 광동 중산대학에서 중앙군교로 전학해 와 나하고 동기 동창이 됐었는데 태항산에 들어온 뒤에도 역시 선전부의 동료로 같이 일을 했었다.

그나 내나 다 프롤레타리아 출신이 아니었으므로 사실 말이지 옥수수밥이란 건 태항산에 들어와 난생처음 먹어 봤었다. 끼니마다 옥수수가짐을 하는 데는 둘이 다 손을 바짝 들었다. 옥수수밥이 곧 원쑤 같았으나 다른 선택이란 있을 수 없는 환경이었으므로 우리는 '울며 겨자 먹기'로 허구한 날 그놈의 '원쑤'에 목숨을 걸었다.

어느 날 또 '김학철 작사 류신 작곡'을 하는데 류신은 그의 유일한 악기인 하모니카로 구차스레 작업을 했다. 잦은 반토벌 작전 바람에 바이올린이고 뭐고 다 풍비박산이 돼 버렸기 때문이다.

우리 영사(營舍)에서 한 네댓 마장 떨어진 곳에 그리 크지 않은 성문 하나가 헐리지 않고 그대로 남아 있는데 우리는 그 문루에 올라가 사방을 둘러보며 운치 있게 한번 해 볼 작정을 했다. 한데 막상 올라가 보니 전후좌우 사방에 바라보이는 거라곤 몽땅 옥수수밭뿐. 따가운 가을볕에 어지간히 마른 잎들이 선들바람에 서로 부딪쳐 버석버석 소리를 내는 게 흡사 갑옷 입은 군사들이 출동이라도 하는 것 같았다.

류신과 나는 그놈의 옥수수밭이 꼴도 딱 보기가 싫었다. '저 숱한 옥수수가 다 우리 입으로 들어올 거구나' 생각하니 지긋지긋했던 것이다. 그래서 우리는 쌓인 울분을 속 시원히 날려 버리기로 했다. 농지거리로 속 시원히 날려 버리자는 것이다.

"이담에 우리가 정권을 쥐게 되면 까짓거 포고령 제1호를 내리자."

"뭐라구 내려?"

"포고령 제1호, 무릇 옥수수를 심는 자는 다 엄벌에 처함."

"그냥 엄벌에만 처해 가지군 어떡해."

"그럼?"

"포고령 제1호, 무릇 옥수수를 심는 자는 깡그리 사형에 처함."

"됐어 됐어. 와하하!"

그때 손뼉을 치며 너털웃음을 치던 류신도 역시 조선전쟁에서 전사를 했다. 하지만 그가 작곡한 노래들은 아직도 남아 있다. '인생은 짧고 예술은 길다'는 말은 이를 두고 하는 것일까.

태항산의 그윽한 추억이여, 영원하라.

제2차 공판

인권의 황무지

나는 일생 동안에 모두 세 번 공판이라는 것을 받아 봤다. 아직까지는 그렇단 말이다. 세 번 다 정치범이라는 신분으로 일본 또는 중국 법정의 피고석에 섰었다.

그중 방청자가 제일 많았던 것은—성황을 이루었던 것은—1975년 5월에 열렸던 제2차 공판이다. 무려 천삼백 명. 그러니까 공판정으로 임시 사용된 문화궁전 아래위층의 좌석이 하나의 공석도 없이 꽉 들어찼다는 얘기가 되는 것이다. 그러고도 또 모자라 밖에서는 입장 못한 방청 희망자들이 장날 장꾼들처럼 복닥거렸다.

죄명은 반혁명 현행범. 장장 7년 4개월이라는 세계기록적인 예심을 거친 끝에 비로소 조명 휘황한 무대 위에 나는 섰다. 당국에서 최대한의 공판 효과를 노린 모양으로 피고석을 무대 위에다 안배했었다. 피고인의 흉악한 몰골이 잘 보이라고 의도적으로 한 짓이 분명했다.

그래 놓고는 계획적으로 신문사, 출판사, 방송국, 대학, 연구소, 극단, 가무단, 문화관 등을 포함한 각 계층의 대표적 인물들을 골고루 방청자로 초청했었다. 그러니까 밖에서 들어오지 못하고 복닥거리는 축들은 방청권이 없이 공짜 구경을 하려고 몰려든 '비대표적' 인물들이었다. 말하자면 구경속 좋은 어중이떠중이였다.

구류소 철창으로 바라보이는, 높은 벽돌담 너머의 비술나무가 봄에 잎 피고 가을에 잎 지기를 일곱 차례 되풀이하는 동안에 나는 어느덧 예순 살, 뼈만 앙상한 산송장 꼴이 됐었다. 야수적인 고문의 자국들도 화장터까지 동행할 것만 빼놓고는 얼추 다 아물었다. 이러한 어느 날 불시에 왈가닥덜거덕 삐이걱 감방 문이 열리더니 '모다구'라는 별명의 간수가 호출을 하는 것이었다.

"나와!"

문초실(취조실)에서 나를 기다리고 있는 것은 자치주 법원의 법관.

"오늘 당신 공판이 있으니까 갑시다."

실로 어두운 데 주먹 내밀기였다.

"지금 당장?"

"밖에서 차가 기다리구 있소."

1943년 6월에 일본 나가사키 재판소가 나를 공판할 때, 사법 당국은 열흘 전에 미리 공판 날짜를 피고인에게 알려 주었다. 뿐만 아니라 변호사까지 하나 알선해 주었다. 내가 무일푼인 것을 잘 알고 있는 터였으므로 관선(국선) 변호사를 얻어 준 것이었다. 관선 변호사란 사법 당국의 위촉을 받고 변호사 협회에서 사회봉사로 나와 무보수로 변호를 해 주는 변호사다.

그런데 이번 공판은 근근 10분 전에 그도 이미 차까지 대기를 시켜 놓은 상태에서 알리는 것이다. 그러니 변호사니 뭐니 하는 따위는 애당초에 거론될 나위조차 없었다.

"그렇다면 난 공판정에서 자기변호를 할 테니까 그런 줄 아시오."

이러한 나의 단호한 태도에 법관은 잠시 멍청한 얼굴을 했다. 그로서는 난생처음 당하는 경계였을지도 모른다. 이윽고 그는 마지못해 "그럭합시다." 대답을 하기는 하는데 도무지 석연치가 못한 말투였다. 아니나 다르랴, 그는 반시간이 채 못 돼 '떳떳하게' 식언을 했다. 일단 뱉었던 말을 도로 집어삼킨 것이다.

구류소에서 문화궁전은 지척이라 자동차로 한 5분밖에 안 걸린다. 그 짧은 5분 동안에 나는 컴퓨터 같은 속도로 자기변호할 말을 머릿속에다 정리해 넣었다. 시쳇말로 하면 입력을 한 것이다. 그리고 마지막으로 외칠 구호까지 결정했다.

—마르크스 만세!

—엥겔스 만세!

—레닌 만세!

—팽덕회 만세!

최후의 각오를 한 것이다. 최후의 각오를 했기에 관례를 깨 버린 것이다. 독재들을 제외한 것이다.

공판 놀음

문화궁전 정문 앞에서 밀려드는 인파를 헤가르느라고 차가 한동안 지체를 했다. 극악한 반혁명 우두머리의 흉악한 몰골을 한번 보기가 평생소원이기라도 한 듯 사람들이 마구 들이덤벼서였다. 그러다 보니 나는 전무후무한 인기의 절정에 오른 셈이었다.

—나중엔 별놈의 팔자도 다 많지!

카우보이식 탄띠를 두르고 권총을 찬, 맵짜게 생긴 경관의 압령하에 나는 협장을 짚고 무대 한복판에 방청석을 향하고 섰다. 그러자 곧 흑판만 한 패를 목에 갖다 거는데 거기에는 흰 글자로 씌어 있기를 '반혁명 현행범 김학철'.

제 생각에도 결코 보기 좋은 현상은 아니었다. 예순 살 먹은 외다리 피고인이 장승처럼 떡 뻗지르고 서 있는데 보기 좋을 게 무언가!

32년 전에 일본제국주의 법정에 설 때는 총 맞은 다리에다 붕대는 감고 있었지만서도 아직 다리를 자르지는 않았던 까닭에 협장은 짚지 않았었다. 그래도 재판장은 정리(庭吏)를 시켜 걸상 하나를 갖다가 앉게 해 주었다. 나라고 뭐 특별히 우대를 한 게 아니라 그저 정해진 규례대로 한 것이었다. 이른바 인도주의적 대우인 것이다.

나는 아래위층 천삼백 개 좌석에 잘 여문 옥수수알 박히듯 한 방청자들을 위층 한번 둘러보고 아래층 한번 둘러본 다음 다시 고개를 돌이켜 뒤를 살펴보았다. 무대 왼손 편 안침 특별석에 대단한 분들이 제(祭)터 방축에 줄남생이 늘어앉듯 하셨는데 개중에는 아는 얼굴도 한둘 있었다. 내가 망하는 것을 깨고소해 할 양반들이었다.

내 거동이 피고인답잖아 뇌꼴스러웠던지 뒤에 물러서 있던 카우보이식 경관이 뚜벅뚜벅 걸어와 도적놈 개 꾸짖듯 나를 꾸짖었다.

"고개 숙엿! 허리 굽혓!"

나는 고개를 숙일 대신 얼른 뒤로 젖혔다. 그리고 허리를 쭉 펴고 주먹 쥔 손으로 등허리를 쾅쾅 쳤다. 한껏 펴자는 뜻이다.

'문화대혁명'이 터진 이래 칠팔 년 동안에 무릇 '계급의 적'으로 지목된 사람들은 다—하나의 예외도 없이—명령에 따라 고개를 푹 숙이고 허리를 깊숙이 굽혀야 했다. '디터우(低頭)' 하면 고개를 숙여야 하고 '하야오(哈腰)' 하면 허리를 굽혀야 했다. '죽을죄를 지었으니 용서해 줍시사'는 표시였다.

한데 놀랍게도 이 인간의 존엄성을 모독하는 모욕적인 자세가 아예 의식화돼 버려 사회생활 속에 이미 정착을 했었다. 항다반이 돼 버려 아무도 해괴스레 여기지를 않았다.

나는 이에 도전할 결심을 내렸던 것이다. 맞아 죽는 한이 있더라도 숙이고 굽히고는 안 할 작정이었다. 극좌분자들이 벽돌 넉 장을 가느다란 쇠줄로 얽어매 가지고 '계급의 적'이라는 교장 선생의 허리 굽힌 목덜미에다 두세 시간씩 걸어놓는 것쯤은 예사로운 세월이었다.

화가 치민 경관이 달려들어 우악스러운 손으로 내 뒤통수를 내리눌렀다. 물리적인 방법으로 숙이게 하려는 것이다. 천삼백 쌍의 눈이 지켜보는 가운데 무대 위에서 진짜 활극이 벌어졌다. 관람료를 받지 못하는 게 원통할 지경이다.

내가 끝끝내 버티니까 카우보이식 경관은 하릴없이 벗겨 들었던 레닌모를 도로 내 머리에 꽉 씌워 주었다. 채양이 뒤로 가게 아무렇게 씌워 준 것을 나는 벗어 들고 헝클어진 머리를 뒤로 쓱쓱 쓰다듬은 다음 방정히 썼다. 일거수일투족을 다 의식적으로 했다. 본때를 보여 주기 위해서다. 저희들 마음대로 안 되는 일도 있다는 것을 알려 주기 위해서다.

여기까지는 무대 동작이 상당히 멋이 있었으나 그다음부터가 뒤죽박죽—아주 난장판이 돼 버렸다.

난데없이 범강장달이 같은 도시 민병 둘이 달려들더니 그중 하나가 등 뒤에서 밧줄로 내 목을 옭아 가지고 왈칵 잡아당겼다. 그 바람에 나는 협장 따로 사람 따로 그만 엉덩방아를 찧어 버렸다. 그러자 역시 등 뒤에서 법관 나리의 급해맞게 지시하는 소리가 들렸다.

"아갈잡이, 아갈잡이!"

언하에 양손에다 쇠막대기와 걸레짝을 갈라 쥔 또 하나의 범강장달이가 대들었다. 그는 목이 졸리는 통에 벌어진 내 입속에다 쇠막대기로 그 더러운 걸레를 깊숙이 쑤셔 넣었다. ─완벽한 아갈잡이!

이런 상태로 공판이 진행되는 동안 천삼백 명 방청자들이 일사불란하게 조직적으로 외쳐 대는 구호 소리는 우뢰와 같이 장내를 뒤흔들었다.

"반혁명분자를 타도하라!"

"김학철을 타도하라!"

징역 10년의 판결로 장관의 공판이 끝이 나는데─시의(時宜)에 맞지 않게 나는 허기증이 났다. 아침에 먹은 강낭떡 한 개와 시래깃국 한 사발이 어느새 다 꺼져 버렸던 것이다. 구류소에서는 가만히 앉아 있어도 배가 고픈 법인데 무대 위에서 한바탕 용을 썼으니 배가 어찌 아니 고프랴.

디미트로프가 조작된 국회의사당 방화 사건으로 체포돼 나치스 독일의 기세등등한 법정에 섰을 때, 그는 논리 정연한 자기변호로서 재판장 괴링(원수)의 기염을 누르고 마침내 무죄 방면을 쟁취하는 데 성공을 했었다. 이것은 세상이 다 아는 사실이다. 그러니까 그 야만적인 나치스 독일의 법정도 피고인의 자기변호를 가로막지는 않았다는 얘기가 되는 것이다. 자기변호를 못 하게 목을 졸라 쓰러뜨리고 아갈잡이를 하지는 않았다는 얘기가 되는 것이다.

문명한 감옥

공판이 끝난 뒤 나는 곧 감옥으로 압송이 됐다(아무 소용짝도 없을 게 뻔한 상소를 깨끗이 포기했기 때문에). 세면실도 목욕탕도 도서실도 아무것도 없는 감옥으로 압송이 됐다.

서너 달 후 그 문명한 감옥 안에서 나는 그 유명짜한 문화궁전 공판사건의 반향을 들었다. 갓 투옥된 신참 죄수들이 전하는 말을 들은 것이다. '그런 놈은 무기징역을 콱 안겨야 한다'는 폄사(貶辭)와 '그야말로 우리 민족의 별'이라는 찬사가 엇갈린다는 것이었다.

그나저나 나는 발표도 하지 않은 한 편의 소설 때문에 단 하루의 깔축도 없는 만 10년 동안을 그 지긋지긋한 철창 속에서 허구한 날 배를 곯으며 죄수살이를 해야 했다. 하지만 못내 통쾌한 것은 사법 당국이 그토록 면밀하게 용의주도하게 획책했던 공판 놀음을 보기 좋게 뒤엎어 박산을 내준 것이었다.

당시 그 수치스러운 공판 놀음을 방청한 분들의 거개가 아직도 이 자치주와 연길시에 생존해 있다. 물론 그중의 대부분은 울며 겨자 먹기로 마지못해 '김학철 타도'를 외쳤던 분들이다. 개중의 한 시인은 그 비인도적인 공판 놀음에 분격한 나머지 "이럴 땐 우리가 다 손을 맞잡아 저 무대로 올라가야 해."라며 방청석에서 발을 굴렀다는 것이다.

하긴 내가 감옥 안에서 옥사를 하지 않고 살아 나온 것을 유감스럽게 생각하는 부류도 없지는 않다. 그들의 눈에는 아직도 내가 대역죄인으로만 보이는 것이다.

그 공판이 있은 지도 어언 열일곱 해, 내 나이도 이젠 일흔일곱 살. 죽기 전에 역사적 교훈을 후세들에게 남겨 줘야 할 의무가 있다고 생각돼 이와 같이 이왕지사를 한번 되새겨 보는 것인데 또 무슨 구설수나 듣잖겠는지 모르겠다. 제4차 공판을 벌어다 주지나 않겠는지 모르겠다.

1572년 8월 23일 성 바톨로뮤의 날, 프랑스 국왕 샤를 9세는 신교도들을 학살하라는 칙명을 내렸다. 그리하여 하룻밤 사이에 무고한 신교도들이 약 5만 명이나 학살을 당했다. 그 샤를 9세가 이번에 그러니까 죄를 지은 지 무려 419년 만에 파리시 형사 법원에서 '인류에 대한 범죄와 공공 행사 방해죄'로 재판을 받게 됐단다. 일단 지은 죄는 아무 때고 상응한 처벌을 받아야 한다는 단적인 예라 하겠다.

나의 반혁명죄행의 증거물로 됐던 것은 1965년 3월 탈고한 졸작 《20세기의 신화》27만 자—분노에 찬 정치 소설이었다. 발표도 하기 전에 폭도들의 범죄적인 가택 수색으로 들추어낸 것을 극좌의 늪 속에 턱밑까지 빠져들어 갔던 사법 당국은 오히려 천하의 진보(진귀한 보배)라도 얻은 듯이 흔희작약(欣喜雀躍), 반동 문인들의 괴수를 철저히 응징할 절호의 기회가 왔다고 판단. 그리하여 사법 당국은 머리가 급상승으로 뜨거워나 한때 아예 이성을 잃었던 것이다.

만기 출옥은 했건만

제3차 공판의 전말을 생략하면 꽁지 빠진 수탉 모양이 돼 버릴 것 같아서 간략히 덧붙여 기술한다.

1977년 12월에 만기 출옥을 한 뒤 옹근 3년 동안을 나는 반혁명 전과자라는 극히 고귀한 신분으로 완전 실업자들의 대열에 끼었다. 안해가 공장에 다니며 벌어다 주는 것을 얻어먹으며 근근이 살아가는 신세가 돼 버렸다. 그동안에 고등법원에다 여러 차례 불복 상고를 했으나 번번이 다 '원판결 유지'로 기각을 당했다. 참다못해 3년 만에 최고법원에다 직소를 해서야 비로소 일이 낙착이 되는데 그 마무리 과정 또한 순탄치가 못했다.

작가협회에서 나의 복권을 일대 경사라고 대회장을 마련하고 숱한 손님을 청했는데 불시에 핵심 부문에서 까닭 모를 금령(禁令)이 떨어졌다. 그 바람에 대회장은 온통 난장판이 돼 버렸다. 그 금령의 요지인즉 '그렇게 요란스레 하지 말고 작가협회 내부에서 조용히 치르라'는 것이었다. 그러니까 작가협회 임직원 20여 명이 좁은 칸에 모여 앉아 구메혼인하듯 소리 소문 없이 해치우라는 뜻이다.

참을 줄이 끊어진 나는 한때 풀어 놓았던 투구끈을 다시 졸라맸다. 그리고 비양조로 맞불을 놓았다.

"문화궁전에다 지난번 공판 때와 똑같은 규모로 천삼백 명을 모아 놓고 개정할 것을 요구한다. 불연이면 불참—결석 재판을 할 테면 하라."

그 결과 타협이 이루어져 당 학교 강당에다 외부 인사 100명가량을 청해다 놓고 담당 판사가 장중히 '원판결을 파기하고 무죄를 선고한다'는 판결서를 낭독하기에 이르렀던 것이다.

1980년의 12월도 이미 하반월(下半月)에 접어들어 '삭풍은 나무 끝에 불고'라고 읊은 어느 분의 시조가 떠오르는 계절의 일이었다.

가시지 않은 여운

국가 배상법이나 형사 보상법 따위 개념은 아직까지 형성도 되지 않은 상황이므로 그놈의 10년 징역은 말하자면 외상으로 살아 준 셈이다. 그리고 문젯거리의 《20세기의 신화》는 제3차 공판이 끝난 뒤에도 계속 법원 캐비닛 속에 갇혀 있다가 7년 후인 1987년 8월에야 비로소 '불허 발표'라는 조건부로 임자에게 돌려졌다. 이 세상에 태어난 지 스물일곱 해가 되는 《20세기의 신화》는 현재 서랍 속에서 볕을 보게 될 날만을 기다리고 있는 처지—답답한 처지다.

친애하는 문화궁전은 지금도 백산호텔 동쪽 100미터 지점에 건재하신다.

여류 작가 리선희

서울에서 발간된 총서 《우리 시대의 한국문학》(3)을 받았는데 거기에 수록된 작가들은 대개 아래와 같았다.

조명희, 리태준, 송영, 최명익, 김남천, 박태원, 안회남, 김사량 등 28인. 한데 그 맨끝에 마치 화물열차의 차장 칸처럼 색다른 이름 둘이 달려 있었다.—김학철, 류원무.

'일러두기'에는 '문단 데뷔(첫 등단) 연도를 기준'한 것이라지만 나만은 '작품의 수준을 기준'으로 했대도 이의가 없다.

그 28인 가운데 여류 작가가 둘인데—리선희, 지하련—다 내가 잘 아는 이들이었다.

총서에서의 해후

이 글에서 내가 서술하려는 것은 리선희와 나 사이에 얽힌 사연이다.

얽힌 사연이란다고 또 무슨 엉뚱한 오해나 지레짐작은 하지 말아 주기를 바란다. 리선희는 1911년생으로 나보다 다섯 살이나 손위일 뿐더러 우리 작은이모의 단짝 동창생이었던 까닭에 나는 그녀를 '아줌마'라고 불렀었다. 리선희는 해방이 되는 것도 보지 못하고 타계를 했단다. 그러니까 30대 초―아까운 나이에 요절을 한 것이다.

내가 그녀를 마지막 만난 것은 1936년 봄 서울 운현궁 앞에서였으니까 손꼽아 보면 57년 전―까마득한 옛날이야기가 되겠다. '운현궁'은 저 유명한 역사 인물 흥선대원군이 저택으로 쓰던 궁. 그리고 김동인의 장편 역사소설《운현궁의 봄》의 무대로 되기도 했던 곳.

리선희는 우리 작은이모와 원산 루씨(미국 여자) 여학교 동기 동창이자 또 서울 리화여전의 동기 동창이기도 했다. 우리 외갓집에서는 자식들이 모두 서울에 올라와 학교를 다니게 되자 아예 솔가해 서울로 이사를 했던 까닭에 리선희도 관훈동 69번지 외갓집에 와 있으면서 우리 작은이모하고 작반해 학교를 다녔었다.

당시 나는 머리 빡빡 깎고 교복 입은 중학생, 리선희는 트레머리에 하이힐(뾰족구두). 피차간 격차가 이런 상태로 그녀와 나는 한 지붕 밑에서 한 솥의 밥을 먹으며 근 3년 동안을 같이 지냈다.

그 후 내가 상해로 건너온 뒤에는 그녀와 나 사이에 안부 편지 한 장도 오간 것이 없었다. 다만 작은이모를 통해 간접적으로 피차간 소식을 알았을 뿐이다. 그나마 중일전쟁이 터진 뒤에는 음신(音信)이 아주 두절돼 버렸다.

김사량의 입을 통해

내가 리선희의 소식을 다시 듣게 된 것은 그로부터 십 년 후인 1947년 봄 평양에서였다. 김사량의 입을 통해 들은 것이다.

"박영호 알지? 극작가."

"알잖구. 우리 원산 사람인데. 나 서울서 학교 다닐 때 그 친구 정말 뜨르르했었다구. 조선극장 레퍼토리에 박영호 석 자가 빠지면 큰일 날 지경이었으니까."

"맞았어, 그 친구. 그 친구하구 결혼했다구."

"누가?"

"누군 누구야. 리선희지."

"그래애애?"

나는 눈을 크게 떴다. 여간만 의외롭지가 않았기 때문이다.

"그런데 말야, 전처 자식이 둘이나 있었지 뭐야."

"후처루 들어갔나?"

"후천지 전천지 아무튼 둘이 결혼을 해 가지구 원산을 내려가 살았는데……"

나는 김사량의 입을 바라보았다. 그 '살았었는데'에 무슨 개운찮은 여운 같은 게 느껴져서였다.

"정말 모를 일이야. 리선희 같은 여자가, 그런 지성적인 여자가."

" ? "

"전처 아이들을 구박했다는 거야."

"그래애애? 그럴 것 같잖은데……"

나는 고개를 이리 비틀고 또 저리 비틀고 했다. 잘 믿어지지가 않은 것이다.

"그나저나 이젠 다 지나간 일이니까."

"지나간 일이라니?"

"죽어 버렸으니까 지나간 일이지 뭐야."

"죽어 버려, 누가?"

"아 리선희가 죽었지, 누가 죽어."

"죽었는가?!"

나는 순간 염통 밑에서 무언가가—두더지 같은 소동물이—꼬움틀 돌아눕는 것 같은 아픔을 느꼈다.

"전쟁 통에 생활고가 극심할 때 죽었으니까……. 저두 불쌍하기야 불쌍하지."

이윽고 나는 뻐근한 가슴을 눅치고 다시 물었다.

"그래 살아 있는 동안 글은 계속 썼는가?"

"응, 수필을 주로 썼지. 소설은 더 쓴 것 같잖아."

"수준이 어땠는가? 그 수필들."

"응, 섬세하구 예리하구…… 간단찮았지."

나는 저도 모르게 고개를 끄덕끄덕했다.

'물론 간단찮았을 테지. 그게 어떤 여자라구.'

'저누만 매미가 환생한 게야'

리화여전 시절 리선희는 처음에 일단 음악과에를 들어갔다가 일 년 후에 다시 문과로 옮겨왔었다. 그런 까닭에 그녀의 소프라노는 완전히 본격적인 것이었다.

그녀가 뜰아랫방에서 오르간을 타며 마스네의 '엘레지'를 부를 때면 그 애절한 멜로디에 나는 사랑방에 있으면서도 마치 타들어 가는 나무껍질마냥 몸이 오그라들곤 했었다. 하건만 우리 외조부는 돋보기를 끼고《삼국연의》를 읽다가 고개를 쳐들고 "저누만 아무래두 매미가 환생을 한 게야." 하고 쓴웃음을 웃는 것이었다.

'양산도'나 '방아타령' 같은 것을 불렀으면 좋으련만 밤낮 부른다는 건 모짜르트, 멘델스존, 슈베르트…… 맨 알아듣지 못할 것뿐이니 구악파(舊樂派)인 외조부가 왜 덜 좋아하지 않았을 것인가.

'저누만'은 '저놈 아이는'의 원산 사투리.

내가 리선희를 경모(존경하고 사모한)한 것은 그녀의 용모가《홍루몽》의 여주인공 림대옥과 일본 여배우 야마구치 모모에를 반반씩 닮았다는 데도 있었지만 보다 중요한 것은 경제적인 원인이었다. 그 원인을 그대로 밝히면 내 인격이 좀 추잡해지긴 하겠지만서두 부득이 양심대로 적을 수밖에 없다.

리선희는 내가 심부름을 열심히 잘해 줄라치면 꼭 "옛다. 이거…… 호떡 사 먹어." 하고 5전짜리 백통전 한 잎을 내 손에 쥐어 주는 버릇이 있었다. 그 고상한 품격에서 우러나오는 버릇에 매료된 나머지 나는 그녀를 위해서라면 아무 때고 칼산지옥에도 뛰어들 각오가 돼 있었다.

투르게네프의《전야(前夜)》에서, 안날 문을 열어 주고 안내를 해 주었던 하숙집 계집아이가 이튿날 다시 찾아온 귀족 아가씨를 보자 얼른 하숙집 청년에게 연통을 하기를, "어제 제게다 50코페이카 주시던 아가씨께서 오셨어요."

팁(봉사료)으로 받은 50코페이카가 아예 귀족 아가씨의 대명사로 돼버릴 만큼 돈의 위력은 크다. 어쩌면 나도 그 시절 이와 비슷한 심리 상태였었는지 모르겠다. 5전짜리 백통전이 리선희 아가씨를 아예 대체했었는지도 모르겠다.

싱거운 배행(培行)

'배행'이란 '모시고 따라간다'는 뜻이다. 한데 그 엄숙해야 할 배행이 싱겁게 됐으니 문제일 수밖에 없다.

우리 큰이모는 일본 어느 대학(고마자와대학)에 다니는 학생이 여름방학에 귀국했다가 맞선을 보고 부랴부랴 혼례를 치르고 일본으로 데려갔던 까닭에 그 신랑이 졸업을 할 때까지 이태 동안을 우리 큰이모는 도쿄에서 살았었다.

당시 대학생들이 결혼을 하는 것은 보통이었다. 우리는 결혼을 하는 날이 대학에서 쫓겨나는 날이지만. 김사량도 도쿄제대 재학 중에 일시 귀국해 결혼을 했는데 그 신부(리화여전 졸) 역시 신랑을 따라 도일(渡日)해 도쿄에서 한 3년 잘 신혼생활을 했었다.

큰이모가 맞선을 볼 때 원래는 신랑감 신붓감 일대일로 단둘이서만 만나기로 약속이 됐었는데 남녀칠세부동석이라는 낡은 관념이 아직 다분히 남아 있던 시절이라 큰이모는 주니가 나서 마음을 고쳐먹고 나를 옵서버 겸 경호원 겸 데리고 갔었다. 그래도 우리 그 장래의 큰이모부가 사람이 워낙 소탈했던지 구태여 가로꿰지지 않고 무사히 오케이(OK)를 불러 경사롭게 쌍쌍이 골인을 했었다.

이런 일이 있었던 까닭에 후에 리선희도 일본 유학생과 맞선을 보게 됐을 때 서슴없이 나 이 '길남(吉男)'을 데리고 가기로 했었다(조카가 없었으므로). 아마 장마다 망둥이가 날 줄 알았던 모양이다.

그러나 이번 신랑감은 우리 큰이모부와 팔팔결 달랐다. 놈팽이가 생김새부터 (부잣집 아들이라는 게) 벌써 내 마음에 들지 않았다. 그 자식이 어떻게 생겼든 나하고는 아무 상관없는 일이긴 했지만서도.

우리 큰이모부는 경상도치라 염소를 얌생이라고 하는 게 좀 우스울 뿐이지 사람은 텁텁하면서도 또 시원시원했었다. 그런데 이번 자식은 똑 '조조간질래비'같이 생긴 주제에 첫눈에 벌써 나를 눈엣가시로 여기는 게 환히 알렸다.

하긴 같이 가잔다고 철딱서니 없이 덜레덜레 따라나선 내게도 잘못은 있었다. 대가리가 커다래 가지고 정말 싱겁잖은가. 감독관도 아니고 입회인도 아니고 도시 명분이란 게 없잖은가. 나 이 '길남'이 '흉남(凶男)'으로 될 것은 처음부터 뻔했다.

장관의 맞선 의식을 겨우 마치고 돌아오는 길에 리선희가 상글거리며 물었다.

"이제 그 사람 너 어떻게 생각하니?"

"어떻게 생각하다뇨?"

"인상이 어떻더냔 말야."

"쥐코조리 좁쌀여우."

리선희는 허리를 잡고 웃느라고 길을 못 걸었다. 나중에는 뱃살이 켕기는지 길바닥에 주저앉을 듯이 몸을 쪼그라뜨렸다. 나도 뇌꼴스럽던 김에 불쑥 한마디 혹평을 해 놓고 다시 생각해 보니 우스워서 덩달아 킬킬거렸다.

둘이 다시 나란히 걷다가 집에 거의 다 왔을 때 리선희는 느닷없이 한마디를 하는 것이었다.

"난 아무 때구 너 같은 남자라야 시집갈 거야."

그녀의 이 결심 같기도 하고 또 고백 같기도 한 한마디 말은 나의 사내대장부로서의 자부심을 크게 북돋아 주었다. 최소한 고놈의 '쥐코조리 좁쌀여우'와는 비할 바 없이 우월하다는 자신심을 그 한마디는 불러일으켜 주었다.

이날부터 나는 더욱더 리선희를 따르게 됐다. 내게 있어서 그녀의 말은 곧 칙명이자 하느님의 뜻이었다.

허전한 집, 허전한 마음

리선희는 학교를 그만두고 개벽사(開闢社)에 여기자로 입사를 하자 이내 집을 옮겼다. 우리 외갓집에서 나가 버린 것이다. 〈개벽〉은 당시 권위 있는 월간지였다.

옮기기 사나흘 전에 리선희는 나를 자기 방으로 불러들이더니 수진본(袖珍本) 책 한 권을 건네주며 물어보는 것이었다.

"이거 읽어 봤어?"

그 책인즉 일본의 이와나미 문고본으로서 괴테의《젊은 베르테르의 고뇌》였다. 당연한 일로 나는 고개를 가로흔들었다.

"그럼 한번 읽어 봐. 얻어지는 게 있을 테니."

나는 당시 죽어라 하고 일본의 무예물(武藝物)만 읽고 있었다. 학교 공부는 아예 제쳐놓고 노상 그 속에 빠져 있었다. 그저 탐독 정도가 아니었다.

"그렇게 밤낮 칼쌈하는 책만 읽어 가지군 어떡하지? 어린애 모양."

하건만 그 《젊은 베르테르의 고뇌》는 내게다 아무것도 갖다 주지 못
했다. 아무런 공명도 불러일으키지를 못한 것이다. 이를테면 부룩송아
지더러 다빈치의 '모나리자'를 한번 보라고 한 거나 마찬가지였다. 그
신비적인 미소의 뜻을 해득할 리가 만무했다.

"어때 소감이?"

내가 돌려주는 책을 받아들고 리선희는 은근한 기대 속에 이렇게 물
었다.

"별 흥미 없소. 그 사람 자살은 왜 하지? 다른 여자하구 결혼하면 될
걸 가지구."

크게 실망한 모양으로 리선희는 다시 더 말이 없이 새초롬하니 토라
져 버렸다.

'외손자를 안느니 절굿공이를 안지!'

이쯤 생각했을지도 모를 일이다.

동서고금 수천만 명 독자들 가운데 베르테르의 자살에 비단 동정의
눈물을 뿌리지 않았을 뿐만 아니라 도리어 못마땅하게까지 여긴 인간
은 나 하나뿐이었을 테니 리선희가 어찌 나에게 환멸을 느끼지 않았
을 것인가.

한데 급기야 그 환멸을 느끼는 리선희가 옮겨가고 나니 집안이 허전
하기가 마치 빈 절간 같았다. 그리고 내 마음도 가을 끝난 목화밭처럼
허전해지고 또 어수선산란해졌다.

우리 외조부까지도 이따금씩 쓴웃음을 웃으며 뇌는 것이었다.

"그누메(그놈의) 매미가 없어지니까 집안이 별나게 고자누룩해진 것

같구나. 거참."

그 후 리선희는 몇 달 건너로 일요일에 관훈동 집에를 들렀었으나 번번이 다 나만은 만나지를 못했다. 일요일이면 특히 무사분주해지는 게 내 버릇이었으므로 잠시도 집에 붙어 있지를 않아서였다.

리선희가 소설을 쓰기 시작한 것은 이 무렵이었다. 나도 신기해서 더러 읽어 보긴 했지만 번번이 다 실망했다. 젊은 베르테르가 자살한 것을 못마땅스레 여기는 놈이 그와 비슷한 맥락의 소설을 알아줄 게 나 무언가. 개 머루 먹기지—그 진미(참된 맛)를 알 턱이 무언가.

리선희는 개벽사에 약 일 년간 근무하다가 무슨 까닭인지 갑자기 퇴사를 하더니 당시로서는 사람들을 깜짝 놀래울 짓—엄청난 짓을 했다. 카바레의 여급이 됐던 것이다. 그러니까 서양식 술집의 접대부가 된 것이다.

—돈 때문인가?

—허영심 때문인가?

—아니면 무슨 실연 따위 사유로 자포자기를 한 건가?

"걔가 도대체 왜 저러는 거지? 아주 미치잖았다면야 타락을 해두 저 지경에까지야 할 리가 있나. 카바레가 뭐야, 카바레가. 나 참!"

작은이모가 푸념하는 것을 한옆에 앉아 잠자코 들으면서 나는 머릿속에다 홍등녹주(紅燈綠酒)로 질탕스러울 카바레의 정경을 떠올렸다. 그러자 나는 이름하기 어려운 일종의 느낌—배신당한 느낌에 사로잡혔다.

재작년, 40여 년 만에 서울 나들이를 했을 때 나는 마음먹고 관훈동 집을 한번 찾아보았다. 허허실실로 한번 찾아본 것인데 놀랍게도 옛집이 거의 원래 모습 그대로 남아 있어서 나는 참으로 감구지회(感舊之

懷)를 이기기가 어려웠다.

운현궁 맞은편의 천도교 기념관도 옛 모습 그대로 남아 있었다. 리선희가 근무하던 시절의 개벽사는 이 건물 정문 옆에 간판을 걸었다.

파고다공원 옆 리선희가 나가던 카바레도 찾아보았으나 그 건물은 형적도 남지 않았었다. 공원이 부지를 넓히는 통에 뭉그러져 버렸던 것이다.

작별이자 영결이자

나는 상해로 임시정부를 찾아가기로 작심한 뒤 어른들 몰래 슬금슬금 노자를 마련하기 시작했다. 그러던 어느 날 오다가다 우연히 운현궁 앞에서 리선희와 마주쳤다. 세련된 옷차림새가 품위가 있어 보여야하다는 느낌은 꼬물도 주지를 않았다. 어느 대갓집 작은아씨라면 믿지 않을 사람이 없을 것 같았다. 순간 나는 왠지 《동백꽃 아가씨(춘희(椿姬))》의 여주인공—마르그리트 고티에를 떠올렸다.

"어머, 이게 누구야."

나는 제잡담하고 꾸벅 절 한 번을 했다.

"아니, 이렇게 컸어."

나는 한번 히쭉 웃는 것으로 대답을 대신했다. 그리고 눈결에 그녀의 왼손 무명지에 끼어 있는 보석반지를 보았다. 물론 전에는 없었던 것이다.

"그저 칼쌈하는 책에만 파묻혀 있니?"

"그건 호랑이 담배 먹을 적 얘기요."

"말하는 게 제법이구나. 다 큰 총각 같구나."

"벌써《부활》을 다 끝내구《전쟁과 평화》에 접어들었다구요."

"널 내가 아무래두 눈을 씻구 다시 봐야겠구나."

"그런데 왜 좀 놀러 오시잖우?"

"몇 번 갔어두 넌 없더라, 번번이."

일종의 허영심 때문에 나는 그 말을 제 앞으로 당겨들었다.

'오, 그러니까 나를 보러 왔었구나. 나를 보러 왔다가 내가 없으니까 낙심했구나.'

그러자 걷잡을 수 없는 충동이 강한 전류처럼 나를 꿰뚫었다.

'이 여자만은 내 행동을 이해해 줄 게다. 고백해야지. 다 털어놓자.'

나는 리선희를 끌고 개미 새끼 한 마리 얼씬거리지 않는 운현궁 돌다리 목으로 외워 섰다. 이 돌다리는 난간이 없는 게 특징인데 지금은 개천에다 복개 공사를 한 까닭에 아예 다리 자체가 없어졌다.

"내 얘기하는 건 비밀 꼭 지켜 주시죠?"

"새삼스레 뭔데?"

우리의 약조의 표시로 새끼손가락부터 걸었다.

"나 상해 가우."

"상해? 상해라니? 어느? 중국?"

"응."

"아니, 거긴 또 왜 갑자기?"

"임시정부를 찾아갈 작정이요."

"넌 미치잖았니?"

나는 구변껏 그녀를 설득했다. 그리하여 마침내 '내가 맑은 정신으로 행동하고 있다'는 것을 납득시켰다.

"집에서들 알구 있니?"

"'집에서'! 집에서 알았다간 당장 난리가 날 판인데 '집에서'!"

"집에두 안 알리구!"

리선희는 펄쩍 뛰었다.

"그러게 내 뭐랍디까? 비밀을 지켜 줘얀다잖습디까?"

결국 리선희는 내키지 않았으나 익은 밥을 설릴 수 없다는 것을 깨달은 모양이었다.

"네가 능히 해낼 수 있을까."

"인간도처 유청산(人間到處有靑山), 뛰어들어 놓구 볼 판이지."

"그래 언제 떠날 작정이냐?"

"불일간."

"난 정신이 얼떨하다."

"그럼 아줌마, 이걸루 하직이요."

"얘, 잠깐만."

리선희는 부지런히 핸드백을 열고 빨락빨락한 10원짜리 지폐 한 장을 꺼내더니 그것을 내 학생복 윗호주머니에 밀어 넣어 주는 것이었다.

"이래두 되는 거요?"

"괜찮아."

"그럼 난 가우."

"조심해."

"네버 마인드(염려 마세요)."

나는 영어로 대꾸하고 한번 싱긋 웃어 보였다. 그리고 뒤도 돌아보지 않고 꼿꼿이 락원동을 향해 걸었다.

이것이 리선희와의 영결이 될 줄이야!

여기서 한마디 덧붙여야 할 것은 당시의 돈값이다. 10원은 쌀 한 가마니 값.

후일 남경에서 나는 조선민족혁명당의 리더(지도자) 김원봉 님의 편지 심부름을 한 일이 있다. 임시정부 주석 김구 선생께 갖다 전하라는 편지였다. 김구 선생은 내가 갖다 바치는 그 편지를 받아서 읽어 보더니 '수고했다'면서 곧 비서더러 내게다 찻삯을 주어 보내라고 분부했다. 말하자면 금일봉인 셈이다. 한데 그 금액이 얼마인고 하니 단돈 1원이었다.

당시의 환율(외환율)은 일본은행권, 조선은행권, 중국은행권이 다 1대 1이었다. 미국 달러와의 환율도 다 똑같은 3.3대 1이었다. 그리고 남경 택시도 서울 택시처럼 시내 어디를 가나 다 1원 균일이었다.

그러니까 임시정부 주석이 준 돈의 열 배를 리선희는 운현궁 앞에서 내게다 전별로 주었던 것이다.

하건만 내가 그 1원짜리 금일봉을 얻어 가지고—20전이 아까와 인력거도 안 타고—어깻바람 나게 걸어서 돌아오니까 화로강(花露崗)의 동료들은 모두 부러워 뭐 야단들이었다(화로강은 민족혁명당 본부 소재지).

"그 완고쟁이한테서 돈을 뜯어낸 건 네가 처음이다."

"그놈의 영감한테 좀 잘 보일라구 삽살개 노릇을 했을 테지. 꼬리를 살랑살랑 쳐 가면서."

"그야 물론이지. 그러찮구서야 그놈의 구두쇠가 아까와서 단돈 1원인들 어떻게 내놔."

"야, 한턱내라, 공짜루 생긴 돈인데. 꿀돼지처럼 혼자 다 먹겠니."

이와 같이 중구난방으로 지껄여 대는 것이었다. 마치 내가 뜻밖에 횡재라도 한 것마냥.

여기서 한마디 공정한 말을 해야 하겠다. 김구 선생이 구두쇠인 게 아니라 당시 임시정부가 심한 재정난을 겪고 있었던 것이다.

사람은 가고 작품은 남고

그때로부터 반세기도 더 지나서 느닷없이 리선희의 작품을 대하게 되니 자연 감개가 무량하다. 더구나 이젠 나도 총각 때와는 달리 작품을 제대로 볼 줄 아는 눈을 갖추고 있음에랴.

《우리 시대의 한국문학》에 수록된 리선희의 소설은 '탕자'. 그 줄거리는 극히 간단하다.

약혼자가 있는 여자가 동행들과 함께 배를 타고 외딴섬으로 등대를 구경하러 갔다가 우연히 만난 등대지기에게 마음이 끌려 고민하고 방황하는 이야기. 그녀의 약혼자는 청년 학자로서 대학의 조교수, 나무랄 데 없는 남자. 그가 자신의 이런 심적 동요를 알게 된다면 얼마나 괘씸해할까, 이렇게 자책하며 그녀는 굴레 벗은 말같이 돼 버린 마음을 다잡으려고 애를 쓰나 외딴섬의 등대불은 불가항력적인 마력을 가지고 끈질기게 그녀를 잡아당긴다.

이상은 그 전부의 내용이다.

나는 어쩐지 작자 자신의 그림자를 그 여주인공에게서 본 것 같아 마음이 야릇하다. 인습도덕에서 벗어나려는 몸부림으로써의 들뜬 마음, 리선희 자신이 바로 그런 반항적인 여자가 아니었던가. 도전자, 반역자가 아니었던가.

더구나 기이한 것은 내가 총각 때 그녀와 마지막으로 만났을 때 떠올렸던 연상과 작중 인물―여주인공이 떠올리는 연상이 맞아떨어지는 것이다.

나는 뚱딴지같이 동백나무를 보자 동백꽃을 사랑했다는 마르그리트 고티에의 그 슬픈 이야기를 생각해서 무슨 불길한 예감이 들었다.

외딴섬 등대 밑에 자란 동백나무 그늘에 선 작중 인물, 운현궁 앞에서 나와 마주쳤을 때의 작자. 작중 인물과 작자가 다 하나의 형상―마르그리트 고티에로 혼연일체를 이루어 버리는 것이다.
리선희는 또 이렇게도 썼다.

나는 어쩐지 건드려 놓은 대합조개처럼 입이 꼭 다물어져 다시는 열기가 싫었다.

이것은 바다를 잘 알고 또 바다를 무한히 사랑하는 사람만이 쓸 수 있는 비유일 것이다.
문학의 길에서 나보다 까맣게 앞선 선배이자 또 나의 총각 시절의 우상이었던 리선희 아줌마, 고이 쉬시라.

고향이란 무엇이길래

1949년 여름에 나는 평양에서 원산을 거쳐 화진포까지 한번 가 봤었다. 그리고 40년하고 또 넉 달이 지난 89년 겨울에는 그와 정반대의 코스로 다시 한번 화진포를 찾았다. 그러니까 서울에서 속초를 거쳐 갔던 것이다. 산산한 유리표박(流離漂泊)의 인생 역정. 그 역정의 한 단락치고는 어지간히 낭만적인 나그넷길이었다.

《떼사공(뱃사공)의 한평생》

내 고향 원산은 화진포에서 또 북으로 삼사백 리, 아무도 넘나들지 못하는 군사분계선 너머로 저 멀리, 까마득한 곳에 있었다. 그러니까 손꼽아 보면 내가 고향땅을 밟아 본 지도 어언 마흔두 해가 되는 것이다.

그런데 이번에 영원히 아물 줄 모르는 나의 야속한 향수의 딱지를 어느 무심한 손이 또 다쳐서 덧들여 놓았다. 뿌리깊은나무가 펴낸《떼

사공의 한평생》(신경란 편집)이 바로 그 무심한 손, 얄망궂은 손이다.

원산은 함경도와 강원도 접경에 위치했으므로 그 말씨가 함경도보다는 강원도에 더 가깝다. '하구설라무네'라든가 '하나깐두루'라든가 하는 따위. 이런 것들은 다 어린 시절의 나를 마치 공기처럼 둘러싸고 있던 말들이다. 한데《뗏사공의 한평생》에서 나는 그 '설라무네', '깐두루'들과 뜻하지 않게 감격의 해후를 한 것이다. 아득한 옛날에 어머니가 부르시던 자장가를 이역만리에서 다시 듣기라도 한 것 같은 감구지회(感舊之懷)를 나는 금할 수가 없었다.

강원도 땅 정선 구석에 외로이 살고 있는 한 노인의 구술을 서울에서 엮어서 펴낸 것이 먼 이국의 하늘 아래 살고 있는 한 실향자 아닌 실향자의 가슴을 이다지도 향수에 설레게 할 줄이야.

원산 우리 고향집 울안에는 복숭아나무 한 그루가 박혀 있었다. 해마다 복숭아가 채 익기도 전에 아귀같이 걸탐스럽던 나의 먹새 때문에 한 번도 제대로 익어 보지를 못한 가련한 복숭아나무, 청상과부인 양 애처로운 복숭아나무였다.

하지만 바로 그 복숭아나무 밑에서 소년 시절의 나의 위대한 첫 연금술(alchemy)의 실험은 실시됐던 것이다. 차돌을 석필로 변신시킨다는 마술적인 실험이었다. 찍어서 말하면 실험인 게 아니라 곧 제조였다. 단짝 하나가 살뜰한 우정의 표시로 가르쳐 준 가전(家傳)의 비방을 일급비밀로 실천에 옮긴 것이었다. 복숭아나무 밑에다 차돌 한 개를 파묻어 놓고 거기다가 백날 동안 경건한 마음으로 오줌을 누면 그 차돌이 극상품의 석필로 변한다는 것이다.

나는 너무도 감격해 비방 전수료라고는 할 수 없지만서도 아무튼 촌지 삼아 한턱을 푸짐히 냈다. 깨엿 10전어치 여섯 가락을 사 가지고 둘이서 공평하게 세 가락씩 나눠 먹은 것이다. 낱개로는 2전씩 했지만 5전을 내면 박리다매의 원칙에 따라 서비스를 해서 세 가락을 주는 게 당시의 불문율적 상도덕이었다.

석필

그런데 막상 시작을 하고 보니 그 실험 겸 제조에는 어려움이 적잖이 따랐다. 첫째 어려움은, 당시 나는 매 토요일날 오후마다 큰집에 가 할머니하고 하룻밤을 같이 자고 이튿날 오후에 돌아와야 했는데 그렇게 하면 옹근 하루 종일 오줌 공양을 거르게 되는 것이었다. 그렇다고 할머니한테 자러 가지 않지는 못할 형편이었다. 효성이 유별난 고모가 나장 같고 군뢰 같은 큰조카(내 사촌형)를 급파해 득돌같이 나를 잡아다 대령을 시키기 때문이다.

할머니는 내가 '아비 없이 자라는 게 불쌍하다'며 수명장수하라고 자기 전에 꼭꼭 절편에다 꿀을 발라 먹이는 식이요법을 시행했었다. 그 우매한 식이요법 때문에 먹새 좋기로 가근방에 소문이 난 나였지만 식체로 침의한테 중완(中脘)을 맞으며 다니는 일이 종종 있었다.

천륜 때문에 막부득이 한 주일에 하루씩 거르는 것은 하늘도 굽어살펴 주시리라 믿었지만서도 그놈의 수학여행만은 확실히 문제였다. 서울의 경복궁, 개성의 선죽교, 인천의 월미도를 한 바퀴 둘러보고 오는데 무려 엿새씩이나 걸렸으니까 말이다.

물론 우리는 무슨 국회의원 따위가 아니었으니까 뇌물 외유니 부부 동반이니 쇼핑백이니 하는 따위의 비도덕적 행위는 없었다. 하지만 장장 엿새 동안 오줌 공양이 끊긴 것만은 엄연한 사실이었다. 하긴 오줌 공양 때문에 수학여행을 안 간다고 버텼다가는 어머니가 대번에 빗자루 찜질을 서슴잖았을 터니까 이것도 역시 천륜의 범주에 속하는 거라고 억지로 끌어다 붙이면 끌어다 붙일 수는 있었다.

이와 같이 사이사이 이가 빠진 장관의 백날을 달력상으로만 간신히 채우고 울렁거리는 가슴을 진정해 가며 그 위대한 첫 실험물을 호미로 캐내 본즉 "아이고 요 내 팔자야!" 깔축없는 그 차돌 그대로가 아닌가. 애당초에 석필의 냄새도 아니 났다. 석필이 돼 보려고 마음을 먹어 본 흔적조차 없었다. 변한 것이라면 그동안 장복으로 들이대는 날오줌에 시달려 꺼칫하게 병이 들어 버린 복숭아나무뿐이었다.

나는 낙방거자 모양 아주 파김치가 돼 가지고 집을 나섰다. 그 실패작을 손에 들고 일찍이 깨엿 세 가락 코 아래 진상을 한 바 있는 그 녀석을 찾아 떠난 것이다.

"거참 이상하다. 그럴 리가 없는데."

내가 건네주는 그 지린내 나는 실패작을 받아서 손바닥에 올려놓고 자세히 들여다보며 빼어난 수재형의 그 녀석은 고개를 비틀었다. 하지만 제놈이 아무리 고개를 비틀어 꽂는다 해도 시원한 해답은 나올 리가 만무했다.

"너 백날 동안 하루도 빼놓잖구 꼭꼭 오줌은 눴겠지?"

그 녀석의 이 단적인 물음에 나는 당황해났다. 얼굴이 지지벌개져 가지고 몹시 어줍살스레 이실직고를 하잖을 수 없었다.

"그러면 그렇겠지!"

꼭 맞아떨어지는 답안을 찾아낸 그 녀석은 무릎을 치다시피 하며 개가를 올리는 것이었다.

"정성이 부족하면 안 된다구 내 처음부터 말하잖던. 버력을 입잖은 것만두 임마, 다행한 줄 알아라. 멍텅구리."

모든 게 다 자업자득인데 무슨 할 말이 또 있으랴. 나는 꿀 먹은 벙어리가 돼 버리는 수밖에 없었다.

"이 돌은 이젠 부정이 들어 못 쓴다. 갖다가 땅속에 묻어라. 깊숙이 파묻구 꼭꼭 밟아. 괜히 또 살아 나오면 큰일이다."

나는 고지식하게 그 지린내 나는 돌을 도로 받아들고 돌아와 시키는 대로 땅속에 파묻고 영원히 다시 살아 나오지 못하게 선 자리에서 보리밟기를 했다.

병마개 돈

나의 첫 실험을 비참한 실패로 이끌어 준 그 엉터리 연금사가 순 허풍선이었다는 것을 내가 깨닫게 된 것은 그 후 여러 해가 지나서였다. 상급 학교에 진학해 물리, 화학이라는 것을 배운 뒤의 일이었으니까. 반세기가 더 지난 지금 그치가 아직도 원산에 살고 있는지 모르겠다. 그런 천하의 엉터리 같으니라구. 순 봉이 김선달 같으니라구.

고향이란 무엇이길래 이다지도 사람을 취하게 만드는지.

나는 소년 시절은 상술한 바와 같은 실패와 좌절로 점철되기는 했었지만 그래도 오뚜기 모양 아무렇게나 굴러도 오똑오똑 잘 일어서는 만만찮은 속성을 지녔던 까닭에 비록 연금 부문에서는 엉터리 비방에 속아 참패를 봤지만서도 돈을 만드는 조폐 부문에 들어서는 백 퍼센트의 성공을 거둬 나는 짭짤하게, 탁탁하게 재미를 보기도 했었다.

그러므로 가히 분투의 시절, 분투의 역사라고 할 만도 했다.

맥주병이나 사이다병의 금속 마개들을 주워 모아 가지고 경원선(京元線, 당시는 기차가 원산까지만 오갔다) 레일 위에다 죽 늘어놓고 서성거리며 한동안 기다리노라면 이윽고 멀리서 기적 소리가 들려온다. 그럴 때 얼른 무릎을 꿇고 엎드려서 귀를 레일에 갖다 대고 들으면 기차가 힘차게 달려오는 게 환히 알린다. 그러면 잽싸게 철로 뚝 밑으로 뛰어 내려가 납작 엎드려 대기 태세로 돌입한다. 증기 기관차에 끌리는 열차가 굉음을 울리며 머리 위를 통과할 때는 배 밑의 땅이 움씰움씰 드논다. 열차가 멀리 간 것을 확인한 뒤에 벌떡 일어나 철로 뚝 위로 달려 올라가 보면 그 병마개들은 몽땅 더할 수 없이 예쁜, 동글납작한 돈들로 변해서 슬기로운 주인을 기다리고 있다. 그러니까 나 이 김학철을 기다리고 있다는 얘기가 되는 것이다. 구접스레 오줌을 줄 필요도 없고 또 석 달 열흘씩이나 늘어지게 근사를 모아 가며 기다릴 필요도 없었다.

애써 오줌을 주어 가며 석필을 제조하는 과정을 다분한 농사일에다 비긴다면 국영 철도의 육중한 힘을 몰래 빌어서 순식간에 병마개들을 돈으로 변조하는 과정은 이를테면 땅 투기로 벼락부자가 되는 거나 비슷하다고 해야 할 것이다.

그 예쁜 병마개 돈들을 짤랑짤랑 자랑하며 친구들의 부러워함 속에 없는 상투가 국수버섯 솟듯 해 가지고 돌아다니던 것이 바로 어제런듯 한데 벌써 반세기하고 또 십여 년이 지나다니.

고향이란 무엇이길래 이다지도 오래오래 머릿속에 살아남아 가시지를 않는지.

내 고향 원산에서는 아직도 서로 사이 '설라무네'와 '깐두루'를 주고받으며 연금술에 실망하고 조폐에 성공하는 새끼 김학철들이 분투를 하고 있는지, 벼락부자가 돼 가지고 코가 우뚝해 돌아치는 새끼 김학철들이 내노라하고 자신들의 역사를 엮고 있는지, 분투의 역사를 엮고 있는지.

집사람과 나

우리 집사람 김혜원(金惠媛)은 1928년생으로서 경기도 인천 사람이다. 1947년 4월 평양에서 나와 결혼해 가지고 이듬해 2월에 아들 하나를 낳았는데 그 아들도 이젠 40의 고개를 넘어 중학교에 다니는 손자하나가 있다. 아들의 이름은 해양(海洋)이고 손자의 이름은 우정(友情)이다.

삼팔선

나는 일본이 무조건 항복을 한 뒤에 일본 감옥에서 풀려나 서울로돌아와 조선독립동맹 서울위원회에서 일하다가 일 년 뒤에 미군정청의 체포령을 피해 월북을 했다. 그때 조직에서 내 신체 조건을 감안해경호원 노릇, 간호원 노릇을 해 줄 만한 동행 둘을 딸려 보냈는데 그중의 하나가 곧 집사람이다.

서울 마포에서 배(발동기선)를 타고 한강을 내려와 옹진반도를 거쳐 해주까지 와야 하는데 중간에 남조선 해병대의 검문소를 거쳐야 하므로 동행에 여자가 끼는 것이 의심을 덜 살 거라는 타산에서 동행을 1남 1녀로 선정했던 모양이다.

나의 월북 노선은 조직부장 심성운(沈星雲)과 연락부장 왕극강(王克强, 즉 김창규(金昌奎))이 상의해 결정한 것인바 심과 왕은 다 나의 중앙군교 동기생으로서 항일 전쟁 시기에는 조선의용군의 동료들이기도 했었다.

일행은 우리 여동생까지 합쳐 남녀 모두 넷인데 우리는 꾸미기를 어떻게 꾸몄는가 하면—두 동행은 내 조카들, 우리 모두의 고향은 옹진, 나는 중국 무한에서 동전 수매업을 경영하다가 폭격에 부상을 당하고 고향으로 돌아오는 길, 누이동생과 두 조카는 서울까지 마중을 나와 가지고 배행을 하는 중. 이와 같이 꾸몄었다.

당시 옹진반도의 끄트머리는 삼팔선 이남, 즉 남조선에 속했었다. 그리고 항일 전쟁 시기, 물자 부족으로 허덕이던 일본 군부는 중국의 동전(구리돈)들을 대량으로 긁어모아 가지고 조병창(병기창)에 공급을 했었다.

다리 한 짝 없는 사람에 여자가 둘씩이나 되니까 허술하게 다룰 것 같기도 했으나 젊은 해병 하사관의 검문은 의외로 깐깐했다. 더구나 일행의 대변인 격인 '큰조카(남자 동행)' 안승옥 씨가 "이북 가는 짐이지?" 하고 해병 하사관이 넘겨짚어 묻는 것을 '이불짐이지?'로 빗듣고 '그렇다'고 대답을 해 한바탕 당할 뻔하기까지 했다. 이불짐에 무슨 위험물이 들어 있나 해서 몽땅 풀어헤치고 분탕질을 하는 바람에 우리는 한때 '이거 잘못되는 것 아니냐'고 조바심들을 했었다.

어렵사리 옹진에 득달해 배를 내리니 늦가을 짧은 해가 서해 바다에 가라앉아 어슬녘이라 선창에서 초간히 떨어진, 허술한 식당에를 찾아 들어가 저녁들을 먹었다. 이 '황해식당'이라는 식당의 주인은 나이 지긋한 얼금뱅이인데 바로 이 사람이 우리의 밀항을 도와주기로 돼 있었다.

벽시계가 열두 시를 친 뒤에 비로소 밤배를 띄워 우리 일행을 해주까지 건네주는데 우리를 태운 그 고기 비린내 풍기는 돛단배의 사공인즉 주인의 조카뻘이 되는 사람으로서 이런 일에는 이골이 난 중년 사나이였다.

하늘에 달은 없고 별들만 총총한데 어두운 밤바다를 두어 시간 잘되게 달리는 동안 우리는 줄곧 마음들이 조마조마했다. 금세 경비정에 들킬 것만 같아서였다.

줄곧 고물에 앉아 벙어리처럼 잠자코 키만 잡고 있던 사공이 불시에 "자, 다 왔으니 이젠 내릴 채비들 하시우." 하고 우리를 재촉하는 바람에 '아, 해주! 그러니까 삼팔선은 무사히 넘었구나' 우리는 모두 안도의 숨을 내쉬었다. 하지만 그 기쁨도 잠시였다. 경비정 아닌 밀물이 우리를 엄습했기 때문이다.

나중에 날이 밝은 뒤에 비로소 안 일이지만 사공이 우리를 내려놓은 곳은 뭍(육지)이 아니고 개펄(간석지)이었다. 조수의 간만이 심한 서해에서는 썰물 때 개펄이 수백 미터 폭으로 드러나는데 그 개펄 끝에다 (그러니까 바다 바닥에다) 우리를 내려놓고 배는 부랴부랴 (북조선의 경비정이 무서워서) 삼십육계를 불러 버린 것이었다.

이불짐이고 뭐고 짐들을 미처 챙길 겨를도 없이 밀물이 들이닥치며 삽시간 무릎까지 물속에 잠기는 바람에 우리는 목숨을 살리기 위해

짐이고 뭐고 다 내팽개치고 뭍(해안)을 향해 어두운 개펄을 천방지축 달려야 했다.

남녀 넷 일행이 다 비 맞은 수탉 모양이 돼 가지고 찾아 들어간 곳은 바닷물로 소금 고아 만드는 염막, 호젓한 바닷가에 불빛이 빤한 곳이라곤 거기밖에 없었다.

우리는 주인에게 사정을 이야기하고 젖은 옷들을 대충 말려 입었으나 날이 샐라면 아직도 멀었다. 나는 곧 아궁이 불빛에 글쪽지 하나를 적었다. 황해도 보안부장(내무부장)에게 보낼 것이었다. 나는 글쪽지를 세골접이로 접어서 안 씨에게 건네주며 말을 일렀다.

"날이 밝을 땔 언제 기다리겠소. 지금 곧 떠나시오. 보안부쯤은 한밤 중에라도 찾기가 그리 어렵지 않을 게요."

당시의 황해도 보안부장 리춘암도 역시 나의 팔로군 시절의 전우였다.

날이 밝은 뒤에 밖에를 나와 보니 눈앞에 펼쳐진 것은 무연한 개펄이 아니고 흐린 물이 치런치런한 바다였다. 우리는 새삼스레 어이가 없었다. 새삼스레 어이가 없어 하고 있을 즈음에 갑자기 엔진 소리를 울리며 사이드카 두 대가 들이닥치고는 또 잇달아서 승용차 한 대가 들이닥쳤다. 안 씨가 리춘암 부장을 인도해 온 것이었다.

리춘암과 나는 방축 위에 서서 "알거지는 됐지만 목숨들은 부지했으니까 그래두 다행이잖아." 하고 마주 보며 웃었다.

그러나 우리 누이동생과 김혜원—두 처녀에게는 타격이 아닐 수 없었다. 앞으로 어차피 시집들은 가야겠는데 남은 거라곤 몸에 걸친 단벌옷 한 벌뿐. 내색은 안 했지만 속들은 그리 편치가 못했을 것이다.

압록강

두 알거지가 결혼을 해 가지고 살림을 좀 장만했을 즈음 조선전쟁이
터져 우리는 또다시 알거지 신세가 돼야만 했다. 하느님도 무심하시지!

미군과 국방군의 선두 부대가 사리원까지 쳐들어오는 바람에 평양
시내가 난장판이 돼 버려 인심이 흉흉한 판에 그전 부하(내가 신문사에
봉직할 때 수하에 있던 기자) 하나가 헐레벌떡 찾아왔다.

"이러구 있어서야 되겠습니까? 어디루든 피난을 가야지요."

"여태 뭘 하고 있었어? 빨리 떠나잖구!"

"선생님은?"

"내 걱정을랑 말고 어서 떠나요. 식구 다 데리구."

"어디루 가랍니까?"

"어디루 가다니?"

"남으루 가랍니까, 북으루 가랍니까?"

"이 사람아, 남이 왜 있어? 북으로 가야지!"

"예, 잘 알았습니다."

"강계 방향으루 달아나요. 신의주 쪽은 함포 사격을 받기가 쉬우니
까."

"예, 잘 알았습니다. 그렇지만 선생님은?"

"내 걱정은 말구…… 냉큼 떠나란데두!"

"예, 오늘 당장 떠나겠습니다. 그러구 저 재봉침은 대가리만 떼 갖구
가는 게 좋겠지요."

"그건 좋두룩 해요."

그 친구가 황망히 뛰쳐나가는 것을 보고 나는 어이가 없었다. 당원

이란 사람이 벌써 사상이 흔들려 남으로 뛸지 북으로 뛸지 결정을 못해 갈팡질팡하고 있었다.

그래도 다행한 것은 그 친구가 유일한 재산인 재봉침 대가리를 떼 짊어지고 그리고 식구까지 끌고 강계까지 무사히 후퇴를 해 20여 일 후에 나와 다시 만나게 된 것이었다.

우리는 어머니와 세 살짜리 아들을 고모에게 맡겨 먼저 떠나보내고 덩그렇게 빈집에 둘이서만 남았다. 누이동생도 그동안에 결혼을 했으나 아직 아이가 없었다. 그 남편은 나와 같은 조선의용군 출신으로서 당시는 인민군의 공군 사령관. 그런 관계로 공군 사령부의 부관이 장령들의 가족을 호송하는 편에 우리 어머니와 아들도 딸려 보냈던 것이다.

이틀 뒤, 바람결에 먼 포성이 은은히 들릴 때 우리는 리상조(후일의 주소 대사)의 가족이랑 함께 소형 트럭으로 평양을 빠져나오는데 차는 작고 사람은 많아서 짐이라고는 가방 하나와 배낭 하나를 겨우 가지고 올랐다. 그러니까 가재도구를 고스란히 놔두고 몸만 겨우 빠져나온 셈이다.

마지막으로 짐을 챙길 때 내가 굳이 《고요한 돈》 상, 하 두 권만은 꼭 넣어 가지고 가야 한다니까 스물세 살의 젊은 색시였던 집사람은 두말없이 가방 속에 들어 있던 화장품 상자를 꺼내고 그 자리에 책 두 권을 대신 밀어 넣었다.

"그건 뭐요. 그 삐주룩한 거?"

"이건 김두봉 선생님이 우리 결혼식 때 보내 주신 은수저예요."

집사람은 그 은수저 한 벌을 소중스레 수건으로 싸서 가방 속에 묻었다.

나는 어렵사리 모아 놓은 책들을 책장째 고스란히 놓아두고 떠나는 게 허전하고 아쉬워 곧 눈물이 날 지경이었다. 사내 꼬부랑이가 이럴진 대 가재도구를 몽땅 놓아두고 떠나는 집사람의 사정이야 어떠했으랴!

그때 내가 호신용으로 차고 온 권총을 훗날 주덕해를 통해 연길시 공안국에 바쳤고, 그리고 가족사진들은 어머니의 사진 암질러 몽땅 '문화대혁명'의 제물로 돼 버려 한 장도 남아 있는 게 없다. 당시의 물 건으로 40여 년이 지난 지금까지 우리 집에 남아 있는 것은 《고요한 돈》 두 권과 은수저 한 벌뿐, 우리 집 가장집물의 조종이라고나 할까.

청천강 다리목까지 온즉 부대에서 검문소를 설치하고 오가는 사람 들을 일일이 검문하는데 그 총지휘관이 다름 아닌 림천규였다. 나는 림천규의 건의를 받아들여 동행들과 갈라졌다. 그리고 림천규가 내주 는 월리스(소련제 지프차)로 계속 후퇴를 하는데 림의 부인과 젖먹이 아 들을 맡아서 뒷좌석에다 태웠다.

폭격기는 투탄 목표가 지정돼 있으므로 운행 중의 개별적인 차량은 공격을 하지 않는다. 운행 중의 차량들을 극성스레 따라다니며 심악 스레 공격하는 것은 쌕쌕이(분기식 추격기)뿐이었다. 그렇건만 림천규의 부인이 높이 떠오는 폭격기만 보아도 질겁을 하는지라 번번이 대피를 아니 할 수가 없어서 길이 예상 밖으로 더뎠다.

밤이 안전하다고 낮에 자고 밤에 달리다가 무인지경에서 괴한의 습 격을 받고 권총으로 격퇴를 하는 등 별별 일을 다 겪으며 목적하는 강 계를 다다른즉 '정황이 위급해졌다'며 먼저 와 있는 누이동생네 일행 은 다시 압록강가의 만포까지 후퇴할 준비를 서두르고 있었다.

사회 질서가 뒤죽박죽이 돼 버린 가운데 다시 만포까지 와 가지고 '공군 사령부의 장령 가족들은 신의주로 집결하라'는 지시에 따라 누이동생네 일행은 차머리들을 서남으로 돌리는데 할머니 품에 안겨 있을 우리 아들 녀석은 오직 할머니만이 '제일강산'이므로 뒤에 떨어지는 애비 에미에게는 예사롭게 "빠이빠이!" 하고 손 한 번을 흔드는 게 고작이었다.

우리는 만포에 그대로 눌러붙을 요량이었으므로 상당한 기간 몸담아 있을 집부터 하나 구하기로 했다. 그런데 여장들을 막 풀었을 즈음 압록강에 임시로 가설한 배다리로 지원군 부대들이 홍수처럼 밀려드는 게 아닌가. 그걸 보자 나는 '이젠 살았구나!' 한숨이 트이었다. 나라가 망할 염려는 이제 없어졌기 때문이다.

그런데 더구나 의외롭고 또 반가운 것은 문정일이 그 부대의 후근처(후방부) 대표로 만포에 나타난 것이었다. 문정일과 나는 중앙군교의 동창이자 또 조선의용군의 동료. 그러니까 동란 중의 국경선상에서 옛 전우들과 해후상봉을 한 것이다.

"폭탄이 자꾸 떨어지는 판에 절름발이가 여기서 뭐 할 테냐. 더구나 안식구들 데리구. 당장 월강을 해. 내 우리 후근처에다 소개신을 써 줄 테니까, 그럭해. 여기선 못 배겨 낸다구. 쌈이 그래 한두 달에 끝날 것 같아? 그런 꿈은 꾸지도 말아."

우리는 당일 밤으로 끝이 없이 잇달린 자동차들 틈에 끼어서 압록강의 배다리를 북으로 건넜다. 차를 모는 하사관 암질러 우리 모두에게 만주는 생소한 땅―낯선 고장이었다.

집사람은 유명짜하면서도 또 괴상야릇한 남편을 얻은 덕에 또 한번 알거지가 돼 가지고 국경선을 넘어야 했다. 하지만 그것으로 고생이 다 끝난 것은 아니었다. 진짜 고생은 뒤에 또 기다리고 있었다. 홑으로가 아니고 겹으로 기다리고 있었다.

후근처의 정치위원도 나와 같은 팔로군 출신이었으므로 대우를 잘해 줘 우리는 집안(集安) 초대소에서 며칠 동안 편안히 드러누워 노독을 풀었다.

며칠 후, 전쟁 지는 통에 패잔병 꼴이 다 돼 버린 림천규가 따발총을 엇멘 호위병 둘을 데리고 불쑥 나타났다. 나는 그의 부인과 아들을 깔축없이 돌려줌으로써 소임을 다하고 집사람과 단둘이 홀가분한 몸으로 됐다.

집안에 머무는 동안 나는 조선의용군 출신의 장령들을 여럿 만났다. 거의 다 패전 장군들이었다. 개개 다 군대는 어디다 어떻게 쉐깔렸는지, 풍비박산이 됐는지 아무튼 사단 지휘부는 전원이라는 게 사단장 본인까지 합쳐 모두 네 명씩. 그 구성 요소를 볼작시면— '왕별짜리' 하나, 중위 부관 또는 소위 부관 하나, 운전사(대개는 하사관) 하나, 그리고 젊고 예쁜 여자 하사관 하나, 개개 지휘부가 다 무슨 공식처럼 꼭꼭 이렇게 짜여 있었다. 전쟁판에 다들 놀아난 게 아닌가 싶었다.

정치 총국장 대리로 통화 사령부에 와 있던 서휘를 만난 것이 나의 그 후의 운명을 결정했다. 그는 부관 하나와 예쁜 여비서 하나를 뒷좌석에 태우고 고산진 사령부로 가는 길이었다. (서휘는 당시 아직 독신이었으므로 예쁜 여비서를 달고 다녀도 도덕적으로 별문제는 없었다.)

"어쩔 작정이야?"

"주덕해하구 최채가 연변에 있다구 그리 가라구 문정일이가 권하던데……."

"그런 촌구석엔 가 뭘 해. 북경으루 가라. 정령이 지금 중앙문학연구소 소장이다. 거기 가 공부나 해…… 전쟁이 끝날 때까지. 절름발이가 이런 데서 얼쩡거리는 건 보기에 안 좋다. 내 호교목(胡喬木)한테 소개신을 써 주마. 그러구 난 사흘 후에 돌아올 테니까 먼저 통화에 가 있어. 왕자인(부총참모장)이가 거기 있으니까 초대소에 들게 해 달라구 그래."

저녁 차로 통화역에 내리기는 내렸으나 우리 부부는 추워서 죽을 지경이었다. 왕자인이 부관을 시켜 내보낸 차를 타고 사령부에 도착하니 맞아 나온 왕자인이 그 가는 눈을 더 가늘게 뜨며 히죽거렸다.

"왜들 그 모양이야?"

"말 말아. 얼어 죽잖구 예까지 온 것두 다 하느님 덕분이다."

"하하, 동북은 처음 와 보지?"

"처음이니 뭐니…… 이렇게 추운 델 줄이야……. 정말 난생처음이라니까."

우리는 당장에서 솜군복 한 벌씩 얻어 입고 그리고 초대소에 와 더운저녁(때가 지났으므로 다시 데워다 주는 저녁)을 달게 먹고 소생한 기분이 돼 얼굴을 마주 보며 새삼스레 웃었다. (집사람의 얼굴은 축이 많이 갔었다.) 그러나 자리에 누워서는 식구들의 안위가 걱정이 돼 잠들이 잘 오지를 않았다. 나중에 알게 된 일이지만 우리가 통화에 다다랐을 무렵 신의주에 집결했던 장령 가족들은 다 길림성 이통현 초대소에 안치들이 됐었다.

대엿새 뒤에 우리는 연길에 와 최채를 만나고 또 왕련(王連, 공군 사령관)을 만났다. 왕련은 연길에다 인민군의 항공학교를 옮겨올 문제를 교섭하느라고 와 있었다. 주덕해는 마침 출장 중이어서 못 만나고 최동광을 만났다.

우리는 곧 이통으로 가 어머니와 누이동생을 만났다. 그리고 아들을 도로 찾아 데리고 북경으로 향했다. 북경에서는 먼저 와 있던 정설송

(丁雪松, 정률성의 부인)이 우리의 안내역을 맡아 줬다. 호교목을 만나러 갈 때도 그녀가 안내를 해 주었다. 정률성은 조선 전선에 나가고 없었고 그 집에서는 칠십 노파인 정률성의 어머니가 하나밖에 없는 손녀 샤오티(小提)와 전라도 사투리의 조선말과 중국말을 섞어작으로 해 가며 재미나게 살고 있었다.

이야기의 순서가 좀 바뀌기는 하지만 이통에서 있었던 일을 몇 줄 더 보태기로 한다.

우리 부부가 느닷없이 이통 초대소를 찾아 들어갔을 때 아들 녀석은 마침 무슨 막대기 같은 것을 들고 혼자 놀고 있었다. 그런데 이 녀석이 우리를 한눈 보더니 쑥스레 한번 킥 웃고는 모르는 체하고 제 놀 것만 그대로 노는 게 아닌가. 참으로 별난 녀석이었다. 순전히 동양적인 감정의 표현 방식이었다. 애비와는 전연 다른 성격이었다. 하긴 40년이 지난 지금도 그 녀석은 역시 그렇긴 하지만.

또 한 가지 우스운 것은 그 녀석이 이통에 와서 난생처음으로 눈이라는 것을 봤을 때의 반응이다. 아침에 일어나 밖으로 나오다가 마당에 첫눈이 하얗게 깔린 것을 보자 그 녀석은 손뼉을 딱 치며 "아이야, 소금 많이이!" 하고 경탄성을 발하는 것이었다.

북경에서 나는 정령의 주선으로 중앙문학연구소에 들어가 근 이태 동안 연구원으로 있으면서 문학 공부를 했다. 그러다가 연변에 자치주가 성립된 뒤에 연길에 와 정착을 했다. 그리하여 오늘까지 파란곡절을 겪으며 40년이란 세월을 만만찮게 살아왔다.

'반우파 투쟁'

연변에 와서는 4년 남짓한 동안 일을 했을 뿐이다. 1957년에 터진 '반우파 투쟁'으로부터 강청(江靑) 일당이 특별 법정의 피고석에 서는 1980년 말까지 장장 24년 동안을 우리 일가는 그야말로 지옥살이의 나날을 보내야 했다. 그 24년 동안에 집사람이 당한 수모와 받은 고통은 필설(筆舌)에 절(絶)한다. 글과 말로는 다 할 수가 없다는 말이다.

어제까지 항전 간부라고 사람들의 존경을 받던 남편이 하루아침 사이에 극악한 반동분자로 낙인찍혀 사람들의 지탄을 받을 때 그 안해가 받는 충격은 과연 어떠했을까.

소학교 2학년생인 외아들이 반동분자의 자식이라고 학교에서 담임선생에게 붉은 넥타이―소선대원에게는 목숨같이 소중한 붉은 넥타이―를 회수당하고 눈물과 콧물이 범벅이 돼 가지고 돌아왔을 때 그 엄마의 가슴은 또 어떠했을까.

이 세상의 불행은 단독으로 오지 않는다. 정치적인 타격에 잇달아서 들이닥친 것은 경제적 타격.

당시의 소문으로는 내가 책을 많이 써내서 원고료를 굉장히 번다고들 했었다. 하지만 '소문난 잔치에 먹을 것이 없다'고 실속은 그리 탁탁하지를 못했다. 평양에 남아 계신 어머니의 생활비를 외아들인 내가 부담해야 했기 때문에 집사람은 효부 소리를 들으려고 그랬는지 아무튼 시어머니 바라지를 최대한으로 잘했다. 항공학교 교장이 평양 사령부에 비행기(군용기)로 출장을 갈 적마다 그 편에 양복지를 몇 필씩 부쳐 드렸던 것이다. 그래서 교장의 장모님이 늘 "나도 저런 며느리나 하나 두었더면." 하고 푸념을 했던 것이다.

이런 '속 빈 강정의 잉어 등(燈)' 같은 살림에 돌연 불어닥친 것은 '대약진'의 강풍.

한 알에 7전씩 하던 닭알이 불과 두 달 사이에 60전으로 껑충 뛰어오르고 그리고 양배추가 2원에 한 포기가 아닌 반 포기. 이런 판국에 내 월급은 생활비라는 걸로 변하면서 홀 50원으로 돼 버렸다. 그러니까 집사람은 양배추 13포기쯤을 겨우 살 수 있는 돈으로 세 식구를 한 달 동안 먹여 살려야 했다.

집사람은 무어나 좀 값이 나감 직한 게 눈에 띄면 띄는 족족 들고 나가 먹거리를 바꿔 들였다. 허구한 날 풀떼기로 연명을 하는데 그나마 어른들은 점심을 거르고 아들만 세끼를 먹이는 까닭에 나는 배가 홀쪽해서 점점 더 개미허리가 됐다. 개미허리가 되니 바지가 자꾸 흘러내려 적어도 두어 달에 한 번씩은 꼭꼭 혁대에다 구멍을 더 뚫어야 했다. 집사람은 나보다도 그 정도가 더욱 심해 아예 세요궁(細腰宮)의 궁녀 꼴이 돼 버렸다. 옛날 초나라의 세요궁에서는 허리가 가늘수록 왕의 굄을 받았던 까닭에 궁녀들이 너도나도 허리통을 줄이려고 밥을 굶다가 그 정도가 너무 지나쳐 굶어죽은 폐단까지 있었다.

형편이 이쯤 되다 보니 집사람이 먹거리 구하기에 안깐힘을 쓴 것도 무리는 아니랄 수밖에. 피나무 껍질로 떡을 해 먹어 보기도 하고 또 무슨 나뭇잎을 빻아서 개떡 수제비라는 걸 해 먹어 보기도 하고…… 식생활이 차차 너저분해지고 또 다양해졌다. 나중에는 마당에 자란 피마주를 따다가 맷돌에 갈아서 무슨 지짐을 지져 먹으려다가 세 식구가 구역질이 나는 통에 못 먹고 그냥 내다 버리기까지 했다.

워낙 시어머니를 몇 달 못 모셔 본 데다가 일가친척이라는 게 하나도 없었던 까닭에 집사람은 살림살이를 전혀 할 줄 몰랐다. 아예 손방이었다고나 할까.

옹이에 마디로 엄동설한에 목숨을 걸고 사는 움 속의 김치를 어느 거룩한 성인군자분이 하룻밤 사이에 몽땅 퍼 가는 바람에 우리는 한때 절망에 빠지기까지 했다.

가까스로 그 지리감스러운 겨울을 나고 봄이 되자 집사람은 이웃에 사는 팔십 노인을 따라 시내에서 10여 리 잘 떨어진 산자락에 가 그 할아버지의 도움을 받아 가며 난생처음으로 콩을 심었다. 그리고 여름에는 몇 번인가 가 김을 매 주었다. 나는 '괜스레 헛수고를 하지'쯤 생각하고 마음에 두지도 않았었는데 가을이 되자 뜻밖에도 집사람이 콩을 두어 말 잘 되게 머리에 이고 들이닥치는 게 아닌가. 한 절반은 깐 콩이고 한 절반은 꼬투리째로였지만 그렇게도 대견할 데라구야! 우리는 금세 무슨 큰 부자라도 된 것같이 흐뭇해 먹지 않은 배가 절로 부를 지경이었다.

어렵사리 4학년생이 된 아들이 농촌에 가을걷이를 도우러 나갔다가 여러 날 만에 돌아와 하는 이야기를 듣고 우리는 가슴이 아팠다. 아이들이 배가 고파 날콩들을 까먹는데 날콩이 너무 비려서 다들 코를 쥐고 먹었다는 것이다. "그렇지만 엄마가 심어 온 이 콩은 익혀서 먹을 테니까 좀 좋아." 하고 아들이 손뼉을 치던 모습이 아직도 눈앞에 선하다.

이런 원시인 같기도 하고 또 하등동물 같기도 한 생활을 몇 해 동안 하고 나니 우리 집은 또 알거지가 돼 버렸다. 그러니까 집사람은 세 번째로 알거지가 된 셈이다.

'문화대혁명'

3년 후에 내 월급이 다시 원래대로 나오게 되고 또 번역이라도 해서 그럭저럭 생계를 유지하게끔 되자 우리는 안도의 숨들을 내쉬었다. '이젠 살게 됐나 보다'고. 그러나 어찌 알았으리. 다섯 해가 채 못 돼서 '역사상 전례가 없다'는 정치의 소용돌이 속에 또다시 휘말려 들 줄을.

'신(新) 8.27'이라는 반란 조직에서 통첩이 오기를 "24시간 이내에 주 당위원회에 출두해 주덕해의 죄행을 적발하라."

연거퍼 세 번 통첩을 받고도 모두 무시해 버렸더니 한밤중에 대여섯 명의 폭도가 쳐들어와 나를 납치해 차에다 싣고 쏜살로 하남 다리를 건너는 것이었다. 하남 다리를 건너자 그자들은 내 눈을 가려 가지고 어디를 어떻게 데리고 왔는지 아무튼 나중에 알고 보니 내가 갇혀 있는 곳은 자치주 정부 3층의 끝에서 두 번째 독방이었다. 며칠 후 전인영이 잡혀 와 내 바로 옆방에 갇혔다. 옥상에 중기관총까지 배치를 한 까닭에 주정부 청사는 마치 나치스의 포로수용소와도 같았다.

집사람은 그때로부터 4년 7개월 동안 남편의 행방을 모르고 살았다. 나중에 문화궁전에다 천여 명 사람을 모아 놓고 공판을 할 때도 가족에게는 알리지 않아 그 장관의 재판 놀음을 집사람은 방청하지 못했다.

징역 10년의 판결을 받고 추리구 감옥으로 압송되기 직전에 간수소 (구류소)에서 한 15분 동안 집사람과 아들을 면회했는데 집사람은 모습이 초라하고, 그리고 아들은 다 자란 청년이었다.

감옥에서 복역하는 몇 해 동안 나는 가족들에게 면회를 오지 말라고 했다. 어려운 살림에 여비 팔고 싱겁게 뭣 하러 오느냐는 것이었다. 나

는 한 가장으로서 제 식구를 벌어먹이지도 못하는 게 여간 한스럽지
가 않았다. 집사람은 만 10년 동안 내 대신 가장 노릇을 해야 했다.

폭도들은 그 후에도 우리 집을 여러 번 들이덮쳐 노략질을 낭자하게
했다. 당시야말로 혁명의 이름으로 죄악이 살판 치는 무법천지가 아니
었던가!

처음에 집사람은 공중변소를 맡아 청소하고 집집이 돌아다니며 한
달에 10전씩 위생비를 거둔 것으로 아들과 둘이서 연명을 했다. 그 후
신세가 좀 펴이어 맞벌이 부부네 어린아이들을 맡아보게 됐다. 이때가
말하자면 중흥기쯤 될 것이다. 그러나 정치의 검은 그림자는 여기에도
드리웠다.

—반혁명분자의 가족에게 사회주의의 소중한 꽃봉오리들을 맡기는
것은 혁명적 경각성이 부족한 탓. 그러니까 어린아이들에게 반동사상
을 전파하거나 독약을 먹여 죽일 수도 있잖은가—이런 뜻이 되겠다.

맡아볼 어린아이가 없어진 집사람은 아들하고 둘이서 목숨을 부지
하기 위해 채소 농장에 날품팔이로 들어갔다. 일은 고돼도 반혁명분자
의 가족이란 말을 듣지 않아 마음만은 편했다. 그러나 날품팔이는 일
거리가 없어지면 해고를 당하기 마련, 이른바 계절노동자다.

집사람은 부득이 농업에서 공업으로 직업을 바꿨다. 벽돌공장의 날
품팔이꾼이 된 것이다. 그러나 엄동설한이 되면 벽돌공장도 조업을 단
축하므로 날품팔이꾼들은 뿔뿔이 흩어져 제 갈 길을 가야 했다.

살길이 막막해진 집사람은 염마청(閻魔廳)만큼이나 섬뜩한 공안국
을 찾아가 하소연을 했다.

"산 입에 거미줄이 치게 할 수는 없잖습니까?"

공안국에서는 사람을 내보내 우리 집 살림 형편을 뒷조사해 보고 썻

은 듯 부신 듯한 적빈임을 확인한 뒤 '그 정도로 구차할 줄은 미처 몰랐다'고 새삼스레 놀라며 신흥가 판사처에 소개신을 써 줬다. 직업을 알선해 주라는 내용이었다.

그때 마침 신흥가에서는 가도(街道) 공업으로 비누공장 하나를 막 세웠었다. 그러나 반혁명분자의 가족을 받아들여 일을 시키기에는 그들은 너무나 혁명적이고 프롤레타리아적이었다. 그들의 혁명적 경각성은 공안국보다 훨씬 더 높았던 것이다. 하긴 다른 직공들이 반혁명분자의 가족과 접촉하기를 꺼린다는 이유도 없지는 않았다. 결국 그들은 하남에 있는 도자기공장에다 소개신을 써 줘 집사람을 배송하기로 했다. 역신(疫神) 마마를 배송하듯 배송을 한 것이다.

집사람은 그 공장에서 삽으로 도토(陶土), 백토(白土) 따위를 퍼 담고 퍼 넣는 일을 한 칠팔 년 동안 잘 했다. 내가 10년 만기 출옥을 하고도 또 3년 뒤에 다시 열린 공판정에서 무죄 선고를 받을 때까지 줄곧 그 일을 했다. 정년이 돼 쫓겨날까 봐 나이를 속이고 쉰네 살까지 그 일을 했다. 그러게 나중에 퇴직 수속을 할 때 인사 과장이 놀라서 눈을 크게 뜨며 고개를 절레절레 저었지.

"멀쩡한 28년생이구먼……. 여직껏 나이를 속였었구먼!"

집사람은 출근도 해야지, 집안 살림도 해야지…… 일 년 열두 달 삼백예순날을 부지런히 날뛰어야 하는데 공장이 멀어서 출퇴근에 시간을 굉장히 잡아먹는 게 큰 문제였다. 그래서 오십을 바라보는 나이에 늦깎이로 자전거 타기를 배웠다. 그리고 죽어라 하고 열심히 일한 결과 고정공으로 정식 채용이 됐다. 오십이 거의 다 돼 가지고서의 일이다. 그런데 풍자적인 것은 집사람을 따돌렸던 가두의 붉디붉은 비누공장이 도산을 한 것이다. 경영의 부실로 도산을 해 가장 혁명적이던 여성들이 모두 실업을 한 것이었다.

어머니가 혼자서 고생하는 것을 보다 못한 아들이 진학을 포기하고 화학비료공장에 들어가 운탄공이 됐을 때 집사람의 착잡했던 심정은 무어라고 표현을 해야 할지. 단 하나밖에 없는 아들이 대학에를 갈 대신 굴뚝 속에서 빠져나온 괴물처럼 새까맣게 돼 가지고 온종일 석탄하고 씨름을 하는 것을 바라보는 집사람의 가슴속에는 한이 오갔을까, 체념이 오갔을까. 짓궂게도 화학비료공장과 도자기공장은 쌍둥이같이 서로 딱 달라붙은 바로 이웃이었다.

다음은 내가 그맘때 추리구 감옥에서 집사람에게 써 보낸 한 통의 편지의 전문이다.

혜원:

30년 전 이달 스무나흗날 대동강변 경제리(鏡齊里)에서 맺어진 인연은 곡절 많은 삶의 흐름을 이루고 때로는 흐려졌다 때로는 맑아졌다 꾸준히 또 줄기차게 흘러내렸습니다. 은혼의 여울목은 이미 지났고 금혼의 나루터는 아직 멉니다. 앳되던 당신의 얼굴에는 연륜의 거미줄이 희미하게 얽혔습니다. 하지만 우리는 눈앞에 푸르싱싱 자라나는 후대들을 봅니다. 부푼 희망 속에 기대에 찬 눈으로 푸르싱싱 자라나는 후대들을 봅니다. 삶의 흐름은 앞으로도 의연히 밤에 낮을 이어 흐르고 또 흐르고 자꾸만 자꾸만 흐를 겁니다.

이른 봄 종다리의 희열을
늦가을 기러기의 적막을
아울러 이 가슴에 안겨 주신 이

조선의 어엿한 딸 혜원 여사께
삼가 이 몇 줄 글을 바치옵니다.
삼가 이 몇 줄 글을 바치옵니다.

학철

1977년 4월 초하루

산에 둘린, 물에 둘린 추리구에서

원래 살던 넓은 집에서 밀려난 집사람은 됫박만 한 단칸방에서 며느리를 맞아야 했다. 아들의 나이가 어느덧 스무여덟 살이 돼 더는 기다릴 수가 없었던 것이다.

내가 만기 출옥을 해 가지고 집이란 데를 돌아와 보니 다섯 달이 아직 채 못 된 젖먹이 손자가 기저귀를 차고 반듯이 누워서 토실토실한 팔다리를 쉴 새 없이 놀리고 있는데 그 모양이 흡사 발랑 잦혀 놓은 거북이 같았다.

여러 해 동안 서로 갈라져 있다가 다시 만난 부부의 감정이란 글과 말로 다하기가 어려운 것.

山疊未遮千里夢

산이 첩첩해도 천리의 꿈을 가리지 못하고

月孤相照兩鄕心

달이 외로워도 두 고을의 마음을 비춰 준다.

전기 철조망으로 둘린 감옥 안에서 금년에도 또 내년에도 봄이 오고 가을이 가고 그리고 여름과 겨울이 섞바뀌는 동안 이런 시를 조용히

읊조리며 혼자 살아온 이 남편이 아니었던가.

집사람이 혼자서 며느리 맞고 손자 보느라고 너무너무 고생을 해 핏기 없이 마르고 핼쑥해진 것을 보고 나는 놀라움을 금치 못했다. 미안하다는 생각과 연민의 정이 이 가슴을 한가득 채웠다.

그 뼈와 가죽만 남은 집사람이 꾸려 놓은 살림은 어찌나 넉넉했던지 손자를 업어도 두르고 나갈 담요가 없을 지경이었다. 그래도 우리는 원래의 세 식구가 30년 만에 다섯 식구로 늘어나 가지고 한자리에 둘러앉게 된 것만을 다행으로 여겼다.

그로부터 3년 후에 내가 다시 공판정에 나서서 무죄 판결을 받던 날 아침, 집사람은 갑작스레 급병이 나 연변 병원에 입원을 했다. 시집온 지 33년 만에 처음 해 보는 입원이었다. 닷새 뒤에 거짓말같이 병이 다 나아 퇴원을 하기는 했지만 아무튼 공교롭기가 똑 뭐 같은 일이었다. 남편이 징역 10년의 판결을 받을 때도 방청을 못 했고 또 그 남편이 무죄 판결을 받을 때도 방청을 못 하고—하느님의 뜻은 알 길이 없다고나 해야 할까.

집사람은 별 특징이라는 게 없는 여자—보통 여자다. 아무 데서나 잘 자라나는 잡목처럼 눈에 띄지 않는 여자다. 그러나 칠전팔기하는 끈덕진 성질과 온화한 성정을 아울러 지닌 여자다.

집사람이 내 눈에는 양귀비보다 더 예뻐 보이고 성모 마리아보다 더 어질어 보이고 또 잔 다르크(프랑스의 애국 소녀)보다 더 용감해 보인다. 뿐만 아니라 성춘향 찜쪄먹게 절개가 곧아 보이기까지 한다.

내가 집사람 앞에서 꼼짝을 못 하고 쩔쩔매는 까닭이 바로 여기에 있는 것이다.

서울 나들이

지지난해 가을, 우리 부부는 40 몇 년 만에 서울 나들이를 갔다가 거리거리가 놀랄 만큼 변한 데에 어리벙벙해 웃음거리극을 적잖이 놀았다.

자동판매기

난생처음으로 자동판매기라는 것을 봤는데 거기다가 동전을 밀어넣으면 따근따근한 커피가 저절로 나오는 것을 보고 신기해했는가 하면 또 라면이 제창 컵에 들어 있고 사발에 들어 있고 해서 우리 부부는 감탄하다 못해 서로 얼굴을 마주 보았을 정도다. 우유까지 갑 속에 넣어 판다는 것을 알고는 '우리가 이거 마법의 세계를 유람하고 있잖나?' 의심이 들 지경이었다. 천지개벽 이래 '우유는 으레 병 속에 들어 있기 마련'이라는 관념이 무너지는 마당이었다.

커피를 한 잔씩 사 마셔 볼 생각으로 우선 100원짜리 동전 한 개를 넣어 보았더니 아니나 다르랴 기분 좋은 덜꺼덕 소리와 함께 일회용 컵에 골막하게 담긴 커피가 척 놓여지는 게 아닌가. 그런데 웬일인지 거스름돈 50원은 나오지를 않는 거다. 암만 기다려도 나오지를 않는 거다. '나오다가 어디 걸렸나?' 걸린 것을 밀어낼 요량으로 100원짜리 동전 두 개를 또 밀어 넣어 봤더니 이번에도 역시 커피만 나오고 거스름돈은 감감무소식이다. 나는 슬그머니 화증이 났다. '서울 놈들이 워낙 새알 볶아 먹을 놈들이라더니…… 요놈의 판매기마저 고 못된 버릇을 따잖나!' 협잡에 걸려 억울하게 50원씩 더 주고 산 커피를 두 늙은이가 마주 서서 마시고 있을 즈음에 웬 젊은이 하나가 다가오며 곧 호주머니에서 동전을 뒤져내는 품이 아무래도 또 우리처럼 올가미를 쓸 모양이라 "이보 젊은이, 그놈이 거스름돈을 떼먹는 버릇이 있으니 그런 줄 알라구." 귀띔을 해 주었다.

"거스름돈요?"

그 젊은이는 판매기의 어느 부위를 한번 눈여겨보더니 곧 손가락으로 가리켜 보이면서 "할아버지, 여기 거스름돈 다 나가구 없다구 불이 켜졌는 걸 못 보셨군요." 도리어 나를 일깨워 주는 것이었다.

촌닭 관청에 잡아다 놓은 것 같은 우리 두 늙은이는 네 눈을 마주 보며 어이없는 웃음을 웃었다.—그런 복잡한 문서를 알 턱이 있나. 허참, 욕은 괜히 했지, 새알을 볶아 먹느니 뭐니.

블랙커피

커피하고는 무슨 업원인지 이것 말고도 또 한번 곡경을 치러야 했다.

어느 점잖은 분이 끄는 대로 강남의 무슨 리버사이드라나 레이크사이드라나 하는 호텔의 커피숍에를 들어가 봤는데 사단은 거기서 났다. 그분이 웨이터에게 주문을 하는데 "여기 블랙커피 하나.—선생님은 뭘 하시겠습니까?" 하고 물어서 나는 졸지에 '오, 블랙커피라는 게 아마 제일 비싸고 제일 고급인 모양'이라고 판단, '여기두 블랙 하나.' 하고 가장 익숙한 체 웨이터에게 손가락까지 하나 뻗쳐 보였다. 마치 일생의 태반을 힐튼호텔 같은 데서만 살아온 무슨 직업 외교관 따위를 방불케 하는 풍도였다.

여기까지는 아주 멋이 있었는데 그다음이 급전직하, 글자 그대로의 '고배를 들다'였다. 앞에 갖다 놔 주는 검은색의 커피를 태연자약하게 한 모금 마신 나는 '아이고, 이거 탕약 아냐?' 혼잣속으로 왼새끼를 꼬았다. 이렇게 소태같이 쓴 것을 좋다고 마시는 놈들의 취미를 정말 모를 노릇이었다.

그러나 고상한 신사적인 풍도를 흐트러뜨려서는 아니 되니까 의식적으로 얼굴에다 두 가지 표정을 조화롭게 지어야만 했다. 그 하나는 깊은 맛을 음미하는 것 같은 우아한 표정, 그리고 또 하나는 사뭇 즐거운 양 환하게 밝은 표정, 이 두 가지였다. 거기다가 행복한 것 같으면서도 또 대수롭잖게 여기는 것 같은 표정까지를 가미한다면 더욱 효과적일 터이나 아쉽게도 그 경지에까지는 도달하지를 못한 모양이었다.

예로부터 전제군주—또는 공화의 간판을 건 독재자—의 가혹한 통치하에서 죽지 못해 살아가는 백성들은 아무리 배가 고프더라도 시시각각 '소인들은 이 세상에서 가장 행복합니다'를 외쳐야 하고 또 '상감님 만수무강 엎드려 비나이다'를 외쳐야만 했었다. 안 그랬다가는 당장에 목이 달아날 판인데 뉘라서 감히?

그 쓰디쓴 블랙커피 한잔을 가장 감미로운 듯이 들이키면서 나는 가련한 백성들의 신세를 톡톡히 체험했다. 죽지 못해 살아가면서도 '행복합니다'를 외쳐야 하는 백성들의 고된 신세를.

사발면

파고다공원에서 우리 부부는 이 세상에 컵면이라는 것과 사발면이라는 게 있다는 것을 처음 알았다. 우리는 그때까지 라면이라는 것은 으레 종이봉지나 비닐봉지에 들어 있기 마련, 다른 형태로는 존재하지 않는 걸로, 존재하지 못하는 걸로 알고 있었다. 달팽이란 으레 나선형 껍질 속에 들어 있기 마련인 것처럼.

처음에 웬 노인이 벤치에 걸터앉아 컵면을 들고 있는 것을 보고 신기해서 "그게 뭐라는 거죠?" 물었더니 그 노인은 나를 아래위로 한번 훑어보고 나서 "컵면이요." 대답을 해 주는데 그 여운에 '저게 대체 어느 산골에서 기어 나온 무지렁이야'가 역연했다.

그도 그럴 것이 이 넓은 서울 바닥에서 나이 칠십이 넘도록 컵면이 뭔지를 모르는 인간이 어찌 사람대접을 받을 것인가.

매점에다 주문을 하니 들었다 봤다 하고 55초가 채 못 걸려 뜨거운 컵면 두 개를 갖다 주는데 열어 보니 '하느님 맙소사' 왜 하필이면 시래기 고명일고. 나는 기가 막혔다. '문화대혁명' 때 10년 동안 감옥에서 허구한 날 시래깃국만 들이대는 바람에 이젠 보기만 해도 이에서 신물이 날 지경인 시래기를 이 좋은 서울에 와 또 복습을 하라다니!

시래기를 마다하지 않는 김학철 부인에게 컵 둘을 다 떠맡기고 "이런 거 말고 다른 건 없느냐?"고 교섭을 하니까 "육개장이 어떨까요?"
한다. 육개장 소리에 귀가 번쩍 뜨여 어서 가져오라니까 이번엔 또 "사
발면으루 할갑쇼?" 한다.

"사발면? 사발면이란 게 뭐지요?"

나의 이런 무식한 물음에 조금도 개의찮고 그 사람은 일편단심 오로
지 팔 욕심에 "네, 저 컵면보다 갑절이나 큰 거, 이렇게 큰 겁니다." 하
고 두 손으로 사발의 원둘레를 형용해 보이기까지 하는 것이었다.

난생처음 먹어 보는 그 육개장 사발면은 그때까지 먹어 본 무슨 호
텔의 뷔페, 무슨 하우스의 정식, 무슨 관의 뭐라는 요리들이 다 무색해
질 지경으로 인상적이었다. 한마디로 내 식성에 꼭 들어맞는 절품이었
다. 하긴 값이 굉장히 싸다는 것도 일정한 작용을 했을 것이다.

필연적인 귀결로 나는 파고다공원 매점의 육개장 사발면 단골손님
이 돼 버렸다. 한 주일에 적어도 한두 번씩은 꼭꼭 그곳을 찾았다. 그
렇거늘 하늘도 무심하지, 이 웬 날벼락이냐.

―공업용 소기름으로 만들었다는 게 들춰 드러나다니! 내가 그토록
좋아하던 그 라면이 공업용 소기름으로 만들어진 거라니!

신문, 텔레비전들이 대서특필…… 시끌벅적…… 아침저녁으로 보
도하는 것을 눈으로 보고 귀로 들으며 나는 어이가 없었다. '비행기를
세 번씩이나 갈아타며 나흘 닷새 걸려서 어렵사리 찾아온 서울. 내가
그래 어려운 서울 나들이를 고작 공업용 소기름을 먹으러 왔단 말인
가? 무에 먹을 게 없어서!' 나는 식도로부터 위를 거쳐 소장, 대장에 이
르기까지 온통 바셀린과 모빌유를 혼합한 것 같은 끈적끈적한 물질로
맥질을 해 놓은 것 같아 속이 구질구질한 게 자꾸 메스꺼워 났다.

아무리 돈벌이에 눈이 뒤집혔다 한들 그런 큰 회사가 성예(聲譽)도

돌보잖고 신용도 저버리고 엄청난 양의 공업용 소기름을 들여다가 속임수를 써서 퍼먹이다니. 인사불성도 이만저만이 아니다.

자꾸 먹는 이야기만 하는 것 같아 죄송스러우나 서술의 순서가 워낙 그렇게 걸신스럽게 돼 먹었으니 널리 양해를 해 주시기 바란다.

대구탕

대구탕의 정식 명칭은 대구탕반이지만 일반적으로는 '반(飯)' 자를 떼고 그저 대구탕이라고 하는데 그전 세월에는 한 그릇에 15전씩 했었다. 당시 한 그릇에 12전씩 하던 설렁탕과 더불어 서민층이 즐기는 음식으로서 일종 서울의 명물이었다.

대구탕이란 경상도 대구식으로 끓인 장국밥. 주로 곱창, 곤자소니, 흘떼기, 양 따위를 푹 고아서 양념을 하고 맵게 만드는 게 그 특징이다.

이 그리운 대구탕을 40여 년 만에 한번 먹음으로써 그동안 쌓인 회포를 풀어 보려고 애를 쓴 보람도 없이 우리 부부는 끝내 그 원을 풀어 보지 못하고 말았다.―아쉬운지고!

서울의 한 40대 후반의 친구더러 대구탕을 한번 먹어 보기가 소원이랬더니 "아 그게 뭐 어려운 일입니까. 가시죠." 통쾌하게 자담하고 그 친구는 곧 우리 부부를 차에 태우고 신바람 나게 몰아 대는 것이었다.

이윽고 동숭동 어느 식당(그의 단골집인 모양) 앞에 차를 세우는데 보니 아닌 게 아니라 그 입간판에 명시된 음식 목록 가운데 '대구탕' 석 자가 뚜렷이 들어 있잖은가. 우리 부부는 서로 마주 보고 회심의 미소를 띠었다. '이젠 먹어 놓은 거나 마찬가지'라는 뜻이었다.

그러나 하느님 맙소사. 급기야 한 그릇씩 앞에다 갖다 놔 주는 걸 보니 이게 웬일이냐. 대구탕하고는 애당초에 사돈의 팔촌도 되기가 어려운 무슨 정체를 알 수 없는 괴물탕이 아닌가!

"이게 뭔가요?"

"선생님, 대구탕을 잡숫겠다잖았습니까? 이 집 대구탕이 아주 유명하다구요. 자 어서들 드세요."

그 친구가 가장 잘한 듯이 또 요공(要功)하듯이 자꾸 권하는 바람에 우리 부부는 하릴없이 숟가락을 들기는 들었으나 참으로 기가 찼다. 그건 우리가 바라던 그 대구탕과는 거리가 멀어도 이만저만 멀지 않은, 해산물인 생선 대구로 끓인 국—생선국이었다. 하나는 포유류 태생 동물이고 하나는 난생류 짠물고기니까 말하자면 육군 참모장을 찾아간다는 게 길을 잘못 들어 해군 참모장을 방문한 거나 마찬가지였다.

특히 50대 이하의 서울 친구들은 진짜 대구탕이라는 것을 본 적도 들은 적도 없이 그저 그렇게 마음 편히 살고들 있었다. 공룡이나 유인원(미사리) 따위는 알아도 맵디매운 장국밥 대구탕은 모르고들 살았다.

홍어회

KBS 친구들과 고성의 통일전망대를 가다가 속초에서 하룻밤을 묵는데 저녁에 바다가 바로 눈앞에 바라보이는 어느 식당에서 식사를 했다. 특별 주문인 듯 싱싱한 홍어회라는 것을 들여왔는데 연장자라고 그러는지 홍어의 머리가 나를 향하게 놓아 주었다. 굉장히 큰 길둥 그런 접시에 너부죽이 엎드려 있는 홍어의 등에는 갖가지 고명들이 얹혀 있는데 회칼에 온몸이 저며졌건만 홍어는 그냥 살아서 두 눈을 똑바로 뜬 채 부울룩부울룩 숨을 쉬고 있잖은가. 그 잔인함에 나는 소름이 끼쳤다. 닭을 잡는 것만 보아도 끔찍해서 고개를 외치고 도망질을 치는 사람의 턱밑에다 왜 하필이면 이런 걸 놓아 줄까. 참 야속도 하지.

나는 술만 입에 대지 않는 게 아니라 무릇 회라고 이름이 붙은 것은 다 먹지를 않는다. 내가 괴짜가 돼 그런지는 모르겠지만서도 아무튼 그 저녁 식사를 나는 체면에 몰려 불고기 추렴에 끼어든 노루 모양 매우 멋쩍게 치렀다.

일찍이 광동, 광서 사람들이 산 원숭이의 골통을 까고 골을 파먹는다는 얘기는 들었지만서도 실지로 보지는 못했었는데 서울 나들이를 한 덕에 숨이 붙어 있는 홍어가 술안주로 되는 것을 눈앞에 보았으니 그만큼 견식이 넓어졌다고 해야겠는지 모르겠다.

먹는 이야기만 하다가 첫 회의 편폭이 다 차 버렸다. 하지만 '민이식위천(民以食爲天)'이라고 우리 보통 사람들이 살아가는 데는 아마도 먹는 게 제일 중한 모양이니 크게 흠 잡힐 것까지 없을 것 같다.

옛집

60년 전에 살던 옛집을 한번 찾아보고 싶은 마음이 간절했으나 놀라우리만큼 변모한 서울의 거리거리를 둘러볼 때, 관훈동 69번지 옛집이 그대로 남아 있어 주기를 바란다는 것은 한낱 허황한 꿈만 같았다.

그래도 종시 미련을 떨쳐 버릴 수가 없어서 검불밭에서 수은 찾기로 한번 나서 봤다. 허허실실로 안국동 네거리에서 인사동을 향하고 걸으면서 왼손 편 골목을 하나하나 세어 나갔다. 세 번째 골목으로 꺾어져 들어가다가 왼손 편으로 두 번째 집, 놀랍게도 나지막한 조선기와집이 그대로 남아 있잖은가! 전날의 대문간과 행랑방은 '할머니집'이라는 음식점으로 변했고 또 사랑채는 무어라나 하는 표구점으로 변했지만서도 한눈에 알아볼 수 있는 우리 집, 옛날의 우리 집이 틀림없었다.

나는 오랜 세월 실전(失傳)됐던 족보라도 찾아낸 듯 대견해 울렁거리는 가슴을 안고 표구점의 열려 있는 가게문 안에다 고개를 디밀었다.

"여기가 혹시 관훈동 69번지가 아닌가요?"

"네 맞습니다, 69번지."

대답하며 주인은 찾아온 뜻을 묻는 듯이 나를 뻔히 바라보았다.

"아니 저…… 실은 무슨 볼일이 있는 게 아니라…… 저 이 집이 옛날에…… 그러니까 지금으루부터 한 오륙십 년 전에…… 우리가 살던 집이었죠. 그래 그저 괜히…… 지나던 걸음이라 한번 들러 본 거예요. 딴 일은 없습니다."

발명하듯 말하고 나는 총총히 발길을 돌렸다.

당나라 시인 하지장(賀知章)이 50년 만에 귀향을 하니까 동네 아이들이 몰라보고 '어디서 오시는 손님이냐'고 묻는 바람에 감구지회가 더한층 깊었다는 시가 있다. 그 시의 그윽한 경지와는 거리가 먼 현대판 시경(詩境) 속에 잠긴 채 나는 터덜터덜 걸어서 락원동 숙소로 돌아왔다.

우리 바로 옆방인 308호에는 일본 와세다대학교 교수 오무라 씨 부부가 투숙하고 있었다. 오무라 씨는 벌써 오래전부터 내 작품들을 일본에다 소개를 하고 있었다. 그들 부부와 우리 부부는 그들 부부가 연변대학에 일 년간 와 있는 동안에 상종이 잦았던 까닭에 아주 친숙한 사이였다.

내가 옛집에 다녀온 이야기를 하니까 오무라 씨는 크게 흥미를 가지는 것이었다.

"내일 한번 같이 가 보십시다. 사진을 좀 찍어야겠습니다."

이튿날 두 쌍 네 사람이 '할머니집'에 가 식사를 하면서 여주인에게 연유를 설명하고 안채를 좀 구경해도 좋으냐니까 '어서 그러세요'라는 한마디로 쾌히 허락을 해 주었다.

안에를 들어가 보니 놀랍게도 60년 전의 옛 모습이 거의 그대로 남아 있잖은가. 오무라 부인은 속사포식으로 신바람 나게 셔터를 눌러 댔다. 여기까지는 아주 만점이었다. 그러나 나중에 '일본말 하는 외국 손님' 대접으로 바가지요금을 씌우는 것은 아무리 좋게 생각을 할래도 낙제점이었다.

"안채 관람료가 너무 비싸군!"

우리 네 사람은 여주인이 알아들을까 봐 일본말로 이렇게 지껄이고 한바탕 웃었다. 우리가 바가지요금을 알면서도 모르는 체 흔연스레 치러 주는 것을 보고 약삭빠른 여주인은 후회를 했을지도 모를 일이다.

'아뿔싸, 좀 더 우려내도 되는걸!'

밖으로 나오자 출입문에서 엇비슥이 좀 떨어진 길바닥을 가리켜 보이면서 '여기가 바루 방학 때마다 내가 나와 서서 우편배달을 기다리던 곳'이라고 거두절미하고 안내를 하니까 오무라 씨는 듣고 귀가 솔깃해졌다.

"우편배달은 왜요?"

"까닭이 있죠." 하고 잇달아서 나는 그 까닭을 설명해 드렸는데 그 사연인즉 대개 이런 것이었다.

내가 서울서 학교를 다니던 시절에는 다들 기말시험이 끝나는 날이 곧 방학날이었다. 방학만 하면 시골에서 올라온 엄청난 수의 학생들이 썰물처럼 서울을 빠져나갔으므로 통신부(성적표)는 다 며칠 후에 우편으로 부쳐 주게끔 돼 있었다.

그런데 나는 자신의 받을 점수가 어느 정도일 것을 매양 손금에 다 쥐고 있었으므로. 뻔하잖은가! 그런 휘황찬란한 통신부를 죽어도 어른들의 눈에 띄게 할 수는 없는 형편이었다. 참으로 딱한 사정이었다. 그래서 통신부가 배달될 무렵이면 미리 나의 물샐틈없는 경비진을 쳤었다. 눈에 화등잔을 켜고 보초를 서는 것이다. 그리하여 영락없이 내 손아귀에 들어오는 통신부는 영원한 비밀에 붙여지곤 하는 것이었다.

설명을 마치고 우리 넷은 그 보초 서던 유적에 서서 또 한바탕 웃음판을 벌였다.

퇴폐 이발소

서울서는 이발소를 듣기 매우 고아하게 이용원이라는 것 같으나 나는 습관 되지 않아 그냥 우리 식으로 부르니 널리 양해를 해 주시기 바란다.

'머리가 귀를 덮으니 저게 뭐냐'고 안늙은이가 잔소리를 하는 게 듣기 싫어 이발소를 찾아 나섰다가 나는 뜻하지 않은 웃음거리극을 또 한번 놀아야 했다.

락원상가 어느 건물 지하층에 자리 잡은 이발소를 찾아 들어간 것까지는 무난했었는데 그다음 장(章)이 삶은 소대가리도 웃을 노릇이었다.

널직한 층층대를 다 내려왔는데도 사람은 그림자도 보이지를 않는 지라 그전 식으로 '이리 오너라!' 부르려다가 고만두고 "여보시오, 여기가 이발하는 데요?" 들떼어놓고 큰소리로 불러 봤더니 하늘에서 떨어졌는지, 땅에서 솟았는지 아무튼 눈앞에 갑자기 나타나는 게 있는지라 정신을 수습하고 자세히 살펴본즉 젊은 여자가 둘이다. 그것이 두 젊은 여자임을 확인한 순간 내 머릿속을 스쳐 지나간 것은 어느 신문에서 읽어 본 '퇴폐 이발소'. 그러자 사유가 다시 엉뚱하게 비약을 하더니 이번에는 '에이즈(AIDS)!'

나는 속으로 켕기면서도 짐짓 태연스레 용건을 밝혔다.

"이발을 하러 왔는데요."

두 여자는 참새 굴레 씌우게 약은 눈으로 내 주제꼴을 한번 가늠을 해 보더니 그중의 하나가 쟁그럽게 웃으면서 "할아버지, 여긴 이발 요금이 아주 비싼 데야요. 만 원씩 받는다구요."

그러니 당신 같은 촌늙은이는 어서 딴 데나 가 보라는 수작이었다. 나는 핑계모가 좋은지라 '마침 잘됐다' 생각하고 아주 능청스레 "그렇게 비싸면야 안 되지." 하고 길을 잘못 든 촌보리동지 역을 완벽하게 놀았다. 내가 말썽 없이 돌아서는 것을 보자 자칫 젊은 여자가 얼른 다가오더니 곁부축을 해 주면서 "조심하세요, 층층대." 하고 친절을 베푸는데 그것만은 영리를 목적으로 하지 않는 자원봉사가 틀림이 없었다.

하마터면 걸릴 뻔한 에이즈의 공포에서 해방이 된 나는 한동안 거리를 헤매다가 마침내 좀 허술해 보이는 이발소 하나를 찾아내는 데 성공을 했다. 성공은 했지만서도 막상 들어가 보니 놀랍게도 이발소라는 게 1인 1실—독거 감방 식으로 돼 있잖은가. 그전의 서울서처럼 또는 현재의 중국서처럼 이발 의자가 죽 늘어놓인 광실형(廣室型)이 아니더란 말이다. 하지만 그렇다고 일단 발을 들여놓은 이상 비겁하게 가재걸음을 칠 수는 없는 일이었다. 그리고 또 한편 가만히 생각해 보니 만원이니 천 원이니 하고 얼렁뚱땅 배송을 내지 않는 것만도 고마운 처분이 아닐 수 없었다. 나는 감사하는 마음을 안고 이발사(이용사) 분이 지시하는 대로 체경 앞에 조심스레 착석을 했다.

깔끔한 솜씨의 가위질이었다. 우리 연길서처럼 전기바리캉을 사용하지 않는 게 인상적이었다. (우리 그 바리캉들은 항시 헌털뱅이 오토바이가 비포장도로를 질주하는 것 같은 소음을 동반한다.) 그리고 분초를 다투는 초고속으로 양털 깎기 경기처럼 눈 깜박할 사이에 한 사람씩 해내뜨리고는 점호라도 하듯이 "다음 분!" 하고 외치는 우리의 이발법과도 아주 대조적이었다. 차분한 분위기가 마음에 들었다.

그런데 괴이한 것은 가위질이 끝나자 이발사 분은 꺼지듯이 사라져 버리고 그 대신 젊은 여자분 하나가 갈마들어서 면도를 해 주겠단다. 우리 연길서는 남자 이발사든 여자 이발사든 다 일관 작업이다. 자초지종 다 혼자서 책임을 진다. 이런 해괴한 분공합작 현상은 존재하지를 않는다.

나는 또다시 속을 끓이기 시작했다. 에이즈가 공기 전염도 하는지 어쩌는지를 몰라 속이 다는 것이다.

'이럴 줄 알았더라면 미리 좀 똑똑히 알아 뒀을걸!'

그 면도사 분이 마개를 따서 친절스레 건네주는 그 무슨 음료를 내가 그래 받아 마실 듯싶은가. 천만에! 원두쟁이 쓴 외 보듯 했으면 오히려도 괜찮게. 나는 숫제 거부적으로 도리머리를 흔들었다.

장관의 이발이 다 끝이 나서 요금은 5천 원이란다. 만원의 절반밖에

안 됐다. 그렇지만 우리 중국의 이발 요금과는 비교도 할 수 없는 고
액—무려 30배였다.

동창생

방이동에 새로 지은 보성 중고등학교는 고전미와 현대미가 혼연일
체를 이루어 프랑스의 어느 궁전을 연상케 할 만큼 단아하면서도 또
장중했다. 50여 년 전에 내가 다니던 시절의 혜화동 교사와는 그야말
로 천양지차였다.

교우회를 통해 반세기 이전 동창생들을 찾아보니까 서울 시내에는
예닐곱 친구가 겨우 남아 있을 뿐 나머지는 다 외지에 살지 않으면 거
처불명, 타계를 한 이도 적지 않았다.

오랜 세월 제각기 제 갈 길만 가다 보니 기억이 삭막해져 옛 친구를
만나도 알아보지를 못할 지경이었다.

은종윤(殷鐘尹)이라는 친구를 만나기는 만났으나 소싯적의 얼굴 모
습은 고사하고 이름조차 떠올라 주지를 않아 한참 동안 낑낑거리다
가 일본말로 부르던 이름이 생각나서 "오, 그러니까 임자가 '인쇼인'
이구먼!" 하고 손목을 덥석 잡는 진풍경까지 연출을 했다. '은종윤' 석
자를 일본말로 부르면 바로 부르나 거꾸로 부르나 다 '인쇼인'이 되는
까닭에 그게 우습다고 놀려 주던 일이 기억에 남아 있었던 것이다.

일본군과 맞서 싸우느라고 값진 청춘을 고스란히 바쳐 버린 내가 옛
친구의 이름을 원쑤의 말 일본말로만 기억을 하고 있다니, 참으로 웃
지 못할 아이러니—기괴한 인연이었다. 하지만 은종윤 당자도 "그래

그래 인쇄인, 바로 그 인쇄인."이라며 반가운 웃음을 웃는 바람에 우리들의 우정은 갑자기 들물처럼 치런치런해졌다.

다행히도 은종윤과의 해후는 이루었지만 또 한 친구 오월봉은 만나지를 못하고 말았다. 저세상으로 가고도 또 3년이 지났었기 때문이다.

오월봉은 전라도 뭐라나 하는 천석꾼의 아들로서 남들이 다 열서너 살에 입학하는 중학교를 나이도 자그마치 스무 살에 입학을 했을 뿐더러 집에는 또 조혼한 안해까지 있었다. 안해만 있는 게 아니라 그 안해에게는 또 두 아들까지 딸려 있었다. 그래서 우리 '잔고기'들은 그를 놀려 먹는 것을 인생의 낙으로 삼았었다.

졸저《격정시대》에 이런 단락이 있다.

오월봉이는 워낙 넉살이 좋아 누가 무어라고 놀려도 골을 내는 법이 없었다. 휴식시간에 몰래 숨어 담배를 피우는 오월봉이를 일부러 찾아가 가지고 "오월봉, 느 색시 얼굴 이쁘니?" 하고 놀려 준즉 오월봉이는 싱글싱글 웃으면서 담배 연기를 선장이 얼굴에다 훅 뿜어 주고 "느그 엄마 말이냐?" 하고 이죽거렸다.

"아들이 몇 살이라구?"

"느그 형님 말이지? 니보다 두어 살씩 더 먹었다. 이담에 만나거든 형님, 나 사탕 좀 사 주우, 사 주우 그래라."

"너 술두 먹지?"

"약주 받아 갖구 와 무릎 꿇구 따라 올려 봐라. 잡숫나 안 잡숫나."

"너 없는 동안에 느 색시 바람 피우면 어떡허니?"

"요놈의 새깡아, 아직 꼭대기 피두 안 마른 것이 벌써 고런 주둥아릴 놀려? 니두 불알이 여물라거든 어서 와 내 담배 연기나 더 맡아라."

세상에 이렇게도 욕을 타지 않는 놈을 선장이는 처음 보았다. 오리나 거위의 털에는 기름기가 있어서 물이 와 닿으면 묻지 않고 대굴대굴 방울져 굴러 내린다고 한다. 그와 마찬가지로 오월봉이도 살가죽에 욕을 타지 않는 무슨 기름기가 있어서 욕이 달라붙지를 못하고 대굴대굴 굴러떨어지는 모양이었다.

오월봉이 살아서 이 단락을 읽어 보았더라면 얼마나 좋았으랴. 아쉽기 그지없구나.

방이동 신교사에 가 강연을 한 것과 소설가 조정래 교우와 혜화동 구교사를 찾아본 것으로 모교와 동창생들에 대한 그리움을 달래나 볼까, 이 먼 나라의 하늘 아래서.

주택 사정

서울에 체류하는 동안 초대를 받아 어떤 분의 아파트를 한번 가 본 적이 있다. 엘리베이터를 타고 올라가 청해 들이는 객실에 멋도 모르고 들어서다가 나는 새삼스레 제 몸에서 촌티가 지르르 흐름을 감득했다. '으리으리한 옥루금궐이 그 어떻더냐'는 글귀가 떠올라서 몸가짐이 어줍어졌다. 그런데다가 또 불을 끄고 시원하게 트인 창문으로 내다보는 밤 한강의 야경은 그야말로 이 세상에 사는 보람을 느끼게 할 지경이었다.

그 초청이 '촌놈의 어진혼을 한번 빼 보자'는 속셈에서 나온 거라면 주인은 소기의 목적을 달했다고 자부를 해도 좋을 것이다.

그런데 나중에 알고 보니 내 어진혼을 뺐다는 그 '옥루금궐'도 서울서는 중류층을 좀 벗어난 거란다. 그러니까 옛날식으로 점수를 매긴다면 '을상(乙上)'과 '갑하(甲下)' 사이에 놓인다는 얘기가 되는 것이다. 그러니 '갑'이나 '갑상'쯤은 어떠하리라는 것을 가히 짐작할 수가 있잖은가. 우리 같은 촌놈들은 어진혼만 빠지는 데 그치지 않고 아예 졸도를 해 버려 구급차가 출동을 하게 될지도 모를 일이다.

형편이 이렇건만 또 한편으로는 구태여 달동네나 란지도까지 찾아가지를 않더라도 다른 한 극(極)을 보아 내기는 어렵지가 않은 게 서울이었다.

락원상가 뒷골목에 아직도 보존돼 있는 조선기와집들을 '용케 아직도 남아 있다'고 감탄하며 둘러보다가 나는 어느 열려 있는 대문으로 무심코 안을 한번 엿보았다. 그전 격식대로 한다면 대문간 옆에 달린 행랑방이 되겠는데 그 방문 앞 쪽마루 양쪽에는 드나드는 길만 터놓고 살림 제구들이 포갬포갬 덧놓였었다. 그리고 쪽마루 밑에는 크고 작은 신발들이 네댓 켤레 어지러이 벗어 놓여 있었다. 그러니까 그 됫박만한 단방에서 현재 네댓 명 식구가 살고 있다는 얘기가 될밖에 없다.

달동네, 란지도의 점수를 '정(丁)'이라고 한다면 이것은 '병(丙)'이나 '병하'쯤 될 것이다. 비닐로 지은 가건물에서 한 가구가 살면서도 철거령이 내릴까 봐 전전긍긍한다는 얘기도 있는데 그런 주거를 점수로 따진다면 '정'도 못 될 거니 '무(戊)'나 '기(己)'라고 특별히 창안한 점수를 매겨야 할 것이다.

이러하기에 나는 아름다운 서울을 '천당과 지옥이 동거하는 곳'이라고 특징지었던 것이다. 빈부의 격차가 이쯤 되면 사회적인 동란은 으레 일어나기 마련이다. 불 위에 올려놓은 물이 끓지 않기를 바란다는 것은 어리석은 사람들이 할 노릇이다.

선량한 사람들의 자비심에 의해 인류 사회의 불평등이 사라질 것을 바란다는 것은 가련한 인생의 아름다운 환상이 아니면 의도적인 기만 밖에 더 될 게 없을 것이다.

감구지회

몇몇 문학의 벗들과의 좌담이 끝난 뒤 '북악산엘 한번 올라가 보잖 겠느냐'는 것이다. 북악산은 학창 시절에 삼청동을 거쳐 늘 올라가 놀 았던 곳이다. 해방 후 일본 감옥에서 돌아와 보니 그 북악산 꼭대기가 남벌을 당해 보기 흉한 번대머리로 변했었다. 일본 군대가 고사포 진 지를 만드느라고 그 꼴을 만들어 놨다는 것이다. 그 옛 자취를 한번 찾 아보고 싶은 마음은 꿀딱하나 목발을 짚고 다니는 신세인지라 엄두가 나지 않았다.

"아이구 선생님두, 포장도로가 전망대까지 직통했는데 무슨 그런 걱정을 다 하십니까. 자 떠나시죠."

경의선을 통일 열차가 달린다는 소식을 들은 것만큼이나 반가우면 서도 또 놀라왔다.

―한 꿈이 이리도 쉽사리 이루어질 줄이야!

무슨 암살단 사건이라는 게 계기가 돼 가지고 이 포장도로가 닦아졌 다는 설명이었다. 전화위복인지 새옹지마인지 아무튼 결과가 좋으니 경사랄밖에.

전망대 위에서 남산을 바라보며 나는 서울의 대기오염이 심각함을 절감했다. 그리고 세검정을 굽어보고는 전에 없던 집들이 다다귀다다귀 들어앉은 데 놀랐다.

1930년대의 세검정에는 천연 반, 인공 반으로 된 수영장이 있었는데 지금은 그 형지조차 찾아볼 수가 없게 됐었다. 여름철만 되면 수영복을 타월로 동여매 들고 창의문을 넘나들며 개헤엄, 개구리헤엄, 송장헤엄, 자맥질에 크롤(자유형)까지 익히던 수영장, 그 수영장이 이 지구상에서 영원히 사라져 버린 것이다.

그 세월에는 전자오락실 같은 비건강형 놀이터가 없었다. 햄버거도 보온도시락도 다 없었다. 그래도 아이들은 무럭무럭 잘 자랐다. 아마 콩나물국, 고추장찌개를 인삼, 녹용으로 잘못 알았던 모양이다. 아무튼 놀랄 만큼 잘들 자랐다.

동아일보사에 불리워 갔을 때 40대 중년의 기자분을 보고 "옥상에 지금도 비둘기가 있느냐?"니까 그 기자분은 "비둘기? 무슨 비둘기?" 하고 마치 페르시아말로 질문을 받기라도 한 것처럼 어리둥절해하는 것이었다.

"30년대엔 기자들이 지방으루 출장을 갈 때 이 옥상에서 기르는 전서구를 한두 마리씩 꼭꼭 갖구 갔었죠. 그때만 해두 지방은 통신 시설이 엉망이었으니까요."

나는 갑자기 권위 있는 역사학 교수라도 된 것 같았고, "네에 그래요. 처음 듣습니다. 그랬었군요." 하는 그 기자분은 흡사 낙제나 겨우 면할 정도의 신입생 같았다.

보성고 2학년 때 선생님 인솔하에 견학을 왔다가 옥상 비둘기장 앞에서 들은 이야기를 60년 후에 신바람 나게 되팔아 먹는 나 이 김학철도 김학철이지만 본사의 그런 연혁도 모르고 근무를 해 온 그 기자 양반도 또 유쾌할 만큼 유쾌했다. 한마디로 세상이 변한 것이다. 상전벽해가 틀림이 없는 것이다.

안국동 네거리에서 종로 2가(왜정 때는 2정목)까지 가려면 인사동 길을 가야 하는데 그전에는 길이 포장이 되지 않았던 까닭에 해가 나고 마르면 흙먼지가 일고 또 날이 궂어 비가 오면 길바닥이 온통 곤죽이 됐었다. 그래서 구두를 진날 개 발 모양을 만들지 않으려면 오버슈즈(고무덧신)라는 것을 구두에 덧씌워야 했었다.

특히 여름에는 먼지를 재우느라고 살수차가 물을 뿌리며 다녔는데 그 살수차에도 층하가 있어서 종로 같은 큰 거리를 오가는 것은 자동차식 살수차였고 또 인사동 길처럼 지엽적인 거리를 오가는 것은 손수레(구루마)식 살수차였다. 그러니까 손수레꾼이 그 '물 구루마'를 끌고 하루 종일 물을 뿌리며 다녔던 것이다. 비 오는 날은 뿌리지 않아도 되는지 '구루마'고 사람이고 다 눈에 띄지 않아 한 번도 보지를 못했다.

방학에 원산 고향에를 내려가니까 서울 구경을 못 해 본 친구들이 서울 이야기를 해 들리라고 졸라서 살수차가 거리로 물을 뿌리며 다닌다는 이야기를 했더니

"야 임마, 우릴 촌놈이라구 뻥을 까는 거냐?"

"자동차가 물을 뿌려? 오줌은 안 뿌리구?"

"듣자 듣자 하니까 그 새끼 정말."

"서울 가서 임마, 월사금 바치구 배워 왔다는 게 고작 대포 놓는 거냐?"

온통 모다들어 여지없이 몰아세우는 것이었다.

그때 원산에서는 아직 불자동차도 없어서 불이 나면 소방대들이 바퀴 달린 무자위를 끌며 밀며 달아다니는 판이었다. 그러니 우물 안 개

구리 같은 원산 토배기 녀석들이 살수차라는 개념을 받아들이지 못하는 것도 무리는 아니었다.

—소학생에게 미분 방정식, 적분 방정식을 가르치겠다는 놈이 미친 놈이지.

그때부터 나는 아무리 위대한 만고의 진리일지라도 대상 봐 가며 적당히 주장하는 버릇이 생겼다. 소귀에 경 읽기로 시간을 허비하지 않는 꾀가 생겼다. 슬기가 생겼다.

서울 나들이를 '개 바위에 갔다 왔다' 식으로 하지 않은 것이 못내 다행이다.

서울이여, 안녕!

우정 반세기

지난해 가을 43년 만에 서울 나들이를 갔다가 옛 친구 몇몇을 만났는데 그중 한 친구와의 해후는 참으로 뜻밖의 일이었다. 그 친구가 일흔여덟 살 늙은 나이에 아직도 살아 있을 줄은 전혀 예기(豫期)를 못 했었기 때문이다.

해후상봉

그날 오후 객실의 문을 누가 와 두드리기에 나는 그저 예사롭게 "어서 들어오세요." 했더니 문을 열고 들어선 것은 백발의 노인이 한 분, 한쪽 다리가 불인한 모양으로 단장을 짚고 불편스레 걷는데 허름한 잠바 차림의 의표는 그리 선명하지가 못하고 좀 추레했다.

내가 얼른 소파에서 일어나며 내의(來意)를 묻는 눈치를 보이니 그 노인은 뜻밖에도 "학철이, 날 몰라보겠나?" 하고 곧 절뚝거리며 앞으로 다가드는 것이었다. 나는 의아스레 그 얼굴을 살펴보았으나 피뜩 떠올라 주지를 않아서 고개를 비틀었다.

"뉘신지 잘⋯⋯."

"내가 류만화(劉晩華)야, 류만화⋯⋯ 공병(工兵)⋯⋯ 몰라? 공병!"

50년 만에 해후상봉을 한 두 늙은 절름발이는 역사적이고도 감동적인 포옹을 했다. 1939년 가을 중국 강남(양자강 남안) 전선에서 서로 갈라진 뒤 꼭 50년, 햇수와 달수로 꼭 50년 만이었다.

"난 임자가 여적 살아 있으리라곤 꿈에두 생각을 못 했었네."

"나두 마찬가지야. 이렇게 살아서 다시 만나게 될 줄이야 꿈엔들 생각을 했을라구."

"그런데 내가 여기 있는 줄은 어떻게 알았지?"

"아따 이 사람아, 날 고만 주변두 없는 폐물인 줄 알았나? 귀가 있구 눈이 있는데."

"아무튼 반가웨. 자 어서 앉으라구. 우리 앉아서 얘기하자구."

"아무렴 앉아야지."

앞상에 콜라 두 캔이 놓여지는 동안 이야기는 잠시 동이 끊겼다가 다시 이어졌다.

"그래 댁내는 다 평안하구?"

"그 댁내가 전연 평안치를 못하니까 탈이지."

"아니 그게 무슨 소리여?"

"마누라가 죽은 지가 벌써 십 년이나 됐다구."

"음 그래⋯⋯. 거참 안됐구먼. 그럼 아이들은?"

"웅, 아이들이야 있지. 사남매⋯⋯ 아들 둘에 딸이 둘 있긴 있지만 말야⋯⋯. 아들놈들은 다 이민인가 뭔가를 가 버리구 하나두 없어. 그리구 딸년두 큰년은 제멋대루 떠다니느라구 코빼기두 볼 수가 없구."

"그럼?"

"응, 막내년 하나 데리구 있지. 하지만 이건 또 관절염인가 뭔가루 운신을 제대루 못하지 뭐야. 그러니 제년이 날 시봉하는 게 아니라 내가 제년을 시봉하는 셈이지. 참 세상에 별놈의 팔자두 다 많지!"

이렇게 말하고 류만화가 자탄조로 허허 웃는데 나도 동정하는 웃음을 따라 웃지 않을 수 없었다.

"하지만 내가 오늘 임자를 찾아온 건 신세타령을 하려구 온 게 아니여. 40여 년 동안 이 가슴속에 맺혔던 억울함을 호소하려구 온 거여. 그 억울함을 풀어 보려구 온 거란 말야."

"아니 그게 무슨 소리여?"

"들어 봐, 임자는 인민군 출신이지…… 난 국민당 출신이구. 안 그런가?"

나는 대답 없이 그저 그의 얼굴만 빤히 바라보았다. 그가 쉴 새 없이 담배를 피워 대는 바람에 견디다 못해 일어나 창문을 좀 열어 놓고 다시 앉았다.

"하지만 우린 항일 전쟁 때 같은 지대(支隊)에 속했던 전우가 아닌가. 강남 전선에서 우리 다 같이 총을 메구 달아다니잖았나. 임자나 내나 다 김원봉의 부하구 박효삼의 부하가 아니었던가. 안 그런가?"

"그래 맞았어, 틀림없다구."

"그러니까 우린 다 항일 동지지? 독립군, 조선의용대 대원."

"음 그렇지."

"그런데 너희가 날 어떻게 그렇게 섭섭하게 대해 줄 수 있니?"

나는 짚이는 데가 있어서 속이 뜨끔해 아무 대꾸도 안 하고 그저 가만있었다.

"그래 내가 너희들을 어떻게 잡아 줄 수 있니? 내 이 양심이 말
야……. 제 항일 동지를 말야……. 응? 어디 말 좀 해 봐라!"

"이봐 류만화, 그렇게 격해 하지 말구 내 얘길 좀 들어."

그는 담배를 뻑뻑 빨면서도 애써 자제하며 근청(謹聽)할 자세를 취
했다.

"그땐 형편이 그렇게 됐다구. 너무 섭섭하게 생각할 건 없어. 입
장을 바꿔 가지구―우리 입장에 서서―한번 좀 생각해 보라구. 부
득이한 사정이 아니었는가. 임자가 섭섭해하는 건 나두 충분히 이
해를 해."

강남 전선

1930년대, 중국의 웨스트포인트(서점군교(西點軍校))라는 중앙육군
군관학교(황포군관학교의 후신)에는 조선 학생이 상당수 있었다. 그 대부
분이 다 보병과나 기병과 또는 포병과를 택했었는데 전무후무로 오직
한 사람만이 공병과를 택했었다. 그 단 하나밖에 없는 공병과 출신의
항일 군인이 곧 이 류만화였다.

류만화는 얼굴빛이 워낙 희고 콧날이 서고 또 머리까지 노르께한 까
닭에 '트기'라는 별명으로 당시 항일 부대에서는 불렸었다. 이런 친구
가 만 50년―반세기가 지나서, 43년 만에 서울 나들이를 온 나를 호텔
로 찾아와 항의를 한 것이다.

항일 전쟁 당시 우리가 소속했던 조선의용대에는 포병도 기병도 다

없었던 까닭에 어느 '과'를 졸업했든 간에 예외 없이 다 보병 노릇을 해야 했다. 그래서 공병과를 졸업한 류만화도 보병이 아니 될 수 없었는데 그는 그게 맞갖잖아 이따금씩 볼멘소리를 하곤 했다.

"까마귀 둥지에 소리개를 앉히라지!"

그러면 여느 친구들이 듣고 가만있잖고 으레 얄망스레 이죽거리며 한마디씩 하는 것이었다.

"그러게 말야, 범더러 나비를 잡으라는 격이야."

"아냐, 코끼리더러 파리를 잡으라는 격이야."

"틀렸어, 항우더러 송사리를 뜨라는 격이야."

또는

"우리가 맞아 죽으면 그걸 묻는 건 땅파기 전문가가 다 맡아 해 줄 테니까 뒷걱정 없구 좋지 뭐. 그렇지 '트기'?"

"그러다가 그 '트기' 전문가가 먼저 죽으면 어떡하지?"

"미리 저 들어갈 구뎅일 파 놓으래지, 공병삽으루."

"와하하!"

"낄낄…… 낄낄…….''

이러한 상태로 류만화는 우리와 함께 그럭저럭 양자강 이남 지역의 전장들을 전전(轉戰)했다. 그는 성질이 좀 고독한 편이어서 전우들과 터놓고 사귀지를 잘 못하는 까닭에 눈에 별로 띄지 않는 존재로 됐다. 무슨 우스운 일이 있어서 모두들 폭소를 터뜨리는 마당에도 그는 그저 싱글거리기만 했다. 그리고 누가 무어라고 놀려 줘도 대꾸를 아니하고 그저 시물거리기만 할 뿐, 생전 골이란 건 낼 줄을 몰랐다.

이러한 그가 전에 없이 질색을 하며 펄쩍 뛴 적이 꼭 한 번 있었는데 그것은 어느 친구가 죽어 자빠진 적병의 시체에서 군화를 벗겨 냈을 때였다.

"죽었으면 그만이지 또 발까지 벗겨? 저, 저, 저 승냥이!"

이렇게 내뱉으며 그가 낯색까지 변하는 것을 보고 나는 속으로 '음, 저 친구 맘이 어지간히 무던하군그래' 생각하고 저도 모르게 미소를 머금었다.

한데 그가 부족점이라면 정치 학습을 게을리하는 것이었다. 우리가 다들 마르크스레닌주의 서적을 파고드는 판에 그만은 아주 딴 세상에 사는 사람같이 무관심했었다. 학습 토론 때도 그는 입 한번 열어 본 적이 없다. 그저 무료하게 앉아 듣기만 했다. 꾸어다 놓은 보릿자루인지 전당 잡은 촛대인지 알 수가 없을 지경이었다.

그러므로 1939년 가을, 소상강반에 주류하고 있던 조선의용대 제1지대(지대장 박효삼)가 좌와 우로 갈라져 좌파들이 팔로군(공산군)과 합류할 목적으로 북상을 할 때 그가 우파에 속해 그대로 머무른 것은 당연한 귀결이라 해야 할 것이다.

"이봐 류만화, 우리 간다구, 잘 있어."

"응, 잘 가."

그와 나는 이 지경 기치가 선명하게 또 간단스레 작별을 했다. 그때 누가 그 초연 자욱한 전쟁판에서 살아남아 50년 후에 다시 서울에서 해후를 하게 될 줄 알았으랴!

후에 류만화는 한국광복군에 입대를 하고, 그리고 나는 또 나대로 태항산 항일 근거지에서 일본군과 접전을 하다가 중상을 입고 붙들려 일본 감옥으로 압송이 됐다.

1945년 10월 9일, 맥아더 사령부의 정치범 석방 명령으로 일본 전국 각 감옥의 정치범들이 일시에 석방될 때 나도 풀려났다. 그리하여

3주일 후에는 다시금 서울땅을 밟게 됐다. 서울서 보성고의 교복을 입은 채 상해로 떠나간 지 만 10년 만에 귀환을 한 것이었다.

서울에 돌아온 다음다음 날 나는 조선독립동맹 서울위원회와 연계가 닿아 옛 전우들과 4년 만에 다시 상봉을 했다. 내가 일본군에게 잡혀간 뒤에도 그들은 계속 태항산 일대에서 무장 투쟁을 벌이다가 일본이 무조건 항복을 하자 강행군으로 귀국을 해 그중의 일부가 서울에 진출한 것은 바로 두 달 전의 일이라는 것이었다.

서울위원회의 조직부장 심성운만은 1942년에 적군 점령하의 천진에 잠입해 지하활동을 벌이다가 체포돼 서대문 형무소에 끌려가 징역을 살다가 8.15 때 풀려났었다. 그는 본디 서울 사람이었으므로 말하자면 고향에 돌아와 감옥살이를 한 셈이었다. 그도 역시 나와는 사관학교 동기생이었다.

해가 바뀌어 1946년도 어느덧 여름철에 접어들었을 무렵이다. 하루는 심성운이 전에 조선의용대에 소속했던 몇몇 동지만을 따로 불러 가지고 정황을 소개한 뒤 잇달아서 주의를 주는데,

"다들 류만화를 알지? 공병 말이야. 조선의용대에 있던…… '트기'…… 노랑머리…… 응. 그치가 광복군의 신분으루 귀국한 건 다들 잘 알잖아. 한데 요놈이 이번에 군정청엘 들어가 경무부의 뭔가가 됐다는 거야. 워낙 인간이 변변치 못하니까 기껏해야 무슨 끄나불 노릇이나 하겠지만서두…… 우리 몇몇은—그놈의 얼굴을 다 아니까—아주 재미가 적게 됐단 말야. 그놈 앞에선 어떻게 숨을 재간이 있어야 말이지. 도깨비감투나 쓴다면 또 모를까. 그러니 이제부턴 그놈을 각별히 경계하구 어떡해서든 그놈하구 맞다들잖두룩 신경을 써야겠어. 이건 경무부에 들어가 있는 우리 프락치가 빼내 온

정보니까…… 그쯤 알구 명심들 하두룩."

심성운의 신칙을 받고 하도 기가 막혀 내가 "공병을 보병으루 써먹는다구 소리개가 어쩌구 까마귀가 저쩌구 불평을 하던 놈이 이제 그 놈의 델 들어가선 뭘 할 작정인구? 거긴 까마귀 둥지가 아니구 소리개 둥지던가!"하고 푸념을 했더니 연락부장 김창규(일명 왕극강)가 듣고 콧살을 짚어졌다.

"범이 배가 고프면 가재두 뒤진다잖는가. 공병삽으루 땅이나 파먹자니 구차할 게구."

심성운은 감옥살이 팔자를 타고났던지 다음다음 해 봄에 당국에 체포돼 또다시 서대문 교도소에 갇혀 있다가 남북전쟁이 터지고 사흘만에 인민군의 탱크가 벽돌담을 무너뜨리며 들이닥치는 통에 해방을 받아 다시 월북을 했다. 그리고 김창규는 정보 공작을 하는 관계로 미제의 고용간첩인 리승엽의 은사(隱私)를 너무 많이 알았던 까닭에 남북전쟁 시기 한때 점령된 서울에서 위풍을 떨치던 그자에게 꺼리는 바 돼 마침내는 그 일당이 조작해 낸 터무니없는 죄명을 들쓰고 학살을 당했다.

김창규는 강원도 강릉 사람으로서 그와 나는 1930년대에 상해에서 반일 테러 활동을 같이했을 뿐 아니라 후에는 중앙육군군관학교의 동기생이기도 했다. 당시 우리는 그의 말만 믿고 그도 우리 같은 총각으로만 여겼었는데 귀국한 뒤에 보니 안해가 있을 뿐 아니라 딸까지 하나 있었다. 어느 일요일날 그가 웬 여자 대학생을 데리고 공원에 놀러 왔다가 리소민(李蘇民, 일명 이경산(李景山))이라는 친구에게 들켰다. 리소민은 그가 젊은 여자와 연애를 하는 줄 알고 "당장 소개를 못 하겠냐."고 족쳤더니 그는 시물거리며 "실은 내 딸이다.—아저씨께 인사드려." 하고 실토를 해 비로소 그의 가짜 총각이 들통이 났었다.

이것을 나중에 알고 우리 진짜 총각 출신들은 모두 어이없는 웃음을 웃었다.

"멀쩡한 핫애비놈이 사람을 속였지 뭐야."

심성운은 그 조카사위 조규홍과 한날에 풀려나 역시 한날에 월북을 했는데 그 조카딸 김녕현만은 서울에 떨어져 유복자를 낳아 키웠다. 그 유복자 조관현은 현재 서울에서 한 해운회사를 경영하고 있단다.

1946년 11월에 내가 월북하기 직전에 며칠간 숨어 있던 집이 바로 서대문구(지금은 종로구) 행촌동에 있는 김녕현의 집이었는데 그들 모자의 소식을 내가 알게 된 것은 바로 지난 2월. 내가 서울을 떠난 뒤에 KBS 1TV가 방영한 '연변 동포 작가 김학철'에서 김녕현이 죽은 줄만 알았던 김학철을 발견, KBS에 물어 가지고 국제전화를 걸어 와서였다.

이 밖에 예비지식으로 또 좀 밝혀 둘 것들이 있다. 류만화가 앞에서 언급을 했듯이 나는 남북전쟁 발발 이전에 한때 인민군 총사령부에 몸담아 있었다. 그리고 류만화로 말하면 국방군에서 공병 부대를 창건하는 데 공적을 세운 사람이란다. 이 사실을 나는 나중에 한국독립동지회 회장 김승곤(金勝坤, 일명 황민(黃民))을 통해 알았다. 김승곤도 역시 처음에는 조선의용대 대원이었으나 후에 우리가 북상할 때 이념상의 문제로 혼자 탈영을 해 한국광복군으로 넘어갔던 사람이다.

외나무다리

류만화가 적대적인 존재로 부상했다는 정보를 우리에게 전달한 심성운이 그 후 한 달이 채 못 돼 자기 자신이 그 적대적인 존재와 길거리에서 맞닥뜨린다는 아이러니컬한 우연지사가 발생했다. 그날 오후 볼일이 있어 인사동에서 락원동으로 가다가 외나무다리가 아닌 파고다공원 북문께서 둘이 딱 마주쳤던 것이다.

심성운은 하릴없이 연극쟁이로 급변해 엉너리를 쳐야 했다.

"아니 이게 누구여? 류만화가 아닌가!"

"심성운!"

반갑게 손을 맞잡고 "우리가 이거 몇 해 만인가. 가만있자, 그게 아마 39년이었지. 그렇지? 그럼……." 손가락을 꼽으면서, "40, 41, 42, 43, 44, 45, 46, …… 7년 만이군그래…… 아하하!"

"여느 동무들도 다 무고한가? 박 대장(박효삼)이랑 김학무(金學武)랑……."

"박 대장은 무고하지만 김학무는—저세상으루 간 지가 벌써 옛날이야. 태항산에서 희생이 됐다구. 태항산에서 희생된 사람이 숱해. 림평(林平)이랑 호철명(胡哲明)이랑 진락삼(陳樂三)이랑……."

"으응, 그럼 석정(石正, 일명 윤세주(尹世胄)) 선생은?"

"석정 선생두—42년에 전사했지 뭐야. 문명철(文明哲)이, 호유백(胡維伯)이, 김정희(金鼎熙), 마덕산(馬德山)이…… 뭐 숱하다니까."

"거참 안됐구먼. 뛰어난 인재들이었는데……."

"누가 아니래여."

심성운은 새삼스레 애석한 듯 고개를 비틀어 꽂았다.

"우리 길거리에 서서 이럴 게 아니라 어디 조용한 데 좀 가 앉아 얘기하는 게 어때, 바쁜가?"

"아니 바쁘잖아. 좋아, 어서 가자구."

두 사람은 근처에 있는 허름한 다방을 찾아 들어가 한쪽 구석방에 자리 잡아 앉았다.

"뭐 할까. 커피 할까?"

"아무려나, 좋겠지."

류만화는 강남 전선에서 갈라진 뒤 여러 해포 격조하게 지내느라고 피차에 생사도 모르는 옛 친구들의 일이 몹시 궁금한 모양이었다. 그러나 심성운은 속으로 '요놈이 연극을 참 잘 노는구나. 아주 수단꾼이 돼 버렸단 말야. 하지만 네 따위에게 넘어갈 심성운이 아니다' 하고 정신을 도사렸다.

'요놈을 떼쳐야겠는데…… 어떡한다?'

류만화가 또 궁금한 소식들을 잇달아 물어보는 것을 심성운은 "가만, 내 잠깐 좀……." 하고 화장실에를 다녀오려는 것처럼 꾸미며 얼른 일어나 자리를 떴다. 류만화는 심상히 여기고 다시 권연 한 대를 피워 물고 등받이에 편히 기댔다.

다방 뒷문으로 구차스레 빠져나온 심성운은 그물을 벗어난 새가 돼 가지고 훨훨 날지 못해 성화가 날 지경이었다.

이튿날 다시 우리를 모아 놓고 심성운은 "고놈의 '트기'가 아주 딴 사람으로 돼 버렸더라니까. 특무 훈련을 받아두 단단히 받았어. 얼뜨게 걸려드는 걸…… 정말이지 천우신조야." 하고 아슬아슬하게 모면한 것을 자축한 뒤 '다들 전철을 밟지 말라'고 다시 한번 신신당부를 하는 것이었다.

"그 새끼 아주 꺼 버리는 게 더 낫잖을까? 말썽을 부리지 못하게 아예."

"그것두 좋긴 하지만…… 그러자면 일이 너무 좀 거창하잖을까?"

"저놈들에게 구실을 주게 되기가 쉽지…… 좌익을 탄압할."

"그것두 그래."

"좀 더 두구 보다가…… 차차 형편 봐 가며 하는 게 좋을 것 같은데."

"그게 온당해. 구태여 긁어 부스럼 만들 것 없지 뭐."

이리하여 적극적인 대책의 강구는 뒤로 미루어지고 그날의 모임은 일단 헤쳐졌다.

이 무렵부터 공산당 본부─정판사(精版社)가 습격을 받고 또 독립동맹 서울위원회─수산회관이 습격을 받는 등 폭력 사태가 잇달린 데다가 군정청과 CIC에 박혀 있는 우리 프락치의 보고로 블랙리스트에 올라 있는 우리 사람들의 이름이 밝혀져 박달(朴達)과 나는 행동이 불편하므로 먼저 피신을 시켜야 한다는 문제가 제기됐다. 당시 박달은 대학병원 문외과(文外科)에 입원해 있었고 또 나는 소아과 과장 리병남이 우리 액내 사람이었던 관계로 소아과에 숨어 있었다. 박달은 8.15에 서대문 형무소에서 풀려날 때 벌써 척추 카리에스로 걷지를 못했는데 그 후 죽을 때까지 종시 침대에서 일어나 보지를 못하고 말았다.

박달은 10월 말에 육로로 삼팔선을 넘고 그리고 나는 11월 초에 해로로 해주에 득달했다.

조선의용군 출신의 저명한 국문학자 김태준(金台俊)이 당국에 체포돼 사형을 당하고 또 같은 조선의용군 출신의 탁월한 정보원 성시백(成時伯)이 역시 간첩죄로 처형을 당한 것은 그 후의 일이었다.

나는 평양에서 김태준의 부인 박진홍(朴鎭洪)을 만나 저간의 소식을 소상히 들었다.

"가장 믿어 온 제자가 밀고를 했지 뭡니까. 정말 아는 도끼에 발등을 찍혔다니까요."

박진홍의 이 말을 듣고 나는 너무도 어이가 없어 한동안 벌린 입을 다물지 못했다.

한편 성시백은 중국 팔로군에서도 정향명(丁向明)이라는 이름으로 잘 알려진 정보 전문가로서 우리의 조르게라고 할 만한 사람이었다. 조르게(1895~1944)는 일본 정부의 비밀, 주일 독일 대사관의 비밀 등을 소련에 통보한 죄로 일본군국주의에게 처형당한 독일인 공산주의자다.

아무튼 나는 그와 맞다들까 봐 겁이 나는 인물—류만화의 존안을 우러르는 영광을 끝내 지니지 못한 채 서울을 떠나게 된 것만을 못내 다행으로 여겼다. 그리고 얼마 아니 하여 류만화라는 존재는 내 머릿속에서 완전히 사라져 버렸다. 그의 본이름도 나는 모른다. 서울에서 쓰는 이름도 역시 모른다.

남북전쟁 기간 나는 북경에 들어와 중앙문학연구소에서 연구원으로 문학 공부를 하고, 또 서대문 교도소에서 풀려나 입북을 한 심성운은 북경 대사관에 파견돼 와 무슨 비밀적인 일을 하고 있었는데, 그와 나의 담화에서는 단 한 번도 류만화가 거론된 적이 없었다. 그러니까 류만화는 우리들의 뇌리에서 아주 사라져 버렸던 것이다.

그때 심성운의 안해는 서울에서 지하 활동을 하다가 이미 목숨을 바친 뒤였으므로 그는 철부지 어린 남매와 나랏일에 외동딸을 바친 장모를 모셔다가 대사관 안에서 서로 의지하며 살고 있었다. 엄마 없는 아이들은 오로지 그 외조모의 손에서 자라났다.

이렇듯 내 머릿속에서 수십 년 동안 완전히 자취를 감춰 버렸던 류만화가 어두운 밤에 홍두깨 모양 불시에 들이닥쳐 가지고 '가슴속에 맺힌 억울함을 호소하러 왔다'고 가슴을 짓찧으니 내가 어리둥절한 것도 무리는 아니잖은가.

두 독립군

"이봐 류만화, 그렇게 흥분하지 말구 내 얘길 들어 봐."

이야기는 가리산지리산으로 50년의 세월을 거슬러 올라가는가 하면 또 남북조선과 중국 천지를 갈팡질팡하다가 마침내는 서울의 한 호텔의 객실로 되돌아온다. 류만화(78) 대 김학철(74).

"아냐, 내 얘기부터 먼저 좀 다 하구. 임자 얘긴 나중에 들어두 늦잖아."

류만화가 권연 든 손을 내저으며 고집을 쓰는 바람에 나는 하릴없이 공세에서 수세로 전략 전술을 바꿔야만 했다.

"좋아, 그럼 어서 속 시원히 다 쏟아 놓으라구."

"난 말야, 그날 심성운일 만나서 여간만 반갑지가 않았어. 그 지긋지긋한 전쟁판에서 제나 내나 죽잖구 살아남아 조국 땅을 밟게 됐으니 그게 왜 대견하잖겠나. 더구나 피차간…… 칠팔 년 동안…… 소식들두 모르구 지낸 터가 아닌가. 그래 옛 친구들 소식을 알구 싶은 게 하두 많아서 앞에 놓인 커피가 다 식어 뻐드러지두룩 마시잖구 난 그냥 기다렸지. '화장실엘 간 친구가 왜 이리 더딘고' 하구 말야. 그런데 결국은 날 따 버리구 달아났어. 날 따 버리구 달아났단 말야!

임자 날더러 입장을 바꿔 놓고 한번 생각해 보랬지? 바루 그거여. 임자가 다 식어 뻐드러진 커피 두 잔을 앞에 놓구 닭 쫓던 개 지붕 쳐다보듯 하구 앉아 있다면 그 맘이 어떻겠는가. 한번 좀 처지를 바꿔 놓구 생각해 보라구."

따분한 침묵.

"내가 그래 전쟁터에서 한 솥의 밥을 먹구 한 전호에서 잠을 잔 옛 친구, 옛 전우를 잡아 바칠 사람이야? 아무리 이념적으루 좌우인지 전후인지 갈라졌다구 하더라두 말야."

"임자의 그 심정은 나두 충분히 이해를 해. 하지만 그 후에 발생한 일들이 왜 있잖은가. 그러니 우리루서야 경각성을 높이잖을 수 없었지."

"그 후의 일들이라니?"

"김태준 사건, 성시백 사건…… 그리구 심성운이랑 다 잡혀서 갇혀 있다가 전쟁 통에 겨우 풀려나잖았는가."

"김태준인 난 애당초에 알지두 못하는 사람이야. 얼굴도 못 봤어. 그 사람은 후에 태항산으루 들어갔던 사람이 아닌가. 내가 어떻게 알아? 난 태항산을 구경두 못 했는데!"

"옳아, 그건 그래. 김사량이랑 다 나중에 들어왔던 사람이니까."

"그것 봐, 내가 알 턱이 없잖은가. 그러구 그 성시백이…… 성시백인 나두 물론 잘 알지. 잘 알지만서두 성시백인 내가 잡아 준 게 아니거든. 내 얘길 좀 들어 봐. 난 그때 심성운이한테 따돌리우구 큰 충격을 받았어. 인생의 허무함을 느꼈을 정도루 말야. 그래 심기일전해 단호히 군정청을 나와 버렸어. '이러다간 내가 옛 친구들한테 사람 취급을 못 받겠구나' 생각하구 말야. 그렇지만 성시백일 잡아 바칠라면 그럴 계제가 없는 건 아니었어. 기회는 있었어.

그가 잡히기 서너 달 전이었을 거야 아마. 혜화동 로터리 좀 못 미쳐서 둘이 딱 마주쳤지 뭐야. 전연 우연이었지. 그가 이남에 내려와 뭘 하구 있는 걸 내가 왜 모르겠어. 너무나 잘 알구 있었지. 그러구 그를 물어 놓으면 어떤 보람이 있을지두 잘 알구 있었지. 사실 난 그때 반실업자나 다름이 없었어. 구차하게 지냈지. 그렇지만 난—하

늘이 굽어보지—조금치두 맘이 움직이질 않았어. 한잔 나누구 싶었
어. 하지만 어떡해? 그는 나를 한눈 보자 어지간히 놀란 모양이야.
그러게 당황한 기색이 환히 알리게 얼른 외면을 했어. 난 어떡했겠
어? 할 수 있나. 나두 외면을 했지. 그럴밖에 무슨 도리 있어? 참 기
가 막히지. 옛 친구끼리 만나서두 서루 모른 체하구 그냥 지나쳐야
하다니!"

이때 전화의 벨이 울려서 이야기는 잠시 중동이 끊겼다.

"무슨 긴한 일인가? 내가 너무 시간을 잡아먹는 거 아냐?"

"아냐 아냐, 괜찮아. 어서 얘기 마저 하라구."

"뭐 더 얘기할 것두 없어. 죽기 전에 임자를 만나서—임자하구 심성
운하구 단짝이 아닌가.—그러니까 임자를 만나서…… 이 속에 맺힌
억울함을 호소하려구 한 것뿐이야. 내 진정을 피력하고 싶었을 뿐이
야."

그의 가슴속에 40여 년을 서렸다가 일시에 뽑겨져 나오는 원정(冤
情)은 나에게 깊은 감명을 주었다. 그의 진정을 나는 믿지 않을 수가 없
었다.

우리는 새삼스레 두 손을 굳게 맞잡았다. 살아남은 두 독립군, 해묵
은 소나무 같은 두 독립군, 풍상 겪은 두 독립군—그 두 독립군의 거칠
고도 정겨운 악수였다.

"잘 알았어. 나두 긴 해명은 않겠어, 하지만 슬프게두 심성운인 이런
걸 모르구 저세상으루 갔을 게야. 그들의 생사두 모르구 난 이렇게
30년을 살아왔다니까, 56년 하반년부터."

"그두 당했을까?"

"누군들 무사했겠어? 그 피바람 속에서!"

류만화는 신음소리와도 같은 탄식을 했다.

"우린 그동안 다 비극의 주역들을 담당했었어. 역사적 비극, 민족적 비극. 안 그런가?"

"동감이야."

우리는 얼굴을 마주 보고 둘이 다 허구픈 웃음을 웃었다. 하긴 해탈한 웃음이었을지도 모른다.

이윽고 그는 앞상에다 두툼한 봉투 하나를 꺼내 놓으며 말하는 것이었다.

"옛 친구가 먼 데서 왔으니 의당 제 집에다 모셔야겠지만 내 집안 형편이 지금 엉망이야. 딸년 시중드느라구 허리뼈가 휠 지경이지. 팔십의 고개와 이마받이를 하게 된 사람이 무슨 놈의 판국인지 나두 모르겠다니까. 그러니 임시처변으루 임자 객비를 한 달이구 두 달이구 있는 동안은…… 내가 대기루 했어. 이거야, 우선 받아 둬."

"이거 봐 류만화, 그런 염려는 고만두구 제 몸이나 돌봐요. 알겠어? 내 객비는 다 출판사가 부담하는 거야. 그러구 여기저기서 들어오는 강연료가 또 꽤나 된다구."

류만화는 저를 무시한다고—친구를 외대한다고—골을 펄쩍 냈다. 나는 사정사정해 겨우 그 봉투를 호주머니에 도루 넣어 주었다. 그리고 그의 등에다 손을 얹으며 관곡(款曲)히 충고를 했다.

"그 담배 제발 좀 끊어요. 통일이 되는 걸 보자면 좀 더 살아야잖겠나."

류만화는 대답 없이 고개를 저었다. 그리고 눈을 씀벅씀벅하더니 또 한번 허구픈 웃음을 웃는 것이었다.

참배 풍파

지난해 가을 43년 만에 서울 나들이를 갔다가 예상 못 한 풍파를 겪고 아직까지도 뒷맛이 씁쓸하다. 국립묘지에서 참배를 거절해야 한다는 춘사(椿事)가 발생했었기 때문이다. 그 전말인즉 대개 이러하다.

한국 정부에서 항일 전쟁 당시 조선의용대에 소속했던 우리 몇몇을 한국광복군 출신의 '독립 유공자'로 등록을 해 놓은 게 사건의 발단이었다. 우리는 한국광복군과 전연 관계가 없다. 한데도 그 대원 명단 속에 문정일 등 우리 몇몇의 이름이 분명히 들어 있으니 문제가 아닌가.

1940년, 조선의용대의 약 80퍼센트의 대원이 황하를 북으로 건너 팔로군과 합류를 하게 되자 뒤에 남은 총대장 김원봉 씨는 처지가 여간만 곤란해지지를 아니하였다. 그는 생각다 못해 남아 있는 소수의 부하들을 수습해 거느리고 광복군과 병합을 하기로 하였다. 그러나 거느린 병력이 너무 적으니까 임시처변으로 이미 떠나간 우리들의 명단까지를 그대로 가지고 들어갔다. 고골의 《죽은 넋》을 방불케 하는 처사였다.

그 결과 우리들은 분명히 해방구에 들어와 활동을 하고 있었지만 이름만은 광복군에 등록이 되어 그야말로 유령적인 존재로 되어 버렸다. 그러니까 한국 정부는 그 '죽은 넋'적이고 유령적인 명단에 근거해 우리 몇몇을 독립 유공자로 인정을 해 버린 것이었다.

해외에서 돌아온 독립 유공자는 국무총리가 한번 청해다 환대를 하는 게 관례인 모양이어서 유독 나라고 예외일 수는 없었다. 그래서 우리 부부는 총리부에서 보내온 차에 올라 구경스레 차창 밖을 내다보며 생소한 거리를 한동안 달렸다.

달리던 차가 차선을 벗어나며 곧 어떤 굉장한 건물의 구내로 들어가기에 나는 그저 '오, 다 왔나 보다'쯤 생각하고 다시 한번 유심히 살펴본즉 놀랍게도 눈 속으로 뛰어드는 것은 '국립묘지'라는 네 글자였다. 나는 아연 긴장해 "여기가 어디냐?"고 다우치듯 물었다. 하니까 두 수행원 중의 하나가 깍듯이 대답하기를 "네, 여긴 국립묘지올시다. 먼저 참배를 하신 다음에 총리 공관으루 모시겠습니다." 하는 바람에 나는 기가 딱 막혔다.

—보나 마나 국방군의 무덤이 상당수를 차지하고 있을 게 아닌가!

차가 미처 멎어서기도 전에 중대문 안에서 사람 넷이 맞아 나오는데 얼굴마다 환영하는 미소가 가득하였다. 이어 애도곡이 울려 퍼지며 우리 부부가 차에서 내려 분향, 예배할 차례가 되었다. 전연 예상을 못했던 사태에 부닥쳐 난처하기 짝이 없기는 하였으나 그래도 원칙을 포기할 수는 없었다.

"참배는 못 하겠습니다!"

"네?"

두 수행원은 너무도 의외로와 눈들을 크게 뜨고 벌린 입을 다물지 못하였다. 맞아 나온 네 사람의 얼굴에도 깡그리 경악의 빛이 얼어붙었다.

"사전에, 국립묘지에 들른단 얘기가 없잖았습니까?"

"하지만 이건 관례입니다, 외국 손님들을 총리부루 모실 때의."

"미안하지만 차머리를 돌려 주십시오."

한 공산당원으로서 인민군, 지원군과 맞싸우다 죽은 국방군의 묘소를 참배할 수야 없잖은가.

얼굴빛들이 푸르락붉으락해진 데다가 안면 근육까지 경련을 일으켜 푸들거리는 두 수행원은 하릴없이 서로 눈으로 의논하고 차머리를 그냥 돌리게 하였다. 맞아 나왔던 네 사람이 닭 쫓던 개 지붕 쳐다보듯 하는 가운데 우리는 그 자리를 떴다. 사실 말이지 나도 죽을 지경이었다.

'호텔에 그냥 편안히 누워 있을 걸 부질없이 따라나서 가지고 이런 곡경을 치르다니!'

집사람도 문틈에 손을 끼인 것 같은 얼굴로 벙어리 냉가슴 앓이를 하고 있었다.

부부가 다 바늘방석에 앉은 것 같은데 이 빌어먹을 놈의 차가 또 서지 않는가!

"내리시지요, 선생님. 여긴 애국지사 묘역입니다. 제가 부축해 드리겠습니다."

수행원이 또 깍듯이 청하는데 나는 곧 차에서 뛰어내려 도망을 치고 싶은 생각밖에 없었다. 만약 거기 묻혀 있는 사람들이 과연 다 항일 투사, 반일 투사라면 나는 좌익, 우익을 가리지 않고 반드시 내려 분향, 예배를 했을 것이다. 현충사에서 충무공 리순신 장군을 추모해 분향, 예배를 했듯이. 그러나 한국 정부의 애국지사를 가늠하는 표준이 어떤지 나는 아는 바가 없었다. 그 가운데 단 하나라도 우리 표준에 맞지 않는 '애국지사'가 들어 있다면—내 꼴이 뭐가 될 건가!

"여기두 못 내립니다."

"아니, 애국지사 묘역인데두요?"

"사전에 안내서를 주셨더라면 좋았을걸……. 유감스럽게 됐습니다. 차를 돌리시지요."

나는 울며 겨자 먹기로 배짱을 부렸다. 그밖에 딴 도리가 없잖은가!

총리부를 향해 달리는 차 안에서 나는 머릿속이 어수선하였다. 총리를 대할 일이 면구스러웠다.

'그가 내 이런 딱한 사정을 헤아려 줄 리 없잖은가.'

한데 뜻밖에도 강영훈 총리는 아주 혼연 춘풍으로 나를 대해 주는 게 아닌가. 그는 고대 연주되었던 불협화음에 대해서는 내색도 하지 않았다.

'큰 그릇이 다르긴 다르다!'

나는 일변 감복하며 일변 방심하였다.

우리 부부는 환대를 받고 그리고 푸짐한 선물까지 한아름 안고 호텔로 돌아왔다.

하지만 그것으로 일이 다 끝난 것은 아니었다. 그날 저녁때부터 제복 입은 호텔의 웨이터 두 녀석이 12층 내 방문 밖에 딱 지켜 서서 아무도 얼씬을 못 하게 사람의 출입을 금하기 시작한 것이다. 아무리 호텔의 웨이터로 꾸몄어도 그치들이 안기부(정보부)의 요원들인 것을 누가 모르랴!

나는 꼼짝없이 격리를 당하게 되었다.

그 녀석들이 밀막는 바람에 들어오지 못한 기자들이 아래층 로비(복도, 대합실)에서 전화를 걸어오고 또 16층 커피숍에서 전화를 걸어오고 하는데—그 사연인즉 다 '그자들이 막무가내로 가로막으니 어떡하면 좀 만나 뵐 수 있겠느냐'는 것이었다.

나는 처음에는 그 녀석들하고 싸우기가 싫어서 기자들의 요청대로 아래 내려가 만나고 또 위에 올라가 만나고 하였다. 한데 감시가 시작된 지 사흘째 되는 날 밤 저녁의 일이다. 진보적인 사회활동을 하다가 붙들려 들어가 고문을 톡톡히 받고 나온, 몸이 건장한 기자 하나가 그자들하고 호텔이 떠나갈 정도로 대판 싸움을 벌인 끝에 용케 뚫고 들어오는 데 성공을 하였다. 가로막는 데 실패를 한 두 녀석은 실내까지 따라 들어올 수는 없으니까 문밖에서 그 기자를 모주 먹은 돼지 벼르듯 벼르기만 하였다.

기자는 화증이 덜 가라앉아 씩씩하면서 내게다 호소를 하는 것이었다.

"선생님 보셨죠? 기자를 범죄자 취급하는 민주주의! 기자를 죄인 다루듯 하는 언론의 자유! 돌아가시거든 매스컴을 통해 싹 다 폭로해 주세요!"

기자가 취재를 마치고 돌아갈 때 그의 신변 안전을 위해 나는 아래층까지 그를 호송해 주었다. 내가 같이 따라 나오니까 두 녀석은 어떻게 손을 써 볼 재간이 없던지—독을 보아 쥐를 못 친다잖는가—이마너머로 맞갖잖이 노려보기만 하였다.

기자가 차에 올라 떠나가는 것까지 지켜보고 되돌아 들어오다가 나는 방문 밖에서 비로소 두 녀석에게 말을 건네었다.

"여보시오, 당신네가 이건 나를 보호하는 게요, 감시하는 게요?"

"보호하는 겁니다. 저흰 외국 손님의 안전을 책임져야니까요."

"그런 고마운 염려는 두었다가 다른 손님에게나 하시오. 난 필요가 없으니."

"언제 암살단이 나타날지 모르는 상황이거든요."

그자들이 유들유들하게 대꾸질하는데 나는 화증이 났다.

"만약시 내일 아침에 일어나 봐서 당신네가 또 내 눈에 띨 때는 그 즉시 강영훈 총리께 전화를 걸 테니까 그쯤 알구 현명하게들 처사를 하시오. 알겠소?"

이렇게 으름장을 놓고 나는 군장단까지 넣었다.

"잔고기 가시 세다더니!"

기실 나는 강영훈 총리의 전화번호도 모르는 형편이었다. 그러니까 아이들보고 '선생님께 일러바치겠다. 그런 못된 짓 또 하겠니?' 하는 거나 마찬가지—엄포에 불과한 것이다. 하건만 효험은 아주 신통하였다. 벼락같이 맞는 단방약이었다.

이튿날부터 나는 마음 놓고 자유로이 기자들과 접촉을 할 수가 있게 되었다. '옥추경(玉樞經)' 바람에 놀란 귀신들이 싹 도망을 쳐 버렸던 것이다.

그러나 그것으로 일이 다 끝난 것은 또 아니다. 또 하나 있다.

내 일본 감옥 동기생 송지영(KBS 전 이사장)의 묘소를 찾아보는 문제가 남아 있었다. 가을에 서울서 둘이 만나기로 기약을 한 그 친구가 장장 40여 년은 참으면서도 마지막 반년을 못 참아서 봄에 타계를 해 대전 국립묘지 애국지사 묘역에 안장이 돼 있었던 것이다.

서울 국립묘지 사건을 생각하니 아쓱하여 대전 국립묘지를 찾아볼 용기가 나지 않았다. 엄두가 나지 않았다. '내가 국립묘지로 들어가는 모습을 누가 카메라에다나 담아 가지고 왜곡된 선전을 하면 어떡하나?' 하는 우려가 앞을 서서였다. 우리 부부는 국립묘지라는 말만 들어도 지긋지긋하였다. 생각다 못해 나는 옛 친구의 묘소를 찾아보자던 계획을 포기해 버렸다.

　남북의 통일이 이루어지기 전에는 이런저런 걸림돌 때문에 하고 싶으면서도 하지 못하는 일들이 아마 적잖을 것 같다. 아쉬운 노릇이고 답답한 노릇이다.

제2부
락양—서울

락양―서울

1941년 4월, 전화(전쟁의 불길) 속에 위태롭던 중국의 락양, 그 락양에서 발생했던 한 탈영 사건. 그 탈영 사건의 주인공이 현재 서울에 살아 있다. 현 한국광복회 회장 김승곤(일명 황민) 씨가 바로 그이다.

탈영 사건

독립군 시절 김승곤 씨가 쓰고 있던 이름은 황민. 황민은 나와 한 부대에 소속했던 조선의용대 대원으로서 말하자면 포연탄우(砲煙彈雨) 속에서 생사와 고락을 같이해 온 전우였다.

우리가 맨 처음 일본군과 맞부딪친 것은 호남성과 호북성의 성계(省界)인 막부산(幕阜山) 전선(戰線), 1938년 11월의 일이다. 당시 적군은 무한을 함락시킨 여세로 승승장구를 하고 있었다. 우리는 중국군과 함께 분전역투, 끝내 이를 저지시키는 데 성공을 하기는 했으니 엄청난

대가를 치러야 했다. 숱한 사상자가 난 것이다.

이렇게 시작된 전투의 나날을 긴장 속에서 보내던 중 우리들의 앞에는 뜻하지 않은 일 하나가 생겨났다. 우리의 우군이자 후원자인 국민당 군대가 그 전략을 차츰 소극적인 항전으로 바꾸기 시작한 것이다. 그 바람에 전쟁이 부지하세월이 돼 버려 우리는 원래의 목적을 달성하기 어렵게 됐다. 압록강을 건너서 본국으로 진격한다는 계획, 그 계획의 실현이 아주 묘망해진 것이다.

우리는 다들 좌절감에 사로잡히고 또 초조감에 모대겼다. 우리들의 부모 형제와 친지들은 다 압록강 저쪽에 살고 있었다. 당시 우리는 병력이 약해 단독 작전이란 엄두도 못 낼 형편이었다. 말하자면 중국 군대에 얹혀사는 것이나 다를 바 없는 처지였다.

─이왕 얹혀살 바엔 차라리 적극적인 항전을 계속하는 군대에 얹혀살자.

우리가 팔로군에 합류를 하게 된 것은 바로 이런 사정 때문이다.

그리고 또 한 가지 이유는 병원(兵員)을 보충하기가 용이하다는 것. 우리의 거류민들이 가장 많은 게 바로 화북(華北)─팔로군이 활동하고 있는 지역이었으므로 '동포들에게 고하는 글'을 널리 배포할 수가 있었기 때문이다.

1940년 초겨울에서 이듬해 봄에 걸쳐 양자강 남북안 각 전선에서 활동하던 조선의용대의 여러 지대들과 분대들이 육속 락양에 집결을 한 것은 태항산 항일 근거지(팔로군 총사령부 소재지)로 탈출을 하기 위한 행동의 일환이었다.

선견대

군 통제하의 맹진나루에서 배를 타고 황하를 북으로 건넌다는 것은 결코 용이한 일이 아니었으므로 시탐적(試探的)으로 우선 선견대 하나를 파견하게 됐는데 마침 황민과 나도 그 선견대에 편입이 됐었다.

"9시 정각에 출발할 테니까 그동안에 행장들을 챙기도록."

선견대원들을 모아 놓고 지대장이 명령을 내린 것은 8시 정각이었다.

"락양아, 잘 있거라. 우리는 간다."

"북망산도 안녕히, 우리는 간다."

긴장한 가운데도 이와 같이 시룽거리며 행장들을 갖춰 가지고 정렬을 하고 보니 '이게 웬일이냐' 사람 하나가 모자라잖는가. 다들 서로 돌아보며 괴이쩍게 여기는 중에 "도대체 사라진 게 누구지?" "아마 황민인가 봅니다." 지대장과 선견대장의 주고받는 말소리가 귓속으로 흘러들어 왔다.

—탈영!

—배반도주!

사태는 엄중했다.

국민당의 헌병대가 우리 영사(營舍)에서 지척이었다. 걸어서 20분도 걸릴까 말까 한 거리였다. 황민이 뛰어들어가 한마디만 꽂아바치면 우리는 전원 끝장이 나는 판이었다. 저승 행차들을 할 판이었다.

—그놈의 다구냥(大姑娘)이 설마 이럴 줄이야!

'다구냥'은 '큰애기'란 뜻으로 황민의 별명이다.

다들 이를 갈았다. 모주 먹은 돼지 벼르듯 별렀다. 잔뜩 별렀다.

그러나 우리는 이미 시위에 먹여 든 화살. 아니 떠날래야 아니 떠날 수 없는 형편이었다.

—하느님!

나중에 알게 된 일이지만 황민은 좌익 군대인 팔로군에 합류하는 게 싫어서 출발 명령을 받자 곧 영사를 벗어나 정거장으로 달려갔었다. 달려가는 길로 그는 서행(西行) 열차를 잡아타고 서안으로 향했었다. 당시 서안에 주류하던 한국광복군을 찾아간 것이었다.

그 당시 우리가 밀고를 당할까 봐 떤 것은 기우였다. 황민은 광복군에 몸담아 있으면서도 우리의 행동에 대해서는 일체로 함구—단 한마디도 누설을 하지 않았다. 황민은 독립군의 의리를 지켰다. 이념을 초월해 가지고 항일하는 전우들을 보호했다.

문명철의 죽음

문명철은 본명이 김일곤(金逸坤)이라는 것을 내가 알게 된 것은 그가 태항산에서 전사를 하고도 더 40여 년이나 지나서의 일이다. 1989년 가을에 내가 서울 나들이를 했을 때 당시 한국독립동지회 회장이던 김승곤, 즉 황민의 입을 통해 비로소 알게 됐던 것이다.

"문명철의 본명은 김일곤, 나하곤 사촌간이야. 여태까지 몰랐었지?"

나는 지금까지도 승곤, 일곤 두 종형제 중에 누가 형이고 누가 아우인지를 모르고 있다.

문명철은 나의 중국 군관학교 동기생이자 또 조선의용군의 동료이기도 했다.

졸저《항전별곡》에 이런 단락이 있다.

문명철이에게는 남다른 괴상한 버릇 하나가 있었다. 여름이 되면 머리를 기르고 겨울이 되면 머리를 홀딱 깎아서 중머리가 되는 것이다. 그는 분명히 인류, 즉 고등동물이었다. 낙엽교목이 아니었다. 감나무, 오동나무 따위의 식물이 아니었다. 한데 어째서 그에게 여름에 피고 겨울에 지는 낙엽수적 습성이 있다는 말인가? 참으로 모를 일이었다. (……)

하여 나는 호기심을 가지고 그에게 도대체 어찌 된 셈판이냐고 한번 물어보았다. 한즉 그는 막 삭도질을 해서 새파랗게 된 중머리를 손바닥으로 쓱쓱 문지르며 "겨울엔 더운물이 없는데…… 머리 감기 귀찮잖아?" 하고 쓴웃음을 웃는 것이었다.

문명철은 끝내 더운물에 머리를 감아 보지 못하고 순국을 했다. 태항산 험한 골짜기에서 적탄을 맞고 쓰러진 것이다.

죽지 않고 살아남은 우리들은 그의 무덤이 어디 있는지도 딱히는 모른다. 좌권현(左權縣) 경내인 것밖에 모른다.

《항전별곡》

《항전별곡》은 중국에서 1984년에 간행이 됐다. 그 후 이 책이 서울에서 재판된 것을 나는 모르고 있었다. 미국 펜실바니아대학의 리정식 (李庭植) 교수가 주선을 했다는 뒷소문은 나중에 들었다(간접적으로).

나는 《항전별곡》에다 황민의 탈영 사건도 사실대로 기록했고 또 문명철의 전사한 경위도 사실대로 기록했다. 그들의 본명이 뭔지도 또 그들이 사촌지간인지도 다 모르는 터였으므로 나는 두 사건을 아무 연관성 없게 따로따로 기록했다. 황민이 이 세상에 살아 있으리라고는 꿈에도 생각을 못 하는 상황하에서(그 책이 서울에서 재판이 되리라고는 꿈에도 생각을 못 하는 상황에서) 오직 우리 독립군들의 진실한 역사를 후세에 남기기 위해 충실하게 기록을 했던 것이다.

1988년 여름, 연변대학의 교수 한 분이 느닷없이 찾아와 서울서 맡아 가지고 왔다는 편지 한 통을 전하는 것이었다. 낯선 편지의 피봉을 들여다보니 발신인의 성명은 김승곤(황민).

'어, 황민이 아직 살아 있었구나!'

나는 일변 놀라고 또 일변 기뻐했다.

황민도《항전별곡》(서울판)을 읽어 보고서야 옛 전우인 내가 이 세상에 살아 있다는 것을 알았던 것이다. 그리고 나중에 다시 그 연변대학의 교수분을 통해 확인을 했던 것이다.

나는 황민의 그 편지를 읽어 보고 비로소 김홍일(金弘壹) 장군이라는 이가 40여 년 전 군관학교 때 우리의 교관이었던 왕웅(王雄) 대좌라는 것도 알게 됐다.

《항전별곡》이 서울에서 재판이 되지 않았던들 우리는 영원히 해후 상봉을 못 하고 말았을지도 모를 일이다. 장장 49년 만의 락양─서울을 이루어 보지 못했을지도 모를 일이다.

나의 생일

나의 생일은 11월 4일로 돼 있다. 그냥 '어느 날'이라면 될 것을 구태여 '어느 날로 돼 있다'고 하는 데는 까닭이 있다.

내가 이 세상에 태어난 것은 1916년—호랑이가 담배를 먹을 시절이었으므로 음력이 여전히 판을 치던 세월이었다. 그러므로 서민층에서 양력은 양코배기들의 누습쯤으로 여겨져 '쓴 오이' 취급을 받았었다.

"네 생일은 시월 초나흗날이다. 잊지 말아."

내가 처음 소학교에 들어갈 때 어머니는 분명히 이렇게 일러 주셨다. 호적에 올라 있는 것과는 꼭 한 달이 틀리는 생일이었다. 그 틀리는 까닭인즉 우리 아버지가 무식해서 당초에 출생신고라는 것을 어정쩡하게 한 탓이었다. (내가 소학교에 들어갈 때는 이미 아버지의 일주기 즉 소상이 지났었다.)

호적계원이 갓난아이(김학철)의 생일을 묻는데 우리 아버지가 음력으로 대답을 올렸더니 "출생신고는 양력으루 해야 하우." 하고 호적계원이 왼고개를 치는 바람에 우리 아버지—가련한 인생은 어안이 벙벙

해 꿀 먹은 벙어리가 돼 버렸다. 양코배기의 누습을 관청에서 봉행(奉行)할 줄은 까맣게 몰랐던 것이다.

한심한 무지렁이를 데리고 더 실랑이질을 하기가 귀찮았던지 호적계원이 "양력은 대개 음력보다 한 달가량 이른 법이요. 그러니 11월 4일루 하는 게 어떻겠소?" 하고 의향을 묻는데 우리 아버지는 너무도 황감해 말이 떨어지기가 무섭게 "지당하올시다." 하고 소인을 개여올렸다.

이리하여 나의 생일은 두 사람의 타합으로 대개 11월 4일로 정해졌는데 그 후 장장 70여 년 동안 나는 그 타합된 생일을 만고불후의 진리인 양 추호의 의심도 없이 신봉해 왔다.

아, 그런데 바로 요 몇 해 전에 우연히 무슨 만년력이라는 걸 뒤적여 보았더니 어럽쇼, 1916년의 음력 시월 초나흗날은 양력으로 11월 4일인 게 아니라 10월 30일. 무려 닷새나 어긋났었다.

나는 실성한 사람처럼 한동안 어이없어 나오는 웃음을 혼자 자꾸 웃었다. 닷새라면 웬만한 여객기를 타고서도 지구를 두어 바퀴 너끈히 돌 만한 시간이 아닌가.

그러니까 결론적으로 말하면 나는 생일이 셋이 있는 셈이다. 하나는 어머니가 낳아 주신 생일, 하나는 법적으로 규정된 호적상의 생일, 그리고 또 하나는 만년력이 뒤늦게 찾아준 과학적으로 정확한 생일.

나는 생일 부자다.

'남의 멀쩡한 생일을 왜 이렇게 되는대로 다루었냐'고 시비를 붙여 볼래도 그 관료주의적 호적계원은 이미 저승으로 간 지가 옛날일 터니 어디 가 해볼 데도 없는 형편. 그러니 죽는 날까지 해마다 억울하게 닷새씩을 밑져 가며 사는 수밖에.

호적 이야기를 하다 보니 자연스레 떠오르는 게 하나 있다.

목단강 출판사의 황현구 씨에게도 나와 비슷한 사연—억울한 사연이 있다. 웃지 못할 사연이 있는 것이다.

황 씨의 부친도 역시 우리 아버지와 비슷한 서민 계급이었던 모양으로 호구 조사를 나온 순사 나리가 아들아이의 이름을 묻는데 "황현순이올시다." 대답을 올렸지만서도 "한문자로 어떻게 쓰느냐?"고 재차 묻는 데는 그만 대답이 콱 막혀 버렸다.

까막눈이하고 더 물어봤자 소용이 없을 것을 깨달았던지 그 순사는 아무렇게나 적당히 한문자를 적어 넣는데 흔히 쓰이는 '순할 순(順)' 자나 '순박할 순(淳)' 자 따위는 다 놓아두고 좀체로 잘 쓰지 않는 '열흘 순(旬)' 자를 적어 넣었다. 그자가 왜 하필이면 그런 괴벽한 글자를 골라서 썼는지는 그야말로 하느님께서나 아실 노릇이다. 하긴 그 '순' 자밖에 몰라서 그랬는지도 모를 일이다.

이 '열흘 순' 자 황현순이 소학교에 들어갈 나이가 돼 입학 수속을 하는데 무식쟁이 소리에 한이 맺힌 아버지야 부지런히 호적 초본부터 내러 갔을밖에.

개학 첫날 교실에서 담임선생님이 출석부에 적힌 신입생들의 이름을 하나하나 불러 가며 얼굴들을 익히는데 '황현구'라는 이름만은 암만 불러도 '예' 하고 일어서는 놈이 없었다. 괴이쩍게 생각한 선생님이 나중에 다 부르고 나서 "이름 안 부른 학생 있거든 손을 들라."며 죽 둘러보니까 그제야 호명에 빠졌던 아이 하나가 손을 쳐드는 것이었다.

선생님은 화증이 나서 "제 이름도 모르느냐?"고 꾸짖었으나 아이는 그저 멍청해 눈만 끔벅끔벅할 뿐.

"네 이름이 뭐냐?"

"황현순입니다."

아이가 얼른 일어서서 공손히 대답했다.

"뭐라구? 다시 한번 말해 봐."

"황현순입니다."

"황현순이가 뭐야? 황현구지! 제 이름두 하나 모르구……."

"？"

"황현구, 똑똑히 외워 둬. 네 이름은 황현구야. 알겠냐?"

"예, 알겠습니다."

"황현구!"

"옛."

"됐어, 이젠 고만 앉아."

데면데면한 관료주의적 호적계원 나리께서 호적 초본을 내주시는 데 '열흘 순(旬)'을 잘못 보고 획 하나를 빼먹고 '글귀 구(句)'자를 만들어 놓은 것을 담임선생님이 어찌 알 것이며 황현순 소년인들 어찌 알았을 것인가. 정말이지 하느님께서나 아실 노릇이었다. 황현순의 부친은 애당초에 낫 놓고 기역 자도 모르는 분이니까 획 하나가 빠졌는지 어쨌는지 알 턱이 없으므로 일이 꼬인 데 대해 아무런 책임도 질 것이 없다. 이리하여 황현순은 소학교 1학년 때부터 팔자에 없는 황현구로 행세를 하다가 마침내는 육십 환갑의 고개까지 넘은 것이다.

이로써 보건대 벼슬아치, 구실아치 따위 공무원들의 관료주의란 '고이유지(古已有之)'로 예전부터 벌써 있었던 것 같다. 그러니까 지금 우리 주변에서 성행하는 관료주의도 그 무슨 독창적이거나 최신 유행인 게 아니라 영원(깊고 멂)한 일종의 전통적 풍습이라고 보는 게 타당할 것 같다.

단지 하나 좀 유감스러운 것은 그놈의 관료주의 때문에 참신한 사회주의 시대와 낡아 빠진 구시대를 확연히 갈라놓기가 어렵다는 점, 그 식이 장식이라는 인상을 떨쳐 버리기가 어렵다는 점이다.

마지막으로 관료주의에 대해 권위자들이 내린 정의를 한번 살펴보기로 하자.

민의를 무시하고 관권을 펴려는 압제적 주의. 상관에 대해서는 무조건으로 아부하고 아랫사람에 대해서는 권력을 미끼로 포악한 짓을 자행함. 전제적이며 획일적이며 비밀적인 정책을 쓰면서 독선적인 행동을 하는 등의 나쁜 경향.

또는 인민들로부터 이탈한 관료들이 지배계급의 이익을 옹호하기 위해 국가 주권을 행사하는 통치 체계 또는 통치 방법.

끝으로 장장 70여 년 동안 억울하게 해마다 닷새씩을 밑져 가며 살고 있는 김학철의 소견을 피력해 보자.

우리 사회에서 이 말썽거리의 관료주의를 철저히 뿌리 뽑지 않는다면 우리도 별수 없이 그전 사회들의 전철을 밟게 될 것이다. 역사의 흐름모래 속에 묻혀 버릴 거란 말이다.

나의 필기장

나의 필기장은 잡화점 같기도 하고 고물전 같기도 하고 또 여행사의 안내서 같기도 하다. 한마디로 말해서 오구잡탕(烏口雜湯)이다. 그중의 일부를 추려서 소개한다면 대개 아래와 같다.

부채

합죽선, 태극선(太極扇), 대륜선(大輪扇), 파초선(芭蕉扇), 백우선(白羽扇), 꼽장선 또는 곡두선(曲頭扇), 세미선(細尾扇), 팔덕선(八德扇), 연엽선(蓮葉扇)······.

연(鳶)

꼭지연, 반달연, 치마연, 동이연, 초연, 박이연, 발연, 가오리연, 방패연, 장수연······.

프랑스 술

보르도, 부르고뉴, 코냑, 샹파뉴, 모젤.

이상은 세계적인 명주(銘酒)들로서 모두다 지명을 따서 이름을 지은 것임. 예컨대 '보르도'는 프랑스 서남부의 항구 도시 보르도 지방에서 나는 포도주.

마피아=흑수당(黑手黨)

몹(MOP)=T형 걸레

리재명(李在明). 1909년 12월, 서울 명동 성당(천주당)에서 매국 역적 리완용을 칼로 찔러 배와 어깨에 중상을 입히고 이듬해 사형당함. 21세.

목도 노래 또는 목도소리

이 나무를 톱질하여

여차하니 여차

기역 자로 기둥 세워

여차하니 여차

니은 자로 들보 삼아

여차하니 여차

디귿 자로 상량 올려

여차하니 여차

리을 자로 이음 맺어

여차하니 여차

미음 자로 방을 놓고

여차하니 여차

비읍 자로 시렁 올려

여차하니 여차

시옷 자로 맞배지붕

여차하니 여차

이응 자로 우물 파세

여차하니 여차

〈동아일보〉 5월 20일 자 23면에 실린 짧은 기사

—서울 성북경찰서는 25일 조호철 씨(27세, 노동자, 성북 2동 223의 3)에 대해 강도상해 혐의로 구속 영장을 신청—경찰에 따르면 조 씨는 25일 0시 10분경 동소문동 1가 104의 62 앞길에서 귀가 중이던 김모 씨(45세, 여)에게 접근, '돈을 내놓지 않으면 가만두지 않겠다'며 미리 준비한 길이 15센티미터가량의 흉기로 김 씨의 어깨를 찔러 전치 3주의 상처를 입히고 현금 16만 원을 빼앗아 달아났다는 것—조 씨는 범행 후 달아나다 넘어져 무릎과 팔 등을 다치자 인근 성북파출소로 찾아가 '불량배들에게 맞아 다쳤으니 병원으로 데려가 달라'고 요구, 경찰관과 함께 성북 성심병원 응급실로 갔다가 먼저 와 치료를 받고 있던 피해자 김 씨와 맞닥뜨리는 바람에 붙잡혔다고……

가령 이 기사를 소설로 고쳐 쓴다면 우선 편집부를 통과하기가 어려울 것이다.

—졸렬한 허구!

—상상력이 유치한 소학생들이나 꾸며 낼 거짓말!

설혹 발표가 됐더라도(편집자가 눈이 멀어서 통과를 시켰더라도) 독자와 평론가들이 가만 놔두지 않을 것이다.

—어느 미친놈이 이런 걸 다 소설이라고 써냈는가!

—한심한 거짓부리!

—포스트모더니즘 아냐, 이거?

—서푼짜리 신파 연극!

—돈이 아깝다. 책값을 도로 물려라!

'현실은 소설보다 더 교묘하다'고 누가 말했던가.

작자, 편집자, 독자, 평론가 모두가 한번 곰곰이 되새겨 볼 일이다.

세계 각국의 대표적인 술

영국은 스카치(위스키)

프랑스는 와인(포도주)

독일은 맥주

러시아는 보드카

네델란드는 진(두송주)

미국은 버번

멕시코는 데킬라

자메이카는 럼(당밀주)

중국은 가오량주(고량주)

일본은 청주(정종, 마사무네)

조선은 막걸리(탁주)

나의 필기장은 이렇게 두서없이 너저분하다. 아무 때고 닥치는 대로 필기를 하기 때문이다. 틈틈이 부지런히 붓을 들기 때문이다. 다람쥐가 겨울나이 차비로 밤, 도토리 따위를 닥치는 대로 주워 모아다 갈무리하는 것과 비슷하다고나 할까.

다람쥐가 겨울을 나는 데는 밤, 도토리가 절대로 필요하다. 나도 글을 쓰는 데는 이런 정신적인 '비축량'이 절대로 필요하다. 다람쥐는 수동(樹洞)에다 감춰 두지만 나는 필기장에다 적바림해 둔다.

"10원만 주세요. 30원은 너무 많아요."

이렇게 간단히 적어 놓은 것도 있다. 다른 사람이 보면 무슨 뜻인지 잘 모를 것이다. 그러나 나는 한눈 보면 대번에 한 장(場)을 생생하게 떠올린다.

우리가 지금 들어 있는 사택은 집들이를 하는 첫날부터 화장실에서 물들이 새는데 날이 갈수록 더 심해져 할 수 없이 이번에 전부 다 뜯어고쳤다. 주택공사의 부실 공사 때문에 입주자 32가구가 3년여 만에 그 시끄러운 역사를 또 한번 치른 것이다.

이번 역사를 맡은 미장공은 모두가 강소성에서 온 젊은 사람들. 그들은 약 일주일 동안을 다들 제 일처럼 열심히 또 개미처럼 부지런히 일에 몰두를 했었다. 우리 집 일을 도맡아한 것은 솜털이 보르르한 갓스물짜리 시골 총각. 상글상글 웃는 얼굴이 아주 천진스러운 데다가 그 마음씨 또한 순박하기가 짝이 없었다.

일이 손 떨어졌을 때 집사람이 아수해서 전별금 삼아 돈 30원을 쥐어 주었더니 그 총각이 깜짝 놀라면서 "아닙니다, 아닙니다. 이건 너무 많습니다. 10원이면 됩니다. 10원만 주세요." 하고 한사코 20원을 되돌려주더라는 것이었다. 집사람이 잘 타일러서 겨우 주어 보내긴 했다지만서도 참으로 마음이 훈훈해지는 한 장이었다.

돈에 눈들이 뒤집혀 호랑이 코빼기에 붙은 것도 떼어 먹는 세상에 주는 돈도 싫다고 손을 홰홰 내젓는 젊은이가 있다니!

이런 진국들이 살아 있는 한 이 나라는 영원할 것이다.

나의 필기장은 대개 이런 식으로 쓰이고 있다. 그러니까 때로는 한 줄의 적바림이 한 편의 글로 자라나기도 하는 것이다.

구태여 이름한다면 창작의 기초 공작이라고나 할까. 이것을 잘하는 데는 비결이란 게 뭐 별로 있는 것 같잖다. 그저 보는 족족 적어 놓고 듣는 족족 적어 놓고 또 생각나는 족족 적어 놓고 하는 외에 다른 무슨 비결이란 건 있는 것 같지를 않다.

서안 나들이

　지난 달, 50년하고 또 넉 달 만에 서안 나들이를 하고 나는 느낀 바가 적지 않았다.

　1941년 2월, 태항산으로 들어가기 석 달 전에, 우리 조선의용대의 한 대표단은 통일 전선을 결성할 목적으로 서안에 주류하는 한국광복군을 친선 방문했었다. 때마침 음력설이라서 우리는 요란한 폭죽 소리 속에 그들과 함께 송구영신을 했다. 그리고 나서는 이번이 처음 있는 서안행이니 감구지회가 어찌 없으랴.

　분주살스럽고 복잡한 세상에 나이까지 먹어서 이젠 혼자 여행을 하기가 어려운지라 아들을 데리고 떠났는데 비행기를 갈아타야 하므로 어차피 북경에는 단 하루 이틀이라도 머물러야만 했다. 친지들에게 폐를 끼치지 않으려고 여관을 잡는데 무슨 호텔이라나 하는 데를 들어가니 최저가 1박에 170원—한 달 월급이란다.

　밤도 이미 10시가 가까운지라 울며 겨자 먹기로 그대로 들어 놓고 아침에 일어나 요기를 하려고 메뉴(식단)를 들여다보니 커피 한 잔에

8원, 우동(가락국수) 한 그릇에 12원…… 기가 딱 막힐 지경이었다.

할 수 없이 아들더러 거리에 나가 아침 요기를 하고 아무거나 입매(입다심)할 것을 좀 사 오랬더니 이 작자가 한 식경이 좋이 지나서야 덜레덜레 돌아오는 것이었다. 방 안에 들어서는 것을 보니 손에 든 것은 잿빛의 종잇조각으로—허리띠를 매듯이—중동만을 감아서 싼 '유탸오(油條)가 두 개다. 하나에 7전 5리씩이니까 모두 해서 15전어치라는데 그나마 그릇이 없어서 죽은 못 받아 왔단다.

"로비(복도, 대합실)에서 숱한 사람이 보는데 '이놈들, 어디 좀 봐라' 하구 버젓이 들구 왔지요."

아들 녀석이 호기롭게 웃으며 자랑을 하는 바람에 나도 덩달아 너털웃음을 웃었다.

"잘했다, 잘했어!"

마침 또 그 호텔은 승강기까지 한쪽 면이 전부 유리로 돼 있었으므로 로비에서는 4층으로 올라오는 것까지 다 환히 보였었다.

"아마 이 호텔이 생긴 이래 처음일 겝니다, 이런 일은."

아들은 돈 많은 놈들의 짓거리가 뇌꼴스러워 반항적으로 짐짓 그렇게 '유탸오 시위'를 했던 것이다.

나는 그 두 개의 '시위용 유탸오'로 기분 좋게 아침 요기를 하면서 아들의 기질이 나를 닮은 데가 있는 것 같아 적이 흐뭇했다.

비행기 표를 사는데도 명문화되지 않은 불평등, 그러니까 불문율적인 불평등이 엄연히 존재한다는 것을 이번에 처음 알고 나는 어쩐지 마음이 개운치가 못했다.

아들이 미리 예약해 둔 표를 한나절 착실히 걸려서야 겨우 사 가지고 돌아오는데 기분이 썩 좋지가 못한 얼굴이었다.

"글쎄 '보잉'이나 '맥도널' 같은 미국제 비행기는 우리 중국 공민은 탈 자격이 없는 모양이에요. 자꾸 '일류신'을 타라지 뭡니까, 소련제 비행길. 푯값은 다 같지만 시간대가 다르거든요. 미국 비행기들이 나는 시간이 딱 알맞단 말입니다. 그래서 비상수단으루 아버지 그 '상잔군인증(傷殘軍人證)'을 쑥 디미니까 한번 펼쳐 보더니 두말없이 데격 끊어 주는 거예요. 이게 그래 제가 제 국민을 2등 국민으루 만드는 게 아니구 뭡니까?"

아닌 게 아니라 이튿날 그 말썽거리의 미국제 비행기를 타 보니까 전후좌우가 다 백색 외국 사람이 아니면 황색 외국 사람…… 중국 공민은 거의 눈에 띄지를 않았다. 안날 아들이 불쾌해한 것은 당연한 일이었다는 생각이 들면서 나는 어쩐지 입맛이 씁쓸했다.

섭씨 32도의 화덕 속 같은 서안에는 조선전쟁 때 갈라졌던 옛 전우들이 몇몇 살고 있었다. 그러니까 41년 만의 재회인 것이다. 30대의 흑발들이 70대의 백발들이 돼 가지고 극적인 해후를 한 것이다.

며칠 후 그들의 차로 진병마용(秦兵馬俑)을 가 보고 또 화청지(華淸池)도 둘러봤는데 이 역시 받은 인상은 그리 좋지가 못했다. 제왕 하나가 죽었다고 방대한 인력, 물력을 들여서 능묘를 그렇게 굉장히 만들어 놓고도 또 부족해서 저승에 가서까지 위풍을 떨치라고 엄청나게 많은 '병마용'을 구워 만들어 묻어 주었으니 백성들이 어떻게 살았을까. 등골들이 빠지잖고 어쨌을 건가.

척박한 땅에서 밀 타작들 하는 것을 차창으로 바라보니 감개가 더욱 깊어졌다. 20세기 말엽인데도 저러하거늘 하물며 기원전 200년―생산력이 극히 원시적인 상태에서였음에랴.

화청지(華淸池)는 당나라 양귀비의 목욕장으로 유명한 곳이다. 하지만 온전한 정신으로 따지고 보면 얼빠진 황제의 꾐을 받는 한 첩이 목욕을 하던 데에 불과한 것이다. 이 화청지를 만들고 꾸미느라고는 또 얼마나 많은 백성들의 등골이 빠졌을까. 하물며 그 첩이란 건 나라를 망쳐 먹은 요부였음에랴. 분노한 군사들이 '잡아 죽이라'고 들고일어나는 바람에 할 수 없이 목을 매 죽어야 했던 요물이었음에랴.

한심하기만 한 관광 여행의 한 장(章)이랄밖에 없었다.

이러하기에 인류는 전제 제도를 매장하기 위해 피를 흘렸던 것이다. 공화 제도를 펴기 위해 피를 흘렸던 것이다.

비록 이렇기는 하더라도 처음부터 끝까지 다 궂은일만은 아니었다. 전화위복으로 좋은 일도 없지는 않았다.

2천2백 년 전에 죽은 그 무서운 독재자 진시황이 사회주의 중국을 위해 외화벌이를 탁탁하게 해 주고 또 천이백 년 전에 죽은 당 현종(唐玄宗)의 넋을 빼먹던 양귀비도 사회주의 중국을 위해 외화벌이를 탁탁하게 해 주었으니까 말이다. 진시황과 양귀비의 옛 자취를 찾느라고 가는 곳마다 시글시글하는 흑, 백, 황 외국인 관광객들이 중국 땅에 뿌리고 가는 것은 다 경화(硬貨)─사회주의 건설에 꼭 필요한 돈들이었으니까 말이다. (그중에서도 우리가 전에 '종이범'이라고 비웃던 나라의 돈이 제일 값어치가 나간다는 것은 참으로 웃지 못할 아이러니─기괴한 인연이 아닐 수 없다.)

50년 전, 서안에는 아방궁이라는, 진시황의 냄새가 풍기는 멋스러운 이름의 영화관 하나가 있었다. 그리 크지는 않은 영화관이었지만 당시 20대 청년이던 우리들에게는 꽤나 매력적인 영화관이었다.

진시황, 양귀비의 옛터 순례를 마치고 시내로 돌아오는 길에 내가 지나가는 말 삼아 운전사(젊은 여성)에게 "50년 전 서안엔 '아방궁'이란 영화관이 있었는데……." 하니까 놀랍게도 그녀는 "지금두 있지요. 그리루 모실까요?" 되받아친 공처럼 빠른 대답—수월스런 대답이었다. 나는 의외롭고도 반가와서 나이답지 않게 가슴이 다 설레일 지경이었다.

그 영화관이 위치한 거리 전체가 옛 모습을 거의 그대로 간직하고 있었기에 반세기만에 다시 보는 '아방궁'도 과히 초라해 보이지는 않았다. 뭐라나 하는 격투, 살인 영화를 한창 상영 중인데 역시 그것만으로는 명맥을 유지하기가 어려운 모양으로 영업장의 절반을 갈라서 무슨 가구 전시회라는 것을 차려 놓고 있었다.

나는 군복을 입고 서안 거리를 활보하던 젊은 시절을 떠올리고 한동안 감구지회에 잠겼다.

내 일생에 서안을 다시 찾을 일은 아마 없을 것이다.

나의 하루

이른 새벽 3시 반, 머리맡의 자명종이 요란스레 울어 댄다. 무조건적으로 또 절대복종적으로 후닥닥 일어나 어두운 가운데 부지런히 옷들을 주워 입는다.

이른 새벽

더듬더듬 더듬어 아래층으로 내려와 뜰에 나서면 우선 어두운 밤하늘부터 한번 쳐다본다. 별들이 보이면 더욱 좋고 안 보여도 무방하다. 비만 쏟아지지 않으면 되는 거니까. 전천후 출동이 못 되는 게 유감스럽긴 하지만 어쩔 수 없는 노릇이다. 협장(쌍지팽이)을 짚고서야 걸으니까 우산 받칠 손이 어디 남아 줘야 말이지.

전기가 모자라서인지 가로등 하나 켜진 게 없는 거리로 나오면 곧 강둑으로 치닫는다. 인적 없이 괴괴한 유보도(遊步道)—발씨 익은 유보도를 꼿꼿이 달아서 다리목에 접어든다. 여기는 가로등이 켜져 있어 딴 세상 같다.

다리 난간을 따라 질주하는 중에 등 뒤에서 급히 따라오는 것 같은 발자국 소리가 들린다.

"어딜 가십니까?"

숨찬 목소리로 묻는 것은 여자가 분명하다.

'이 밤중에 설마한들 여자 깡패야 아니겠지.'

못 들은 체하고 그냥 달는다. 일흔다섯 살 먹은 늙은이가 외다리로 이렇게 빨리 달는다는 것은—아마 세계기록일지도 모른다.

정체 모를 여자는 계속 따라오며 계속 지껄여 댄다.

"하느님을 믿으십시오. 하느님을 믿으세요. 영원히 살 수 있는 하느님을 믿으세요."

'아하, 광신자!'

거들떠보지도 않고 그냥 질주해 다리목까지 와서는 다시 강변 유보도로 꺾는다. 여기서부터는 또 암흑세계—가로등이 없다. 이와 같이 고속으로 박물관 앞까지 오는데 모두 해서 25분가량 걸렸을 것이다.

—시내 한복판에서 이렇게 너른 공간을 나는 이 시각—독차지하고 있다!

허리 운동 360번을 포함한 나름대로의 체조를 시작한다. 마지막 순서로 심호흡을 할 즈음이면 대개 어둠 속에서 사람의 그림자가 한둘씩은 나타나기 마련인데 오늘도 역시 그렇다.—너른 공간의 독점은 이렇게 깨지는 것이다.

돌아올 때도 다리 위의 가로등은 아직 꺼지지 않았다. 그러나 동녘 하늘은 불그스름하게 물들기 시작한다. 잠꾸러기, 게으름뱅이들은 영원히 보지 못하는 대자연의 아름답고 장엄한 퍼레이드다.

아침

아침 식사는 여느 때나 마찬가지로 역시 일즙일채(一汁一菜). 반찬이 두세 가지만 돼도 벌써 "이거 왜 이렇게 복잡하지? 아이고 어지럼증이야!" 하기 때문에 내 식탁은 언제나 이렇게 단출하다.

게다가 술하고 담배는 아예 원쑤 치부를 하니까 경건한 청교도나 다를 바 없다.

오전 일과

식후에 녹차 한잔 마시고 나면 곧 서둘러 책상에 다가앉아 하루 일을 시작한다. 볼펜만을 오로지 일편단심 애용하는데 일전에 만난 외국 작가들도 거의 다 "저두 볼펜 전문입니다." "저두 볼펜파라니까요." 이와 같이 당당히 성명(聲明)들을 하는 바람에 동류가 전 세계에 널려 있는 것 같아 기분이 매우 좋았다.

쓰느라고 애를 쓰기는 무척 쓰는데 글이 도무지 돼 주지를 않아 속을 끓인다. 썼다가는 고치고 또 썼다가는 고치기를 되풀이하다나면 원고지가 마치 못 그릇을 콱 엎지르기라도 한 것같이 어수선해진다. 갈피를 잡을 수가 없게 되는 것이다. 그러면 빨간색 볼펜으로 각종 부호를 그려 놓고 또 이리저리 금을 그어 연계를 시켜 놓는다. 정신병자가 그려 놓은 무슨 배선도 모양이 돼 버린다.

느닷없이 초인종이 울린다. 내가 제일 싫어하는 소리가 바로 저 소리다. 세 식구에서 손자는 학교 가고 집사람은 제 볼 장 보러 가고 낮에는 대개 혼자 집지기 노릇을 해야 하는데 저 소리가 딱 질색인 것이다.

뒤숭숭한 원고를 그대로 놔두고 일어난다는 것은 천부당만부당한 일이다. 에라, 모르겠다—못 들은 체 가만있는다. 또 울린다. 그래도 못 들은 체. 또 울린다.

"넨장!"

뇌까리며 마지못해 일어나 절뚝거리며 나가 문을 열어 준다.

"계란하고 헌 옷가지 바꾸세요."

밉상으로 생긴 남방 여자가 뻔뻔스레 한다는 수작이 고작 요것이다.

귀싸대기를 한 대 후려 주고 싶은 것을 꾹 참고 문미(문틀보)를 가리켜 보인다. 무언의 경고인 것이다. 거기에는 '한인막고문(閑人莫敲門)'이라는 패찰이 뚜렷이 나붙었다. 뻔뻔스런 밉상은 그래도 아랑곳없다.

'무식한 도깨비가 부적을 안다더냐?'

문을 쾅 닫고 들어와 다시 뒤숭숭한 원고와 씨름을 한다. 정신병 환자가 그린 무슨 배선도 같다기보다는 차라리 미친년 달래 캔 자리 같다는 게 더 알맞을 것 같다. 원고라는 게 온통 뒤죽박죽이니까 말이다.

골똘히 파고들 즈음 느닷없이 또 벨이 울린다. 이번엔 전화다.

"쯧!" 혀를 차고 일어나 수화기를 집어 든다. 그러나 고작 들려온다는 소리가 "두만강 무역공삽니까?" 화증이 나 수화기를 덜컥 내려놓고 다시 와 원고를 들여다본다. 보다 만 글줄을 다시 찾아내기도 전에 또 벨이 울린다.

'이거 염병에 까마귀 소리 아냐?'

울화통이 터지며 정수리로 김 같기도 하고 또 연기 같기도 한 뜨거운 기체가 마구 뿜겨 나오는 게 환히 알린다.

"거기가 두만강 무역공사가 아니라구요?"

"아, 아니라구 했는데 또 뭘 물어보시우!"

"그럼 거기가 어딥니까?"

땅파기도 이만저만이 아니다.

'이런 벽창호는 본때를 한번 보여 줘야 정신을 차린다니깐!'

"네 여긴 감옥입니다. (감미로울 정도로 부드럽게) 정원이 아직 차지 않았는데―오시겠습니까?"

그제야 벽창호도 깨달은 모양, 전화를 데걱 끊어 버린다.

한번 싱긋 웃고 다시 일을 계속하는데 또 초인종이 울린다. 그러나 이번은 딱 한 번 울리고 두 번 다시 울리지 않는다. ―이건 국제 우편물이 무더기로 왔다는 신호, 빨리 들여가라는 뜻이다.

국제 우편물은 도문해관(圖們海關)을 거쳐야 하는 까닭에 20면 내지 32면짜리, 분량이 엄청난 신문들이 연일수로 한 열흘치씩 한꺼번에 오는 것쯤은 항다반이다. 그러므로 집배원(우편배달)은 노끈으로 얽어서 짐짝처럼 만든 것을 갖다 놓고 잃어질까 봐 마음이 안 놓여 이와 같이 종 한 번 울리는 방법으로 일깨워 주는 것이다.

마음을 가라앉히고 일심불란으로 일을 하기는 애당초에 글러먹었다.―아이고 요내 팔자야!

우편물 뭉텡이를 들여다만 놓고 정리는 나중에 할 셈 잡고 다시 일에 달라붙는다. 헝클어진 실타래를 풀기라도 하듯이 정신을 집중하고 한 자 한 자 엮으며 고치며 하고 있을 즈음에―하느님 맙소서!―또 전화다.

이번에는 국제전화다. 또 원고 청탁이다.

'이런 코 막고 답답한 노릇이라구야!'

외국 출판사의 편집인들은 나의 딱한 사정을 아무리 설명해 드려도 도저히 이해를 못 한다. 나는 국내에서 일단 발표하지 않은 글은 국외로 내보내지 않는다는 원칙을 시종여일히 지키고 있다. 물론 이것은 정치적인 고려에서이다. 무슨 파문이 일어날 경우 앉아 배기기가 어려울 거니까 미리미리 예방을 하자는 것이다.

현재 우리의 속도로는 월간지에 싣는대도 최소한 석 달은 걸려야 하는데—이런 사정을 그들은 도저히 이해를 못 하는 것이다. 그들의 월간지는 18일에 접수한 원고를 다음 달 1일에 펴내는 것쯤은 보통이니까 어차피 지구인과 화성인의 대화가 될 수밖에 없는 것이다.

"쓰는 데 한 달, 발표하는 데 석 달, 부치는 데 반달…… 넉 달 반 후에두 좋습니까?"

"석 주일 전으루 꼭 보내 주셔야겠는데요."

"그러게 애당초에 안 된다잖았습니까. 벌써 몇 번 말씀드렸습니까. 안 된다구, 못 한다구."

"선생님껜 특별 고료를 드리기루 했는데요."

'목이 달아나 버린 뒤에 고료가 아무리 특별한들 무슨 소용이 있을 건가. 이 답답한 친구야!'

혼잣속으로 웃으며 수화기를 놓는다. 특별 고료와 이 목을 바꿀 생각은 아직까진 없는 것이다.

전화 이야기가 났으니 말이지만 나는 일종의 과민증에 걸려 있다. 〈길림신문〉의 리선근과 〈천지〉의 김창석. 이 두 검질긴 소귀신의 전화를 받기만 하면 대번에 조건반사적으로 가슴이 후들후들 떨리는 것이다. 빚쟁이를 피해 다니다 들킨 빚꾸러기와 비슷한 심리 상태가 돼 버리는 것이다.

한낮 때

연만한 안주인이 바쁜 걸음으로 돌아오고 또 한 반시간쯤 지나면 손자(빛 좋은 개살구 같은 녀석)가 덜레덜레 점심을 먹으러 온다. 일요일만 빼놓고 거의 날마다같이 되풀이되는 가정 행사다.

손자가 하나밖에 없는 까닭에 특별히 귀여워한다. 다 큰 녀석의 두 뺨에다 뽀뽀를 해 주고 또 코와 턱을 각각 두어 번씩 맞비빈다. 인도네시아 토착민들의 풍습과 좀 비슷하긴 하지만 아무튼 이것이 한 '벌'로 돼 있는 것이다. 이 한 벌의 절차가 다 끝이 나야 점심을 먹는 것이다. 천주교 신자들이 식사 전에 먼저 십자를 긋고 '주님이시여, 성찬을 베푸셔서…… 성부, 성자, 성령의 이름으로 아멘' 하는 것과 궤를 같이하는 것일지도 모른다.

간소한 점심 식사가 끝난 뒤 잠시 휴식을 한다. 이 시간을 이용해 우편물들을 정리하는데 먼저 편지부터 뜯어본다. 피봉은 반드시 가위로 자른다. 그냥 손으로 찢는 법은 없다. 절구(切口)가 가쯘해야 건사하기가 좋다는 이점도 있거니와 그보다도 발신인을 존중한다는 의미가 더 큰 것이다.

독자의 편지가 두 통인데 그 하나는 사진을 부쳐 달라는 것이고 또 하나는 면회 요청이다. 사진은 일체 부치지 않는 게 관례이므로 불가능하고 또 면회는 먼 앞날을 기약하는밖에 다른 도리가 없다.

오후 일과

중등무이된 일을 다시 계속한다. 타고난 천분이 없으니까 순 노력으로 때우는 것이다. 그러나 얼마 안 가 눈까풀이 내리덮이기 시작한다. 눈 뜬 상태를 유지하려고 애를 쓴다. 사정없이 내리덮이는 눈까풀, 걷어올리려는 안깐힘…… 어떡한다, 손에 쥔 붓(볼펜)을 떨어뜨리고 깜짝 놀라 정신을 차린다. 얼른 집는다. 하지만 소용없다. 얼마 안 가 또 놓쳐 버린다.

이와 같은 저항―무망(無望)의 저항―을 서너 번 반복하다가는 마침내 불가항력임을 깨닫고 장탄식을 한다. 그리고 조물주를 원망한다.

"단 백년도 못 사는 인류를 창조하시면서 그나마 삼분의 일은 누워서 자게끔 만드시다니…… 하느님도 참 야속하십니다."

침대에 가 눕는다. 꿈은 통상(보통) 깡패에게 쫓기는 비겁한 꿈이 아니면 깡패를 쳐부수는 용감한 꿈인데 오늘은 전자다. 그러니까 살겠다고 갈팡질팡 쥐구멍을 찾는 꿈―비겁한 꿈이다. 일수가 사나운 모양이다.

한숨 자고 일어나 차 한잔을 마시니 한결 정신기가 돈다. 또 일을 시작한다. 나야말로 일벌레―일밖에 모르는 일벌레다. 석양 길에 접어들어 앞날이 멀지 않음을 의식하니까 더욱 기를 쓰는 것이다. 이웃간, 친지간의 상종도 될수록 기피하고 일에만 몰두를 하니까 지청구도 심심찮을 정도로 듣는다. 하지만 어쩌랴!

저녁 전에는 일감을 한옆에 밀어놓고 산적한 신문들을 소탕해 치우려고 뼈문다. 중요한 기사는 하나도 빠뜨리지 않으려고 눈이 화등잔이 된다. 부지런히 메모하고 조심스레 오려 내고…… 신문을 그저 읽기만 하는 게 아니다. 하지만 이 시간이 내게는 가장 즐겁다. 최상의 향락인 것이다.

신문과 라디오가 없는 세상이란 상상할 수가 없다. 텔레비는 있어도 좋고 없어도 좋고―시들방귀다.

석후(夕後)

편지를 받아 놓고 답신을 못한 것들이 적잖은 그중 두어 군데다 우선 답장을 쓴다. 전에는 당일로 꼭꼭 답신을 보냈었는데 이젠 그게 잘 되지 않는다. 나이를 먹은 탓이리라.

어째 엽서라는 게 없는지 모르겠다. 엽서에다 몇 줄 간단히 적으면 될 것을 편전지에다 써서 봉투에 넣고 봉을 한 뒤에 다시 우표를 붙여야 하니 얼마나 번거로운가. 얼마나 비능률적인가. 전 세계에서 엽서가 없는 나라는 현재의 중국밖에 없을 것이다. 해방 초기까지도 엽서가 있었는데 정말 모를 노릇이다. 지금도 그림엽서 따위는 있다지만서도 그건 실용성이 별로 없는 거니까 있으나 마나다.

다시 일에 달라붙는다. 머릿속이 마치 시들부들 말라 버린 해면 같은 게 암만 짜도 뭐가 나와 주지를 않는다. 사고력이 고갈을 한 모양이다.

소설가 고신일이 언젠가 나를 보고 "선생님, 하루에 한 5천 자씩은 무난히 쓰시지요?" 하던 일이 생각난다. 나는 하도 어이가 없어서 그때 원고개를 저었다. 그 십분의 일, 500자를 겨우 쓰기 때문이다. 하긴 평균 수치가 단 500자라도 날마다 쉬지 않고 쓰면 한 달에 만 5천자, 1년이면 18만 자가 되는 셈이니 우습게 여길 일도 아니다.

나는 부족한 능력을 근면성으로 벌충하는 타입—거북을 타는 타입이다. 그러나 뇌즙을 암만 짜도 한 방울도 안 나올 때 깨끗이 단념하고 책장을 덮어 버리는 총기만큼은 지니고 있다.

여가를 즐길 때는 습관적으로 《당시 삼백 수》를 재음미한다. 리백, 두보, 백낙천들에 심취해 그 세계에 아주 푹 잠겨 버린다.

밤저녁

느닷없이 전화의 벨이 울린다. 수화기를 귀에 갖다 대니 "선생님, 안녕하십니까? 저 조정랩니다." 반가운 목소리가 들려온다. 대하소설 《태백산맥》의 작자가 서울 자택에서 걸어온 전화다. 내가 첫마디에 "에이, 담배 냄새가 예까지 풍겨 오네!" 하고 넘겨짚으니 허를 찔린 조정래는 파안대소를 하느라고 한참 동안 말을 못 한다.

조 씨는 현재 《태백산맥》의 인세 문제로 소송을 제기한 상태다. 180만 부를 찍어낸 출판사가 인세를 엄청나게 떼어먹었다는 것이다. 서울의 각 신문들이 떠들썩하게 보도를 하고 있다. 중국에서도 1920년대 말에 로신이 변호사를 내세워 출판사가 떼어먹은 인세를 받아 낸 적이 있다. 어느 때 어느 나라에나 다 흔히 있는 일이다.

"사진 받으셨지요?"

이윽고 조 씨가 말을 잇는다.

"받았어, 받았어."

"믿게 생겼죠?"

"그게 무슨 소리여. 대학생 형님이 생겼다구 손자 녀석이 좋아서 뭐
야단인데."

우리 손자와 조 씨의 아들이 우의의 표시로 사진들을 주고받았던 것
이다. 저쪽도 외아들인 까닭에 동생이 생겼다고 여간만 좋아하지를 않
는다는 것이다.

피차간 작품에 관한 이야기를 주고받고 자는 인사하고 전화를 끊으
니 벽시계가 마침맞게 10시를 친다. 천하없어도 3시 반에는 또 일어나
야 하니까 무조건적으로 또 절대복종적으로 잠자리에 들어야 할밖에.

만장일치

'만장일치로 가결이 됐다'는 말을 우리는 흔히 듣는다. 하지만 이 만장일치가 때로는 글자 그대로 진짜일 수도 있지만 또 때로는 순수한 진짜가 아닐 수도 있다는 게 우리가 살고 있는 이 세상의 현주소다. 현주소만 그런 게 아니라 묵은 주소도 역시 마찬가지다.

로마 제국의 초대 황제 옥타비아누스(기원전 63년~기원 14년)는 황제가 되기 전에는 조심을 하느라고 극력 공화국의 껍데기를 보지(보전해 잘 유지)하면서 원로회의의 위망(위세와 명망)을 잔뜩 높여 주기까지 했다. 그러면서도 군정과 민정의 전권은 몽땅 제 손아귀에 틀어쥐었다. 그런 까닭에 인민회의는 언제나 만장일치로 옥타비아누스가 좋아할 결의만을 통과시키고 또 언제나 만장일치로 옥타비아누스가 지정한 인물만을 선출했다. 겉 다르고 속 다른 만장일치의 표본이라 하겠다. 2천 년 전의 해묵은 표본이라 하겠다.

제1차 세계대전이 터지자 독일 제국의 국회가 전쟁 예산을 통과시키는 데 좌익 정당인 사회민주당의 의원들도 '조국을 보위한다'는 명목으로 이에 찬성표를 던져서 제국주의 전쟁을 지지하기로 했다. 이때 역시 사회민주당 의원의 하나인 카를 리프크네히트(1871~1919)는 단호히 반대표를 던져서 '반대 1'로 전쟁 예산의 '만장일치 통과'를 깨뜨려 놓았다. 그야말로 다 된 죽에 코 풀기였다.

화가 잔뜩 난 국회의장이 그 대역무도한 리프크네히트를 곧 잡아먹을 듯이 노려보았으나 어찌하리, '만장일치'에 일단 난 흠집은 영원히 가실 리가 만무하니.

이것은 한 철저한 마르크스주의자가 '100만 대 1'의 영웅적인 기개를 한번 본때 있게 떨친 사례로서 인류 역사에 아로새겨져 영원히 남을 것이다.

흘금흘금 눈치를 보아 가며 마지못해 손을 드는 만장일치, 반대를 했다가는 당장에 목이 달아날 테니까 할 수 없이 손을 드는 만장일치, 이런 식의 만장일치를 우리는 너무나 많이 봐 왔고 또 너무나 많이 겪어 왔다.

—투표율 100퍼센트.

—찬성표 100퍼센트.

인구를 천만 단위로 헤아린다는 한 나라의 선거가 이런 위대한 기적을 나타내는 것도 우리는 심심찮을 정도로 봐 왔다. 몇천 명을 수용하는 대회장에서 이룩된 만장일치쯤은 이에 비하면 코끼리 앞에 새앙쥐, 애당초에 비교도 되지가 않는다.

대관절 무엇 때문에 이런 '만장일치', '100퍼센트'가 꼭 필요할까. 반석 같은 단결을 과시하기 위해서인가. 아니면 위대한 지도자의 위상을 하늘같이 높이기 위해서인가.

50여 년 전 군관학교에서 우리는 하루 세 끼 식사를 어떻게 했느냐

하면 이렇게 했다. 밥과 반찬과 국이 죽 늘어 놓인 식탁 앞에 단정한 자세로 착석들 한다. 이윽고 중대장이 식당 안에 들어선다. 주번 사령(周番司令, 즉 주번띠를 두른 소대장)이 구령을 내린다.

"기립!"

전원 일제히 기립해 차렷 자세를 취한다. 주번 사령이 중대장을 맞아 나가 구두 뒤축을 딱 부딪뜨리며 경례를 붙인다. 중대장이 가볍게 답례를 한다. 주번 사령이 다시 전원을 향해 구령을 내린다.

"착석!"

다들 다시 착석을 한다. 그러나 미동도 못 하고 바로 코앞에 놓여서 김이 모락모락 오르는 밥과 국과 반찬을 노려보기만 한다. 시장기에 시달리는 창자에서는 귀뚜라미 우는 소리가 자못 요란스럽다. 그래도 꼼짝들 못 한다. 중대장이 착석해 젓가락을 들어 주시기만을 고대하는 것이다. 만약 학생의 신분으로 또는 학생인 주제에 감히 먼저 젓가락을 들었다가는 영창이 가려(可慮)다. 중대장께서 드디어 젓가락을 드신다. 주번 사령이 낭랑한 목소리로 또 구령을 내린다.

"시작!"

그제사 잔뜩 기갈이 든 학생놈들은 일제히 젓가락을 집어 들고 소탕전을 벌인다. 마파람에 게 눈 감추듯 해치울 즈음에 또 구령 소리가 들린다. 듣기 싫기가 흡사 염병에 까마귀 소리 같다.

"기립!"

기계처럼 일제히 젓가락들을 놓고 일어나 차렷 자세를 취한다. 건성으로 먹는 체 입가심만 한 중대장이 자리를 뜨는 것이다. 마침내 중대장께서 식당 문을 나서시면 또 구령이 떨어진다.

"착석!"

일제히 다시 앉아 채 못다 먹은 것들을—적군의 패잔병처럼—마저 소탕해 치우는데 순식간에 그릇들이 모두 바닥이 들나서 반반해진다. 개가 싹싹 핥아 놓은 것 같아진다. 식욕이 극도로 왕성한 학생들은 끼니마다 이렇게 취사병들의 그릇 부시는 수고를 덜어 주는 것이다.

일 년 열두 달 삼백예순날을 우리는 하루 삼시 이렇게 기계적으로 먹으며 살아야 했다. 밥을 먹는 것도 일사불란—만장일치적이다. 식당 안에서도 빈틈없는 100퍼센트, 깔축없는 100퍼센트다.

하지만 이것은 군관학교다. 군사 인재를 양성하기 위한 교육 기관이다. 그러니까 강철 같은 규율이 몸에 배게끔 내리먹이는 수단인 것이다. 그도 한창 나이 젊을 때 몇 해 동안 그렇게 하는 것이지 한평생 두고두고 그렇게 하는 것은 아니다.

사회에 나와서도 허구한 날 이렇게 일사불란하게 만장일치적으로 살라면 사람이 고단해서, 지겨워서 어떻게 살 것인가. 우리는 각기 다른 기질과 성질을 타고난 산 사람들이지 공장에서 만들어 낸 로보트(자동인간)가 아니다. 그러므로 항상 '기립', '착석'으로 일상생활을 영위할 수는 없다.

지난날 우리 모두는 저도 모르는 사이에 괴상한 병—20세기병—만장일치병—100퍼센트병에 걸려 있었다. 안 그런가?

태평양 전쟁이 한창이던 때 일본군국주의가 내건 슬로건은 '일억일심(一亿一心)'이었다. 당시 일본의 본토 주민 7천만에다 조선과 대만 두 식민지 백성 도합 3천만을 합친 숫자였다. 1억 국민이 한마음 한뜻으로 '성전(聖戰)'을 수행하자는 수작이었다. 그리고 그렇게 수행하고 있다는 것을 대외적으로 과시하기 위한 '눈 감고 아웅'이었다.

하지만 실상은 어떠했는가? 일본 국내의 그 많은 감옥들과 두 식민지 감옥들에는 정치범들(주로 공산당원들)이 우글우글했고 또 중국 대륙의 화북 지구에서는 침략 전쟁을 반대하는 일본 군인들의 조직인 '반전 동맹'이 맹활약을 하고 있었다. 그리고 태극기를 치켜든 조선의용군은 화북, 화중의 각 전장을 밤낮없이 네 활개를 치며 누비고 있었다. 조선이 망할 때의 국기가 태극기였으므로 태극기를 치켜든다는 것은 곧 조선의 광복—조선의 독립을 의미하는 것이었다.

— '일억일심'을 해야겠는데 그 못된 조선 놈들이 저따위 짓을 하고 있으니 이를 어쩌면 좋단 말이.

일본군국주의가 골머리를 앓은 것도 무리는 아니었다. 그러니까 결국 '일억일심'도 만장일치병—100퍼센트병 바로 그것이었던 것이다.

그러므로 무리하게 만장일치를 추구하거나 또는 억지공사로 100퍼센트를 조작하는 따위는 다 어리석은 자들의 허황한 꿈—영원히 이루어 보지 못할 환상인 것이다.

반대파가 없으면 민주주의도 존재하지 않는다.

입만 뻥긋하면 자갈이 물려지는 판에 울며 겨자 먹기로 손을 들어 이룩한 만장일치나 고함 한 번만 질러도 목이 달아나는 판에 두들겨 만들어진 100퍼센트가 그래 값으로 친다면 몇 푼어치나 될 것인가.

의견의 불일치는 정상적인 현상이다. 반대파의 존재를 인정한다는 것은 민주주의의 ABC다. 우리 다시는 억지다짐으로 만장일치를 추구하지도 말고 또 두들겨 패기로 100퍼센트를 조작하지도 말자.

'1표 반대'로 독일 제국의 지엄한 국회를 진감했던 진짜 마르크스주의자 카를 리프크네히트. 그는 결국 반동파에 의해 살해됐다. 하지만 그가 보인 본보기—'1표 정신'—'100만 대 1 정신'—은 하나의 빛나는 전통으로 돼 가지고 우리들의 혈관 속을 지금도 맥맥히 흐르고 있다.

덕담 신문

'덕담'이란 우리가 다 알다시피 '앞으로 잘되기를 축복하는 말'이다. 전에는 새해 인사로 '올해에는 아들을 낳으시오(生男)', '벼슬이 오르시오(得官)', '돈을 많이 버시오(致富)' 등 상대방에게 알맞은 반가운 말을 하는 풍습이 있었다. 그게 곧 덕담인 것이다.

덕담은 전에만 있었던 게 아니라 지금도 있다. 있기는 있지만 시대의 변천에 따라 그 형태가 간소화해져 전처럼 그렇게 직설적이 아니다. 구체적도 아니다. 그러니까 '생남', '득관', '치부' 따위로 분류를 하지 않는단 말이다.

지금은 그저 두리뭉실하게 '새해에 복 많이 받으십시오' 하고 구렁이 담 넘어가는 소리로 때워 버리는 게 보통이다. 문화 수준이 낮은 축들은 혀가 잘 돌아가 주지 않아서 그 간단한 '복 많이'도 힘에 겨워 못하고 그저 '설 잘 쇠시오'로 어물쩍해 버린다.

덕담이야 하든 안 하든 해는 꼭 바뀌기 마련이니까 까짓거 '복 많이'면 어떻고 '설 잘 쇠'면 어떻고…… 둘러치나 메어치나 매한가지다. 덕담대로 돼 주는 일은 거의 없는 게 이 세상이 아닌가.

도원(桃園) 사건

도원은 대만의 한 시로서 대북(台北)과 신죽(新竹) 사이에 위치한다. 이 도원에서 얼마 전에 시장 선거를 하다가 희한한 일 하나가 생겼다. '일이 생겼다'기보다는 '사건이 터졌다'는 게 더 적절한 표현일 것 같다.

개표 결과 당선자의 득표수가 총투표수를 훨씬 넘어섰던 것이다. 그러니까 무슨 도깨비인지 알 수 없는 도깨비들이 찬성표 뭉치를 마구 갖다 쑤셔 넣었단 얘기가 되는 것이다. 그러니까 멧돼지가 코끼리 새끼를 낳은 꼴이 돼 버렸단 얘기가 되는 것이다.

매스컴(대중매체)이 와 달려들어 이 협잡 선거의 내막을 샅샅이 파헤치고 낱낱이 까발리니 시장 당선자의 몰골이 뭐가 됐을까. 선거가 무효로 돼 버린 것은 차치물론하고 선거법 위반으로 쇠고랑을 찰 도깨비들을 두름으로 엮어야 할 판이었다.

―그럼 이전엔 이런 부정선거가 없었던가, 대만에?

―왜 없어, 얼마든지 있었지.

―그렇다면 왜 이번처럼 떠들썩하지를 않았을까?

―문제는 바로 거기에 있는 거지.

독재자 장개석이 정권을 손아귀에 꽉 틀어쥐고 있는 수십 년 동안, 대만의 매스컴 특히 신문들은 정작 해야 할 말은 하나도 못 하고 마음에 없는 덕담만을 잔뜩 늘어놓아야 했다. 그런 까닭에 정부의 부정부패를 뻔히 보면서도 못 본 체―청맹과니 노릇을 아니 할 수가 없었다. 괜히 눈치코치 없이 독재자의 귀에 거슬리는 말을 한마디라도 했다가는 까딱하면 끄떡하는 판(자칫 잘못하면 죽는 판)이었으므로 일 년 열두 달 삼백예순날을 다들 살얼음판을 건너는 심정으로 조심조심 살아야 했다.

그러니 득표수가 투표수를 넘어선들 어떠하며 아니 넘어선들 어떠하랴, 기자들이 개개 다 '귀머거리 3년, 벙어리 3년'이 돼 버린 이상.

장개석 부자

사실상의 종신 총통인 장개석의 공화의 간판을 건 독재 정권은 장개석 당대로 끝이 나지 않고 그 맏아들 장경국에게 사실상 세습이 됐다. 사실상 대물림이 된 것이다. 그러니까 대만 정권은 사실상의 장씨 왕조였던 것이다. '총통'이란 대통령과 재상의 권한을 합친 것보다 훨씬 광범한 권한을 가지는 최고 책임 관직이다. 그러니 '전제 군주'하고 사실상 다를 게 무언가.

이런 절대적인 독재 정권하에서 사회의 목탁이란 신문이 멍이 안 들고 성하기가 어디 그리 쉬운가. 눈코가 바로 박힌 기자치고 쇠고랑 안 차 보고 콩밥 안 먹어 본 기자가 얼마나 될 것인가.

일제 때 조선에서도 총독부에 의해 〈동아일보〉가 다섯 차례나 정간 처분을 당했는가 하면 또 〈중앙일보〉(사장 려운형)는 아예 폐간이 되기까지 하잖았는가. 그리고 〈조선일보〉도 역시 수차의 정간 처분, 발행 정지를 당하다가 끝내는 아예 폐간이 되고 말잖았는가(1940년에).

리승만, 박정희, 전두환의 독재 정권하에서는 또 얼마나 많은 기자들이 정보부 지하실에 끌려가 물고문, 전기 고문, 고춧가루 고문, 통닭

구이 고문을 당해야 했던가.

그러니까 동서고금을 막론하고 반동 정권의 공통된 특징은 죽어라 하고 언론을 탄압하는 것, 최후 발악적으로 언론을 탄압하다가 스스로 멸망하는 것, 이것이 곧 반동 정권의 공통점인 것이다.

반동 정권이 숱한 돈을 들여 가며 길러 내는 것은 발바리같이 순하고 말 잘 듣는 신문인 것이다. 과자를 내들고 놀리면 앞발을 가슴에 착 붙이고 뒷발로 냉큼 일어서서 귀염성스레 납작 받아먹는 발바리 같은 신문인 것이다.

지면을 독재자에 대한 찬양 일색으로 꾸며 내는 신문, '위대'투성이, '영명'투성이를 만들어 놓는 신문, '경애'투성이, '친애'투성이를 만들어 놓는 신문, 덕담밖에 할 줄 모르는 신문, 그런 신문이라야 반동 정권은 크낙한 배려를 베풀어 그들로 하여금 감격에 목이 메게시리 해 주는 것이다.

장개석 부자가 다 죽고 나니 억압에 지지눌렸던 대만의 매스컴도 차차 생기를 되찾기 시작한 모양이다. 도원의 시장 선거 흑막을 까발렸다는 사실. 이 사실이 일단(한끝)을 보여 주는 게 아닐까.

《홍파곡(洪波曲)》

곽말약의 《홍파곡》에 이런 단락이 있다.

중일 양군의 공방전이 한창이던 때, 호북성 주석 겸 제9전구 사령 장관이던 진성(陳誠)의 부름에 따라 곽말약과 그 일행이 전선 시찰의 길에 오른다. 최전선에서 밤낮으로 분전(奮戰)하는 장병들이 차거운 늦가을 날씨인데도 모두들 여름 군복을 입고 있는 것을 보고 곽말약은 마음이 언짢아진다. 전투가 워낙 치열하다 보니 군수품(군용물자)의 보급이 제대로 돼 주지를 않는 것이다. 시찰을 마치고 돌아온 곽말약이 최고 통수인 장개석에게 그 사실을 보고하니 장개석의 얼굴에 덜 좋아하는 기색이 현연히 나타난다.

이튿날 각 신문들에 일제히 다음과 같은 내용의 머리기사들이 실린다. "전선에 군용 물자가 아주 풍부하게 잘 보급이 되는 까닭에 우리의 장병들은 다 아무 근심 걱정 없이 적을 쳐부수는 데만 전념들 하고 있다."

《홍루몽》의 왕희봉(王熙鳳) 아씨는 자궁암으로 하혈이 그치지 않는데도 누가 '어디 앓지 않느냐?'고 묻거나 '어째 안색이 좋지 않은 것 같다'고 염려를 해 줄라치면 듣기 싫은 소리를 한다고 펄쩍 뛴다. 앓는다는 말을 기휘하는 것이다.

이와 마찬가지로 장개석도 자신이 통치하는 나라에 무슨 결함이 있다면 질색을 하는 것이다. 언제나 번영하는 부강한 나라라고(또는 지상 낙원이라고) 칭송을 해 줘야만 듣기가 좋아서 입이 절로 벌어지는 것이다. 기분이 좋아서 만면희색이 되는 것이다.

독재자들은 망하는 그날까지 태평성대로 분식을 하는 데 전력을 다하다가 망한다. 왕희봉이 끝까지 병이 들었다는 말을 못 하게 하다가 죽은 것처럼.

최고 통수 장개석의 뜻을 받들어 '군용 물자가 풍부해 장병들이 근심 걱정 없이 어쩐다'는 머리기사를 실었던 신문들 중에는 마음이 내

켜서 흔쾌히 그렇게 한 어용 신문도 있었을 것이고 또 그렇게 안 했다 간 정간, 폐간이 가려(可慮)라 울며 겨자 먹기로 그렇게 한 신문도 있었을 것이다.

그러니까 덕담 신문이 되고 싶어 되는 신문도 있고, 또 되고 싶지는 않지만 부득이한 사정으로 그렇게 돼 버리는 신문도 있는 것이다.

〈나가사키신문〉

제2차 세계대전 당시 일본 정부는 나를 비국민(매국적)이라고 감옥에 가두었다. 그러다가 1945년 8월 15일에 일본이 무조건 항복을 하고 또 같은 해 10월 9일에 맥아더 사령부(연합군 사령부)가 정치범 석방 명령을 내리는 바람에 우리 정치범들은 일본 전국 수십 개 감옥에서 일제히 풀려났었다.

우리가 석방될 때 미리 알려 주었던 모양으로 〈나가사키신문〉의 기자 몇몇이 와 취재를 했다. 취재를 했는지 입회를 했는지 아무튼 동석을 했다. 한데 이튿날 신문을 보니, 그러니까 1945년 10월 10일 자 〈나가사키신문〉을 보니—참으로 가관이었다. 우리 이 비국민 죄수들이 하룻밤 사이에 둔갑을 해 모두 어엿한 '조선 독립의 투사들'로 돼 있잖은가!

무조건 항복을 하는 날 아침까지도(무조건 항복은 정오에 했으므로) 덕담 신문 노릇을 착실히 해 온 신문이 하루아침 사이에 백팔십도 전환을 한 것을 보고 우리는 다들 쓴웃음을 웃었다.

"이게 그치들 본심일까?"

"본심은 무슨 놈의 본심! 점령군에게 좀 잘 뵐라구 하는 수작이지."

"하긴 겁두 날 거야. 여직껏 죽어라구 '라이에이게키메쓰(來英擊滅)', '세이셍힛쇼(聖戰必勝)'를 외쳐 댔으니까."

"그래서 맘에 없는 덕담을 늘어놓는 모양인가. 낯간지럽게?"

"까딱하단 전범(戰犯) 소릴 들을 판인데 그럼 안 그래?"

"이래두 덕담, 저래두 덕담…… 넨장할!"

"안팎곱사등이 아냐, 그 녀석들?"

"아냐, 팔방미인이야."

"틀렸어, 덕담 기자야, 덕담 기자."

"우후후, 덕담 기자!"

"그러게 신문쟁이란 건 아예 해먹을 게 아니라니까."

그러고 보니 진짜 뼈대 있는 신문인이 되기란 그리 쉽지가 않은 모양이다. 권세에 아부하거나 눈치 보기를 하지 않고 소신대로 일하는 신문인이 되기란 그리 쉽지가 않은 모양이다.

타부와 십계명

　'타부(TABOO)'란 태평양 제도 원주민들 사이에 널리 퍼져 있는 종
교적 금기로서 신성하다고 여겨지거나 또는 부정하다고 여겨지는 사
물, 장소, 행위, 인격, 말 등을 건드리거나 이야기를 해서는 안 된다
는─말하자면 일종의 금지령이다.
　'십계명'이란 기독교에서, 하느님이 내렸다는 10개 조의 계시로서
그 내용인즉 오로지 최고 유일신만을 믿고 섬기라, 어버이를 공경하
라, 살인하지 말라, 간음하지 말라, 도적질하지 말라, 위증하지 말라,
남의 집 안해, 비복, 가축 따위를 탐내지 말라 등등 모두 합해서 10개
조다. 그리고 이밖에 또…….

십계(十戒)

　'십계'라는 게 있는데 이것은 불교에서, 사미(沙彌, 소년승)들이 지켜

야 할 열 가지의 계율인바 심지어 이런 조목까지 들어 있단다.

—꽃다발을 들거나 향(香)을 바르지 말 것.

—노래를 부르거나 춤을 춰서는 안 될 뿐더러 아예 그런 걸 구경하지도 말 것.

—높고 큰 평상에 앉지 말 것.

—군음식을 먹지 말 것.

—금은 따위의 보물을 갖지 말 것.

등등 모두 10개 조로서 정말이지 산 사람이 짐짝처럼 꽁꽁 묶이는 것 같은 느낌이다.

칼(형구)을 씌우고 족쇄를 채우고도 또 모자라서 자갈까지 물리는 거나 다를 바가 없다. 사람이 한세상을 사는데 왜 이다지도 고돼야 하고 또 왜 이다지도 힘겨워야 하는지.

살아 있는 사람이 하고 싶은 말이나 하고 싶은 일을 못 하고 한평생을 멍청이처럼, 벙어리처럼 그저 그렇게 살아야 한다는 게 얼마나 역겨우며 또 얼마나 지겨운 일인가. 필경 사람은 개돼지가 아니고 또 부림짐승도 아니잖은가.

타부, 십계, 십계명 따위를 완전히 준수할 수 있는 사람은 이 세상에선 죽은 사람밖에 없을 것이다. 산 사람이라면 다 낙제생일 게 틀림이 없다.

'문화대혁명' 때 일부 '반란파'들이 《모택동 선집》의 조선문 판을 걸고 들어 '번역할 때 의도적으로 왜곡을 했다'며 개 벼룩 씹듯 하는 것을 보고 나는 윈고개를 쳤었다.

'저것들이 정말 사람의 새끼가 아니구나.'

왜냐면 그 조선문 판은 중요한 당 사업의 하나로 주당이 직접 관장

해 연변에서 가장 권위 있는 번역진을 동원해 가지고 조직적으로 해낸 것이었기 때문이다.

지난날 우리 주변에도 얼마나 많은 타부, 십계, 십계명들이 있었는가. 모택동이 '청규계율(淸規戒律)'이라던 오랏줄, 포승이 얼마나 많았는가.

하지만 불행한 것은 아직도 그 '청규계율'들이 싹 다 죽어 버리지 않고 일부분 살아남아서 말썽들을 부리고 있는 것이다.

《돈 주안(DON JUAN)》

영국 시인 바이런의 서사시《돈 주안》에 괴물 하나가 나온다. 터키 왕궁의 하렘(제왕의 처첩들이 거처하는 후궁)을 지키는 문지기가 바로 그 괴물이다. 이 고릴라같이 생긴 괴물의 두 눈은 한번 거들떠보기만 해도 끔찍스러워서 진저리가 치일 만큼 흉악망측하다. 그런 눈으로 이 괴물은 후궁으로 드나드는 사람들을 일일이 훑어보는데 단 한 놈의 사내도 그가 지키는 문 안에 발을 들여놓아 본 적은 없다.

─어느 놈이 감히!

국왕에게 절대적으로 충성을 다하는 이 괴물을 국왕이 어찌 가상히 여기지를 않았으랴.

하렘에서는 생전 사내코빼기란 걸 구경할 수 없는지라 사내에 허기가 질 대로 진 젊은 미녀들이 안타까이 몸을 비비 꼬며 하늘을 원망하고 또 땅을 칭원(稱寃)하는 판이었다.

만약 우리의 간행물들이 하렘의 이 문지기 같은 눈으로 들어오는 원고를 일일이 가늠한다면 어떻게 될까. 앞이 삐주룩한 놈은 철저히 저지해 한 놈도 못 들어오게 하고 그리고 청 일색으로 앞이 반반한 것들만 골라서 들여보낸다면 그 간행물은 과연 어떻게 될까. 결국은 하렘 꼴이 돼 버리지를 않을까.

결벽도 너무 지나치면 병으로 된다. 항시 알콜솜을 니켈갑에다 담아 가지고 다니면서 무슨 출입문이나 전차의 손잡이 같은 것을 한번 잡아도 꼭 알콜솜으로 손을 한번 소독해야만 마음이 놓이는 결벽증 환자, 이런 환자를 서울에서 나는 학생 시절에 직접 한번 본 적이 있다.

우리의 간행물들이 이런 결벽증에 걸려 가지고 모든 원고가 다 '독초 용의자' 또는 '후보 독초'로만 보인다면 정말 큰일이다. 원고를 만진 손을 알콜솜으로 소독을 안 하면 마음이 불안하고 걱정스러워 안절부절을 못 한다면 그야말로 큰일이다.

증류수

항일 전쟁 시기 남경에 괴뢰 정부를 세워 놓고 매국을 일삼던 왕정위(汪精衛)는 만년에 그 더러운 목숨을 연장해 보겠다고 증류수를 마시며 살았다. 이것이 당시 세간의 화젯거리로 됐음은 물론이다. 하긴 팔팔 끓인 물도 그 순도가 증류수에는 미치지를 못할 것이다. 하지만 그런 순도 100프로의 물을 마신 왕정위도 결국 죽을 때 가서는 죽지 않았는가.

물이 너무 맑으면 고기가 모여들지 않는 법이다. 사람이 사는 세상도 마찬가지. 간행물도 마찬가지. 순도를 지나치게 추구하면 왕정위가 마시던 그런 증류수밖에 더 될 게 없다.

길림 사람도 그렇고, 장춘 사람도 그렇고, 료녕 사람도 그렇고, 또 흑룡강 사람도 그렇고, 만나기만 하면 다들 한결같이 칭원하기를 "극좌 바람은 언제나 연변에서 불어오니 도대체 어찌된 일이죠?"

우리 연변이 극좌 바람의 발생지로 이미 다 알려진 이 마당에 아니라고 왼고개를 친들 무엇 하며 펄펄 뛴들 무엇 하랴.

현재 나 이 김학철을 포함한 많은 사람들이 원고를 되도록이면 외지에다 보내려고 하잖는가. 외지에서는 발표를 할 수가 있어도 연변에서는 발표를 할 수 없는 글들이 얼마든지 있는 게 우리의 현실이잖는가. 북경에서 발표를 해서는 아무 뒤탈이 없어도 연변에서 발표를 했다가는 큰일 나는 글들이 그래 없는가?

타부, 십계, 십계명을 남의 일이라고 비웃을 처지도 우리는 못 된다. 안 그런가?

북경에서 발표된 글

지난 2월 16일 자 〈중국청년보〉에 녕광강(寧光强)의 글 한 편이 실렸는데 그 전문을 한번 옮겨 보자.

그 산골의 농민 형제들은 아직도 고생바가지

양번(襄樊)은 바야흐로 호북성의 '제2 수부(首府)'로 발돋움하고 있다. 이 근년 도시 건설이 눈부신 발전을 하고 있는데 그 대부분이 성(省)에서 중점적으로 투자를 한 것들이다. 하지만 농촌에를 한번 내려가 보면 우리의 농민 형제들이 아직도 얼마나 어렵게 지내는지를 곧 알게 된다.

세밑(설밑)에 한 장터에서 만난 농민 류펑안이 털어놓기를, "난 땅 아홉 마지기를 부치고 있는데 해마다 토지세가 천 원, 그밖에 각종 추렴이 또 천 원가량, 아이 둘 공부를 시키는데 이 역시 천 원 돈, 게다가 올해는 농사까지 마련이 없어서 이미 짊어진 빚만 해도 4천 원이 넘는다구요. 그러니 설을 뭘로 쉽니까. 그저 집에서 기른 것들이나 갖고 어물어물 때워야지요."

마을에서 만난 한 아주머니에게 전표(錢票, 백조(白條))는 다 처러 받았느냐고 물어봤더니 "처러 받는 게 다 뭐요. 전표를 모두 저금통장으로 바꿔 줬는데 신용사(금융조합)는 또 신용사대로 돈이 없어 못 내준다지 뭡니까. 세밑이 다가오는데 새 옷 한 벌 해 입을래도 돈이 있어야지요. 지난해 설에는 그래도 40원 돈을 썼는데 올해는 이도 저도 다 틀렸어요."

버섯 농사로 '전국 과학 치부(致富) 문명현'이 된 보당현(保唐縣)에서 1월 17일에 만난 진씨 성 가진 농민은 말하기를 "해방이 된 지도 이젠 40년이 넘었건만 우린 아직까지 석유등을 켜고 살지요. 흑백 텔레비라도 하나 샀으면 좋겠는데 어디 전기가 있어야 말이지요."

이튿날 필자는 한 노점(한데 가게) 앞에서 대목장을 어떻게들 보는가 한번 지켜보았다. 아침 8시부터 오후 1시까지 모두 일곱 사람이 와 흥정을 하는데 그중 제일 많다는 거래액이 고작 11원 50전. 가게 주인하고 이웃간이라는 한 농민은 딸아이에게 입힐 18원짜리 새 옷 한 벌을 외상으로 달라고 한나절이나 실랑이를 하다가 끝내 성공을 한 뒤 지갑을 톡톡 터니 돈 2원이 나왔다. 그 2원으로 배갈 한 근에다 당면 반 근을 사니 대목장을 다 본 셈.

필자가 조씨 성 농민의 집에서 설을 쇠는데 설음식이라고 차려 내놓
는 것을 보니 반찬이 모두 여섯 가지. 그 내용인즉 배추 반찬 하나, 두
부 반찬 하나, 무우 반찬 하나, 감자 반찬 하나, 배추절임 하나. 그리고
전골 명색은 무우말랭이에다 국물을 바특이 넣고 끓인 것이었다.

"우리 집에선 지난 3년 동안에 돼지기름 한 근을 겨우 사 먹어 봤지
뭡니까. 그런데도 지난해 양번시에선 무슨 길인지 길을 넓힌다고 매
사람당 10원씩을 걷어 갔지요. 한데 올해는 또 읍(鎭)에서 무슨 개발
지역인지를 만든다고 10원씩을 또 내라잖아요."

이상은 주인마누라의 하소연이다.

그 마을에 하나밖에 없는 상점의 주인은 말하기를 "이 마을엔 자그
만치 2천여 명 사람이 살고 있지요. 그런데도 올해 설 대목엔 매상고가
겨우 1,020원밖에 안 되지 뭡니까. 그러니까 평균하면 매 사람당 50전
꼴이 되는 거지요."

이 글이 북경에서 이미 발표가 된 글이기에 망정이지 그렇지가 않
다면 누가 감히 연변에서 이런 글을 쓸 것이며 또 누가 감히 이런 글을
발표할 것인가.

말할 권리와 알 권리

북경도 연변도 다 같이 중화인민공화국에 속한다. 똑같은 헌법의 그
늘 밑에 그리고 역시 똑같은 법률의 보호산 밑에 우리는 살고 있다. 하

건만 실지는 그렇지가 못하다. 왜?

자승자박이란 말이 있다. 누에가 실을 토해서 고치를 지어 가지고 그 속에 들어 엎드리는 것과 같은 행위를 이르는 말이다. "중앙에서 내준 구멍이 성에 내려오면 한결 좁아지고 또 주에 내려오면 더한층 좁아진다. 그런데 주에서 다시 현에를 내려가면 더욱더 좁아져서 아예 형편이 없게 된다."던 주덕해의 말을 새삼스레 떠올리지 않을 수 없다.

중앙에서는 할 수 있는 말, 발표할 수 있는 글들을 왜 우리 연변에서는 질겁을 하며 쉬쉬해야 하는가? 담보가 작아서 속이 떨려서인가? 아니면 가장 순수한 마르크스주의 정통파로 자처를 해서인가?

이도 저도 아닐 것이다. 까놓고 말하면, 자칫하다가는 목이 달아날 테니까 미리미리 예방을 하느라고 여념들이 없는 것이다. 별게 아니고 바로 이 때문일 것이다. 이게 바로 정곡을 찌른 분석일 것이다.

우리 인민은 말할 권리가 있다. 그리고 또 알 권리가 있다. 왜 정당한 말을 못 하게 막아야 하는가? 왜 알 권리를 박탈해 멀쩡한 사람들을 소경으로 만들고 또 귀머거리를 만들어야 하는가?

최소한 중앙에서 해도 괜찮은 말이나 써도 괜찮은 글은 우리도 해야 하고 또 써야 한다. 알 권리에 들어서도 마찬가지. 무턱대고 소경 노릇, 귀머거리 노릇을 할 수는 없다.

우리 연변에서도 이젠 타부, 십계, 십계명 따위를 철저히 구제(몰아내어 없애 버림)할 때가 됐다. 하렘의 문지기도 이젠 그만 갈아 치워야겠다. 그리고 왕정위의 본을 따서 증류수만 마시고 사는 따위의 어리석음을 이제 다시는 저지르지를 말아야겠다. 누에처럼 자승자박을 하지 말아야겠다.

주어진 자유도 제대로 누릴 줄 모르는 졸장부—가련한 인생이 다시

는 되지를 말아야겠다. 허구한 날 구차스레 몸조심을 하면서,

"아이구 제발 덕분 그런 글일랑 이제 좀 작작 써 주오. 누굴 죽이려 구!"

"억하심정으로 그런 글을 써 갖고 우리까지 벼락을 맞히려구 그러 는 거요!"

이런 식으로 하루하루를 보내야 하는 게 한심스럽지도 않은가?

부도수표

'부도수표'란 지불 은행에서 지불을 거절하는 수표. 그러니까 '공수표', 즉 빈껍데기 수표다. 나는 일생 동안에 이런 '부도수표'를 수태 받아 봤다. 다른 분들도 정도의 차이는 있을 테지만 다들 이런 '부도수표'를 받아 쥐고 턱없이 좋아하다가 낭패를 본 경험들이 있는 걸로 안다. 생일날 잘 먹으려다가 턱이 떨어진 분도 더러 있는 걸로 안다.

굶어 죽지 않은 것만으로도 행복하오

러시아 대통령 옐친 씨는 이런 '부도수표'를 어찌나 잘 발행하는지 세계적으로 유명짜한 부도수표 전문가가 돼 버렸다.

그가 '가을께면 러시아 국민이 모두 행복해질 것'이라고 한 약속은 이미 '부도'가 난 지도 오래다. 여론 조사에 따르면 러시아 국민들은 입을 모아 '행복해지기는커녕 행복이란 단어가 폐어(廢語)가 될 지경'

이라고 비아냥거리거나 볼멘소리를 한다.

> 굶어 죽지 않은 것만으로도 행복하오.
> 메밀 몇 톨이나마 남아 있으니 행복하오.
> 빵값이 150배가 아니라 50배만 올랐으니 행복하오.
> 우리는 굶어 죽지 않은 것만으로도 너무나 행복하오.

이런 식의 풍자시들이 나돌 지경이란다.

'부도수표'란 묘한 것이어서 일반 시민(보통 백성)이 발행을 하면 감옥에를 꼭 가야 하지만 높은 분들이 발행할 경우에는 문제가 전혀 다르다. 기껏해야 '위에선 옳았는데 아랫놈들이 집행을 잘못한 탓'이라는 지적 한마디면 만사 필(畢). 그러고는 다시 태연하게, 침착하게, 자신만만하게 다음에 발행할 '부도수표'를 준비하면 그만인 것이다.

남발하는 공약

바로 며칠 전에 끝난 한국의 대통령 선거에서 몇 명 입후보자들이 유권자들에게 한 공약들을 볼작시면 그저 예사 남발 정도가 아니었다. 아예 '부도수표'를 장전한 산탄(霰彈)을 연발로 발사하는 거나 마찬가지였다.

그 공약들에 따르면 그들이 대통령으로 되기만 하면 한국이 금세 황금 세계, 지상낙원으로 변할 게 거의 틀림이 없었다. 4천만 국민이 모두 행복에 겨워 신선놀음에 도낏자루가 썩는 줄도 모르게 될 게 거의 틀림이 없었다.

하지만 지나간 40여 년 동안에 그런 '부도수표'적 공약을 많이 받아 봤는지라 한국 국민도 이젠 미립들을 얻어서 '또 나와 뻥을 까는구나' 쯤 생각하고 지상낙원, 신선놀음 따위는 아예 염두에도 두지를 않는다. 다들 만성적인 '부도수표' 불감증에 걸려 있는 것이다.

아, 왜 우리도 한땐 3년이면 공산주의가 실현되는 줄 알고 열에 들떴었잖은가.

정치범들

'문화대혁명' 시기, 추리구 감옥에서 징역을 살다가 나는 또 한번 '부도수표'를 받아 쥐고 어이없어 한 적이 있다. 학습 시간에 갑자기 생전 들어 본 적도 없는 무슨 '영명한 영수 화국봉(華國鋒)'이라는 것을 내리먹이는 바람에 우리는 어안들이 벙벙했다. 그런데다가 또 그 어른께서 '몇 년 내에 전국의 농업을 몽땅 기계화하겠다'고 거창한 포부를 피력하셨기 때문이었다.

우리 정치범(반혁명분자)들은 학습이 끝난 뒤 끼리끼리 모여서 수군덕거렸다.

"느닷없이 또 무슨 놈의 영명한 영수지?"

"낸들 알 턱이 있나."

"난 그놈의 '영명' 소리만 들으면 대번에 욕지기가 난다니까."

"누가 아니래여."

"어디서 허풍쟁이가 또 하나 나타난 모양 아냐?"

"농업을 벼락같이 기계화를 한다니…… 그럼 이거 또 '대약진'이 아니구 뭐야?"

"큰일 났군."

"넨장할, 또 '부도수표'인가!"

"'부도수표'가 아니라 이번엔 '부도어음'이야."

"부도어음, 히히!"

"쉬, 저기 고자쟁이가 온다!"

"(짐짓 목소리를 높여 가지고) 이봐요 동범(同犯), 당신 그《모선(毛選)》제4권 하루만 좀 빌려줄 수 없겠소? 필기를 다 못 해서 그러우."

"(역시 큰 소리로) 거야 뭐 어려울 것 없지, 사상을 개조하겠다는데. 어서 그러우."

감옥에서 죄수들은 옥칙에 따라 서로를 '동범'이라고 불러야 했다. 다 같은 범죄자라는 뜻이다.

우리 정치범들은 또 그맘때 '모택동의 계승자', '친밀한 전우'로 급작스레 부상한 서슬이 시퍼렇던 림표를 암어(暗语)로 '수풀개'라고 불렀다. 들키는 날이면 모가지들이 달아날 판이었다. 확성기를 통해 들려오는 악센트가 괴상야릇한 하이에나의 울음소리 같은 그의 호북 사투리를 들을 적마다 우리는 괜히 소름들이 끼치곤 했었다(하이에나가 짖는 소리는 악마의 웃음소리와 같다고들 한다).

어려운 선택

가만있자, 이러다간 짧게 쓰려던 글이 오뉴월 소불알처럼 늘어나

'부도수표 발행인 열전'이 돼 버리기가 쉽다. 사정없이 줄이자.

각설하고 풍자시 '굶어 죽지 않은 것만으로도 행복하오'가 발표될 수 있었다는 러시아의 정치 풍토, 발표를 하고도 무사했다는 정치 풍토, 이 정치 풍토가 문제점이다.

스탈린 시대에 어느 놈이 감히 이따위 시를 썼다가는 대번에 루비양카(KGB감옥)가 아니면 시베리아 수용소 행, 제놈이 뼈다귀인들 어찌 추렸으랴.

러시아는 지금 신장병 환자처럼 얼굴이 부석부석하신 영명한 영수—옐친 대통령 통치하에 '입의 재난'이 바야흐로 그 양상을 바꾸고 있다. 입으로 들어오는 자유는 막히고 내보내는 자유는 열리고 있는 것이다. 말할 자유는 얻었으나 먹을 게 영 들어와 주지를 않는 것이다.

어느 편이 나은지? 먹고—입을 닥치는 게 나은지, 굶으면서—열변을 토하는 게 나은지. 정말 가자니 태산이요, 돌아서자니 숭산이다. 제일 좋기야 '두 손에 떡'이 제일 좋겠지만 그게 어디 그리 쉽게 갖춰지는가. '유일리 필유일폐(有一利必有一弊)'라잖는가.

높은 데 사는 놈은 장마에 떠내려갈 염려는 없어도 늘 물이 귀하고 또 낮은 데 사는 놈은 물 귀한 줄은 몰라도 장마에 떠내려갈 염려는 하게 되는 것과 비슷한 이치일지도 모른다.

우리 중국에서는 시방 근 40년간 절대적으로 시행해 온 식량 배급제가 흔드렁거리고 있다. 농민들이 남아나는 쌀을 주체 못 해 시내의 주택가를 누비며 '쌀들 사시오'를 외치고 있으니 이는 개혁 개방이 그 보람을 나타내고 있다는 뚜렷한 징후가 아닐까.

제발 덕분 그 지긋지긋한 '부도수표' 시대는 이제 그만 막을 내려 주소서. 그리고 액면 가격대로 지불하는 수표만을 발행해 주소서.

40여 년 만에 들어 보는 신기로운 소리—"쌀들 사시오."

이는 아침까치 우는 소리인가. 반가운 새가 기쁜 일이 있을 거라고 알리는 소리인가.

'부도수표' 시대여, 영원히 안녕!

소리의 세계

이른 봄 하늘 높이 마음껏 지저귀는 종다리의 희열, 늦봄에서 초여름에 걸쳐 금방울같이 아름다운 목청으로 숲속의 고귀한 여왕 노릇을 해내는 꾀꼬리. 그리고 으스름달밤에 무논에서, 늪에서 '백만 인의 대합창'을 벌여 대는 철머구리(참개구리)들.

이렇듯 정취 그윽한 소리의 세계가 다 어디로 갔는지, 사라졌는지.

사시사철

여름날 나무 그늘에 퍼더버리고 앉아 참매미의 청청한 울음소리에 홀딱 반해 개미들이 목덜미까지 기어오르는 것도 모르던 일, 아침 까치 깍깍 울면 '할머니가 참외 따 이고 너 보러 오신다'며 희색이 만면해지시던 어머니. 큰집에서는 해마다 원두를 놓았었는데 나 이 개구쟁이 손자가 개구리참외를 제일 좋아한다는 것을 할머니는 잘 알고 계셨다.

달빛 휘영청 밝은 가을밤, 창 밑인가 어드메서 끊어졌다 이어졌다 밤이 이윽토록 울어 주는 귀뚜라미. 그리고 어두운 밤하늘을 날아예며 끼루룩끼루룩 구슬프게 울어서 처량한 정을 자아내는 기러기 떼. 외로운 나그네들 잠 못 이루게 하는 기러기 떼, 야속스런 기러기 떼.

이렇듯 정취 그윽한 소리의 세계도 다 어디로 갔는지, 사라졌는지.

겨울 바다를 불어온 찬바람이 해변가의 솔밭을 스칠 때마다 소나무들이 바람결에 흔들려 물결 소리 같은 소리를 내는데 이것을 담임선생님은 '송도(松濤)'라고 가르쳐 주셨다. 하지만 우리끼리는 그저 '솔바람'으로 통했다. 그 처량하면서도 웅장한 소리에 정신이 팔려 코끝이 새빨개지는 것도 모르던 나. 소년 시절의 나, 아득한 추억 속에 가물거리기만 하는 나. 그리고 화로 속에 묻은 밤이 툭툭 튀며 재를 날릴 때마다 '익었다, 익었다'며 손뼉을 치던 나, 찬바람에 터서 옴두꺼비가 돼 버린 손으로 따가운 밤을 이리 굴리고 저리 굴리며 후후 불어서 식히던 나. 이러한 추억 속에 거의 묻혀 버린 나.

이런 모든 소리의 세계가 다 어디로 갔는지, 사라졌는지. 애써 기억을 더듬으며 글로나 재현할까, 되살려 볼까.

상해의 청춘

상해에서 반일 테러 활동을 하던 시절 스무 살 먹은 총각의 몸으로 가장 견디기 어려운 것은 날 샐 녘에 황포강에서 울려오는 뱃고동 소리였다. 목이 쉰 것 같으면서도 저력 있게 굵은 뱃고동 소리의 마력(魔

力)이여. 당장 이불을 젖히고 뛰어나가 그 배를 잡아타고 어머니가 기다리는 고향집으로 달아가고 싶은 충동. 그 이루어지지 않는 꿈에 모대기던 젊은 넋, 회향병에 시달리던 타향살이의 넋.

숄로호프의《고요한 돈》에서 그 아픔을 이렇게 그려 놓았다.

(전쟁에 끌려 나온 그리고리가 낯선 땅의 숙영지에서 맞갖잖은 나날을 무료히 보내고 있는데) 밤마다 문풍지가 먼 데서 들려오는 양몰이의 각적(角笛, 뿔로 만든 피리) 모양 부우부우 울어 대는 것이었다. 그리고리는 그 소리에 귀를 기울이며 몸과 마음이 다 단 돌 같은 애수에 시달리는 듯한 느낌이었다. 가냘픈 진동음이 집게처럼 심장 바로 밑의 어딘가를 집어서 죄는 것만 같았다. 그럴 때마다 그는 자리에서 일어나 곧바로 마구간으로 달아가 밤빛 말에 안장을 지워 가지고 벙어리같이 묵묵한 땅 위에다 하얀 비누 거품(빨리 닫는 말의 땀)을 떨구며 꼿꼿이 집까지 말을 몰아 대고 싶은 충동에 사로잡히는 것이었다.

김학철의 뱃고동 소리도 그렇고 그리고리의 문풍지 소리도 그렇고 망향의 정을 자아내기는 다 매일반. 소리의 세계란 얼마나 낭만적이고 또 얼마나 심오한가!

《격정시대》의 한 단락을 베껴 보기로 하자.

술들이 거나해진 뒤에 마당에다 모깃불을 놓고 둘러앉아 쪼각달을 쳐다보며 노래들을 부르는데 선장이로서는 난생처음 들어 보는 애원스럽고 비장한 노래였다.

"풍찬노숙 몇몇 해냐 이역의 하늘 아래."

앳된 터너가 망명생활의 신산을 하소연하면,

"꿈에도 그리운 고국산천은 의구하련만."

씩씩한 바리톤이 남아대장부의 기개를 떨치려는데,

"이족의 철제 밑에 신음하는 겨레들아."

풍상 겪은 베이스가 탄색해 마지않으니,

"이 노래를 듣느냐 이 원한 맺힌 노래를."

높고 낮은 목소리들이 서로 얼싸안고 사나이의 울음을 터뜨린다.

갖가지 소리들은 사람들의 생활 속에 천성적으로 섞여 들어 교직물 피륙처럼 날이 되고 씨가 돼 혼연일체를 이루고 있다. 문학 작품도 인간 생활을 반영하는 것인 이상 이 소리라는 날과 씨를 빠뜨려서는 아니 되겠다.

거장의 솜씨

홍명희의《림꺽정》에서 한 단락을 베껴 보자.

유목이가 재미가 나서 연해 "그래서요." "그래서요" 하며 이야기를 듣는 중에 별안간 어디서 능구리(능구렝이) 우는 소리 같은 소리가 들렸다.

"누나, 저게 무슨 소리요?" 하고 애기 어머니에게 물으니 애기 어머니가 "아버지 또 화나셨군. 가 봐야지." 하고 자리에서 일어났다.

노환으로 몸져누워 운신을 못하는 꺽정이의 애비가 딸과 며느리를 꺼잡아 "이년들이 날 굶겨 죽인다."고 화를 내던 것이 채 가시지 않은 상태에서 다시 딸을 부르는 소리가 '능구리 우는 소리'로 묘사됨으로써 분위기가 확 살아나는 대목이다. 여기서 만약 '아무개야' 부르는 소리가 들리는 걸로 묘사가 됐다면 분위기는 글 속에 가뭇없이 잦아들어 버렸을 것이다. '능구리 우는 소리'라는 한마디의 묘사가 예술적인 위력을 발휘하는 대목이라 하겠다.

우리 문학 작품들에서 '돈에 울고 사랑에 속고' 식의 묘사는 이제 넘쳐흐를 정도로 충분하다. 사상과 정치도 식상을 할 만큼 충분히 다루어졌다. '소핍건상량문(所乏乾上梁文)'으로 우리에게 현재 모자라는 건 이런 '소리의 세계' 같은 세절목(細節目)의 운용이 아닐는지, 자연 묘사 따위 기교의 연마가 아닐는지. 인간 생활을 돋을새김하는 정교한 환경 묘사를 활용하는 필력, 그런 필력을 기르는 일이 아닐는지.

어미개는 '워리워리' 부르고 강아지는 '꼬독꼬독' 부를 줄 알아야 쓰는 글도 째이는 게 아닐는지. '워리워리'와 '꼬독꼬독'이 섞바뀌면 그 글은 '미친년 달래 캐기'—망그러지는 게 아닐는지.

호박 엮음

우리 속담에는 호박에 관한 것도 꽤나 된다. 그 속담들이 생활 속에 뿌리내린 상황을 살펴본다면 대개 아래와 같다.

키가 작고 뚱뚱한 사람을 조롱할 때는 '호박에 발 달렸다'고 한다.

속담의 형상성

연소한 자가 연장자에게 함부로 농지거리하는 것을 나무랄 때는 '호박잎에 청개구리 뛰어오르듯 한다'는 속담을 적용한다.

'호박 덩굴 뻗을 적 같아서야'는 한창 기세가 오를 적에는 당장 일이 다 될 것 같지만 일의 진행 과정에는 파란곡절이 있기 마련이라는 뜻으로 쓰인다.

'호박씨 까서 한입에 털어 넣는다'는 호박씨 까는 모양으로 물건을 조금씩 저축했다가 보람 없이 한꺼번에 다 소비했거나 남에게 몽땅 빼앗긴 경우 따위에 쓰인다.

이 밖에도 '호박에 말뚝 박기', '호박에 침놓기', '호박이 떨어졌다', '호박 쓰고 돼지 굴로 들어간다' 등등 일일이 주워섬기기가 성가실 정도다. 그중 재미스러운 것을 몇 개 추려 본다면―.

'호박국에 손 덴다'는 대수롭지 않게 여기던 것에 해를 입었거나 낭패를 봤을 때 쓰이고, 또 '호박꽃도 꽃이냐'는 여자는 모름지기 예뻐야 한다는 뜻으로 쓰인다. 이 밖에도 '여드레 삶은 호박에 도래송곳 안 들어갈 소리' 따위가 있는가 하면 또 여자의 못난 얼굴을 '호박 같다'고 하기도 한다. 한데 이 '호박 같다'라는 비유는 남존여비의 누습 때문에 남자의 못난 얼굴에는 일반적으로 잘 적용이 안 된다. 이 점 나는 남자에 속하므로 마땅히 하느님께 감사를 드려야 하겠다.

호박에 관해 한바탕 엮어 대 보니 불현듯 떠오르는 게 하나 있는데 그것은 다름 아닌 '호박 갈보'다.

호박 갈보

내가 어렸을 때 우리 이웃에 불쌍한 여자 하나가 살았었다. 어부인 아버지가 고기잡이를 나갔다가 풍랑을 만나 배가 뒤집혀 익사를 한 까닭에 모녀 단둘이 살고 있었는데 설상가상으로 그 어머니마저 병이 나 자리에 눕게 됐다. 그 딸이 모녀 연명을 하기 위해 일본인 고리대금업자의 집에 식모살이를 들어갔다가 눌러 첩살이까지 하게 됐다. 그 집인즉 그자가 한 달에 한두 밤씩 와 자기 위해 본마누라 모르게 따로 지어 놓은 일본식 가옥이었다.

이 여자가 동생이 없으니까 나를 여간만 귀여워하지 않았다. 그런데 어느 날 나를 곱다고 머리를 쓰다듬어 주다가 상글거리며 내 뺨을 한 번 살짝 때렸다. 물론 노느라고 한 짓이었다. 그러나 나는 이를 사내대장부에 대한 모독으로 받아들였다. 나는 뿔따구니가 나 도끼눈을 뜨고 노려보다가 슬금슬금 가재걸음을 치면서 치명적인 일격을 안겨 줬다.

"양갈보, 호박 갈보…… 얌냠 죽겠니?"

그러고는 얼른 돌아서서 걸음아 날 살려라 도망질을 쳤다.

그 여자는 나의 이 독설에 오랫동안 쌓여 온 설움이 북받쳐 혼자 나무 그늘에 숨어서 하염없이 울었다는 것이다. 동네 사람들은 다 그녀를 불쌍하다고 동정을 하면 했지 타박은 하지를 않는 터였다.

그날 밤, 나는 어른들의 꾸중을 듣고 그녀를 찾아가 어른들이 시킨 대로 사과를 했다.

"아줌마, 내가 잘못했소. 다신 안 그럴 테니 용서해 주우……."

《격정시대》에서는 그녀를 '쌍년'이라고 했지만 실상 그녀의 본이름은 '복례'였다.

너무 지루한 것 같아서 호박 엮음은 이로써 마무리 짓지만 다 가시지 않은 여운 하나가 뒤에 딸린다.

나는 고고학자도 아니고 또 무슨 고증에 열중하는 연구원도 아니다. 하지만 이 '호박'에 관해서만은 나름대로의 천박한 일가견을 가지고 있다. 즉 상술한 속담들을 청석골 대장 림꺽정이는 몰랐다는 것. 절세의 명장 리순신 장군도 몰랐다는 것. 그리고 저 소문난 명기—송도 기생 황진이도 몰랐다는 것이다. 그 근거로 되는 것은 다음과 같은 참고 문헌의 한 토막이다.

호박=남미 페루 원산지로서 18세기 초에 일본, 중국을 거쳐 조선반도에 들어와 퍼졌음.

그러니까 16세기 사람들인 림꺽정, 리순신, 황진이가 이 '호박'이라는 사물을 알 턱이 없잖은가. 따라서 림꺽정이가 '호박국'이라는 국을 먹어 봤을 리도 없거니와 황진이가 설령 나 같은 개구쟁이 녀석에게 '호박 갈보' 소리를 들었다손 치더라도 상심해서 하염없이 눈물을 흘릴 것까진 없잖았을까. 그리고 리순신 장군도 물론 호박꽃이 노랗게 핀 농촌의 소박한 풍경이란 한평생 상상도 못 해 보셨을 것 아닌가. 하긴 저녁때만 되면 하얀 꽃이 청순하게 피었다가 아침이면 시드는 박. 그 박도 아프리카, 아시아의 열대 지방이 원산지라니까 그분께서 보셨을는지 마침 모를 일이라.

고증 아닌 고증

한마디로 '호박'과 관련된 속담들은 다 200년 안짝에 형성된 나이 비교적 젊은 속담군에 속하는 것들이라고 보아야 하겠다. 우리 민족의 유구한 역사와 더불어 수천 년을 살아 내려 온 고로상전(古老相傳)한 속담군에는 속하지 못하는 '신참내기'라고 보아야 하겠다.

호박 이야기가 너무 길어져서 지리감스러우니 말머리를 달리 좀 돌려 보자.

지난날, 끼니마다 들이대는 바람에 그렇게도 먹기 싫던 옥수수떡 (감옥 안에서는 그렇게도 먹고 싶던 옥수수떡)도 알고 보니 '신참내기' 한해

살이풀의 열매로 만든 것. '옥수수나무의 원산지는 멕시코'라니까 태평양, 대서양을 건너온 것은 불과 수백 년 전의 일일 터. 콜럼버스(1451~1506)가 신대륙을 발견하기 전에는 조선, 중국, 일본에서는 구경도 못 했을 터. 그러니 그 무서운 진시황, 항우, 류방도 옥수수란 게 뭔지를 모르고 한평생을 그저 그렇게 살다가 죽었을밖에.

우리의 먼 조상들은 호박도 모르고 옥수수도 모르고 감자, 토마토는 더더군다나 모르고 도대체 무슨 재미로 어떻게들 살았을까. 감자는 남미 칠레 원산, 토마토는 남미 열대 지방 원산. 다 배를 타고 만경창파를 헤가르며 천신만고로 허허바다를 건너온 것들이다.

명함 이야기

일전 서울에서 간행되는 월간지 〈샘이 깊은 물〉의 한 여기자가 느닷없이 전화를 걸어왔었다. 내가 연전에 그 출판사에 가 강연을 할 때 엉뚱한 질문을 자꾸 들이대 애를 먹이던 아가씨였다.

그녀의 전화의 사연인즉 다음 호에 실을 '명함'이라는 제목의 글을 자신이 맡았는데 아는 것이 적어 어려움을 겪고 있으니 명함의 기원과 발달사에 관해 가르침을 받고자 한다는 것이었다. 보아하니 나를 아마 걸어 다니는 백과전서쯤으로 여기는 모양이다. 그렇잖고서야 이런 난문제만 자꾸 제기할 턱이 있나.

"이봐요 아가씨, 내일 이맘때 다시 전화해요. 내 그동안 두루 알아봤다가 아는 데까지 알려 줄 테니. 난 일흔네 살에 처음 명함이란 걸 가져 본 사람이야. 이 방면에 들어선 아주 캄캄이라구."

이런 뚱딴지같은 연유로 나는 늦깎이나마 '명함 공부'라는 걸 시작해 봤다. 그 결과 약간의 소득이 없지는 않았다.

현재 한어로 명편(名片)이라고 하는 명함을 예전에는 명자(名刺)라고 했다는 것. 종이가 발명되기 이전에는 나무쪼각이나 대쪼각에다 옻으로(붓도 먹도 다 발명되지 않았었으므로) 성명, 적관(籍貫), 직함 등을 적어서 썼다는 것. 명나라, 청나라 때는 명첩(名帖)이라고 했는데 빨간 종이에다 붓으로 적어서 썼으며 호화판은 빨간 비단을 쓰기도 했다는 것. 이전 세월에는 일반 백성들은 명함을 쓰지 않았고 주로 벼슬아치들이나 저명인사들이 썼다는 것. 일본 사람들은 중국에서 춘추 전국 시대에 사용했던 '명자'라는 명칭을 지금도 그대로 사용하고 있다는 것. 공자에게 이 명자(명함)와 관련된 재미있는 에피소드 하나가 있다는 것.

당시 로(魯)나라에 아주 덜 돼먹은 재상 하나가 있었다. 공자는 그자를 아예 사람으로 보지 않았으므로 일체 접촉을 기피했다. 그자는 매우 난처해졌다. 한 재상으로서 천하의 명현(明賢) 공자와 상종이 없다면 낯이 깎여도 이만저만 깎이는 게 아니었기 때문이다. 그자는 생각다 못해 자신이 먼저 공자를 방문하기로 했다. 그러나 공자는 하인을 시켜 출타 중이라 핑계하고 만나 주지 않았다. 미리 그럴 줄 알고 왔으므로 그자는 '주인어른 돌아오시거든 전하라'며 명자를 두고 갔다. 명자를 받은 이상은 답방(답례 방문)을 안 하지 못하게 하는 것이 당시의 예의였으므로 그자는 혼자 삶의 웃음을 웃었다.

'이젠 네가 나를 안 찾아보진 못하렷다!'

그러나 공자는 한 수가 더 높았다. 미리 하인들을 내놓아 동정을 살피다가 그자가 출타했다는 보고가 들어오자 곧 그자의 집으로 없는 주인을 찾아가 답방한 표시로 명자를 놓고 돌아와 버린 것이다.

호박 엮음이 어떡하다 명함 엮음이 돼 버렸다.

글을 쓰자면 세상만사를 무불통지로 다 잘 알아야 하므로 나는 시간만 있으면 갖가지 사전들을 뒤져 보는데 이젠 그게 아주 생활화돼 버렸다. 그런 의미에서 이 글은 독서 필기라고 할까. 하긴 문학 탐색이라고 이름해도 될는지 모르겠다. 그나저나 따분한 이야기 이젠 그만하자.

제1 부인

열몇 해 전이던가 아무튼 미국 대통령 닉슨이 처음 중국을 방문했을 때의 일이다. 신문에 '제1 부인을 동반하고'라는 공보가 발표된 것을 보고 어느 여자분이 '아이고머니, 미국 대통령은 첩이 숱한 모양'이라고 호들갑을 떨어서 사람들을 한바탕 웃겼었다.

이전 세월, 황제나 왕들은 비빈이라는 명칭의 처첩을 수태 거느리고 살았었다. 그런 현상을 우리 백성들은 그저 '으레 그런 법이려니'쯤 생각하고 별로 개의치를 않았었다. 정신적으로 아예 그렇게 길이 들어 버렸던 것이다. 그러므로 그 여자분이 대통령도 첩이 숱한 줄로 오해를 한 것쯤은 뭐 크게 나무랄 게 없는 일이랄밖에.

무서운 '제1' 병

'제1 부인'이라는 말은 19세기 말 미국의 한 여기자가 대통령 부인에 관한 기사를 쓰다가 처음 사용한 데서 비롯됐다. 그런데 최근에 비로소 알게 된 일이지만 대통령 일가에는 '제1'이 붙는 것은 '부인'뿐만이 아니었다. 대통령의 일가는 '제1 가족', 아들은 '제1 아들', 기르는 개는 '제1 개'…… 온통 '제1'투성이였다.

"앞으로 혹시 여성 대통령이 나올 가망성은 없겠습니까?"

"왜 없어요. 있지요, 있구말구요."

"그렇다면 그 여성 대통령의 부군(남편)은 그럼 뭐라고 불러야 합니까? '제1 부군'? '제1 남편'?"

"아니죠, 그때는 '제1 신사'라고 불러야죠. '제1 신사'."

"'제1 신사'…… 딴은 그렇겠습니다. 아하하!"

천만다행인 것은 이런 '제1'투성이가 무슨 작위(공작, 후작, 백작, 자작, 남작 따위)처럼 세습으로 자자손손 물려지지 않을 뿐더러 당대도 누리지를 못한다는 점. 고작 8년 아니면 4년을 누릴 뿐이라는 점이다.

미국 대통령의 임기는 4년으로 돼 있다. 그렇지만 두 번 이상은 선거에 출마를 할 수가 없게끔 제도적으로 아예 제동이 걸려 있기 때문에 4년이나 8년에 단 하루도 더 눌러앉지는 못하는 것이다. 그러므로 임기만 차면 다음 사람에게 깨끗이 물려주고 모든 '제1'과 미련 없이 일도양단—결별을 해야 하는 것이다.

늙어 꼬부라지도록 '제1'에 매달려 몸부림치는 따위 해괴한 현상은 20세기적이 못 된다. 20세기 말엽적은 더구나 못 된다.

청나라의 강희 황제는 장장 61년 동안을, 그리고 건륭 황제는 그보다 한 해가 모자라는 장장 60년 동안을—각각 높이 앉아 '제1' 노릇을 했었다. 그러니까 막말로 죽을 때까지 해먹었단 얘기가 되는 것이다.

'제1 부인'이니 '제1 개'니 하는 따위가 우리네 보통 백성들의 귀에는 다소 거슬리긴 하지만서도 4년 내지 8년으로 끝이 난다니까 그래도 좀 마음이 놓인다. 필경 61년이나 60년처럼 그렇게 넌덜머리가 나고 진절머리가 나도록 아름이 차지는 않으니까 말이다.

인류 역사상 가장 진보적인 사회 제도하에 살고 있는 우리들은 얼마나 행복한가. 강희 황제니 건륭 황제니 하는 따위를 우리는 그저 옛날이야기처럼 흥미 본위로 들으며 살고 있으니까 말이다. 부역에 시달린다는 게 뭔지, 곤장질에 피투성이가 된다는 게 뭔지를 다 모르고 언제나 재미나는 나날만을 보내고 있으니까 말이다.

고금 황제 면면관(面面觀)

로마 황제 세베루스는 군인 출신의 관리들로만 구성된 어마어마한 통치 기구로 나라를 다스려 보자고 뼈물었던 독재자다. 그가 임종 때 자식들에게 남긴 유언은 참으로 천고의 명언이다.

"딴 놈들은 다 내버려두고 군대만 몽땅 돈방석에 올려 앉혀라."

히틀러를 20세기의 대독재자란다면 세베루스는 그보다 1,800년을 더 앞선 2세기의 대독재자였다. 그런 철혈 통치하에서 백성들이 어떻게 배겨 냈을지는 가히 짐작이 가고도 남음이 있다.

절대적인 권력이 한 사람의 손에 집중이 되는 것은 어느 시대, 어느 나라를 막론하고 백성들에게는 일대 재난임을 의미한다. 독재자 본신(本身)과 그 일가 또는 그 집단의 이익 앞에 민족과 국가의 이익은 언제나 수레바퀴에 치인 두꺼비 모양 여지없이 무참히 희생을 당하기 때문이다.

'계견개선(鷄犬皆仙)'이란 말이 있다. 한 사람이 높은 벼슬을 하면 그 집안이 다 신선이 된다는 뜻이다. 그런 뜻에서 손중산이 일찍이 1920년대에 제시한 '대공무사(大公無私)' 넉 자는 지금도 빛을 발한다.

오늘 나는 어느 간행물을 통해 또 하나의 놀라운 사실을 알게 됐다. 알바니아의 그전 '제1' 엔베르 호자에 관한 것이다. 그 미망인이 외국 기자에게 밝힌 데 따르면, "우리 그이는 1948년부터 벌써 당뇨병을 앓았지요. 그 빌미로 시력을 잃게 돼 마지막 십 년 동안은 곤란이 아주 막심했지요. 신문은 물론이고 전보 같은 것도 다 내가 읽어 드려야 했어요. 확대경도 영사기도 다 소용이 없는 그런 정도였어요."

그러니까 그 '제1'분께서는 눈이 거의 먼 상태에 이르러서도 권좌를 물려줄 생각을 아니 하고 죽을 때까지 끝끝내 그 권좌에 눌러붙어 있었다는 얘기가 되는 것이다. 아마 청나라의 강희 황제처럼 61년을 꼭 채우고야 말 결심이었던 모양이다. 이 얼마나 무서운 집념인가. 참으로 가공할 영수욕(領袖慾)이랄밖에 없다.

이 지구상의 선량한 백성들이 마음 놓고 한번 좀 잘 살아 보려면 이 고질적인 '제1'병의 응어리를 뽑아 버리는 무슨 특효약부터 개발을 해야 할 것 같다.

닭알 폭탄

일본에는 종전 직후까지도 그러니까 1946년까지도 '불경죄'라는 게 있었다. 황족에 대해 불경스러운 언행을 하면 법적인 절차를 거쳐서 감옥으로 가야 하는 것이다. 감히 침을 뱉거나 욕을 하거나 주먹질 같은 것을 했다가는 아예 밥숟가락을 놓는다는 소리도 나기가 쉽다. 언감생심 칼부림이나 폭탄 놀음이야 할까마는 만약시 했다가는 저승 행차는 떼놓은 당상, 좋든 싫든 이 세상하고는 영결을 해야 한다.

불경죄

한데 서슬이 시퍼렇던 군국주의가 일단 무조건 항복을 하고 나니 황실의 권위도 덩달아 흔드렁거리기 시작. 하지만 여독이라는 게 있는지라 그 불경죄가 이듬해 5월 달까지는 아직 살아 있어서 제법 어느 정도 효력을 냈었다. '수원 사람은 발가벗겨도 30리를 간다'는 격이다.

1946년 5월 18일, 극도의 식량난에 쪼들리다 못한 도쿄 시민들이 무려 25만 명이나 황궁 앞 광장에 몰려들어 "배고파 못 살겠다. 쌀을 다우!"입입이 외쳐 대며 일대 시위를 벌였다.

이때 공산당원 마쓰시마 마쓰타로(松島松太郞)는 '짐은 배가 터지도록 먹었노라. 너희 백성들은 굶어 죽어라' 이런 플래카드를 쳐들고 앞장을 섰다.

이 멋진 행동이 불경죄에 걸려 마쓰시마는 결국 징역 9개월의 판결을 받고 대일본제국 불경죄의 마지막 적용자로 돼야 했다. 왜 마지막 적용자인고 하니 이 사건을 계기로 해 일본에서는 그 악법 중의 악법 불경죄라는 게 영원히 폐지가 돼 버렸기 때문이다.

현재 일본에서는 천황을 면매(面罵)만 하지 않으면 '개새끼', '소새끼' 별의별 욕을 다 해도 평온무사, 괜찮다. 세상이 얼마나 변했는가.

지난번에 일본 나들이를 했을 때 나는 황궁의 사쿠라다몬(櫻田門)을 찾아가 경건한 묵념을 올렸다. 옆에 지켜 서 있던 일본 경관은 나를 충성스러운 애국 신민으로 오해를 했을지 모르나 실은 정반대였다. 일본 천황 히로히토에게 폭탄을 던지다가 붙잡혀 사형을 당한 리봉창(李奉昌) 의사. 1932년 1월 8일, 리봉창 의사는 바로 이 사쿠라다몬 앞에서 거사를 하고 체포돼 순국을 했었다.

내가 일본에서 4년, 중국에서 10년 징역살이를 한 것도 구기본(究其本)하면 다 이 불경죄하고 관련이 있어서였다. 그러니 내가 불경죄라면 치를 떠는 것도 무리는 아니잖은가.

민주 제도

지난달 영국에서는 총리대신 메이저가 닭알 폭탄을 맞아 코 같은 흰 자위, 노른자위가 얼굴과 상의에서 걸죽하게 흘러내리는 봉변을 당했다. 아주 볼썽사나운 봉변이었다. 어떤 나라 같으면 당장에서 체포돼 반혁명 현행범으로 무기 징역이나 사형에 처해졌을 터이나 연합 왕국에서는 그렇지가 않았다. 법에 따라 냉정하게 이지적으로 처벌을 한 것이다.

"닭알을 던진 피고인은 세탁료(요금)로 10파운드를 메이저 씨에게 지불할 것. 그리고 위협, 비방 및 공격적 언행을 한 죄로 벌금형 100파운드에 처함."

이 판결에 대해 피고의 변호인은 "메이저 씨가 가두연설을 하는 식으로 유세를 했기에 피고인은 항의를 할 필요를 느꼈던 것입니다." 이와 같이 변호를 하며 맞섰다.

공판정치고는 참으로 민주적이고 또 신사적이랄 수밖에 없다. 당당한 대국의 총리대신이 중인소시(衆人所視)에 닭알 폭탄을 맞았는데도 고작 세탁료 10파운드와 벌금 100파운드로 일을 마무리하다니!

설령 메이저 씨가 자신에게 닭알 폭탄을 안긴 놈을 단단히 한번 혼꾸멍을 내 주고 싶더라도 이 이상 더는 어떻게 할 수가 없을 것이다. 영국 같은 나라에서는 아무리 총리대신이라도 최고 법원 원장에게 이래라저래라 하지는 못하는 법이니까. 그 까닭인즉 삼권 분립 제도가 이미 확고히 정착을 해 아주 전통이 돼 버렸기 때문이다. 삼권 분립 제도란 입법, 사법, 행정의 삼권으로 분립시켜 입법권은 국회에, 사법권은 법원에, 행정권은 정부에 속하게 하고 서로 침범하지 못하도록 견제함으로써 그 권력을 평균화하려는 제도. 이렇게 되면 어느 한 분께서 온 나라를 손아귀에 꽉 틀어쥐고─포도 군사(捕盜軍士) 육모방망이 틀어쥐듯 꽉 틀어쥐고─제멋대로 휘둘러 대는 따위의 폐단은 없어질 것이다.

'권불십년(權不十年)'이란 속담이 있다. 세도를 잡는다 해도 십 년 이상 계속되지는 않는다는 뜻이다. 옳은 말이다. 그러나 옳지 않기도 한 말이다.

미국의 워싱턴은 대통령직을 2임기 8년을 마치고 나서 3선은 민주제를 방해한다고 사퇴하고 곧 은퇴를 했다. 이것은 자진해 물러난 경우. ─고매한 인격.

중국의 원세개는 공화제를 폐지하고 황제로 됐다가 온 나라가 들고 일어나 반대를 하는 바람에 석 달을 채 못 해먹고 퇴위를 선포했다. 이것은 마지못해 물러난 경우. ─추악한 몰골.

이와는 달리 궁둥이에서 잔뿌리가 내리도록 수십 년을 해먹다가 앉은 자리에서 늙어 죽은 알바니아의 엔베르 호자, 그리고 역시 궁둥이에서 잔뿌리가 내리도록 수십 년을 해먹다가 부부 동반으로 총살을 당한 루마니아의 차우셰스쿠.

이들의 경우에는 '권불십년'이란 속담이 전연 맞지를 않는다. 그래서 옳은 말이기도 하고 또 옳지 않은 말이기도 한 것이다. 사정이 이러하므로, 어느 속담이건 무릇 속담이기만 하면 다 천고불후의 진리로 알고 받들어 모실 필요는 없다.

가령 호자나 차우셰스쿠에게 누가─특급 용사가─닭알 폭탄을 안겼다고 하자. 그놈이 또는 그분이 그래 변호사를 내세우고 벌금형 따위로 거뜬히 무사타첩이 될 듯싶은가.

민주주의를 국시로 한 나라들에서는 국가 원수나 정부 수뇌가 닭알,

토마토 따위로 공격을 받는 것쯤은 뭐 그리 큰 뉴스거리로 될 것도 없다. 아 왜 지난번에 독일의 콜 총리도 한바탕 당하잖았는가. 어느 청년이 던진 닭알 폭탄에 명중돼 봉변을 당하잖았는가.

고대 페르시아의 다리우스 황제는 아무리 친신하는 신하일지라도 몸 가까이는 오지를 못하게 했었다. 호흡하는 공기도 오염이 될까 봐서였다. 이런 다리우스 황제 같은 통치자가 20세기 말엽 문명한 이 시대에서는 있어서 아니 되겠다.

미이라

'미이라'는 원래 포르투갈 말이다. 영어로는 '머미'라고 한다. 중국 말로는 '무나이이(木乃伊)', 우리말로는 '미이라(들어온 말)'. 썩지 않고 보존된 주검이라는 말이다.

미이라에도 자연적으로 된 것과 인공적으로 만든 것이 있는데 후자는 고대 이집트의 통치 계급들 속에서 유행됐던 것이 가장 유명하다. 고대 이집트는 기원전 30세기 무렵이었으니까 지금으로부터 5천 년 전의 이야기가 되는 것이다.

그들의 미이라는 종교상의 신앙으로 인간의 시체에 가공을 해 그 부패를 방지한 것으로서 그 만드는 방법은 대개 이러하다. 시체에서 골과 내장을 뽑아내고 탄산나트륨이나 식염의 용액에 몇 주일 동안 푹 담가 둠. 꺼내서 말린 다음에 방부제를 다져 넣고 흰 천으로 온몸을 칭칭 감아 쌈. 그런 다음에 그 위에다 생전의 모습을 그림.

무지몽매한 인간들이나 할 짓이지 정신이 온전한 사람들은 할 노릇이 아니다.

미이라도 돈벌이

중세기에는 한때 미이라를 훔쳐 내다 마사서 쪼각을 내거나 가루를 내 가지고 만병통치약이라고 팔아먹는 바람이 불었다. 돈벌이가 썩 잘 되니까 나중에는 처형당한 사형수의 시체, 또는 자살한 사람의 시체를 구해다가 가짜 미이라를 만들어 팔아먹는 놈까지 생겨났다. 지금 우리나라에서 가짜 약, 가짜 술 따위가 성풍하는 것과 마찬가지일 것이다. 나도 소싯적에는 장마당이나 길거리에서 흔히 물개의 시체를 가공해 가지고 나와서 보신제(補腎劑)라고 떠벌이며 한 칼 한 칼 베어 파는 것을 봤었다.

구라파에서 미이라의 무역은 18세기까지 계속이 됐다. 그러니까 19세기에 접어들면서부터는 사람들이 머리가 깨어서 미이라가 만병통치약이라는 것을 더는 믿지 않게들 됐던 모양이다. 고마운 일이다.

노예제 사회나 봉건 사회에서 제왕들이 죽어 묻힐, 또는 죽어 묻힌 능묘에다 엄청난 인력과 물력을 들였던 사실은 우리가 다 잘 알고 있는 터이다. 이집트의 피라미드(금자탑), 중국의 진시황릉 같은 것들이 다 그런 것이다.

하긴 몇천 년 후에 세계적으로 교통수단이 발달하는 바람에 외국의 관광객들이 꾸역꾸역 몰려들어 국가와 정부가 알속 있게, 오붓하게 돈벌이를 하는 것은 해롭지 않은 일이다. 하지만 그 피라미드나 황릉을 영조(營造)하던 당초의 목적은 전연 달랐으니까 말하자면 역사적인 아이러니―뜻밖의 결과라고나 해야 할 것이다.

―진시황이 알았으면 아마 무리죽음이 났을걸!

지금 우리나라 남방 특히 복건성 같은 데서는 개혁 개방 통에 우후

죽순처럼 자라난 어중이떠중이 벼락부자들이 농사짓는 땅을 마구 먹어들어 가면서까지 몇만 원짜리, 몇십만 원짜리 호화판 무덤들을 짓느라고 열을 올리고 있단다. 서로 비기며, 서로 뽐내며 열을 올리고들 있단다. 사회주의 40년에 이런 한심한 경쟁, 미개한 경쟁이 벌어질 줄이야 누가 꿈엔들 생각을 했으랴.

순장 제도

노예제 시대나 봉건 사회에서는 권력 있는 자가 죽었을 때 그가 데리고 살던 첩이나 부리던 하인들을 산 채로 함께 장사하는 순장 제도가 합법적으로 존재했었다. 죽은 자가 생전에 타고 다니던 말이나 사랑하던 개 따위도 다 산 채로 묻어 버리는데 특히 어처구니없는 것은 호위병들이 땅속에 상전을 모시지 않고 달아날까 봐 미리 그 발목 하나씩을 잘라서 함께 묻은 것이다.

─딴은 그렇겠다. 외다리로 도망질을 치기는 어려울 테니까.

─미친놈들, 외다리 병신이 주인을 호위하면 또 얼마나 잘 호위를 할 거라구? 두 다리가 다 성해도 잘 모르겠는데!

한마디로 말해 미개인들에게는 이승과 저승, 삶과 죽음의 계선이 분명치가 않았던 것이다. 저승을 이승의 연속쯤으로, 죽음을 삶의 연속쯤으로 알고 있었던 게 분명하다. 그러게 우리나라에서도 왜 저승에 갖고 가 쓰라고 무덤 앞에서 종이돈들을 사르지 않는가. 제물도 차려 놓고 술도 부어 놓고.

─담배는 왜 안 붙여 놓는지 모르겠다. 폐암에 걸릴까 봐 그러는가?

역사적으로 훌륭한 업적을 이룩한 위인이나 명인들의 사후에 조각상이나 동상 같은 것을 세워서 기리고 기념하는 것은 옳고 마땅한 일이다. 그 업적에 걸맞은 기념비를 세우거나 기념관을 설립하는 것도 다 의당한 일이다.

그렇지만 유물론적 견해가 관념론적 견해를 압도해 버린 지도 이미 오랜 이 시대에 와서 5천 년 전 고대 이집트의 세기적인 무지와 몽매를 되풀이한다면 그것은 역사적인 오류일 것이다.

특히 마르크스주의자들에게 있어서는 그러하다.

세계관 문제

엥겔스와 주은래는 우리에게 훌륭한 본보기를 보여 주었다. 엥겔스의 골호(骨壺)는 그의 유언대로 동지들에 의해 웨일즈(영국 서남부 지방) 푸른 바닷물 속에 가라앉혀졌다. 그리고 주은래의 골회는 역시 본인의 유언에 따라 공중에서 조국 산천에 뿌려지고 흩날려졌다.

마르크스주의자들이 후세에 끼치고 남길 것은 그 업적이지 육신이 아니다. 그러나 우리의 걸출한 한 선배분의 경우는 사정이 좀 다르다. 그분은 자신의 골회의 일부를 대채(大寨)에 갖다 뿌려 거름을 삼아 달라고 아주 그럴듯한 유언을 했다. 나는 그때 〈인민일보〉를 통해 그 유언을 알고 혼자 고개를 비틀었다. '그런 분도 늙으면 저렇게 되는가?'

그분은 죽을 때까지도 대채에서 정말로 사회주의 농업의 기적이 나타날 줄로 믿고 있었던 모양이다. 그러나 나는 그따위 기적을 애당초 믿지 않았다. 무슨 특출한 정치적 안광을 갖고 있어서가 아니었다. 항일 전쟁 시기 우리가 유격전을 하던 곳이 바로 그 일대였었기 때문이다. 내가 적군과 접전을 하다가 총상을 입은 호가장도 대채에서 불과 몇십 리 밖에 안 떨어져 있었다. 그 고장은 워낙 토박(土薄)하기로 소문이 났던 만큼 강냉이가루도 모자라서 어느 집에서나 다 끼니마다 '곳 감떡'이라는 시꺼먼 대용식들을 먹고 살았었다. 도저히 사회주의 농업의 기적이 나타날 수가 없는 다락밭투성이의 고장이었다. 그런 데다 일부러 수고스레 골회를 날라다 뿌리라는 것은 무의미할 뿐 아니라 유해무익하다. 대채에 대한 신화를 더욱 조장하게 될 거니까 말이다.

나는 여러 해 전에 미리미리 가족들에게 유언을 해 두었다.

"내가 죽거들랑 아무도 알리지 말고 얼른 갖다 화장을 해라. 그리고 골회는 아무 비닐 자루에다나 담아서 자전거 뒤에 싣고 계동 다리 밑에 갖다 물속에 처넣어라. 그뿐이다."

작년에 그 유언을 약간 고쳤다. 계동 다리 밑에 갖다 처넣지 말고 두만강에 내다 처넣으라고 고쳤다. 그 까닭인즉 이 근래 연길 시내의 강물이 너무 오염이 심해 보기만 해도 아쓱하기 때문이다.

죽은 사람에게 들일 돈이 있으면 막말로 개를 주겠다. 죽은 사람에게 인력, 물력을 들여 가며 치장을 시키고 호사를 시키는 것은 개 목에 방울이나 마찬가지다. 개 발에 주석 편자나 마찬가지다. 그럴 돈이 있거든 학교나 더 세우고 선생들의 월급이나 더 올려 주는 게 훨씬 낫다.

20세기의 문명한 사람들이 주검이나 관구(棺柩), 무명 따위에 지나친 치레를 시키느라고 산 사람들에게 손해를 끼친다면 그것은 결코 바람직하지가 못한 일일 것이다.

우리가 관심을 돌려야 할 것은 죽은 사람이 아니라 산 사람이다.

연금술

 '연금술'은 화학이 근대화되기까지 천년 이상이나 인류와 더불어 살았다. 어수룩한 인류와 더불어 살면서 연금술은 계속 끈질기게 그 기량을 발휘했다. 구리, 주석 따위를 녹여서 금 또는 은을 만든다니 그야말로 누워서 떡 먹기 식 증식술(增殖術)이 아닌가. 그러니 사람의 허욕을 자극하는 것도 무리는 아니잖은가.

 지금은 웬만한 중학생들도 그런 엉터리 연금술은 믿지를 않을 만큼 인지(人智)가 발달했다. 하지만 구리나 납 따위를 도가니에 넣고 녹이는 식의 어리석은 연금술 말고 다른 방법, 전혀 다른 방법으로 금을 만들어 내는 연금술에 대해서는 다들 아는 바가 적은 게 실정이다. 이 연금술은 졸때기로 몇백 냥 선(線)을 상하(上下)하거나 또는 몇천 냥 선을 상하하는 따위가 아니고 그 수량이 엄청나다는 게 그 특징이다. 그러니까 맘모스식 연금술인 것이다.

고전소설

명나라의 풍몽룡(馮夢龍)이 편찬한 소설집에 이런 소설 한 편이 들어
있다.

어느 부잣집에서 연금사라고 자칭하는 인물 하나를 청해 온다. 예쁘
고 애젊은 안해와 깨끗하게 생긴 하인을 두셋씩 거느린 품이 아주 대
단해 보인다. 크게 기뻐난 주인은 연금사와 타합해 3천 냥의 은을 녹
여서 같은 분량의 금을 만들기로 한다. 이에 소요되는 시일은 세 이
레―스무하루. 특별하게 만든 도가니에 은 3천 냥을 쟁이고 비방의 가
루약을 친 다음 그 아가리를 밀봉하고 밑에다 불을 지핀다. 연금사 내
외가 대거리로 밤낮없이 지켜 앉아 가늠을 보는데 그 밀실에는 아무도
얼씬을 해서는 안 된다. 부정을 타면 모든 일이 헛수고로 돌아가기 때
문이다.

어느 날 보발꾼이 와 급한 편지 한 통을 전하는데 피봉을 뜯어본 연
금사의 얼굴이 금시 백지장 같아진다. 어머니가 급병이 났다는 것이다.
대단한 효자인 모양으로 연금사는 곧 주인을 찾아 딱한 사정을 이야기
한다.

"어머니를 가 뵙고 대엿새 안으로 꼭 되짚어 올 터이니 그동안 주인
장께서 제 대신 수고를 좀 해 주십시오. 모든 절차는 내자(內子, 집사
람)가 다 알고 있으니까 그저 내자가 하는 대로 따라 하시면 됩니다.
그런데 몇 가지 명심하셔야 할 것은 그동안 술을 마시거나 육식을 해
서는 안 됩니다. 더구나 범방(犯房)은 특히 삼가셔야 합니다. 절대로
안 됩니다. 부정만 타면 십년공부가 나무아미타불이 되는 판이니까

요. —그럼 잘 부탁드립니다."

미인계

연금사가 하인 하나만 데리고 총총히 떠나간 뒤 주인이 대신 일을 거드는데 예쁘고 애젊은 여자하고 단둘이 밀실에서 밤낮을 같이 지내려니까 음심이 자꾸 동해 사람이 어디 견뎌 낼 재간이 있어야지!

—한 번쯤 그랬다고 설마하니 부정까지야 들라구?

—쥐도 새도 모르게 하는 걸 신불(神佛)인들 어떻게 알 거라구?

—사내대장부로 태어나 가지고 이런 미인 맛도 한번 못 본다면 한세상 사는 보람이 뭐란 말이.

—에라 모르겠다, 나중에야 삼수갑산을 가더라도 한판 어울려 보자!

드디어 결심을 채택한 주인이 슬그머니 얼싸 그러안은즉 여자는 한번 방싯이 웃더니만 그대로 곱게 몸을 내맡기는 것이었다.

대엿새 뒤에 연금사가 부지런히 돌아오고 또 며칠이 지나니 스무하루 기한이 찼다. 연금사가 주인을 청해다 놓고 성공을 확신하는 듯한 얼굴로 장중히 도가니의 뚜껑을 열어젖혔다. 아, 그런데 이게 웬일이냐. 도가니 속에는 의당 들어 있어야 할 3천 냥의 누우런 황금 대신에 잿빛의 기와깨미가 꼴딱 들어차 있잖은가!

아연실색한 연금사가 한참 만에 겨우 정신을 수습하더니만 곧 안해를 매섭게 따졌다.

"도대체 무슨 부정이 들었길래 이 모양이 됐는고. 죽고 싶지 않거들랑 이실직고하렸다."

"주인어른께서 그러시는 걸 뿌리치기가 차마 어려워 잠시 실절을 했소이다. 어서 죽여 줍시오."

연금사의 안해가 꿇어앉아 오돌오돌 떨면서 이실직고하는 것을 보고 주인어른은 혼비백산—쥐구멍을 찾기가 바빴다. 은 3천 냥을 어떻게 날렸는지 헤아려 볼 겨를조차 없었다.

부정이 들었다는 은 3천 냥은 연금사가 어머니를 보러 간다고 핑계하고 다 빼돌렸고 그리고 내자(안해)로 꾸민 것은 포주(抱主)에게서 달첩으로 빌린 기녀였다.

불로불사약

불로초인지 불로불사약인지를 구하겠다고 별의별 짓을 다한 진시황. 그 무서운 진시황도 결국은 쉰 살을 채 못 살고 죽었다. 마흔아홉 살에 죽었다. 당 태종도 방사(方士, 신선의 술법을 닦는 사람)들이 만들어 낸 무슨 단이라나 하는 불로불사약을 먹고 중독이 돼 죽었다. 그리고 그 약을 만든 방사들은 모두 시해죄(弑害罪)로 사형을 당했다.

그런데 알고 보니 연금술이란 것도 이 불로불사약에서 유래한 것이란다. 그러니까 황탄무계한 불로불사약이 낳은 알에는 이 역시 황탄무계한 연금술이 깨어난 셈이다. 병아리처럼.

사람이란 욕심에 눈이 어두워지면 내남없이 총기가 흐려지는 모양이다. 그렇잖고서야 저 혼자 천년만년을 살겠다고 별의별 약을 다 구해 들이겠는가, 그렇잖고서야 부자 위에 덧부자가 되겠다고 허욕을 부리겠는가. 무슨 귀신이 씌웠는지도 모르게 은 3천 냥을 떼우겠는가.

사람이란 죽을 때가 되면 제아무리 인삼 달인 물, 녹용 달인 물로 목욕을 한다더라도 역시 마찬가지로 죽게 마련. 진시황이나 당 태종은 과학이 형편없던 그 옛날의 사람들이니까 혹시 그럴 수 있더라도 별로 괴이할 게 없다. 하지만 21세기가 바로 코앞에 닥쳐오는 이 시점서 그런 작태를 재연한다면 그것은 웃음거리를 지나서 죄악으로 될 것이다.

진짜 연금사들

구차스레 미인계를 쓸 것도 없고 또 은 3천 냥을 빼돌리려고 어머니를 팔 것도 없이 '정정당당'하게 엄청난 양의 금을 만들어 내는 연금사들, 그런 진짜 연금사들이 이 세상에는 적지 않다. 적지 않은 게 아니라 아주 수두룩하다. 그 수두룩한 연금사 중에서 대표적 인물 하나를 고르자면 아무래도 일본의 가네마루 신(金丸信)을 빼놓지는 못할 것 같다.

가네마루는 일본 정계의 원로로서 막강한 세력을 가진 '킹 메이커'로 알려져 있다. '킹 메이커'란 '국왕 제조자'라는 뜻으로서 역대의 총리대신들을 능히 올려 앉혔다 밀어냈다 할 만큼 세력이 충천함을 의미한다.

그런데 지난 40여 년 동안 일본 정계를 주름잡던 이 가네마루 씨가 이번에 마각이 드러나는 바람에 팔십을 바라보는 고령임에도 불구하고 구치소(미결감)에 구금이 됐다. 그러니까 수치스럽게도 경제 사범으로 잡혀 갇힌 것이다. 정치 자금이라는 명목으로 대기업들에서 거두어들인 수억대의 엄청난 돈을 슬그머니 후무려 착복을 하고 또 그 돈을 늘이기 위해 온갖 부정을 다 저지른 것이 들통이 난 것이다.

제2의 '다나카 가쿠에이(田中角榮) 사건'이 돼 버린 이 정치 추문으로 말미암아 정치에 대한 일본 국민들의 불신은 극에 달하고 있다. 다나카가 수상으로 있으면서 5억 엔이라는 거액의 뇌물을 챙긴 사건은 아직도 끝이 나지 않은 상태다.

필리핀의 전 대통령 마르코스가 부정당한 수단으로 수십억 달러라는 엄청난 재산을 긁어모았던 것은 이미 세상이 다 아는 사실이다. 아이티에서 쫓겨난 전 대통령인 두발리에도 역시 수십억 대의 부정축재를 한 슈퍼 도적놈이다. 그리고 자이르의 현임 대통령 모부투도 그 수를 헤아리기 어려울 정도의 재산을 파렴치한 방법으로 긁어모은 장본인이다.

하늘의 별처럼 많고 또 강변의 조약돌처럼 흔한 이 도적놈들을 일일이 쥐어치자면 몇 날이 걸리고 또 며칠이 걸리겠는지.

현재 자본주의나라 정객들이 거개가 이런 별 같고 조약돌 같은 무리란다면 좀 어폐가 있을지 모르겠다. 하지만 아무튼 각 나라 정계에서 '사모 쓴 도적놈'들이 우글우글하는 것만은 틀림없는 사실이다.

그러고 보면 연금술이란 화학 분야에 속하는 게 아니라 정치 분야에 속하는 학문인가 보다. '인가 보다'가 아니라 바로 그렇지 뭐.

손아귀에 틀어쥔 무형의 권력을 마술사 찜쩌먹을 신통한 재주로 슬금슬쩍 금으로—유형의 금으로 바꿔 놓은 연금사들. 이게 그래 진짜 연금사가 아니고 또 무엇인가!

이러한 연금사들이 정부의 요직을 차지하고 앉아서 나라일이 어쩌고 국민 경제가 저쩌고 떠벌이는 한 정직한 백성들의 머리 위에 드리운 우중충한 그림자는 영원히 벗겨지지를 않을 것이다.

담뱃대 승차

'담뱃대 승차'란 '담뱃대가 차를 탄다'는 뜻이 아니라 '담뱃대처럼 또는 담뱃대식으로 차를 탄다'는 뜻이다.

담뱃대에도 종류가 하도 많아 일일이 주워섬기기도 어렵지만 우리 재래식으로는 장죽과 단죽을 들 수 있다. 장죽은 60 내지 80센티가량의 긴 담뱃대이고, 단죽은 속칭 곰방대라고도 하는데 대개 연필 길이만밖에 안 하므로 휴대하기에 편리하다.

낡은 사회에서는 담뱃대가 길수록 지체가 높은 것으로, 또 짧을수록 신분이 비천한 것으로 여겨졌었다. 그러므로 담뱃대의 장단(길고 짧음)도 엄연한 계급의 상징으로 됐던 까닭에 편리한 것만 취하는 게 장땡은 아니었다. 하긴 상놈이나 백정놈이 주제넘게 장죽을 물고 다녔다간 볼기를 맞아 대느라고 볼 장을 못 봤을 테니까 이래저래 까다로운 게 담뱃대였다고 하겠다.

우리가 다 알다시피 담뱃대란 그 구조가 아주 간단한 것이다. 일반적으로 담배통, 설대, 물부리—이 세 부분이 합쳐서 이루어지는데 그

품질의 고하(높낮이)는 주로 물부리와 담배통에 달려 있다. 사기로 만든 물부리나 담배통은 일반 서민용이고 백통이나 옥 따위로 만든 것은 고가품(값진 물품)으로 지체 높은 분들의 전용물이었다.

이상은 이 글을 읽는 데 필요한 예비지식이다.

다음은 '승차'의 대상물인 기차에 관한 이야기.

내가 소년 시절에 타 본 기차, 그러니까 60여 년 전에 타 본 기차들은 다 증기 기관차가 끄는 것으로서 속력도 그리 빠르지를 못했었다. 객차는 통상 이등칸과 삼등칸으로 구분되는데 이등칸을 타시는 분들은 다 내노라하는 어른들로서 우리 따위 서민층과는 아예 딴 세상에 사시는 분들이었다.

삼등칸도 함부로는 타지 못하는데 그 까닭인즉 찻삯이 너무 비싸서였다. 그래서 우리 중부(둘째아버지)는 원산서 덕원(德源) 큰집까지 10여 리 길을 언제나 걸어가고 걸어오고 했었다. 왕복 차비가 그때 돈으로 20전―쌀 2되가웃이었으니 무리도 아니었다. 신발하고 버선은 벗어 들고 걷다가 마을 어귀 개울물에서 발을 씻고 다시 멀쩡히 챙겨 신고 들어가므로 모르는 사람들은 다 10여 리 길을 내처 신고 온 줄 알았었다. 발바닥은 아무리 걸어도 닳거나 해질 리가 없으니까 손해 볼 게 없었다.

한데 찻삯이 너무 비싸 서민층은 좀체로 타기가 어려웠다는 그 삼등칸의 내부는 또 어떠했는가. 딱딱한 좌석의 등받이들이 모두 잔허리나 겨우 기댈 만큼 낮았던 까닭에 남자 승객 등 뒤에 앉은 여자 승객들은 그 등받이 명색에 잔허리나마 기댈 엄두를 내지 못했었다. 밤새껏이라도 꼿꼿이 앉은 자세로 가야 했었다. 생면부지의 남정네와 등판을 서로 맞비벼 대며 기분 좋게 간다는 것은 부도(婦道)에 크게 어긋나는 행위로서 사회 여론이 용납을 하지 않아서였다. 공자님께 죄송한 것은 더 말할 것도 없는 일이다. 밤이 되면 열차원이 석유등을 몇 군데 켜 놓아 남녀 승객들에게 큰 불편이 없도록 해 주었다. 그리고 겨울에는 좌석을 두어 군데 들어내고 그 자리에 난로를 놓고 석탄을 때서 어한들을 하게시리 해 주었다. 침대차니 식당차니 하는 따위 사치품들은 아직 발명이 되지를 않았었으므로 건방지게 떡 누워 가거나 더운 음식을 끼니마다 먹으며 호사스레 갈 생각은 아무도 하지를 못했었다. 그러니까 말하자면 기차 여행의 원시 시대쯤 되는 세월이었다.

이만했으면 예비지식은 충분하다고 볼 수 있으므로 자, 이제부터가 본문이다.

가령 어떤 분이 A시에서 B시로 전근(근무처를 옮김)이 되는 경우라고 하자. 그분이 타고 갈 것은 물론 기차다. 친지나 동료들이 역으로 전송을 나오면 으레 홈에까지 들어와 차에 오르는 것을 가까이에서 지켜보며 작별 인사도 하고 또 손도 흔들기 마련이다. 그럴 때 보통 사람들은 아무 딴생각 없이 당연지사로 자신의 신분에 걸맞은 행동을 한다. 즉 삼등차칸에를 오르는 것이다.

그러나 사람이란 천차만별—별의별 사람이 다 있는 법. 하르르한 허영심에 휘감겨 헤어나지를 못하는 분들은 그럴 때 꼭 이등차칸에를 올라야 망정이지 그렇지가 못하면 차라리 죽어 버리는 게 낫다고까지 생각을 한다. 그러니까 삼등차칸에는 능지처참을 당해도 못 오른단 얘기가 되는 것이다. 하지만 야속한 것은 한 서너 달 잘 굶은 빈대처럼 홀쪽한 돈주머니. "아이고 주인님, 그런 분수에 넘치는 호사일랑 아예 꿈도 꾸지 맙시오. 도저히 불가능합니다. 지금 주인님이 물에 빠지면 주인님만 가라앉고 저는 동동 뜰 판이라구요." 하고, 고 얄미운 놈의 돈주머니가 왼고개를 치며 돌아앉아 버리는 것이다.

그러면 이를 어쩐다? 아이고, 요 내 원쑤야!

너무 속상해하지 마. '궁하면 통한다'잖는가.

—이등차 표는 한 정거장 구간만 끊으면 되잖아, 이 맹추야!

그 결과 이등차칸 승강구에서는 호화판으로 멋진 작별 장면이 벌어진다. 그러나 서서히 떠난 열차가 역구내를 막 벗어나기가 바쁘게 그 '주인님'—'물에 빠지면 주머니부터 뜰 처지'의 '주인님'—은 궁둥이에서 비파 소리가 나게시리 차장실로 달려가야 한다. B시 한 정거장 못미처까지의 삼등차 표를 끊어야 하는 것이다. 삼등차 표를 손에 쥐면 우리의 '주인님'은 또다시 부지런히 삼등차칸으로 달려가야 한다. 달려가서는 '어디 좀 엉뎅이를 디밀 자리가 없나?' 하고 두리번거려야 한다.

몇 시간 후 B시가 차차 가까워 오면 우리의 '주인님'은 미리 정신을 바짝 차리고 있다가 한 정거장 바로 앞에서 얼른 일어나 또다시 차장실로 달려간다. 역까지의 이등차 표를 끊어야 하는 것이다. 차장실에서 잠깐 동안에 차표를 끊어 가지고는 또 진동한동 이등차칸으로 돌아와 빈 좌석 하나를 차지하고 긴 숨 한 번을 몰아쉰 다음 태연자약하게 앉아 있어야 한다.

역의 홈까지 마중을 나온 사람들은 열차 맨꽁무니에 달린 이등칸에서 침착하게 거드름스레 천천히 내리는 그 '주인님'을 보는 순간 다들 숙연해진다.

—이등을 타고 부임을 하시잖는가!

—귀하신 몸!

이리하여 떠날 때 전송한 사람이건 도착할 때 출영(出迎)한 사람이

건 다 그 '주인님'께서 그 따위 다라운 협잡을 했을 줄은 꿈에도 모른다. 으레 시종일관 이등을 탔으려니만 여긴다.

이런 것들을 일컬어 '담뱃대 승차'라고 한다. 양쪽 끝만 삐까번쩍 값지기 때문이다. '머리 없는 놈 댕기 치레한다'더니 정말이지 '담뱃불에 언 쥐를 쬐어 가며 벗길 놈'이다.

그런데 심히 유감스러운 것은 이런 지저분한 영혼들—비 맞은 소똥 같은 영혼들—이 우리 사회에도 아주 없지가 않다는 것이다. 속은 텅비어 가지고도 노심초사 겉치레에만 골몰하는 영혼들이 없지가 않다는 것이다. 지프차를 타고 다니면 낯이 깎인다고 세단(상자 모양의 승용차)하고 바꾸겠다고 재주를 피우다가 협잡에 걸려 게도 구럭도 다 놓치고 정강말을 타고 다니는 영혼도 한때 있잖았는가.

내가 가장 업신여기는 것은 이런 겉치레족이다. '담뱃대 승차'를 하잖고는 몸살이 나 견디지를 못하는 겉치레족이다.

반딧불 남편

40년 전에 처음 연변에 왔을 때 여자분들이 자기 남편을 우리 '나그네'라고 자칭하는 것을 듣고 나는 적잖게 놀랐었다. 그때까지 나는 '나그네'라는 것은 '제 고장을 떠나서 객지에 있거나 여행 중에 있는 사람'을 일컫는 것으로만 알고 있었다.

나그네

남편의 성 밑에다 '동무'를 달아 부르는 것도 어지간히 귀에 거슬렸다. 한어식으로 성 앞에다 '로(老)'자를 붙여서 부르는 것도 맞갖잖았다. 물론 '우리 주인'이라고 부르는 것도 역시 좋지가 않았다. 고용살이꾼이 고용주를 자칭하는 것 같은 열등감이 비치기 때문이다.

'애기아버지'나 '바깥양반'쯤은 별 거부감 없이 받아들여졌다. 늙수그레한 남편을 '우리 영감'이라고 부르는 것은 순하게 받아들여졌다. 쌍

화탕이 목구멍을 넘어가기나 하는 것처럼 아주 순하게 받아들여졌다.

각설하고, 지금 외국에서는 '반딧불 남편'이라는 신조어가 유행을 하고 있다. 골담배꾼 남편들의 신상에 일어난 변화를 단적으로 표현한 말로서 그 내용인즉 대개 다음과 같은 것이다.

방 안에서 담배를 피우면 가족들 특히는 어린아이들에게 해로울 것이므로 고상한 가장 정신을 발휘해 홀로 외로이 베란다에 나가 담배를 피우는 가장 즉 남편, 또는 안해의 등쌀에 못 견뎌 베란다로 쫓겨나와 억울하게 씁쓸하게 혼자 담배를 피우는 가장 즉 남편. 이런 남편들이 차차 늘어나니까 밤마다 집집의 베란다들에서 반짝이는 담뱃불이 흡사 반딧불 같다고 해서 '반딧불 남편'이란 새 말이 생겨났다는 이야기인 것이다.

그러나 남편들 모두가 '반딧불족'인 것은 아니다. 더러는 '후세인 남편'이라는 '후세인족'도 있기 때문이다. 이라크의 대통령 후세인처럼 밖에 나가서는 즉사하게 얻어맞아 대면서도 안에 들어와선 큰소리를 땅땅 치며 발호시령(發號施令)을 하는 남편. 이런 남편을 '후세인 남편'이라고 하는데 그런 놈들은 가족들이야 간접흡연으로 폐암에 걸리거나 말거나 제 똥집대로 방 안을 마구 연실(烟室)을 만들어 놓아야만 직성이 풀리는 것이다.

이로써 보건대 '반딧불 남편'은 '후세인 남편'에 비해 월등 고상한 남편임이 틀림없다. 한데 그 고상한 '반딧불 남편'보다 더 훌륭한 남편들도 또 없지가 않다. '꺼 버린 남편'이 곧 그것이다. 흡연이 인체에 해롭다는 것을 깨닫고 단호히 담배를 끊어 버린 남편, 베란다의 밤의 풍물시(風物詩)인 반딧불까지도 아예 꺼 버린 남편, 이런 남편이 곧 '꺼 버린 남편'인 것이다.

우리 주변에도—내가 알고 있는 범위에만도—이런 고상하고 단호한 '꺼 버린 남편'들이 적지 않다. 문정일, 김현대, 정판룡 같은 분들은 다 유명짜했던 골담배꾼들로서 수십 년 동안 담배하고 죽자 살자 하던 분들이다. 일 년 삼백예순날 밤낮을 가리지 않고 죽자 살자 하던 분들이다. 한데 이분들이 노년기에 접어들면서 심기일전, 전비(前非)를 크게 뉘우치고 단호한 결심으로 과감한 행동을 취해 일도양단, 가장 무정하게 그놈의 담배와 계선을 갈라 버린 것이다. 철저히 갈라 버리다 못해 아예 원쑤지간이 돼 버린 것이다. 노인협회 같은 데서 이런 분들을 '모범 노인' 또는 '선진 노인'으로 표창을 한다면 숱한 '꺼 버린 남편'들이 생겨날 수도('문화대혁명' 때 말투로 한다면 용솟음쳐 나올 수도) 있을 테니 이 어찌 경사로운 일이 아닐쏘냐.

이미 작고한 배항진 씨가 생전에 한번 담배를 끊어 버리기로 결심을 내린 적이 있었다. 그에 관해 나에게 털어놓은 사연—.

"그래 그놈을 몽땅 부엌 아궁에 갖다 처박았잖구 뭐요. 한데 밤중에 어떡하다 잠이 깨니…… 아 이거 어디 잠이 와 줘야 말이지. 눈이 점점 더 초롱초롱해지는 게 생전 잠이 와 주질 않는단 말이요. 나는 건 오직 담배 생각뿐. 사람이 곧 미칠 지경이더라구요. 나중에 온몸이 뒤틀리기 시작하더니 간질병 환자 모양 경련까지 일어날 차비를 하는 게 아니구 뭐요. 그래 견디다 못해 벌떡 일어나 부엌으로 뛰어내려 가잖았겠소. 뛰어내려 가선 아궁이에 처박았던 꽁초들을 도루 하나하나 정성스레 골라냈단 말이요. 그 골라낸 놈으로 한 대 굵직하게 잘 말아 가지구 아편쟁이 모양 감칠맛 있게 드립다 빨아 댔더니…… 후유우…… 그제야 숨이 나가더라구요. 이젠 살았구나 싶더라구요. 그 후 다시는 끊을 엄두를 못 내구…… 그저 밤낮 이 모양이지 뭐요."

이렇게 말하고 배 씨는 그때 체념적으로 허허 웃으며 안경 너머로 내 얼굴을 익살스레 바라보는 것이었다.

끊은 이와 못 끊은 이

이상은 담배를 끊기가 그리 조련찮음을 단적으로 보여 주는 예라 하겠다. 그러게 결연히 끊어 버린 이들은 가히 표창을 받을 만하다는 얘기가 되는 것이다.

예 하나를 더 들어 보자.

우리 외조부가 담배를 끊어 버린 동기는 아주 단순했었다. 아주 단순은 했지만서도 그냥 보통으로 단순한 게 아니라 제법 재미있는 이야깃거리가 될 만큼 단순했었다.

그 어른이 피운 담배는 양담배, 권연 따위 고급 담배가 아니고 곰방대, 고불통에 꾹꾹 눌러 담아 피우는 싸구려 담배, 썬담배였다.

한데 살림이 워낙 구차했던 탓으로 이 어른이 나이 사십을 바라보도록 몸에 비단옷이라는 걸 한 벌도 걸쳐 보지를 못했었다. 그러다가 갓 마흔이 되던 해 설에 설빔으로 '첫 버선' 아닌 '첫 비단옷'을 한 벌 얻어 입게 됐었다. 아마도 아버지 무덤에 꽃이 피었던 모양이다.

무명것밖에 입어 보지 못한 사람이 난생처음 비단옷을 몸에 걸쳐 봤으니 기분이 곧 날 것만 같았을밖에. 이 어른이 온 동네를 쏘다니며 옷 자랑을 하다가 다저녁때 홍이 아직 덜 가신 채 집에를 돌아오니 그 안해, 즉 우리 외조모가 남편의 첫 비단옷을 자세히 들여다보다가 "아니

당신 그 앞자락…… 아이고머니나!" 하고 기가 막혀 손뼉을 탁 치는
것이었다.

고불통에서 튀어나온 불똥이 그 대견하던 비단옷 앞자락에 구멍 하
나를 빠끔 뚫어 놨던 것이다. 이를 확인하자 외조부는 곧 치를 떨었다.
워낙 그리 활달하지가 못한 분이었으니까 아마 날벼락에 집이 폭삭
무너앉은 것만큼이나 충격적이었을지도 모른다.

"에이 빌어먹을!"

그는 결김에 '월컥 행동'을 했다. 그 원쑤놈의 곰방대를 무릎에다 대
고 우지끈 끊어서 내동댕이를 친 것이다. 그 시작부터 우리 외조부는
어엿한 '꺼 버린 남편'이 됐다. 금연교(禁烟敎)에 귀의해 가지고 경건하
게 살면서 84세의 장수를 누렸다.

그러니 담배를 끊기가 정 어려운 분들은 우리 외조부식으로 새 양
복을 잘 차려입고(비싼 양복일수록 좋음) 한번 돌아다녀 볼 필요가 있다.
담뱃불에 혹시 구멍이 뚫릴지도 모르니까. 그렇게 되면 "에이 빌어먹
을!" 하고 결김에 '월컥 행동'을 할지도 모르니까.

어쨌든 '꺼 버린 남편'이 되는 게 장땡이다.

거장의 손

실은 '거장의 섬세한 손'이래야 걸맞을 것 같다. 20세기 세계 문학의 거장―미하일 숄로호프가 그 장편 거작 《고요한 돈》의 세부들을 다룸에 있어서 과연 어느만큼 섬세한 손질을 했느냐? 이런 문제를 이 글에서는 다루었으니까 말이다. ―우리 다 같이 한번 배워 보자.

―찾아온 손님들에게 어서 앉으시라고 걸상을 권하는 주부(안주인)가 '없는 먼지 닦아서' 권한다.
이것은 손님들을 정중히 맞으려는 주부의 소박한 마음씨가 형상적으로 드러나는 동작이라 하겠다.

―아크시냐는 두 손으로 얼굴을 가리고 운다. 집게손가락과 장가락 사이에서 눈물이 흘러내린다. 이윽고 그 손등을 흘러내리는 눈물은 한 줄기에서 세 줄기로 늘어난다.
이것은 울음이 점점 더 커지고 있음을 형상적으로 나타낸 거라 하겠다. 속 시원히 울음을 터뜨릴 수 없는 여인의 설움, 남몰래 울어야 하는 설움, 그 설움 애써 참으려는 여인의 울음인 것이다.

—질주하는 마차 위에서 노인은 '바람에 빼앗길까 봐 겁이 나는 듯 텁석나룻을 손바닥으로 덮싸쥔다'는 묘사는 마차가 얼마나 빨리 닫는가를 알려 주는 것과 동시에 노인의 무심한 동작을 해학적으로 과장해 동적인 분위기를 짙게 해 주는 것이라 하겠다.

—사윗감을 고르는 문제로 늙은 양주가 말다툼을 하다가 바깥노인이 맞갖잖이 안늙은이를 타박한다.
"에참 내 원…… 임자 맘대루 하란 말이야. 아무 놈을 내주든…… 나하군 상관 없는 일이니까. 쓸데없는 소린 왜 그리 지절대길 좋아하는지. (인물두 잘생기구!) —그래 그놈의 그 잘난 상통에서 곡식이라두 쏟아진단 말인가?"
부유한 농민다운 표현 방식이다. 인물이 잘난 사윗감을 택하는 안노인은 다분히 낭만적 성향이다. 그따위 인물보다는 경제성을 더 중시하는 바깥노인은 현실적인 실리주의자다. 그에게는 얼굴보다 곡식이 더 중요한 것이다. 개가 핥아 놓은 것처럼 빤빤한 얼굴보다는 옴두꺼비같이 생겼더라도 밥이 더덕더덕 붙은 얼굴이 더 좋은 것이다. '그놈의 상통에서 곡식이라두 쏟아지느냐'는 한마디가 내포한 뜻은 이상과 같이 풍부하면서도 또 뚜렷하다.

—맏손녀의 결혼식에서 옛 친구들과 함께 술을 마시는 할아버지, 그는 소싯적에 카자흐병으로 터키 전쟁에 참가했었다. 그 영광스러운

추억 속에서 그와 그의 동료들은 조용한 여생을 보내고 있다. 할아버지는 술에 취해 거슴츠레한 눈으로 하얀 식탁보의 주름살을 바라본다. 그의 눈에는 그것이 술과 국수로 얼룩진 식탁보가 아니라 카프카스산맥의 백설로 뒤덮인, 눈부신 산봉우리들로 보인다.

하얀 식탁보의 주름살을 백설로 뒤덮인 카프카스의 연봉(連峰)으로 착각하는 늙은 카자흐의 취안(술에 취해 몽롱해진 눈). 작자의 뛰어난 상상력이 섬광처럼 번뜩거리는 장면이다. 천재적인 비유, 형상화의 극치라 하겠다.

─손자가 태어나기를 바란 노인이 손녀를 낳았다는 말을 듣는 순간, 얼굴에 덜 좋아하는 기색이 나타난다. 그러나 그 기색은 이내 텁석나룻 속으로 사라진다.

'덜 좋아도 내색은 말아야지' 노인의 이러한 마음자리가 엿보이는 장면이다. 소설에서는 백 마디의 설명보다도 한마디의 형상화가 더 보람을 내는 법이다.

─사람 없는 (농장의) 마당에서는 암탉 한 마리가 아장거린다. 요리사가 내일 저를 잡아 닭국을 끓여서 마름 나리를 대접하려는 것도 모르고 두엄 속을 파헤친다. '어디다 알을 낳았으면 좋을까?' 궁리를 하며 꾸꾸거린다.

장난기 어린 필치, 멋이 깃든 수법, 한가하고 적적한 농장의 풍경이 한눈에 안겨온다.

숄로호프는 근 3백만 자에 달하는 대하소설을 고비마다 구석마다

다 이렇게 알차게 엮어 나갔다. 대충대충 '넓은 마당 쓸기'를 하지 않았다.

—입영(군대에 입대)하는 남편을 떠나보내며 아크시냐는 "여보, 잠깐만 좀……." 하고 싸늘한 말등자를 붙잡는다. 오른손에는 처네로 감아 싼 애기가 안겨 있다. 말안장 위의 남편을 쳐다보는 그녀의 눈에서는 애틋한 눈물이 하염없이 흘러내린다. 하지만 그 눈물은 닦을 손이 없었다. 빈손이 없었다.

젊은 부부의 이별하는 장면을 이처럼 시적으로 그려낸 소설이 이 세상에 과연 얼마나 있겠는가.

'눈물을 닦을래도 비운 손이 있어야지!'

낭만이 술이라면 그 누군들 취해서 곤드라지지 않고 또 어쩔 것인가.

—남편이 군계집을 달고 가출을 한 까닭에 할 수 없이 친정살이를 하는 며느리가 어느 날 길거리에서 시아버지와 마주친다. 그 시아버지가 "느 시어머니는 네 생각을 하구 자꾸 운다. 그래 너 요즘은 어떻게 지내느냐?"고 위로해 묻는데 며느리는 "네, 그럭 지냅니다."고 대답을 하다가 그만 걸려 버린다. '아버님'이라고 하려다가 곤혹해 '판텔레이 프로코피예비치'라고 덧붙인다. 이것은 동네 어른으로 대접할 때의 호칭이다. 그러나 시아버지가 다시 "그 망할 놈 때문에 네가 이런 고생을 하는구나."고 통탄하자 며느리는 저도 모르게 아주 자연스럽게 "다 제가 팔자를 잘못 타고난 탓이지요, 아버님."이라고 한다.

친정살이하는 소박데기 며느리가 그전 시아버지와 느닷없이 마주쳤을 때의 서먹한 감정, 하지만 그 감정은 시아버지의 따뜻한 말 몇 마디에 금세 얼음 녹듯이 풀려 버린다. 미묘하고 섬세한 심리 묘사라 하겠다.

—꼭 전사한 줄만 알았던 아들이 살아 있다는 소식을 접한 노인은 마음이 들떠서 잠시도 가만있지 못하고 온 마을을 절름거리며 돌아다닌다. 그의 생각은 또다시 늪 위를 나는 물총새처럼 아들의 둘레를 맴돌았다.

전쟁 시기에 얼마나 많은 부모들이 이렇게 떠나보낸 아들의 둘레를 맴돌았던가. 늪 위를 나는 물총새처럼 자꾸만 자꾸만 맴돌았던가. 기나긴 밤을 뜬눈으로 지새우며 맴돌았던가.

—그리고리가 전선에서 포연탄 위를 무릅쓰며 싸우고 있을 즈음 후방에서는 그 안해(실은 내연의 처)가 주인집 아들과 정을 통한다. 휴가에 돌아왔다가 이 사실을 알게 된 그리고리는 격분한 나머지 자신의 상관이기도 한 주인집 아들을 철저히 응징한다. 말 몰던 채찍으로 수없이 난장을 친다. 그리고 집안으로 뛰어들어와서는 "독사! 암캐!"라며 그 채찍으로 안해의 낯바닥을 내리후린다. 그런 연후에 그는 뒤도 돌아보지 않고 곧장 따달스끼 부락으로 향한다. 군계집을 달고 뛰쳐나왔던 본집으로 돌아가는 것이다. 본처가 기다리고 있는 제 집으로 돌아가는 것이다.

따달스끼 부락으로 내려가는 언덕길에서 그는 괴이쩍은 듯이 제 손에 들려 있는 채찍을 들여다본다. 정신없이 거기까지 그대로 들고 온 것이었다. 그는 채찍을 내팽개친다.

불타는 증오심으로 모든 것을 청산하고 회한과 자책에 시달리며 제

정신 없이 들길을 걸어온 사나이, 분노의 채찍을 저도 모르게 그냥 들고 온 사나이, 여기에 무슨 심리 묘사가 또 필요할 것인가. 심리 상태를 더 그려서는 무엇 하며 내면세계를 더 파헤쳐서는 무엇 할 것인가. 새삼스레 눈에 띈 분노의 채찍을 '허리춤에서 뱀 집어던지듯' 했으면 그만이지.

졸작 《격정시대》에 저 유명한 원산 제네스트(총파업)가 재현되는데 그 전경을 묘사함에 있어서 나는 마치 역사책에서 베껴 내기라도 한 것같이 추상적으로, 이론적으로 생경하게, 무미하게 묘사를 했었다. 이것은 물론 작자의 역불급(力不及)의 소치로서 더 말할 것도 없이 실패한 부분인 것이다.

그런데 놀랍게도 외국의 일부 급진적인 좌익 작가들이 '그 부분이 아주 잘됐다'고 엄지손가락을 내들어 보이는 바람에 나는 하도 어이가 없어서 벌린 입을 다물지 못할 지경이 됐었다. 그들은 정치적으로 성숙지 못했던 까닭에 혁명적인 언사에 현혹돼 날카롭던 본래의 예술적 안광이 잠시 흐려졌던 것이다. 나는 금후 다시는 그런 추상적이고 이론적인 묘사를 하지 않을 작정이다.

우리 다 같이 형상화에 심혈을 기울이자. 형상화란 본질적이며 전형적인 특징을 구체적이며 감각적인 형태를 통해 예술적으로 반영함을 일컬음이다.

만신창이

조선 작가 리태준에게서 들은 이야기가 생각난다.

소련 작가동맹의 초청을 받아 그 대회에 참석을 했을 때의 일인데 휴식 시간에 어떡하다 앉고 보니 《전선》의 작가 코르네이추크 바로 옆에 앉았더라는 것이다.

"조선엔 문학 평론가가 얼마나 있지요?"

코르네이추크가 지나가는 말로 이렇게 물어보는데 리태준은 언뜻 떠올라 주지를 않아서 그저 "한 대여섯 됩니다." 하고 얼버무려 넘겼다. 그 대답을 듣자 코르네이추크는 크게 반색을 하며 "아이고, 그럼 나두 조선엘 가 살아야겠구먼!" 하더라는 것이다. 그 까닭인즉 "우리 소련엔 문학 평론가란 게 어찌나 많은지 그 수를 헤아리기두 어려울 지경입니다. 그 숱한 평론가분들이 무슨 작품이 하나 나오기만 하면 와 달려들어 제각기 한 입씩 물어뜯는데…… 천하 없는 작품인들 어떻게 견뎌 냅니까. 대번에 만신창이가 돼 버리지요."

그래서 문학 평론가가 대여섯밖에 없다는 조선엘를 가 살고 싶다는 것이다. 좀 덜 물어뜯기겠으니까, 만신창이까지는 되지를 않을 테니까.

소꼬리 논란

명나라든지 청나라든지 딱히는 모르겠지만 아무튼 옛날 중국의 어느 유명한 화가가 '투우도(鬪牛圖)'라는 그림을 그렸는데 그게 대단한 명화였다는 것이다. 어느 저명인사가 그 그림을 사랑에다 걸어 놓고 자랑을 하는데 보는 사람 모두가 감탄을 하는 중에 유독 감탄을 하지 않고 비양스레 웃는 사람 하나가 있더라는 것이다.

주인이 불쾌스레 그 웃는 까닭을 물은즉 그 사람이 대답하기를 "소가 싸울 때는 으레 꼬리를 사타구니에 끼게 마련입지요. 그런데 이 소들은 꼬리를 빳빳이 뻗쳤단 말씀입니다."

이 말을 들은 주인은 찬물 한 바가지를 콱 뒤집어쓴 것 같아서 '명화'에 대한 열정이 금세 싹 식어 버렸다.

'수백 냥 돈을 팔아 가며 가까스로 손에 넣은 '명화'라는 게 이따위라니!'

크게 실망낙담해 입맛을 잃은 주인님을 행랑에 들어 있는 우차부―소달구지를 부리는 하인이 구해 주었다.

"영감마님, 이제 그만 시름 부리십시오. 그 사람은 하나만 알고 둘은 모르는 사람입니다. 소가 싸울 때 처음엔 다들 꼬리를 빳빳이 뻗치기 마련입니다. 바로 이 그림과 마찬가집지요. 꼬리를 끼는 건 나중에 힘이 부치거나 겁이 날 때 끼는 겁니다."

이는 분명 반가운 소식, 싹 잃었던 영감마님의 입맛이 금세 되돌아올 만큼 반가운 소식이었다.

'그러면 그렇지! 내가 그래 어떤 사람이라고—수백 냥 돈을 헛팔아. 행!'

이 이야기에서도 알 수 있는바 하나만 알고 둘은 모르는 사람이 '자신만만'하게 지적을 하거나 비평을 하는 건 좀 곤란하다. '선무당이 사람 속인다'는 속담이 있잖은가. '어설픈 약국이 사람 죽인다'는 속담이 있잖은가.

눈 뜬 말, 눈 먼 말

마루야마 오오코(丹山應擧)는 18세기의 일본 화단을 주름잡았던 거장으로서 그의 작품들은 지금도 일본의 귀중한 문화유산으로 떠받들리우고 있다. 이 마루야마 화백이 한번은 '풀을 뜯어먹는 말'이라는 그림 한 폭을 그렸는데 잘 모르긴 해도 아마 대단한 걸작이었던 모양이다. 그러게 보는 사람마다 탄성을 연발했었지. 한데 유독 무식한 농민 하나가 머리를 좌우로 갸우뚱거리더니 마침내 화백에게 죄송스레 여쭈어 보는 것이었다.

"이 말은 눈이 먼 말이오니까?"

"그게 무슨 소리야. 두 눈이 멀쩡한 말을 가지구."

"죄송합니다. 전 눈이 먼 줄 알고 그만……."

"눈을 뜨고 있는 게 안 보이는가? 명명백백히 그려져 있는데!"

"그러게 말입지요……."

"그러게 말이라니? 무슨 뜻이야? 말을 할라거든 좀 똑똑히 해!"

"네, 제가 알고 있는 바로는 말씀입니다, 풀을 뜯어먹을 때 말이란 놈은 꼭 눈을 감게 마련입니다, 풀잎에 눈을 찔릴까 봐. 눈 먼 말은 감지 않고 그대로 뜯어먹습니다. 보이지를 않으니까요."

마루야마 화백은 어이가 없어서 한동안 할 말을 잊었다. 반평생을 말을 부리며 살아온 농민의 관찰안에 손을 반짝 들었던 것이다.

싸우는 소가 꼬리를 뻗쳤다고 타박을 한 반풍수 양반하고는 너무도 차이가 나는 지적이라 하겠다. 질박하면서도 고지식한 농민의 풍모를 눈앞에 보는 것 같다.

고찰(古刹)과 장미

'고찰'이란 오랜 역사를 지닌 옛 절, 그리고 '장미'는 아름답고 탐스럽게 피면서 매혹적인 향기를 풍기는 꽃. 우리가 알고 있는 고찰은 거개가 동양풍의 재래식 건물이다. 이와 반대로 장미는 거의 다 서양풍의 도래종 화초다.

한국의 어느 저명한 작가분이 어느 유명한 고찰을 다녀와서 글 한 편을 썼는데 그 글자 가운데 이런 구절이 있었단다.

　　법당 돌층계 양옆에는 탐스러운 장미꽃이 흐드러지게 피었는데 그
　　꽃향기가 어쩌나 진동을 하는지 승속(僧俗, 승려와 속인)이 다 같이 취할
　　지경이었다.

이 글을 읽어 본 후배들이 선배님(저명한 작가분)을 찾아와 의견들을 드렸다.

"왜 하필이면 장미꽃입니까. 동양풍의 사찰에 도래종 화초가 어떻게 어울립니까. 우리나라 고유종도 얼마든지 있을 텐데."

"갓 쓰고 자진거를 타는 것 같아서 영 걸맞지를 않습니다."

기분이 덜 좋은 선배 님이 단마디명창으로 후배들의 말허리를 무질러 버렸다.

"그래 법당 앞에 흐드러지게 핀 것은 틀림없는 장미꽃이었어!"

항변의 여지도 없이 깨끗하게 결론이 나 버렸다. 승복을 어떻게 안할 것인가. 그 고찰에 핀 것이 장미꽃이 틀림이 없는 이상은 고유종이면 어쩌고 도래종이면 저쩌고…… 아무리 씨벌여 봤자 무슨 소용이 있으랴.

동양풍의 고찰에는 꼭 진달래나 함박꽃 따위 토착종 화초라야 제격에 맞는다는 식의 사고는 문제가 있다고 봐야 하겠다.

그런 곧은목적 사고방식은 일을 그르치기에 꼭 알맞다. '곧은목'이란 좌우나 뒤로 자유롭게 돌려지지 않는 목, 또는 '융통성이 없이 외곬으로만 나가거나 외고집이 센 사람'을 비겨 이르는 말.

덧붙이기

최근에 어떤 분이 문학총서 〈두만강〉 1호에 실린 한 편의 머리말을 읽어 보고 대단히 분개해 매몰차게 뇌까렸단다.

"지금이 로신(魯迅) 시댄 줄 아는가!"

그러니까 로신식의 잡문은 시대착오적이라는 얘기가 되는 것이다. '왜 태평가를 좀 부르지 못하고 그런 까마귀 울음을 우느냐'는 얘기가 되는 것이다.

보아하니 그분께서는 아마 복숭아꽃이 아름답게 핀 무릉도원에서 신선놀음에 도끼자루가 썩는 줄도 모르시는 모양이다. 버얼써 공산주의 사회에 입주하신 까닭에 다음 같은 낱말들은 도서관에 가 고어사전을 빌어다가 하나하나 뒤져 보지 않고서는 그 뜻을 모르시게쯤 돼 있는 모양이다.

뇌물 수수, 공금 횡령, 부정 축재, 아부 굴종, 직권 남용, 강력 범죄, 증거 인멸, 마약 사범, 탈세, 매음, 날치기, 소매치기.

규율 검사니 검찰이니 법원이니 하는 따위는 다 이미 쇠망을 해 버린 지가 옛날인즉—그분께서는 알고 계신 모양이다. 그렇잖고서야 그다지도 표독스레 뇌까릴 수가 있나. 더구나 여성분이.

그분께서도 마약중독자처럼 온종일 환각 상태에 빠져 있지만 말고—구름 위에 둥둥 떠서 유쾌하게 행복을 누리지만 말고—맑은 정신으로 우리가 살고 있는 이 세상을 한번 똑바로 봐 줬으면 하는 바람이다.

이 여성들

일전에 〈동아일보〉의 여기자 고미석(高美錫) 씨와 여류 작가 송우혜(宋友惠) 씨의 방문을 받았을 때의 일이다. 내가 웃으면서 "송우혜 씨의 얼굴이 우리 작은이모와 아주 비슷하네요." 했더니 내 가까이 앉았던 고미석 씨가 얼른 귓속말 시늉을 하며 "그 작은이모님 아주 밉게 생겼죠. 그렇죠?" 하고 상글거리는 것이었다.

"아니, 미인이야 미인. 소문난 미인이었다구."

"어머, 선생님두 거짓말할 줄 아시네!"

까닭 없이 용모를 '평가절하' 당한 송우혜 씨가 먼저 씩 웃어서 재치 있게 익살을 부리던 고 씨와 다소 당황했던 나도 다 같이 거뜬한 웃음을 터뜨렸다.

이 여성들, 이 세련된 여성들.

세련미

고미석 씨가 먼저 귀국한 뒤에 혼자 떨어져서 홍범도 장군의 옛 자취를 더듬던 송우혜 씨가 두어 주일인가 후에 또다시 찾아왔는데 혼기가 지나고도 한참 됐을 나이에 아직도 독신이란다.

"그래서야 되겠나. 결혼을 하셔야지."

"글쎄 그게 맘대루 잘 돼 주지를 않는다구요."

"자꾸 고르다나니 그렇게 됐을 테지. 완전무결한 남자란 이 세상에 없는 법이거든."

"꼭 그런 것만두 아닌데……."

"이봐요, 내가 얘기 하나 할게, 들어봐요. 내가 총각 때 처음 상해로 가 가지구 넥타이를 고르는데…… 그 남경로에 제일 큰 백화점, 왜 있잖아요 영안공사……. 그 영안공사엘 들어가 고르는데…… 넥타이 매장에 죽 걸려 있는 울긋불긋한 넥타이들이 하두 많아 놔서 풋내기 촌놈으로선 눈이 핑글핑글 돌아갈 지경이었지 뭐요. 그래 감히 엄두를 못 내구 망설거리구만 있으려니까 젊은 여점원이 상글거리며 하는 소리가 '눈 꼭 감고 아무거나 하나 골라잡으세요. 집에 갖고 가 펼쳐 보시면 맘에 꼭 드실 거예요.' 그래 시키는 대루 장님 문고리 잡는 시늉을 한번 해 봤을밖에. 한데 포장지에 깔끔히 싸 주는 걸 집에 갖구 와 펼쳐 보니까 허, 그저 그만이잖구 뭐요. 멋이 있더라구요."

"잘 알았에요. 저두 이번엔 선생님 말씀대루 꼭 그럭할래요. 하나 눈 꼭 감구 골라잡을래요."

"좋아요, 그럼 삼 년 안으루 꼭 성취를 하시두룩."

"아이고 참 선생님두, 삼 년이 뭡니까 삼 년이! 지금 하루가 새로운

데…… 석 달 안이라구 말씀을 좀 못 하시구!"

이 여성들, 이 세련된 여성들.

자주치마

내가 서울서 학교를 다니던 때의 일이다. 열다섯 살이 되던 해 여름, 하굣길에 갑자기 소나기를 만나서 죽어라 하고 닫는 중에 우산을 받치고 앞에 가던 여학생이 급한 발소리를 듣고 뒤를 돌아보았다. 자주치마를 입었으니까 리화여교(梨花女校)가 틀림없다.

"어머, 어서 이리 들어오세요!"

어마지두에 그녀는 우산을 내게로 내밀며 소리를 쳤다. 동생뻘이나 되는 녀석이 비 맞은 수탉 꼴이 돼 가지고 달음박질을 치고 있으니 그랬을 수밖에. 하지만 나는 수줍어서 감히 그 우산 밑에 들어설 엄두가 나지 않았다.

"아니 괜찮아요."

외마디말로 굼때고 나는 계속 장대비 속을 달았다. 아마 불 채인 중놈 달아나듯 했을 것이다. 가장 잘하는 것처럼. 멍청이 같으니라구…… 괜찮긴 뭐가 괜찮아?

나는 얼마 안 가서 곧 후회가—굴대 같은 후회가—목구멍까지 치밀어 올랐다.

"들어설걸!"

'그 여학생하고 한 우산을 쓰고 빗속을 걸어갔다면 얼마나 낭만적이었을까!'

이제 겨우 열다섯 살밖에 안 된 놈이 같잖게 주제넘게 속만은 엉큼했다. 그러나 기회라는 동물은 뒤통수에 털이 없는 법. 한번 놓치면 다시는 움켜잡지 못하는 법. ―어리석지!

교복 차림의 그 아가씨, 소나기 퍼붓던 오후에 우산을 권하던 그 아가씨, 호의를 베풀려다 이 멍청이에게 거절을 당한 그 아가씨. 아직까지 살아 있다면 아마 팔순이 가까웠을걸.

비 오는 날의 우산에 얽힌 사연은 이 밖에도 또 있다. 없었으면 좋겠지만―유감스럽게도 또 있다.

그로부터 3년 뒤 열여덟 살 엄범부렁 다 큰 총각 때의 일이다. 당시 서울 화동에서 가회동으로 내려오는 골목길은 매우 좁으면서도 또 어지간히 비탈이 졌었다. 그 골목길에서 비를 만나 급히 내리닫다가 나는 앞에 가는 여자를 앞지른다는 게 잘못해 그 여자의 우산 가장자리를 한쪽 어깨로 툭 건드렸다. 펼쳐진 종이우산이 좁은 골목길을 거지반 차지했던 까닭에 피하기가 어려웠던 것이다. 한데 이 여자가 픽 돌아서더니 대뜸 쏘아붙이기를 "눈이 삐었남?!" 그 매몰찬 한마디에 나는 몸서리가 치이었다.

'저 교양!'

'저 무지막지!'

빈대떡 장수같이 생긴 그 얼굴, 실눈에 납작코. 보아하니 뉘 집 안잠자기가 아니면 행랑어멈이었다.

―오 하느님, 저런 여자가 이 세상 여자들의 전형이 아니기를.

자존심 덩어리

90년대의 연길에서 시작된 이야기가 가리산지리산으로 30년대의 서울로 거슬러 올라갔다가 이번에는 다시 50년대의 평양으로 비약한다.

당시 인민군의 협주단을 책임지고 있던 정률성이가 잠시 바람이 나서 제 수하인 한정금이와 은밀히 붙어 다녔었다. 한정금이는 20대의 젊은 과부로서 소문난 소프라노 가수였다.

"너 조심해라. 정설송(丁雪松) 귀에 들어가면 너 어쩔라구 그러니?"

내가 주의를 주었더니 정률성은 계면쩍이 웃으면서 구차스레 한마디 대꾸를 하는 것이었다.

"괜찮아, 우리말을 잘 못 알아듣잖아."

소문이 파다하더라도 제 안해의 귀에까지는 미치지 않을 거라는 뱃심이다. 하지만 그는 분명히 오산을 하고 있었다. 평양에 와 있는 신화사 기자들 중에 조선말을 잘하는 친구 하나가 있었는데 그 친구가 또 마침 정설송(당시 화교위원회 위원장)과 상종이 잦다는 것을 그는 대수롭잖게 여기고 있었던 것이다. 바람기에 예지가 잠시 흐려졌던 모양이다. 바람 안 새는 벽이 있으랴만, 어리석지!

그러던 어느 날 느닷없이 정설송이 찾아왔는데 그 안색이 전에 없이 창백했다.

"어서 앉아요. 무슨 일인데?"

나는 짐짓 태연스레 자리를 권했으나 정설송은 앉지 않았다. 꼿꼿이 선 채로 한동안 말끄러미 나를 바라보다가 비로소 입을 여는데 입술이 파르르 떨리는 게 알렸다.

"왜들 날 속였죠?"

"아니, 별안간 그게 무슨 소리여?"

딴청을 하면서도 나는 가슴이 뜨끔했다.

"고만두세요. 나 다 알고 있어요. 하지만 자존심이 깎여서…… 률성이 보군 말두 안 했어요. 치사스레 질투나 한달까 봐. 하지만 난 동무가 원망스러워요. 동무가 원망스럽다구요. 어째 가까운 친구지간에 그런 것을 하라구 내버려두셨죠? 동무넨 한 조직의 조직원이 아니던가요?"

매섭게 내리엮는 바람에 나는 곡경을 치렀다. 진땀이 흐를 지경이었다.

'애매한 두꺼비가 떡돌에 치여도 유분수지. 그 망할 자식 때문에 내가 죽어나잖나!'

나는 속으로 정률성이를 모주 먹은 돼지 벼르듯 잔뜩 별렀다.

"내 이름을 왜 설송(눈솔)이라구 고쳤는지 아세요? (연안 시절에) 눈속의 소나무처럼 정결하라구 그런 거예요. 한데두 률성인 날 예까지 끌구 와 갖구……."

말을 다 마치지 못하고 정설송의 눈에 눈물이 핑 도는 것을 보자 나는 더욱 송구스러워 몸 둘 바를 몰랐다.

정설송은 그 이튿날 단호히 등영초(鄧穎超)에게 편지를 띄웠다. 연안에 있을 때 벌써 정설송은 주은래 부부의 수양딸로 정해졌었다.

정률성 부부가 그 후 갑작스레 북경으로 소환이 된 것은 바로 이런 속사정 때문.

이 여성들, 이 기품 있는 여성들, 이 눈솔들, 이 자존심 덩어리들, 이 오기 덩어리들.

—바라건대 온 세상의 여성들이 다 이렇게 기품 있고 이렇게 세련

되고 또 이렇게 아름답기를. 그리고 제발 덕분 그 빈대떡 장수—실눈—납작코 같지는 말아 주시옵기를.

코끼리띠

나는 '용띠'다. '쥐'에서 시작돼 가지고 '돼지'로 끝이 나는 십이지 가운데 상상(想像)상의 동물은 용 하나뿐. 그 나머지는 다 실재하는 동물이다. 이 실재하는 동물 중에서 제일 작은 것은 쥐다. 그리고 제일 큰 것은 소나 말이 되겠다.

작년은 양해고 금년은 원숭이해다. 양해에 낳은 아이는 잘 자라지 못하고 원숭이해에 낳은 아이는 잘 자란단다. 이것은 물론 미신이다. 아무 과학적인 근거도 없는 미신이다.

미신 세계

하지만 작년에는 전국의 출산율이 푹 낮아졌다가 금년에는 반대로 부쩍 높아졌다니─웃을 일이 아니다. 미신이 활개를 칠 장마당은 아직 얼마든지 있다는 것을 단적으로 보여 주는 출산율의 변동이다.

예전에 어느 고을 원님이 생일을 쇠는데 읍내의 모모한 장사아치들이 모여서 의논을 했다.

"사또께서 쥐띠라시니까 우리 추렴을 거둬서 사또께 금쥐 하나를 쳐드립시다."

생일날 금으로 만든 쥐를 하례로 받은 원님이 흐뭇해했을 것은 더 말할 것도 없는 일이다. 그러나 채우기 어려운 것은 사람의 욕심.

'거참, 괜히 쥐띠라구 했구나. 소띠라구 했더라면 더 좋았을걸.'

금쥐보다 백 곱절이나 더 큰 금소를 받지 못한 게 유감스러운 것이다.

'오 참, 내달 보름날이 마누라 생일이지. 옳지, 된 수가 있어!'

원님은 무릎을 탁 치고 곧 아전을 불러들였다.

"얘, 너 나가서 그놈들에게 미리 귀띔해 두라. 실내마님은 코끼리띠라구, 알겠냐? 내달 보름날이 생신이라구, 알겠냐?"

십이지에는 들어 있지 않지만서도 코끼리가 소보다 훨씬 더 큰 것만은 사실이다. 그러니까 금소보다 금코끼리가 훨씬 더 클 것 또한 사실이다. 공룡띠라고 안 한 것만도 다행한 일이다.

이 우스운 이야기가 설명해 주듯이 지난날 백성들은 이래저래 통치배에게 뜯기기 마련이었다.

생일 이야기가 났으니까 말이지만 내 생일은 가탈이 많아도 이만저만 많지가 않다.

환갑과 진갑을 다 고랭지에 위치한 추리구 감옥에서 쇠었는데 기후 관계로 그 감옥에서는 10월 하순께부터 11월 말까지 약 40일 동안은 부식물이 끼니마다 언 배춧국뿐이었다. 저장할 데가 없는 배추들을 한데다 무더기로 무져놓고 꽁꽁 얼어붙은 것을 쇠스랑으로 꺼내다가 끓여 먹이기 때문이다. 그러므로 운수불길하게 그 40일 어간에 생일이

들어 있는 놈은 천생 옥수수떡 한 개와 언 배춧국 한 사발로 생일을 쇠게 마련이었다.

그러니까 나도 환갑과 진갑을 다 그런 '호화판 진수성찬'으로 차려 잡쉈다는 얘기가 되는 것이다.

진갑을 70돓로 잡는 데도 있긴 하지만 일반적으로는 환갑의 다음 해가 진갑이다. 사주쟁이가 사주를 내주는데도 60돓까지 내주고 더는 없는 것만 봐도 알 일이 아닌가. 진갑이란 새 간지로 접어든다는 뜻이다.

돈 내고 절하고

이왕 환갑이니 진갑이니 하는 이야기가 난 김에 환갑잔치 이야기도 좀 해 보자.

일전에 길에서 오다가다 잘 아는 젊은 친구 하나를 만났는데 인사를 하기에 '어디를 갔다 오느냐'고 지나가는 말로 물었더니 그 대답이 걸작이었다.

"돈 내구 절하러 갔다 옵니다."

"돈을 내구 절을 하러 갔다 와?"

"예, 그렇습니다."

"요새 또 무슨 그런 신식 오락이 생겼는가."

가라오케니 전자오락이니 하는 따위가 자꾸 생겨나는 세상이라 나는 필시 또 무슨 그런 희한한 업종이 생겨난 줄 알고 호기심에 귀가 적이 솔깃해졌다.

"그런 게 아니구요, 반갑지두 않은 환갑잔치에 불려가 부조금 내구

절하구 그러구 돌아오는 길이요. 존경이 하나두 안 가는 늙은이 환갑이라 가기가 딱 싫긴 했지만서두…… 세상사가 어디 그렇습니까. 울며 겨자 먹기루 갔었지요."

이렇게 말하고 그 젊은 친구는 체념적으로 억지웃음을 허허 웃었다. 그리고 한마디를 덧붙이는 것이었다.

"이게 그래 옆찔러 절 받기가 아니구 뭡니까? 옆찔러 절 받기 아니구."

"그런 걸 모르구 난 또……." 하고 내가 하하 웃으니 그 젊은 친구는 "그런데 왜 선생님은 환갑을 안 쇠십니까? 남들 다 쇠는데." 하고 새삼스레 묻는 것이었다.

"그래 나더러두 옆찔러 절 받길 하란 말인가."

"천만에, 선생님이야 어디 그렇습니까?"

"난 뭐 별겐가. 그나저나 다들 몰라서 그러는 거라니까."

"다들 뭘 몰라서 그런단 말씀입니까."

"이봐요, 환갑잔치란 건 저승회 입회식이란 말야. 알겠나? 그걸 몰라서 다들 그러는 거야. 그걸 안 하면 이승회 회원이지만 그걸 하면 저승회 회원이 돼 버리거든. 염라대왕이 바로 그 저승회 회장님이야. 그 회장님이 '오, 너 왔느냐?'고 명부에다 일단 이름을 올리기만 하면 그때부턴 시시각각 죽을 차례를 기다려야 하는 거야. 하지만 입회를 안 한 사람은 이승회 회원이니까 염라대왕두 감히 어쩌질 못하지. 괜히 잘못 건드렸다간 월권행위가 될 테니까."

그 젊은 친구가 '선생님 환갑잔치 안 하시는 까닭을 인젠 잘 알았다'면서 너털웃음을 웃는 바람에 나도 한바탕 유쾌하게 따라 웃었다.

사실 말이지 염라대왕 무서워서가 아니라 그런 시속이 어쩐지 마음에 들지 않아 우리 집에선 일체 그런 걸 하지 않는다. 옆찔러 절 받기를 하는 게 보기 싫은 것도 있거니와 필요 없이 남에게 폐를 끼치고 싶지 않다는 도덕의식 때문이기도 할 것이다.

집안끼리야 환갑잔치를 차리건 말건 문제 삼을 게 하나도 없다. 하지만 공산당원들이―그도 노공산당원들이―경합적으로 '흥사동중(興師動衆)' 하는 식으로 떠들썩하게 호화판 환갑잔치를 차리는 것은 좀 고려해 볼 일이 아닐까.

코끼리띠를 내세워 한탕 긁어모으자던 옛날의 탐관오리와는 비할 수가 없지만서도 우리 공산당원들은 필경 차원이 다르잖은가. 나름대로의 도덕 표준이 다르잖은가. '코끼리띠만 내세우지 않았으면 됐지 또 뭘 그러는가'고 배를 퉁길 수는 없는 일이잖은가.

동추하춘

그전 세월에는 못된 귀신을 몰아낼 때 흔히들 '이십팔수' 별 이름을 바로 외고 거꾸로 외고 했었다.

"각, 항, 저, 방, 심, 미, 기, 규, 루, 위, 묘, 필, 자, 삼, 정, 귀, 류, 성, 장, 익, 진, 두, 우, 여, 허, 위, 실, 벽", "벽, 실, 위, 허, 여, 우, 두, 진, 익, 장, 성, 류, 귀, 정, 삼, 자, 필, 묘, 위, 루, 규, 기, 미, 심, 방, 저, 항, 각……." 이렇게 자꾸 되풀이해 외면 못된 귀신들이 견뎌 배기지 못해 싹 다 뺑소니를 쳤었다.

하지만 지금은 사회주의 시대인지라 못된 귀신이고 된 귀신이고 다 씨가 져 버린 까닭에 구접스레 그런 걸 외지 않아도 별 탈 없이 살 수가 있으니 참으로 고마운 일이다.

바로 외고 거꾸로 외는 이야기를 하다나니 자연 또 떠오르는 것들이 좀 있다. 물론 '바로', '거꾸로'와 관련이 있는 것들이다. 수고스럽지만 잠깐 좀 들어 봐 주시기를 바란다.

우리가 늘 쓰는 '춘하추동'을 이 글의 제목처럼 '동추하춘'이라고 거꾸로 표시를 해도 되기는 된다. 좀 어색하긴 하지만. '형제자매'도 역시 마찬가지다. '매자제형'이라고 해 안 될 것은 없다. 좀 별스러워 그렇지. '의식주'를 '주식의'라고 하거나 또는 '동서남북'을 '북남서동'이라고 해도 되기는 다 된다. 좀 꾀까닭스러워 그렇지. 하지만 우리의 생활 습관상 역시 상례대로 표시를 하는 게 순당하고 또 무난할 것 같다.

우리 속담에 이런 것들이 있다.

"가시내가 오랍아 하면 머시마도 오랍아 한다."

"거문고 인 놈이 춤을 추면 칼(형구) 쓴 놈도 춤을 춘다."

이런 것들은 다 주견 없이 남을 모방하는 자를 풍자한 말일 것이다. 그러니까 우리도 구태여 남의 꾀까닭스러운 말을 그대로 받들어 모시거나 따로 쓸 필요는 없을 것 같다.

미국의 남북 전쟁(1861~1865)은 북군(정부군)이 남군(반란군)을 패배시킨 전쟁이지만 이를 지칭할 때는 다들 남북 전쟁이라고 하지 북남 전쟁이라고는 하지 않는다. 순당하고 순편한 것을 따르는 게 인지상정이기 때문일 것이다.

그러므로 우리도 떳떳이 제 갈 길을 가는 게 좋겠다. 남의 눈치를 보느라고 앵무새처럼 덩달아 그 꾀까닭스런 말을 입내 내지 말고. 그러니까 '춘하추동'은 '춘하추동'으로 또 '동서남북'은 '동서남북'으로 하자는 말이다. 꾀까닭스런 말을 쓰지 말고 순당한 말을 쓰자는 말이다.

아무리 선린 우방이라 할지라도 나라마다 제각기 사정이 다르니까 남이 재채기를 할 때마다 일일이 건강을 축원할 수는 없는 것이다. '사정이 많으면 한 동리에 시아버지가 아홉'이라는 속담도 있잖은가. 나라의 위망(威望)을 고려해서라도 앵무새 노릇은 아예 할 게 아니다. 하물며 이렇게 큰 나라가.

제3부
나의 동기생

날조의 자유

1930년대에 내가 서울서 학교를 다녔던 때의 일이다. 아침에 등교를 하다 보니 길가 상점의 진열장들에 규격이 똑같은 포스터들이 일제히 내걸렸었다. 한판에 찍어낸 것이었다.

〈Give us free〉라는 미국 영화의 광고였는데 일본글로는 '자유를 우리에게'로 돼 있었다. 제명부터 벌써 구미가 당기는 것이었기에 나는 '오늘밤엔 천하없어도 단성사 출입을 한번 해야지' 하고 별렀었다. '단성사'란 당시의 유명한 영화관. 현재도 원래 자리에 그대로 있음.

자유와 제멋대로

그런데 방과 후에 집으로 돌아오다 보니 그 많은 포스터들에 깡그리다 똑같은 종이쪽지 하나씩이 덧붙여져 있잖은가. 먹글씨로 굵게 '갓테(勝手)'라고 쓴 그 종이쪽지들이 덮어 가린 것은 바로 포스터 윈바탕의 '자유' 두 글자였다. '갓테'를 우리말로 옮기면 '제멋대로'다. 그러니까 불과 몇 시간 사이에 '자유'가 일제히 '제멋대로'로 탈바꿈을 해버렸던 것이다. 종로 경찰서 고등계에서 국록을 타 자시는 일본 나리, 조선 나리들의 야멸찬 아이디어의 산물이다.

이로써도 알 수 있는바 이 지구촌에는 '자유'라는 두 글자만 들으면 대번에 귀가 쫑긋해지는 종족도 살고 있고, 또 그와 정반대로 '자유'라는 소리만 들으면 몸이 금세 별나게 찌뿌드드해지는 종족도 살고 있다. 하지만 그분들도 언제나 그렇게 찌뿌드드만 해지는 것은 아니다. 그분들이 그렇게 찌뿌드드해지는 것은 남의 자유에 대해서만. 자신의 자유는 전연 별개의 문제, 자신의 자유는 다다익선으로 자유가 많으면 많을수록 좋아한다.

헝가리의 시인 페퇴피(1823~1849)는 이런 유형의 사람이다.

사랑이여
그대를 위해서라면
내 목숨마저 바치리.
하지만 사랑이여
자유를 위해서라면
내 그대마저 바치리.

이와는 달리 남의 자유는 무자비하게 박탈해 버리면서도 자신의 자유는 무한대적으로 추구하는 나머지에 아예 환장을 해 버리는 얌치도 이 지구촌에는 심심찮을 정도로 존재한다. 그 한 예가 곧 날조의 자유인 것이다. 조작의 자유도 마찬가지다. 마찬가지가 아니라 더 대단하고 더 엄청나다.

날조와 조작

"워싱턴은 내 큰외삼촌이다."

"나폴레옹은 우리 막내삼촌이다."

"진시황은 우리 고조할아버지의 팔촌형이다."

"양귀비는 우리 왕고모의 또 왕고모의 딸이다."

"리순신은 내 칠촌 아저씨다."

"홍경래는 우리 큰아버지의 처남의 사촌형이다."

권좌에 앉아 계신 분이 그 날조권을 행사해 이런 백주대낮의 잠꼬대를 한다면 그것은 곧 무조건적으로 사책(史冊)에 기입돼 버젓한 '왕조실록' 또는 국정 역사 교과서로 둔갑을 해 버린다.

"히틀러를 멸망시킨 건 나야 나."

"무솔리니를 처단한 것두 나구."

"왜놈들이 왜 망했는지 알아? 바로 나 때문이라구, 나 때문에!"

이런 잠꼬대도 권좌에 앉아 계신 지존께서 하실 때에는 다 금과옥조로 되는 까닭에 역사학자들이 우 모다들어 논문을 써 가지고 절대적 진리로 만들어 놓는다. 그러나 우리 같은 졸때기들이 깜냥 없이 감히 그따위 잠꼬대를 했다가는 뼈다귀도 못 추리고 비명횡사를 하기 꼭 알맞춤하다.

"《홍길동전》을 누가 지었다구? 뭐 허균? 허균이란 게 대체 뭐 말라 뒈진 까마귀야! 이봐, 귓구멍을 씻구 좀 똑똑히 들어 둬.《홍길동전》

은 내가 지은 게라구, 내가! 내가, 내가! 알았어, 이젠?"

"원작자 따위는 따져서 뭘 해. 먹은 밥알이 곤두서나? 시러베아들놈! 내가 썼다면 쓴 줄 알 게지. 헹!"

과연 지당한 말씀이시다. 지리 명언(至理名言)이시다. 권좌에 앉아 계신 분께서 전매특허를 낸 날조의 자유를 행사하는 마당에 제삼자가 나서서 왈가왈부하는 것은 상당히 주제넘은 짓이 아니겠는가. 중뿔나게 무슨 교수 따위가 기어들어 가지고 옴니암니 따지는 것은 대역무도—참을 당해 마땅할 일이 아니겠는가.—괘씸한지고.

그러니 현명하신 교수님네여, 인생 백년에 시름 잊고 웃는 날이 몇 날이나 된다고 고만 일에 다 속을 썩이시는가. 아무렇게나 어물어물 마음 편하게 살면 되는 게지.

　　이러한들 어떠리 저러한들 어떠리.
　　만수산 드렁칡이 얽혀진들 어떠리.
　　우리도 그와 같이하여 백년까지 하리라.

이런 무슨 시조붙이를 전에 어디서 들었는지 봤는지 한 것도 같은데…… 나름대로 일정한 철리가 담겨 있잖은가 싶다.

기실 날조의 자유쯤은 조작의 자유에 비하여 뭐 아무것도 아니다. 사천왕 앞에 오또기 폭밖에 안 된다. 없는 죄증을 조작해 가지고 무고한 사람을 반동, 반혁명으로 몰아 총살해 치우는 따위에 비하면—그야말로 아주 신사적이라고 해야 하겠기에 말이다. 물론 이런 무시무시한 조작의 자유도 역시 권좌에 높이 앉아 계신 지존들만이 누릴 수 있는 특권임은 더 말할 것도 없는 일이다. 오호(嗚呼)!

추운 물

　몇 해 전 서울에서 있은 일이다. 어느 유치원에서 원장으로 봉직하고 있는 우리 생질녀 A가 하는 이야기를 듣고 우리 부부는 한바탕 재미스레 웃었다.

　부모를 따라 에스파냐에 가 여러 해를 살다 온 어린아이가 그 유치원에 갓 들어왔는데 한번은 이 아이가 물을 먹겠다기에 따뜻한 물을 갖다줬더니 "이런 물 싫어요. 추운 물 주세요." 하고 고개를 살래살래 젓더라는 것이다.

　"추운 물? 추운 물이란 게 무슨 물이지?"

　A가 물어보니까 아이는 "이런 게 있잖아요. 이렇게 추운 거." 하고 추워서 바들바들 떠는 시늉을 해 보이더라는 것이다. A가 웃으면서 찬물 한 컵을 갖다주고 나서 저녁나절에 그 어머니가 아이를 데리러 왔을 때 낮에 있었던 일을 이야기했더니 그 어머니도 재미스레 한바탕 웃더라는 것이다.

　"에스파냐 말에는 '춥다'와 '차다'가 구별이 없지 뭡니까. 그 녀석이

제 딴엔 번역을 한껏 잘 한다는 게 그 모양이 돼 버렸군요."

그러니 조꼬만 녀석이 냉수를 '한수(寒水)'로 번역한 것도 무리는 아니었다.

우리 아들이 어렸을 때 이웃집 아이하고 같이 놀다가 그 아이가 "그 칼 빠르니?" 하니까 "응 빠르다." 하는 것을 듣고 나도 어이없어 한 일이 있다. 한어의 '쾌(快)' 자는 '빠르다'도 되고 '예리하다'도 되니까 녀석들이 마구 혼동을 해 쓴 것이었다.

나 자신도 KBS에서 텔레비 녹화를 하는데 '수준'을 '수평'이라고 해서 프로듀서(제작자, 연출자)를 깜짝 놀라게 해 준 일이 있었다. 연전에 어느 글에서도 이미 언급을 한 바 있거니와 〈소련 여성〉지 조선문 판이 '떨어뜨린 동전을 집어 주었다'는 것을 '동전을 들어 주었다'고 한 거라든가, NHK(일본방송협회) 조선말 방송이 '배를 가르고 죽었다(切腹)'를 '배를 끊고 죽었다'고 한 거라든가, '미국의 소리(VOA)' 조선말 방송이 한때 '여섯 시 30분부터'를 '육 시 30분부터'라고 해 웃음거리가 됐던 거라든가, 또는 일본 학자 오무라 교수의 부인이 연길에 와 난생처음 잘라 놓은 소머리(소대가리)를 보고 놀라서 "아이고 소 얼굴이 무섭습니다."고 외친 거라든가 등등.

이런 것들은 다 고국을 떠나 다른 언어권에서 오랜 세월 살아온 사람들에게 흔히 있을 수 있는 실수들이다. 의당히 양해를 해 주어야 할 일이지만 그렇다고 또 멋대로 비꾸러지게 내버려둬서도 안 될 일이다.

'연설'이란 여러 사람 앞에서 자기의 주의, 주장 또는 의견을 일정한 체계를 세워 말하는 것. '강연'이란 어떤 제목을 가지고 청중 앞에서 강의하는 식으로 이야기하는 것. 그리고 '좌담'이란 강연, 강의 따위와 같이 이야기하는 사람과 듣는 사람을 뚜렷하게 가르지 않고 어떤 문제에 관해 여러 사람이 한자리에 모여 앉아 서로 아는 바나 의견을 자유롭게 주고받고 하는 것이다.

그러므로 '좌담회'에다 '연설'을 갖다 붙인다는 것은 말하자면 대학생을 유모차에 태워 가지고 밀겠다는 것과 비슷하다. 전혀 걸맞지를 않는다. '강연'이란다면 아무 문제도 없을 것이다. 대학생을 승용차에 태운 거나 마찬가지가 될 것이다.

우리는 현재 한어권 내에서 살고 있으므로 '구독(購讀)'을 '딩(訂)'이라고 하기쯤은 예사다. '정년퇴직'을 '리슈(離休)', '투이슈(退休)'라는 것도 보통이다. 그러나 간행물 같은 데다 정식으로 발표할 때는 특히 신중히 다뤄야 하겠다. 당나귀는 당나귀, 노새는 노새, 사슴은 사슴, 노루는 노루…… 분명히 갈라서 써야 하겠다.

바람과 깃발

동풍이 불면 깃발은 으레 서쪽으로 나부끼기 마련이다. 북풍이 불면 으레 남쪽으로 나부끼기 마련이다. 그러나 때로는 이와 정반대로 바람이 불어오는 쪽으로 깃발이 나부끼는 경우도 있다.

'조국이 위태롭다'

소독 전쟁 시기, 소련의 한 애국 화가가 '조국이 위태롭다'는 유화를 그려서 대호평이라기보다는 절찬을 받은 일이 있었다. 우리 자치주 성립 초기 연길시에서 달마다 한차례씩 가졌던 '작가의 밤' 모임에서 나는 이 '조국이 위태롭다'를 대대적으로 소개하고, 그리고 모두 다 따라 배울 것을 촉구했었다.

그 그림인즉 소련 해군의 구축함 한 척이 전속력으로 증원(增援)을 가는 장면을 그린 것인데 애국심에 불타는 장병들이 어찌나 구축함을 빨리 몰았던지 순풍임에도 불구하고 마스트의 깃발은 뒤쪽으로 나부끼고 있었다. 이에 반해 배경으로 돼 있는 기선의 선미기(船尾旗)는 반대 방향으로 나부끼고 있었다. 그러니까 바람 따라 정상적으로 나부끼는 것이다. 조국을 구할 마음들이 얼마나 급했으면 구축함의 속도가 풍속을 까맣게 초과해 바람이 불어오는 쪽으로 깃발이 나부꼈을까!

―조국이 위태롭다. 빨리빨리!

―애국심의 발로의 극치!

'이야말로 사회주의적 사실주의 전범, 애국적 사실주의의 전범이 아니겠느냐'고 나는 그때 극구 찬송을 했었다.

그런데 40년이 지난 오늘에 와서 다시 생각을 해 보니 '조국이 위태롭다'는 사회주의적 사실주의의 전범인 게 아니라 유의지론(維意志論)의 대표작인 듯싶다.

피카소가 아무리 위대한 화가라 할지라도 그가 사람의 얼굴을 괴상야릇하게 그려 놓는 데는 수긍이 잘 되지를 않는다. 눈이 귀밑에 와 붙는가 하면 또 입이 코 옆에 와 붙기도 하는 그의 괴이한 화법을 나는 도무지 좋게 보지를 않는다.

사회주의적 사실주의라면 구축함이 아무리 빠르더라도 마스트의 깃발은 바람 따라 나부껴야 할 것이고, 또 무슨 주의라 하더라도 사람의 얼굴은 역시 눈, 코, 입, 귀가 제자리에 놓여져야 할 것이다. 작자의 마음대로 방향을 바꾸거나 위치를 바꿔서는 안 될 것이다.

영화나 텔레비 드라마에 등장하는 팔로군이 군복의 소매를 걷어붙이고 다니는 것을 볼 적마다 나는 혼자 웃는다. 나도 팔로군 출신이지만 군복 소매를 걷어붙이고 다니는 팔로군은 보지를 못했기 때문이다. 더구나 여름 군복―홑군복인데 소매를 걷으면 하얀 안(감)이 드러난다. 내가 알고 있는 한 여름 군복에는 안이라는 게 없었다. 따라서 안 팎이 다 초록빛인 것이다. 그러니까 설령 소매를 걷었다손 치더라도 흰 안감이 드러나는 일은 없는 것이다.

장발병(長髮兵)

일본군도 그렇다. 일본군은 맨바닥인 이등병으로부터 소장, 중장, 대장에 이르기까지 머리는 다 빡빡 깎기 마련이다. 머리 기른 일본군 은 하나도 없다. 머리 기른 일본군이란 지구상에 애당초 존재하지를 않았다.

연출가가 이것을 몰라서 장발병들을 등장시키는지 아니면 배우들 이 삭발을 거부해 할 수 없이 그대로 등장을 시키는지, 전자라면 무식 하다는 소리를 안 들을 수 없을 것이고 또 후자라면 배우가 될 자격들 이 있는 사람인지 아닌지를 의심받지 않을 수가 없을 것이다.

극중의 손중산이 전화를 받는데 수화기가 현대식 수화기인 것도 문 제나. 옛날 수화기는 지금처럼 수화기와 송화기가 한데 달려 있지 않 았다. 수화기 따로, 송화기 따로였다.

지난달 일본 어느 출판사의 사장이《쿠데타(정변)》라는 신간 서적 한 권을 보내 주며 독후감을 좀 써 달라고 하기에 나는 한번 자세히 읽어 보고 곧 간단명료하게 독후감을 써 보냈다.

"루이 나폴레옹(후일의 나폴레옹 3세)이 1851년에 군사정변을 일으켰 을 때 경시총감이 전화로 그에게 정황 보고를 했다는 것은 있을 수 없는 일입니다. 전화는 그때로부터 25년 뒤인 1876년, 미국에서 물리학자 벨에 의해 처음 발명이 됐습니다."

그 위대한 셰익스피어도 실수를 할 때가 있으니 할 말이 없긴 하다. 그의 명작《율리우스 카이사르》중에서 부루투스가 말하기를 "카이사르, 시계가 벌써 여덟 시를 쳤으니까." 시간마다 종을 울려서 때를 알리는 자명종이 처음 발명된 것은 14세기, 카이사르가 죽은 것은 기원전 4년. 그러니까 무려 천 4백여 년이나 틀리는 것이다.

그러고 보니 객관적 사실을 여실히 재현하기란 그리 쉽지가 않은 모양이다. 그래도 우리는 깃발이 바람을 거슬러 나부끼지는 않게끔 노력을 해야 하겠다.

신판《림꺽정》

홍명희의《림꺽정》을 다시 읽어 보면 흥미로운 게 새록새록 더 많아
지는 것 같다. 그 한 예로 다음의 몇 단락을 한번 재음미해 보자.

5월 이후로 지키지 않던 탑고개를 다시 지키기 시작할 때, 서림이가
꺽정이를 보고 물건을 많이 가진 장꾼이나 노수(路需)를 넉넉히 가져
보이는 행인들은 탑고개를 지나가는 데 세를 바치게 하자고 말하여 꺽
정이가 그 말을 좇아서 장꾼과 행인에게 세를 받되 대개 십일조를 받
고 불쌍한 것들은 그대로 보내라고 명령을 내렸다. (……)
금교 장날 탑고개로 나가는 장꾼은 대개 청석골서 10리, 20리 이내
에 사는 사람들이라 청석골 도중 일을 새로 입당한 졸개들보다 더 잘
알았다. 졸개들이 장꾼들의 길을 막고 세를 내라고 할 때 장꾼들 중에
"림 대장은 우리 촌장꾼의 것을 뺏으시는 법이 없는데 이게 혹 자하루
들 하시는 일이 아니요?" 하고 묻는 사람이 있어서 "쓸데없는 잔소리
말아!" 하고 두목이 윽박질렀다. (……)

이날 순 돌러 나온 두령은 황천왕동인데 주막에 앉아 있다가 두목과 졸개들이 일하는 것을 보러 나왔다. 그 장꾼이 황천왕동이 나오는 것을 바라보고 "황 두령이시군." 말하고 앞으로 나가서 공손히 허리를 굽혀 인사하였다.

"왜들 이렇게 섰나? 어서어서 세를 내구 가지."

"길세를 받으신다니, 이 길이 언제 도중에서 내신 길입니까? 세를 무슨 턱으루 받으십니까? 이전처럼 그대루 지나다니게 해 주십시오."

"대체 자네들 가진 게 다 무엇무엇인가?"

"저는 콩 두 말입니다."

"그다음은?"

"닭알 세 꾸레미뿐이올시다."

"닭알 뒤는 나뭇짐, 나무짐 뒤는 숯짐, 숯짐 뒤는 무언가?"

"거피팥이 한 말두 못 됩니다."

황천왕동이가 장꾼들이 가진 물건을 강 받듯 물어본 뒤 두목을 불러서 장꾼들을 다 그대로 보내라고 분부하였다.

그다음 장날 길막봉이가 탑고개에 나와서 두목과 졸개들을 친히 지휘하여 장꾼에게 세를 받을 때 지난 장날 닭알을 가지고 가던 사람이 장마다 망둥이 날 줄 알고 도중에서 내지 않은 길에 무슨 턱으로 길세를 받느냐고 말하다가 길막봉이 주먹에 대가리가 터지고 가지고 가던 물건을 송두리째 빼앗겼다.

법 없는 천지라 세 받는 법도 이와 같이 대중이 없었다.

법 없는 천지

"어제 내가 오늘 보내 드리마구 말했는데 대장부가 일구이언하겠소.

보내 드릴 테니 염려 마시우."

껵정이 말에 단천령은 놀란 마음이 가라앉아서 "지금 곧 떠나게 해 주셨으면 좋겠소." 하고 바짝 졸랐다.

"그리하시우. 서울까지 가실 노수를 드리구 싶으나 찐덥게 생각하실 지 몰라서 고만두구 정으루 조그만 물건 하나를 빌려 주겠소."
하고 껵정이가 옷고름에 찬 먹감나무로 만든 제골장도(특별 통행증)를 끌러서 단천령에게 주면서

"길에서 혹시 작경하는 자들을 만나거든 이걸 내보이시우."
하고 말하니 단천령은 인사성으로 한번 치사하고 받았다. (……)

어느덧 널문이를 지나서 어룽개 앞길에 당도하여 산모퉁이를 돌아 서자 수건으로 머리를 질끈질끈 동인 놈 서넛이 길가에 주저앉아 있다 가 죽들 일어섰다.

단천령의 하인이 얼른 지나가려고 나귀를 채쳐 모니 세 놈이 길을 가로막고 나섰다. 하인은 뒤로 주춤 물러서며 단천령을 쳐다보고 단천 령은 태연하게 나귀 등에 앉아서 세 놈을 내려다보았다.

"어서 내려라!" 하고 한 놈이 소리를 지르며 앞으로 나서는데 단천령 은 예사 언성으로 "왜 내리라느냐?" 하고 뇌까렸다.

"우리가 어떤 사람인지 보다 모르겠느냐? 노수 다 내놓구 나귀까지 두구 가거라!"

길에서 작경하는 자들을 만나거든 내보이라던 껵정이의 장도가 문 득 생각나서 단천령은 "보여 줄 만한 물건은 하나 있거니." 하고 말하 며 창의 소매에 든 장도를 꺼내서 앞에 나선 놈을 내주었다. 그놈이 장 도를 받아들고 보는데 두 놈마저 와서 들여다보더니 세 놈이 서로 돌 아보면서 혹 입도 벌리고 혹 고개도 흔들었다. 장도 가진 놈이 단천령

을 쳐다보며 "이걸 어디서 얻으셨습니까?" 하고 깍듯한 말씨로 물었다.

"장도 임자에게서 얻었지, 어디서 얻어?"

"네 그러십니까. 그러신 줄은 몰랐습니다. 죄송합니다. 자 어서 행차합시오."

"장도는 나를 도루 줘야지."

"네. 예 있습니다."

단천령이 어룽개 앞길 후미진 곳에서 적환(賊患)을 면한 뒤 껵정이의 장도가 값있는 줄을 밝히 알았다.

이날 밤에 장단 숙소하고 이튿날 낮에 파주 중화하고 고양으로 오는 길에 혜음령 중턱에서 단천령은 또 화적을 만났다. 화적 몇 놈이 내달아서 길을 막으며 "나귀 게 세워라!" 하고 소리 지를 때 단천령은 화적들을 가까이 오라고 손짓하여 불러다가 창의 겉고름에 찬 장도를 보라고 내밀었다. 화적 한 놈이 저의 동무들더러 "청석골 대장의 표신일세." 하고 말한 뒤 곧 길들을 비켰다.

림꺽정이는 죽었건만

림꺽정이가 죽은 지 400여 년이 지난 오늘날 백주대낮에 이와 비슷한 일이 사회주의 나라에서도 일어나고 있다면 아마 다들 곧이듣지를 않을 것이다.

—또 무슨 허튼소리야!

하지만 유감스럽게도 이것은 엄연한 현실로 우리 주변에서 현재 재현이 되고 있다. 아무리 바쁘시더라도 우리 자치주에서 가장 크다는 병원에를 한번 좀 가 보시라. 문명스러운 형태로 그와 똑같은 일이 버 젓이 되풀이되고 있잖은가. 20세기 90년대에, 바로 지금 이 시각에.

급환으로 운신을 못하는 환자들이 입원을 하려고 택시에 몸을 싣고 병동으로 가자면 탑고개가 아닌 어룡개도, 혜음령도 다 아닌 철문 하 나를 꼭 거쳐야 하는데 여기에 굵은 밧줄로 된 금줄 하나가 턱 건너질 러져 있다.

십일조가 아닌 균일제(均一制) 통행세 2원을 내야만 택시가 통과를 할 수가 있는 것이다. 꺽정이네 청석골패처럼 '불쌍한 것들은 그대로 보내라'는 관후한 법이 여기에는 절대로 없다. '시각이 급한 환자를 세 워 놓고 통행세를 받아 내라'는 병원 당국의 명령만이 철칙으로 돼 가 지고 깔축없이 시행이 되고 있을 뿐이다.

황천왕동이의 너그러움은 보이지 않고 길막봉이의 무지스러운 주 먹만이 떠올려지는 대목이다.

그러나 이것만이면 오히려도 괜찮게!

'청석골 대장의 표신'을 지닌 것으로 추측되는 고귀한 환자분들의 승용차는 주야를 가리지 않고 거침없이 무사통과. 2원은 고사하고 단 돈 2전도 낼 필요가 없을 뿐더러 금줄 자체가 아예 건너질러지지를 아 니하고 흡사 죽은 구렁이 모양 땅바닥에 축 늘어져 가지고는 "어서 이 몸을 깔고 지나갑시오." 하고 소인을 개여올리는 것이다. 참으로 가관, 참으로 절승경개, 참으로 꼴불견이다.

그동안에 병원 당국자들은 몽땅 장사꾼과 아첨쟁이들로 변해 버렸 나? 고상한 품성을 지닌 지난날의 공산당원들은 아예 씨가 져 버렸나?

이상과 같은 신판《림꺽정》은 우리 사회주의 제도에 대한 모독이다. 참을 수 없는 모독, 도저히 참기가 어려운 모독이다.

소싯적에 내가 서울서 학교를 다니던 때의 일이다. 총독부 옆에 세워진 경성의전의 부속 병원은 전차 정류소에서 약 150미터가량 떨어진 곳에 자리 잡고 있었다. 그런데 전차에서 내린 환자들이 고 150미터도 걷기가 어려울까 봐 병원의 승용차 한 대가 하루 종일 병원과 정류소 사이를 오가고 있었다. 누구든 병원으로 오는 사람, 또는 왔다 가는 사람은 다 무료로 그 승용차를 이용할 수가 있었다. 자기 병원을 찾아 주는 환자들에 대한 병원 당국이 주도한 서비스인 것이다. 인정미 풍기는 서비스인 것이다.

우리의 병원 당국이여, 시장 경제를 배우려거든 좀 제대로 배우시라!

보물찾기

내가 어려서 가장 애독한 소설의 하나가 영국 작가 스티븐슨 (1850~1894)의 《보물섬》이었다. 외딴섬의 재물을 둘러싸고 소년 짐 (JIM)과 절름발이 해적이 싸우는 내용으로 돼 있는 그 소설은 우리 또래의 소년 환상가, 소년 모험가들을 완전히 매료했었다.

그 영향을 받아 나는 소학교 5학년 때 실지로 보물섬을 찾아 떠난 적이 있었다. 동급생에 어부의 아들들인 박룡성(별명 왕눈깔)이와 전창희(별명 고수머리)가 있었던 까닭에 그들과 짜고 어른들 모르게 잔교(棧橋)에 매어 있는 왕눈깔네 거룻배를 풀어 타고 우리 셋은 떠났었다.

보물섬

셋이서 번갈아가며 노를 저어 두세 시간 배질을 해 손바닥들이 다 부르텄건만 우리가 목적한 그 보물섬은 끝내 나타나 주지를 않았다.

초조와 실망의 빛이 차차 짙어 가는 중에 설상가상으로 배까지 꺼져 세 모험가가 다 허기증으로 배창에 늘어져 버리니 노질할 사공이 없는 거룻배는 허허바다 가운데서 굴레 벗은 망아지 꼴이 돼 버렸다.

얼마를 그렇게 정처 없이 떠다니다가 눈이 커서 평소에도 겁이 많았던 왕눈깔이가 수치스럽게 먼저 엉엉 울기 시작하니 고수머리와 나도 참고 참았던 울음을 터뜨려서 만경창파의 일엽편주는 금세 초상난 집같이 돼 버렸다.

세 놈이 바야흐로 통곡 트리오(3중주)를 하고 있을 즈음 하느님께서 굽어살펴 구인이 나타났다. 동네 아이들의 입을 통해 뒤늦게 정보를 입수한 박 서방과 전 서방이 함께 서둘러 고기 비린내 풍기는 돛배를 띄워 수색 작전을 벌인 결과 해 지기 전에 마침내 목적물을 포착했던 것이다. 그러니까 통곡 트리오로 한창 소란한 초상집—떠돌이 초상집을 찾아낸 것이다.

박 서방은 왕눈깔의 아버지, 전 서방은 고수머리의 아버지, 나는 아버지가 없었으므로 당연스레 그분은 수색 작전에 참가할 영광을 지니지 못했다.

내가 일생 동안에 이런 보물찾기를 하다가 실패를 한 것이 요 단 한 차례뿐이었다면 구태여 이런 글을 쓸 필요도 없다. 불행하게도 나는 타고난 성질이 워낙 데면데면한 까닭에 그 후에도 여러 번 이와 비슷한 실패를 거듭해야 한다는, 말하자면 일종의 불운아였다.

20대 청년 시절에는 몇몇 용사들의 과감한 행동으로 능히 일본 침략자를 물리칠 수 있다고 굳게 믿은 나머지 테러 활동에 전력을 쏟아부었다. 하지만 결국 그것은 바늘로 코뿔소(서우)의 엉덩짝을 몇 번 찔러 주고 쾌재를 부른 거나 마찬가지로 큰 보람을 나타내지는 못했다.

이 독립운동이라는 보물찾기에서는 희생자가 수태 났으므로 그 손실의 정도가 왕눈깔, 고수머리들과 거룻배를 띄웠던 것과는 도저히 비할 바가 아니었다.

이런 실패는 30대 장년기에 들어서도 또 되풀이됐다. 거의 숙명적으로 되풀이됐다.

농업 합작화 시기에 나는 오직 그 길만이 억만 백성의 살길이라고 확신한 나머지 또 한번 그 사업에다 전력을 쏟아부었다. 너무 열심한 나머지 머리가 뜨거워나 백주대낮에 환각 상태에 빠지기까지 했다.

당시 나는 '물 한 방울에도'라는 소설을 썼었는데 활자화해서 3교까지 다 끝냈다가 결국은 불발로 제쳐놓았다. 그 줄거리인즉 대개 이러하다.

농촌에 왕가뭄이 든다. 도시 주민들이 이를 도우려고 일떠난다. 집집마다 부엌에 박았던 펌프를 뽑아낸다. 그 숱한 펌프로써 왕가뭄에 허덕이는 농촌을 지원한다. 노농 대연합!

실로 감동적이고도 또 극적인 내용이다.

당시 이 천하 명작 '물 한 방울에도'를 가장 날카롭게 비평한 이가 바로 이미 작고를 한 최현숙 씨였다. '전혀 실정에 맞지를 않는다'는 것이었다.

그때 내가 만약 억지를 쓰고 그대로 발표를 했더라면 아마 정신병원에서 구급차를 가지고 나를 모시러 왔을지도 모를 일이다.

한심한 설교

김호웅 씨가 나의 '새집 드는 날', '뿌리박은 터' 등등을 한심한 설교라고 꼬집었지만 그건 이 위대한 '물 한 방울에도'를 읽어 보지 못했기에 하는 소리다. 왜냐하면 이 '물'에 비하면 '새집'이나 '뿌리'쯤은 아주 약과였으니까 말이다. 그가 만약 '물'을 읽어 봤더라면 너무 놀라 대번에 '새집', '뿌리'는 과연 불후의 걸작이 틀림없다고 절찬을 했을지도 모를 일이다.

당시 나는 김동인의 소설 '발가락이 닮았다'의 주인공처럼 농업 합작사의 우점을 찾아보려고 밤낮없이 골몰을 했었다. 이른바 사회주의의 우월성을 증명해 보이려고 골몰을 한 것이다. '발가락이 닮았다'의 주인공은 닮은 데를 찾다 찾다 못해 결국은 갓난아이의 발가락에서 닮은 데를 찾아내고 기뻐 날뛴다. 하지만 나는 어떠했는가. 나의 이 30대 장년기의 보물찾기—우점 찾기는 어떠했는가.

체격이 건장한 농업사의 한 실농군이 나를 보고 하소연하기를—

"꼬독꼬독이나 워리워리나 다 매한가지 개값이니…… 이거 어디 일할 맥이 납니까?"

일을 잘하는 사람이나 못하는 사람이나 받는 보수는 거의 다 같으니 일할 의욕이 나지를 않는다는 뜻이다.

이것은 농업 합작화의 가장 중심적인 문제였다. 그야말로 성패의 관건이었다. 하건만 나는 그에 대해 애써 눈을 감으려 했다.

"설령 그렇더라도 다들 있는 힘껏 일을 해야만 우리나라가 부강해진다구요. 나라가 부강해지면 우리들의 살림도 자연 늘어날 게 아니요."

이런 식으로 설교를 하기에 나는 여념이 없었다. 그리고 열정적으로 부지런히 원고지 줄칸에다 글자를 메워 나갔다. 그렇게 하는 것만이 만백성을 구원하는 유일한 방도라고 굳게 믿으며, 불가동요적(不可動搖的)으로 철석같이 믿으며.

나의 이러한 보물찾기—우점 찾기—진리 찾기는 50대, 60대 노년기에 들어서도 또 되풀이됐었다. 그러나 이 글에서는 언급을 하지 않으련다. 좀 더 뜸을 들여 가지고 폭탄선언적으로 발표를 할 작정이다.

팔십의 고개와 이마받이를 하게 된 이 시점에서 냉정히 한번 돌이켜 보건대 나의 일생은 아마도 이런 실패적인 보물찾기의 연속이 아니었나 싶다. 하긴 본의 아니게 이런 기막힌 곡절들을 겪은 것은 나 하나만이 아닐는지도 모른다.

너구리 현상

여우 굴을 덮치다가 또는 오소리 굴에다 연기 공세를 들이대다가 뚱딴지같이 너구리란 놈이 그 굴속에 엎드려 있는 것을 발견하는 수가 종종 있다. 그 까닭인즉 너구리란 놈은 그 못생긴 주제에 제가 들어가 살 굴을 만드는 법이 절대로 없기 때문이다. 여우나 오소리가 만들어 놓은 굴을 가로채 가지고 뻔뻔스레 제 집으로 삼아 버리기가 일쑤이기 때문이다.

그러니 집문서나 임대 계약 따위는 애당초에 있을 리 만무하다. 우편물도 올 게 없고 호구 조사도 나올 리가 만무하니 문패 또한 내걸 필요가 없는 것이다. 굴 임자가, 그러니까 여우나 오소리가 대단히 분개해 '세상에 이런 법이 어디 있느냐'고 따져도 막무가내다. 일단 들어와 자리를 잡은 이상은 절대로 퇴거를 하지 않는다. 그러므로 어떤 때는 갈 곳 없는 굴 임자가 멀쩡히 자기 소유의 굴속에서 아랫목은 그놈에게 빼앗기고 윗목에서 곁방살이를 하기도 한다.

잡으려던 여우나 오소리는 아니 잡히고 엉뚱한 너구리가 잡히는 것은 바로 이런 주택 강점 사건이 그놈들의 세계에서 빈번히 일어나고 있기 때문이다. 이런 걸 일컬어 '너구리 현상'이라고 한다.

'굴러온 돌이 박힌 돌 뺀다' '곁방살이 코 곤다' 이런 속담들은 다 너구리 현상과 통하는 것으로서 주객이 전도된 현상, 비정상적인 현상을 형상적으로, 해학적으로 지적한 것들이다.

학술지

일전에 부쳐온 어느 학술지 앞표지에 중년 남자의 사진이 전면을 차지하는 편폭으로 게재됐었다. 나는 '어, 새 문학 박사 탄생!'이라고 단정하고 신이 나서 자세히 들여다보았으나 전혀 모르는 얼굴이다.

기실 나는 첫밗에 짚기는 김관웅을 짚었다. 늘 그를 우리 조선족 제1호 문학 박사로 지목했었기 때문이다. 의아쩍어 목록을 훑어본즉 의외롭게도 그것은 어느 기업의 경영자란다. 순간적으로 나는 적잖은 충격을 받았다.

—너구리 현상!

우리 잡지들이 앞표지를 광고로 제공하기 시작한 역사는 벌써 꽤나 됐다. 시대의 추세니까 부득이한 노릇이라고 우리는 그동안 맞갖잖은 대로 지그시 눈을 감아 왔다. 한데 급기야 아랫목까지 내주게 됐다는 현실에 우리는 직면을 하게 됐다.

오해가 없어 주기를 바란다. 이것은 새로 나타난 하나의 현상을 비유적으로 거론하는 것이지 어느 특정 인물을 너구리 같다고 타박을 하는 것은 결코 아니다. 하긴 고만한 것도 이해를 못 하는 무식쟁이나 벽창호가 우리 자치주에 존재하지 않으리라는 것쯤은 나도 잘 알고 있는 터이다.

그러나 하여튼 새 문학 박사 같은 인물의 사진을 게재해야 할 자리에다 학술하고 직접 관련이 없는 어느 기업가의 사진을 대대적으로 모신 것은 아무래도 납득이 잘 안 가는 처사다.

우스운 이야기 하나가 떠오른다. 우스운 이야기라곤 하지만 해방 직후에 실지로 있었던 일이다.

통일은 누가

어느 저명한 평론가가 《조국의 통일은 누가 파괴하는가》라는 책을 펴냈는데 그 안표지(안겉장)에다는 관례에 따라 '최고 분'의 초상을 정중히 모셨었다. 그런데 책이 발간된 뒤에 보니 뭔가가 좀 어긋난 것 같았다. 《누가 파괴하는가》라는 제호가 찍힌 책뚜껑을 뒤지면 첫밧에 눈 속으로 뛰어드는 게 그분의 초상인지라 흡사 통일을 파괴하는 건 다른 누구가 아니고 바로 그분이라는 인상을 주었기 때문이다. '바로 내가' 하는 인상을 주었기 때문이다. 이 사실을 보고받은 당국에서는 당장 엄명을 내려 일껏 모신 초상들을 도로 싹 뜯어낸다는 법석판을 벌였었다.

그러니까 초상이란 계제를 봐 가며 장소를 가려 가며 적당히 내걸 것이지 그저 무작정 걸어놓는 게 장땡이라고 생각하는 건 그리 바람직하지가 못한 일이다.

그렇게라도 하잖으면 안 될 편집자들의 고심도 모르는 바는 아니다.

그 절박한 사정을 짐작 못 하는 바가 아니다. 간행물의 존속이 흔들릴 정도의 경영난에 봉착한 사람들에게 원칙론만 들이대는 건 마치 '네 병이야 낫건 안 낫건 내 약값이나 내라'는 것 같아서—마음이 여간만 언짢지가 않다.

하지만 권위 있는 학술지가 그 앞표지 전면을 고스란히 학술과 무관계한 특정 인물에게 홍보용으로 제공한다는 것은 문제로 삼지를 않으래야 않을 수가 없다. 물론 주된 책임이 사태를 이 지경으로까지 몰고 온 행정 당국에 있음은 의론의 여지도 없는 일이다. 하지만 그렇다고 해서 편집부가 '난 몰라라'고 쏙 빠져 버리기는 좀 어렵잖을까, 어떨까.

반갑지 않은 너구리 현상은 이미 우리들의 생활 속에 실재적인 문젯거리로 나타나고 있다. 우리의 아랫목으로 한 치씩 한 치씩 다가들고 있다.

동물 성격

사람 아닌 동물에 '성격'이 있다고 하면 어학자들에게 책을 잡히기 쉽다. 하지만 '버릇'이나 '성질'이라고 쓰자니 이 역시 맞갖잖다. 이래 저래 맞갖잖을 바에는 '에라 모르겠다' 차라리 그대로 쓰자.

시베리아 방향에서 날아온 두루미(백학)들이 일본에서 겨울을 나는데 그 생활 상태를 조사하려고 동물학자들이 두루미들의 긴 다리에다 성냥개비만 한 무전기 하나씩을 달아 준단다. 그러면 약 2년 동안은 계속 송신이 가능하므로 미국의 인공위성을 통해 일본 학자들이 수신을 할 수가 있다는 것이다.

그런데 재미있는 것은 무전기를 부착당하는 두루미들의 각기 다른 반응. 어떤 놈은 먹이를 쪼아 먹는 데 정신이 팔려서 무전기에는 아무런 관심도 보이지를 않는 반면에 어떤 놈은 낯선 물건이 다리에 와 달라붙는 게 이상하고 맞갖잖아 신경을 곤두세우다가 나중에는 걱정이 돼 아예 먹이도 쪼아 먹을 생각을 아니 한다는 것이다.

두루미에게도 항우같이 대범한 성격이 있고 또 림대옥같이 소심한 성격이 있는 모양이다.

사자와 곰

역시 일본 이야기가 되겠는데 도쿄에서 그다지 멀지 않은 다마(多摩) 지구에 있는 자연 동물원. 그 동물원에서는 사자나 곰 따위 맹수들만이 아니라 다른 초식류들도 다 우리에 갇히지 않고 제멋대로 살게 돼 있다. 자연적인 상태로 사는 것이다. 관람자들은 관광버스를 타고 노선을 따라 이리저리 돌며 이 자연 상태의 동물들을 관람하게 된다.

그런데 이 동물원하고는 아무 상관도 없는 까마귀들—그 수를 헤아릴 수 없을 정도로 많은 까마귀 떼가 역시 이 근처에 모여들어 살면서 반갑지 않은 소란을 피워 대고 있단다. 이 하늘의 불법배들이 노리는 것은 동물들의 먹이, 예컨대 사자 한 마리에 급여되는 먹이량은 하루에 토끼 두 마리, 이런 먹이들을 감히 날치기하자는 것이다. 그러니까 새까만 날강도—공중 비적들인 것이다.

백수(온갖 짐승)의 왕이라는 사자의 아가리로 막 들어가려는 고깃점, 그 고깃점을 급강하 폭격기처럼 날아 내려와 날렵하게 가로채는 까마귀, 분연히 덮치는 사자의 앞발, 그 치명적인 발톱 밑을 아슬아슬하게 빠져나가는 까마귀. 이 절기(絶技)!

성이 난 사자가 대가리를 쳐들고 포효(사납게 외침)를 할 때는 이미 행차 뒤의 나발. 까마귀란 놈은 노획물을 움켜쥔 채 유유히 승리적으로 날아가고 있다. 그따위 포효쯤은 데시근하게도 여기지를 않는다.

곰이란 놈은 워낙 둔하니까 이런 날치기를 더욱 자주 당하기 마련.

하지만 그렇게 여러 번을 당하고 나면 아무리 미련해도 꾀가 생기는 모양. 한데 그 꾀란 뭐 별게 아니다. 사양원(飼養員)이 던져 주는 먹이가 코앞에 와 떨어지기가 바쁘게 얼른 배 밑에다 깔고 엎드리는 것이다. 깔고 엎드려서도 마음이 안 놓여 고개를 젖혀 들고 대공 감시를 한다. 머리 위를 빙빙 돌며 호시탐탐 기회를 노리는 공중 비적들을 감시하는 것이다. 그렇게 일변 감시를 하면서 일변 앞발로 배 밑의 먹이를 떼 낸다. 조금씩 떼 내서는 얼른 아가리에 처넣어 버린다. 일이 이쯤 되면 그 영악스런 날치기 능수들도 속수무책일 수밖에. 그러니까 아무리 어리석어도 제 살 궁리들은 다하는 모양이다.

어느 조마사(調馬師)의 경험담을 들으니 감사나운 말을 길들이는 데도 다 같은 방법을 써서는 안 된다는 것이다. 호주(오스트레일리아)말을 길들이는 데는 매질이 제일 효과적이지만 미국 말은 때리면 때릴수록 반항을 하는 까닭에 어르고 달래야 한다는 것이다. 이로써도 호주 말의 성격과 미국 말의 성격이 판이하다는 것을 우리는 알 수 있다.

몽골종 조랑말의 성격과 서러브레드(영국산 순혈종)의 성격은 어떻게 다른지 모르겠다. 칭기즈 칸하고 웰링턴만큼이나 다른지 어쩐지.

개와 닭

이전에 우리 집에선 개 한 마리를 길렀었다. 이름은 그럴듯하게 '미르'—러시아어로 '평화'—였지만 실은 보통 개로서 흰 점박이 검둥이였다.

한데 이놈이 아무 때고 안주인(우리 집사람)이 마당에 나서기만 하면

쏜살같이 달려가 이웃집(전인영 댁) 누렁개를 물어 놓는 것이다. 안주인을 흘금흘금 돌아보며 달려가 까닭 없이 행패를 부리는 것이다. 주인을 등에 업고 자세를 부리는 게 환히 알렸다.

내 눈으로 직접 보지는 못했지만서도 이웃집 마누라가 마당에 나설 때는 그 집 누렁개가—까닭 없이 행패를 당했던 누렁개가—쏜살로 쫓아와 우리 집 미르 녀석을 물어 놨을지도 모를 일이다. 그놈이라고 주인 자세를 하지 말란 법은 없을 테니까.

사실 그렇다면 정말 개 같은 성격들이랄 수밖에 없다. 하긴 사람도 그런 것들이 있긴 하지만.

이전에 우리 집에선 닭도 몇 마리 길러 봤는데 그놈들도 역시 마찬가지로 품격들이 그리 고상하지도 못했다. 너절하게 텃세들을 부리는 것이다. 나중 온 놈을 모다들어 죽어라 하고 쪼아 주는 것이다. 비열하기 짝이 없는 성격들이었다. 하긴 사람도 그런 것들이 있긴 하지만.

동물들의 성격이 이와 같이 각양각색인 것처럼 사람들의 성격 역시 각양각색인 것은 더 말할 것도 없는 일이다. 자기 주변에서 살아 움직이는 사람들의 성격을 우리는 너무나도 잘 알고 있다. 더구나 한 직장에서 근무하는 동료들의 성격은 피차간 손금 보듯이 잘 알고 있다.

하건만 우리가 일부 소설에서 대하는 인물들은 왠지 그렇지가 못하다. 이것은 최근에 선을 보인 우리 문단의 일부 소설들을 염두에 두고 하는 말이다(전부가 아니고 일부분).

천착 같기는 하지만 어쩐지 이런 느낌까지 없지가 않다. 즉 이야기의 줄거리를 미리 만들어 놓고 거기 출연할 인물들을 물색해 차례로 하나씩 등장을 시킨다. 트럼프 딱지 한 장씩을 이마에 붙여 주면서,

"너는 'K'다."

"너는 'Q'다."

"너는 'J'다. 똑똑히 외워 둬."

"그리고 너하고 너는 각각 '10'과 '9'다. 헷갈리지 말아. 괜히."

"자 이젠 맡은 역을 다들 알았지? 그럼 이제부터 내가 시킨 대로—행동 개시!"

이런 식으로 부속을 들이맞춰서 소설을 엮어 내지 않았나 싶다. 그러니까 인물들이 사건을 엮어 내는 게 아니라 이미 완성돼 있는 가공적인 사건에다 인물들을 밀어 넣고 말몰이꾼처럼 작가가 뒤에서 몰고 다닌 것 같단 말이다.

하긴 나도 전에는 이런 말몰이꾼 노릇을 했었다. 꼭두각시를 놀리는 광대 노릇을 했었다. 그 결관 자명했다—실패작!

우리 같은 사람들의 이런 실패의 경험을 지양(양기)하지 않고 그냥 답습을 하는 이가 만약 있다면 그 결과가 어떠할까. 이 역시 자명하잖은가!

전거지감(前擧之鑒)이란 말이 있다. 앞서 간 사람의 실패를 뒤에 오는 사람은 교훈으로 삼아야 한다는 뜻이다.

살진 놈 따라 붓는 건 현명하지가 못한 처사다.

'그놈이 그놈'

이 표제에 괄호(묶음표, 따옴표)가 붙은 까닭은 남이 이미 쓴 것을 다시 빌어다 쓰기 때문이다.

〈연변일보〉에 언젠가 이와 똑같은 표제의 짧은 글 한 편이 실렸었는데 그 기발한 표제를 보고는 도저히 그냥 지나칠 수가 없어서 끌려들어가듯 한번 읽어 봤다. 그 내용인즉 너절한 식당 주인과 역시 너절한 협잡꾼이 서로 속이고 속는 이야기. 아닌 게 아니라 두 놈이 정말 똑같은 '그놈이 그놈'이었다.

'어쩌면 표제와 내용이 요렇게 꼭 맞아떨어질까!'

다 읽어 보고 나는 감탄해 마지않았다. 갓 구워 낸 빵에다 고소한 냄새가 물물 날 때 구미가 동해 그냥 지나치지 못하는 거나 마찬가지, 표제치곤 과연 매혹적인 표제였다.

일전에 어느 좁은 거리를 바장이다 보니 '성기(星期)8'이라는 간판을 내건 식당이 눈에 띄었다. 당장 한번 들어가 보고 싶은 호기심에 사로잡혔으나 몸에 돈을 지닌 게 한 푼도 없어서 못 들어가 보고 말았다.

하지만 그야말로 뛰어난 착상이었다. 월화수목금토일에 속하지 않은 요일—제8의 요일이란 도대체 무슨 요일이란 말인가.

나는 서울 어느 거리에서 '겨울 나그네'라는 이름의 레스토랑을 처음 보고 감탄하던 일이 새삼스러웠다.

추측하건대 그 '성기8' 식당의 주인은 필시 약삭바르면서도 생기발랄한 젊은 멋쟁이리라. 영업이 잘되기를 축원한다.

우리 연길도 이젠 탈피를 하고 있다. '인민 반점'이니 '열군속(烈軍屬) 식당'이니 하는 따위의 낡은 껍질—딱딱하고 멋없는 껍질—을 하나하나 벗어 버리고 있다.

멋진 글

두보의 시에 '어불경인사불휴(語不驚人死不休)'란 구가 있다. 세상이 깜짝 놀랄 만큼 멋진 글을 써내고야 만다는 뜻, 죽어도 써내고야 만다는 뜻이다. 이 '죽어도'는 곧 피나는 노력을 의미하는 것. 그것 대충대충 아무렇게나 써 가지고는 돼 줄 리가 만무할 테니까 말이다.

동서고금의 이름난 문인치고 이 피나는 수련—붓의 수련을 거치지 않은 이는 아마 하나도 없을 것이다.

"악마와 같이 검고 지옥불처럼 뜨겁고 소태맛처럼 쓰고 천사와 같이 부드럽고 사탕과 같이 달콤한 물—커피."

이 놀라운 한마디를 다듬어 내기 위해 그 이름을 알 수 없는 문인은 몇 날 몇 밤을 모대겼을까.

'산우욕래풍만루(山雨欲來風滿樓)'나 '유암화명우일촌(柳暗花明又一

村)’ 따위 당시(唐詩), 송시(宋詩)의 구들은 이미 우리의 생활 속에 깊숙이 뿌리를 내려 버렸다. 수백 년 내지 천년의 세월이 흘렀건만 그 시구들은 조금치도 퇴색을 하지 않았다. 금강석에 아로새겨진 글자마냥 두고두고 언제나 뚜렷하기만 하다.

이런 시구들이 그래 피나는 노력 없이 저절로 쏟아져 나왔겠는가?

우심전전야 잔월조궁도
憂心輾轉夜 殘月照弓刀

나랏일이 걱정돼 잠 못 이루고
이리저리 뒤척거리는 밤
지새는 달이
(벽에 걸어 놓은)
활과 칼을 비추도다.

이것은 리순신 장군의 저 유명한 시의 바깥짝이다.

슬픔도 노여움도 없이
살아가는 자는 조국을 사랑하고 있지 않다.

이것은 네크라소프의 시의 한 구절이다.

리순신(1545~1598)은 조선의 명장, 네크라소프(1821~1877)는 러시아의 진보적 시인. 시대가 다르고 나라가 다르고 출신이 다르고 또 처지까지 다른 이 두 인물의 시구들이 어쩌면 이리도 그 뜻을 같이하고 있을까. 공명을 불러일으키고 있을까.

리순신 장군은 몰려드는 침략군의 함선들을 무수히 격파, 격침한 뒤 갑판 위에서 장렬히 전사했다. 한편 네크라소프는 농민들의 가난과 고생을 동정해 비분에 찬 시를 썼으며 또 농노 해방에도 선구적인 구실을 했다.

일신의 영달에만 머리를 쓰고 또 제 가족만을 위해 아글타글하는 이른바 작가들에게서는 영원히 이런 글이 나오지를 못한다. 개 꼬리는 3년을 두어도 족제비 꼬리가 못 되고, 또 센 개 꼬리는 시궁창에 3년을 묻었다 보아도 역시 센 개 꼬리이기 때문이다.

조정래의 갈파

한국 작가 조정래는 그 거작 《태백산맥》에서 대담하게도 "나라가 공산당 맹글고(만들고) 지주가 빨갱이 맹근당께요."라고 갈파했다. 압박과 착취가 공산당, 빨갱이를 만들어 낸다는 것이다. 철저한 반공 국가인 한국에서 공산주의자도 아닌 한 작가가 감히 이런 글을 써내다니! 조정래가 현재 한국 독자들의 인기를 한 몸에 모으고 있는 것은 당연한 일이다.

한편 나는 1989년 겨울, 서울에서 월간지 〈해외동포〉와 주간지 〈시사저널〉에다 '서울은 천당과 지옥이 동거하는 곳'이라고 썼다. 나의 이 한마디는 당시 서울에서 커다란 반향을 불러일으켰었다. 어떤 기자들은 전위(專爲)해 찾아와 내 손을 두 손으로 잡아 흔들며 감격해 하기도 했다.

"해외 동포들이 다 한국을 그저 좋다고만 해 답답하고 안타까왔었
는데 이제 속이 다 후련합니다."

그러니까 조정래와 나도 이런 면에서는 호흡이 맞아떨어졌다고 해
야 하겠다. 그와 나는 다 같이 서울 보성고등학교 출신으로서 내가
26기 선배. 하지만 유감스럽게도 문학적인 성과로는 그가 26기 선
배인 셈이다.

이 글을 마감하기 전에 미하일 숄로호프의 천재적인 묘사를 한번 감
상해 보기로 하자.

　　마을 가까이에서 돈(江)은 딸따리 기사(騎士)의 휘인 칼처럼 휘어지
　며 급작스레 오른쪽으로 구부러진다. 그랬다가는 바즈끼 부락 가까이
　에서 다시 웅대하게 꼿꼿이 펴져 가지고는 엷은 풀색의 투명한 물을,
　우안(右岸)의 연산(連山)의 백악암으로 된 지맥들의 기슭을 씻으면서
　그리고 그 우안에 잇달린 부락들의 옆을 그리고 또 좌안의 뜨문뜨문한
　촌락들의 옆을 바다까지―푸른 아조프해까지 날라 간다(강물을).

배를 타고 돈(江)을 유유히 떠내려가며 양쪽 기슭의 경관을 바라보
는 것 같기도 하고 또 헬리콥터를 타고 강줄기를 따라 내려가며 웅대
한 전경을 굽어보는 것 같기도 하다. 자연 묘사도 이 지경에 이르면 신
기적(神技的)인 글솜씨라고 할밖에 없다.

안고수비(眼高手卑)―눈은 높고 마음은 크나 재주가 없는 게 한스러
울 뿐이다.

꽁지 빠진 수꿩

닭의 시조는 꿩이라고도 하고 또 꿩과에 속하는 야계(메닭)라고도 하는데 아무튼 야생종을 잡아다 사람이 길을 들여 집에서 기르는 새임에는 틀림이 없다.

수탉의 꽁지는 오랜 세월 동안의 퇴화 과정을 거쳐 오늘날에 와서는 본래의 비행 기관이 아니고 그저 암탉을 호리는 데나 써먹는 장신구 정도로 돼 버렸다. 그러니까 선조들이 자유로이 하늘을 날아다니던 시절에 방향타로 써먹던 그 구실은 이젠 못 한다는 말이다.

그러나 꿩의 꽁지는 지금도 여전히 날아다닐 때 방향타의 구실을 할 뿐 아니라 수꿩(장끼)의 꽁지는 멋쟁이의 상징으로서 암꿩(까투리)을 호리는 데 없어서는 아니 될 분장 도구이기도 하다.

수탉은 꽁지가 빠지면 볼품이 사나와 암탉을 호리는 데 불편을 느끼는 게 고작이겠지만 수꿩의 경우는 이와 다르다. 수꿩은 꽁지가 빠지면 방향타가 떨어져 나간 비행기 꼴이 돼 버리므로 당장 날지를 못할 테니까 그야말로 사활에 관한 문제다. 암꿩을 호리는 따위는 차요적

(次要的)인 문제다.

내가 이 글의 제목을 '꽁지 빠진 새'라든가 '꽁지 빠진 수탉' 따위로 하지 않고 구태여 '수평'으로 한 것은 나름대로의 의도가 있어서이다. 아니다, 실은 뭐 큰 의도도 없다. 그저 괜히 독자들의 눈길을 끌어 보자는 속셈에서 한 것뿐이다. 까놓고 말하면 그렇다.

지난해 12월 6일에 나는 한 편의 칼럼(잡문이라고 함)을 〈연변일보〉에 보냈었다. 그런데 달이 바뀌고 또 해가 바뀌어 금년 1월 10일이 됐는데도 아무 소식이 없기에 나는 늘 하던 대로 또 지레짐작을 했다.

'아하, 시 당국을 자극할까 봐 신기를 꺼리는 모양이구나.'

그래 나는 말썽이 비교적 적은 외지 간행물에다 보내기로 했다. 1월 11일에 문제의 원고를 나는 등기 우편으로 〈장백산〉에다 부쳤다. 그리고 또 40일이 지난 2월 20일에 나는 뜻밖에도 그 글이 〈연변일보〉에 실린 것을 보게 되었다.

나는 즉시 〈장백산〉 편집부 남영전 주필 앞으로 편지를 띄웠다. 사정이 이쯤 됐으니 앞서 보낸 '미학의 빈곤'은 파기 처분을 해 달라는 사연이 담긴 그 편지는 21일에 발송됐다.

한편 〈연변일보〉에 실린 그 글을 한번 읽어 본즉 맨 마지막 한 구절이 몽땅 잘려 나갔었다. 그 잘려 나간 구절을 고대로 복원하면 아래와 같다.

　　하느님이여, 미학의 빈곤으로 고생하는 우리의 시 당국을 관서(寬恕)하시고 보다 많은 복을 내려 주소서. 그들의 소원대로 돈벼락을 콱 안겨 주소서.

글의 꽁지에 해당하는 부분이 쑥 빠져 버리니 볼품이 과히 좋지를 않았다. 꽁지 빠진 수꿩 꼴이 돼 버린 느낌이었다.

나는 그 발표된 '미학의 빈곤'을 복사해 가지고 외국 잡지사에다 부치는데 그 '빠져 버린 꽁지'를 도로 갖다 붙였다. 잔글씨로 몇 줄 적어 넣은 것이다.

두어 달 후, 월간지 〈전망〉 5월호에 실린 '미학의 빈곤'에는 예상한 대로 꽁지가 제대로 달라붙어 있었다. 그러니까 꽁지가 빠지지 않은 수꿩―멋쟁이 수꿩이 돼 있었던 것이다.

그런데 오늘, 즉 10월 22일에 〈장백산〉 5호를 받아 보니 어럽쇼, 그 놈의 꽁지 빠지지 않은 수꿩―멋쟁이 수꿩이 또 한 마리 들어 있잖은 가! 나는 기가 막혀 입을 딱 벌렸다가 다시 파안대소를 하느라고 한동안 볼일을 못 볼 지경이었다.

꽁지 빠진 수꿩이야기는 이상으로 끝이다. 좀 싱겁기는 하지만 심심파적으로 재담 삼아 들어 주시기를 바란다. 현대판 이솝 이야기쯤으로 들어 주시기를 바란다.

참매미

더운 여름날 숲가의 길을 가다가 참매미 우는 소리에 홀리어 길 가기를 아예 그만두고 나무 그늘에 주저앉아 빨려 들어가듯이 귀를 기울였던 일이 생각난다.

가을밤, 기러기 우는 소리의 적막함에도 그러했고 또 봄바람이 볼을 간지르는 밤, 철머구리 우는 소리의 번화함에도 역시 그러했듯이―나는 젊은 시절 자연의 소리에 몹시 민감했었다. 걸핏하면 느끼기 쉽고 슬퍼하기 쉬운 마음의 상태에 빠져들기가 일쑤였다. 시쳇말로 한다면 센티멘털리스트였던 모양이다.

나는 그때까지만 해도 참매미가 그렇게 청청하게 시원스레 잘 우는 것은 제비가 지저귀고 까치가 깍깍거리듯 또 애기들이 심심하면 응애응애 울듯이 그저 본능적으로 수월스레 그렇게 잘 우는 줄만 알고 있었다. 그랬는데 후에 어느 책―파브르의 《곤충기》(?)를 읽어 보고서야 비로소 그게 그렇게 수월스러운 게 아님을 깨닫고 새삼스레 놀랐다.

참매미가 일생 동안에 그렇게 청청하게 울 수 있는 것은 죽기 전

15일 내지 20일뿐. 그렇게 울기 위해 그는 굼벵이(새끼벌레) 형태로 어두운 땅속에서 6년 내지 7년을 지내야 한다는 것이다. 이 얼마나 멋없는 울음이며 또 비창한 울음이냐!

불우한 시인

나는 우리 시인 송정환의 시를 읽을 때마다 왠지 모르게 그 참매미의 울음소리를 떠올리곤 한다. 무슨 까닭인지는 나 자신도 모른다.

이 몸도 갈 때가 되면
꽃처럼 웃으면서 가렵니다.
이 몸도 살아서 숨 쉬는 푸른 잎사귀
죽어서 눈감으면 붉은 잎사귀
이 몸도 마지막 순간까지
저처럼 뜨겁게 타 끓고 싶습니다!

혹시 이처럼 창자 굽이굽이에 맺히고 서렸다가 터져 나오듯 애절한 그의 시의 구절구절이 내 이 가슴을 울려서인가?

송정환과 나는 서로 사귄 지 십여 년 동안에 마주 앉아 보기는 전후 꼭 네 번을 마주 앉아 봤을 뿐이다.

맨 처음 만난 것은 작가협회 대회장에서였고 또 그 다음번은 우리가 아직 삼꽃거리에 살고 있을 때인데 그는 집을 몰라서 소설가 최홍일을 앞장세우고 찾아왔었다. 세 번째는 출판사 친구들과 가졌던 연회

석상에서였는데 그때 비로소 나는 그가 조룡남, 김응준 두 시인과 중학교 동기생으로서 다 같이 김해진 선생의 제자였다는 것을 알았다. 그리고 네 번째 만난 것은 현재 살고 있는 버들숲거리 집에서였다. 역시 집을 몰랐던 까닭에 그는 같은 시인이자 〈천지〉의 주필인 리상각의 안내를 받으며 찾아왔다.

이와 같이 마주 앉을 기회가 적었던 반면에 송정환과 나 사이에는 무수한 편지가 오갔었다. 서간집 한 권을 넉넉히 엮을 만한 분량의 긴 편지와 짧은 편지들이 오간 것이다.

마지막 편지

내가 오늘 현재로 마지막 받은 그의 편지는 그가 작년 11월 12일에 부친 것을 금년 8월 11일―하루가 모자라는 아홉 달 만에 받은 것이다. 주소를 한 글자 잘못 적었다고 찜부럭이 난 그 편지는 '방랑 시인 김삿갓'의 흉내를 내며 정처 없이 떠돌아다니다가 마침내 천신만고로 받을 사람을 찾아왔던 것이다.

그보다 앞서 나는 한 외국 신문에 실린 어느 유명한 전문의의 '당뇨병도 잘만 치료하면 장수를 누릴 수 있다'는 문장을 가위로 오려 내 부쳐 주면서 '아주 희소식'이라고 그에게 격려의 편지를 썼었다. 그런 까닭에 나는 그 늑장부리 편지를 받자 '오 답장이 왔구나' 지레짐작하고 부지런히 뜯어보고는 어이가 없어서 한동안 벌린 입을 다물지 못할 지경이었다. 그 편지의 사연인즉 일본을 거쳐 서울을 다녀왔다는 상세한 경과보고였다.

그가 일본에서 열린 학술회의에 참석했다가 병약과 과로로 졸도를 했었다는 소식을 나는 그전에 벌써 그와 동참했던 문학 평론가 최삼룡을 통해 알고 있는 터였다. 그리고 월간지 〈전망〉 10월호와 11월호에 각각 실린 그의 두 편의 글도 다 읽고 있는 터였다. 그가 떠나기 전에 나는 〈전망〉 편집장 리우성 씨에게 미리 '우리의 저명한 시인 겸 역사학자 송정환'이라고 소개장을 써 보냈었다.

비참하게 돌아가신 부모님의 산소를 성묘했다는 사연, 정신박약아인 아들 때문에 속 썩인다는 사연, 누이동생이 이혼을 하고 돌아와 근심거리 하나가 더 늘었다는 사연……

이런 불행한 사연들로 가득 찬 그의 편지들을 받을 적마다 나는 '하느님이 아무래도 눈이 멀었나 보다'고 분개를 하고 또 탄식을 했다. 그리고 만강(滿腔)의 동정과 충정이 어린 격려를 보내곤 했다. 이틀이면 받아 보는 편지를 통해서.

그 송정환이 지금 요양원에 입원을 하고 있는데 염려스러울 정도로 쇠약한 상황이란다.—원쑤의 당뇨병!

우리의 송정환은 차분하면서도 당당한 역사학자다. 그리고 풀피리같이 소박한 서정 시인이면서도 또 뼈대가 있는 민족 시인이다. 그는 아무 치장도 하지 않은, 타고난 그대로의 맨 심장으로 이 세상을 살고 있는 사람이다. 그의 고된 삶에 생각이 미칠 때마다 나는 왠지 모르게 참매미가 떠올려지곤 한다. 무슨 까닭인지는 나 자신도 모른다.

'벤츠'는 달린다

대하소설《태백산맥》으로 인기의 절정에 오른 소설가 조정래 씨가 연변을 왔을 때 우리 문단의 중견 작가들과 대면을 시키면서 나는 얼렁뚱땅 한마디를 했었다.

"우리 단체에서 마침 벤츠를 구입하려구 묵은 차를 처분해 놔서…… 귀한 손님을 우리 차루 모시지 못해 대단히 죄송합니다. 다음번에 오실 때는 꼭 우리 벤츠루 모실 테니 이 점 널리 양해를 해주시기 바랍니다."

우리 작가협회에는 원래 쏠쏠한 지프차 한 대가 있었다. 그걸 어느 알량한 양반이 자신의 너절한 허영심을 만족시키려다가 협잡에 걸리는 통에 게도 구럭도 다 놓쳐 버렸다. 그런 까닭에 우리 협회에는 애당초에 네 바퀴 달린 게라곤 하나도 없는 형편이다. 조정래 씨 같은 이들은 다 자가용을 굴리고 있는데 우리는 단체 명색이라는 게 차 한 대도 없다면 사회주의의 낯이 깎일 판이라 궁여지책으로 나는 그렇게 어벌쩡했던 것이다.

그런데 내 거짓말을 곧이들은 조 씨는 대번에 눈이 휘둥그래지는 것이었다.

"아니 그렇게 비싼 차를 구입해선 어떡하실라구요?"

'돼지우리에 주석 자물쇠가 웬 말이냐'는 뜻이 내포된 물음이었다.

이로써도 알 수 있는바 서부 독일(현재는 통일 독일의 서쪽 부분)에서 생산하는 벤츠 승용차는 그 성능이 좋기로 소문이 나고도 값이 비싸기로도 소문이 난 세계적인 명품이다.

벤츠 바람

〈인민일보〉의 한 기자가 하북성 어느 궁핍한 현에를 갔더니 현장이란 양반이 벤츠를 타고 다니는데 포장도로가 하나도 없는 곳이라서 벤츠는 흙먼지와 흙탕물을 뒤집어써서 몰골이 말이 아니더라는 것이다.

괴이스레 여긴 그 기자가 뒷조사를 해 본즉 그 벤츠를 구입하느라고 현의 교육비를 유용한 까닭에 현 내에는 창문에 유리가 없는 학교에, 지붕서 비가 새는 학교에, 벽이 무너져 내린 학교에, 책상, 걸상이 모자라거나 아예 없는 학교에, 교사들이 석 달씩, 넉 달씩 봉급을 타지 못한 학교에…… 한마디로 교육 사업이 엉망진창이더라는 것이다. …… 그놈의 현장, 벤츠가 좋다는 소리는 그래도 어디서 주워들었던 모양이다.

니카라과의 독재자 소모사가 산디노 민족해방전선에서 쫓겨나니까 목숨을 부지해 보겠다고 파라과이로 망명을 했다. 1979년의 일이다. 망명을 해서도 떵떵거리며 호화판으로 잘사는데 하루는 젖빛의 벤츠를 타고 시내에 나갔다가 큰 거리에서 마주 오는 한 대의 트럭과 맞닥뜨렸다. 한데 이쪽에서 미처 길을 비킬 사이도 없이 저쪽 트럭 위에서는 댓바람에 기관포를 내갈기는 것이었다. 그 바람에 소모사는 젖빛의 벤츠와 더불어 순식간에 박살이 나고 말았다. 범인들은 물론 잡히지 않았다. 누구의 소행인지 억측만 무성할 뿐 진상은 끝내 밝혀지지 않고 말았다.

하북성의 그 어느 현장과는 달리 박살이 날 때는 나더라도 소모사쯤은 그래도 벤츠를 탈 자격이나 있었지, 40여 년의 독재 통치로 긁어모은 재산이 수억만이었을 테니까.

지지난달 평양에서 국제의원연맹(LPU) 회의가 열렸을 때 한국 의원들을 맞으러 군사분계선까지 나왔던 차도 역시 벤츠였다.

서울서 벤츠를 굴리는 집만 골라 다니며 강도질을 한 강도단을 일망타진했단다. 두어 달 전의 일이다.

"벤츠 굴리는 집만 노린 건 무슨 까닭인가?"

경찰이 이와 같이 신문하니 그놈들은 넉살 좋게 대답하기를 "벤츠를 굴린다는 건 벌써 우려낼 건데기가 탁탁하다는 걸 의미하잖습니까. 국산차 따위나 굴리는 집은 털어 봤자 뭐 먹을알이 별루 없거든요." 하더라는 것이다. 그러니까 기왕 시작을 한 바에는 직방 노다지 굴을 캐자는 수작이다.

이것은 벤츠에 딸려 다니는 반갑잖은 부작용이다. 누구도 원치 않는 부작용이다. 벤츠란 대개 이만큼 알려진 명품으로서 말하자면 일종 선망의 대상인 것이다.

일본의 세계적인 자동차 회사 '도요타'는 그 넓은 공장 안에 사람의 그림자란 가뭄에 콩 나듯―75퍼센트가 로보트란다. 이에 반해 벤츠 회사는 75퍼센트가 사람―로보트는 25퍼센트에 불과하다는 것이다.

그 까닭인즉 벤츠의 기술진이 역대로 지켜 오는 모토(표어, 신조, 좌우명) 때문. "기계가 아무리 정교하대도 사람의 손은 못 따라온다."

이런 정신을 철저히 관철하기 위해 벤츠 공장에서는 흐름식의 생산 체계의 12곳에다 검사원 2명씩 각각 배치해 놓고 면밀한 검사를 하는데 그중의 어느 한 사람이라도 서명을 안 하면 그 제품은 무조건 시발점으로 되돌려진다. 그러니까 24명의 검사원이 모두 서명을 해야만 비로소 합격증이 붙게 되는 것이다. 이 정도로 철저하니까 완성된 제품의 질은 쩍말없지만서도 원가(생산비)가 워낙 높아지니까 그 판매 가격은 껑청 비싸질밖에 없다.

상품이란 품질이 뛰어나면서도 값이 싸야만 불티나게 팔리는 법이다. 하지만 벤츠는 그런 일반적인 법칙을 벗어나 값이 굉장히 비싸면서도 너무 잘 팔리는 까닭에 언제나 주문이 밀리는 형편이다. 그러니까 '공불응구(供不應求)'인 것이다.

독일인의 긍지

서독 정부는 나라의 주요 산품인 벤츠를 보호하고 또 전 세계에 자랑을 하기 위해 자국 내의 모든 고속도로에 속도 제한을 하지 않는다. 어느 나라나 다 고속도로의 시속은 100킬로 내지 110킬로 정도로 제한을 하고 있다. 그러나 시속 220킬로를 식은 죽 먹기로 거뜬히 달리는 벤츠의 성능을 과시하기 위해 정부는 속도 제한을 아예 없애 버린 것이다.

"번개같이 달리는 우리 벤츠를 피하느라구 도요타 차 따위들이 질겁하며 한옆으루 비켜서는 꼴을 보면 우리는 마음이 아주 통쾌하지요."

이런 긍지를 독일 사람들은 갖고 있는 것이다.

가만있자, 벤츠 회사에서 무슨 커미션을 받아 챙긴 것도 아닌데 내가 이거 선전, 광고를 너무 많이 해 준 것 같다. 이제 그만 언귀정전(言歸正傳)을 해야 하겠다.

이렇게 성능이 뛰어나고 빼어난 벤츠 차라 할지라도 운전자를 잘 만나야지 그렇지가 못하면 탈이다. 미숙한 운전사나 난폭한 운전사를 만나면 역시 무슨 고장도 날 게고 또 무슨 사고도 저지를 게니까 말이다. 사람이 죽고 다치고 또 차가 부서지고 타 버리고 할 수도 있단 말이다.

이것은 우리 문학 영역에서도 역시 마찬가지다. 사회주의적 사실주의가 아무리 옳은 창작 방법이라 할지라도 이것을 다루는 솜씨가 미숙하거나 난폭하면 역시 탈은 나기 마련이다. 예컨대 우상 숭배를 고취하는 방향으로 인도한다거나 또는 환상을 현실이라고 내리먹이는 데 앞장을 서라고 부추긴다거나 하는 따위의 행위는 다 사회주의적 사실주의와 양립할 수 없는 것이다. 그동안 사회주의적 사실주의가 일부 작가들에게 외면을 당한 것은 상술한 '인도'나 '부추김' 따위로 오염이 돼 그 맑은 본래의 면목이 가려졌었기 때문이다.

우리 시대의 가장 뛰어난 창작 방법인 사회주의적 사실주의의 순결성을 되찾기 위해 우리 다 같이 분발하자. 그리고 벤츠가 도요타 차 따위를 아이 다루듯 하며 고속도로를 쾌적하게 질주하듯이 우리의 사회주의적 사실주의가 가지각색 잡사상들에 구애됨이 없이 제 갈 길을 꼿꼿이 달려야 하겠다. 전광석화적인 쾌속으로 꼿꼿이 달려야 하겠다.

명언 가지가지

'명언'이란 본래 사리에 들어맞는 훌륭한 말이다. 그러나 동시에 또 그저 유명한 말이기도 하다. 그러니까 개나발 같은 것도 유명하기만 하면 명언이 된다는 이야기인 것이다. 개나발이란 조금도 사리에 맞지 않는 엉터리없는 허튼소리.

샹송의 여왕

프랑스의 샹송 가수 에디트 피아프는 마흔여덟 살에 세상을 뜰 때까지 샹송의 여왕으로 군림했었다. '샹송'이란 서민적인 가벼운 내용을 지닌 프랑스의 민요. 한데 이 에디트 피아프가 생시에 공공연히 내뱉은 말 한마디가 대단히 놀랍다.

"침대에서 시험해 보지 않고는 남자를 정확히 알 수 없다. 침대는 거 짓말을 하지 않는다."

그러니까 이 여자는 의사가 일일이 건강 검진을 하듯이 뭇 사내를 침대에 끌어들여 시험을 했다는 이야기가 되는 것이다. 몇백 명이 되겠는지 몇천 명이 되겠는지 아무튼.

'하긴 그렇게 하면 틀림이야 없겠지.'

참으로 솔직한 천하의 잡년이다. 그녀가 이쯤 돼 버린 것은 제1차 세계대전 중에 사창가에서 태어났다는 그 신상과 갈라놓을 수 없는 인간관계일지도 모른다. 어릴 때 매음녀인 생모에게서 보고 배운 게 그밖에 또 뭐가 있었을 것인가.

그녀가 내뱉은 게 비록 너절한 수작이긴 하지만서도 역시 명언의 범주에 드는 말임에는 틀림이 없을 것 같다.

서울역

서울역은 나하고도 인연이 옅지 않은 정거장이다. 1925년에 문을 연 서울역을 내가 처음 드나들어 본 것은 1927년. 그리고 상해로 떠나올 때도 바로 그 서울역에서 차에 올랐었다. 그리고 해방 후에도 서울역을 나는 여러 번 드나들었고 또 40여 년 후에 서울 나들이를 가서도 역시 그 서울역을 드나들었다.

해방 후 초대 서울역장을 지낸 이는 리종림 씨(후일의 교통부 장관). 이리 역장이 일제 때 여객 전무(열차장)로 근무하다가 당한 수모가 일화로 남아 있다. 일등 독실(獨室)을 검표하던 중 한 일본인 승객이 침대에 누운 채 차표를 발가락에 끼워서 내미는 것이었다. 식민주의자의 오만, 쪽발이 왜놈만이 저지를 수 있는 짐승 같은 행실이다.

리 씨는 얼굴색도 변하지 않고 태연스레 보조원에게 말을 일렀다.

"거 있잖아, 소독 젓가락. 응, 얼른 가 한 매 가져와요."

리 씨는 그 젓가락으로 차표를 받아서 검표한 뒤 자신도 수고스레 구두와 양말을 벗고 차표를 발가락 사이에 끼워서 다시 돌려주었다. 오는 방망이, 가는 홍두깨인 것이다. 떡으로 치면 떡으로 치고 돌로 치면 돌로 치는 것이다.

역대 서울역장 중에는 불명예스럽게 퇴임을 한 사람도 더러 있는데 그중의 하나가 아직까지 일화로 남아 있다.

대합실 한쪽 구석쟁이에 그림 한 폭을 걸어 놓았는데 여객들의 관심을 별로 끌지 못하는 이 그림이 실은 꽤나 값이 나가는 그림이었다. 문제의 역장분이 생각하기를 '가게 기둥에 입춘이지!' 얼마 지나서 또 생각하기를 '돼지우리에 주석 자물쇠지!' 마침내 그는 결론에 도달했다.

'청맹과니들이 보고도 모르는 그림을 괜히 걸어 놓을 것 없지.'

결론에 도달하는 즉시 그는 역원들을 시켜 그림을 바꿔 걸었다. '빛 좋은 개살구'로 대체를 한 것이다. 겉보기에는 그럴듯하나 미술적 가치는 하잘것없는 그림을 대신 갖다 걸게 한 것이다. 한데 여기까지는 괜찮았으나 그다음 처사가 문제였다. 이분이 그 떼어 낸 그림을 슬그머니 착복을 해 버린 것이다.

일이 안 될 때라 마침 아침저녁으로 통근 열차를 이용하는 승객 한 분이 미술 애호가로서 구석쟁이에 걸린 '주석 자물쇠'를 특히 사랑해 날마다 일과처럼 감상을 해 왔었다. 그러던 '주석 자물쇠'가 하루아침에 갑자기 '빛 좋은 개살구'로 바뀌어 버리니 이분은 인이 발동을 해 견딜 수가 없게 됐다. 오매불망 못 잊는 그림이 갑자기 없어졌으니 무리도 아니었다. 그래서 발 벗고 나서서 추적을 한 결과 역장님이 착복을 했다는 불미스러운 사실을 들춰내기에 이르렀다. 이분이 역장을 괘씸스레 여기는 마음이 골똘한 김에 이 사실을 해당 기관에 투서를 했더니 그것이 또 어떡하다 대통령 박정희의 귀에까지 입문이 됐다.

화가 난 박정희가 손에 잡히는 종이에다 아무렇게나 한 쪼각을 쭉 찢어 가지고 몇 글자 끄적거리더니 곧 비서관을 불렀다.

"이 쪽지 그 역장 녀석 갖다줘."

청와대와 비서관이 직접 갖다 전하는 글쪽지를 받아 보고 그 역장이 당장에 까무러치지 않은 것만도 천만다행이었다.

"제자리에 갖다 놔. 박정희."

그 쪽지에는 밑도 끝도 없이 이런 몇 글자가 적혀 있었던 것이다. 역장이 당일로 그림을 제자리에 갖다 걸고, 그리고 사표를 제출한 것은 더 말할 것도 없는 일이다.

독재자 박정희의 이 '제자리에 갖다 놔'도 명언에 속한다면 좀 무리일까? 아무튼 데설궂은 박정희의 성격이 확 끼치는 듯한 말투임에는 틀림이 없다.

소설에서 인물의 성격을 돋을새김하려면 이런 말투를 잘 포착해야 할 것 같은데—잘은 모르겠다.

묘비명

우리의 지구촌에는 갖가지 묘비명들이 널려 있다. 각기 다른 문자로 또 각기 다른 묘지에. 미국의 강철왕 앤드루 카네기의 묘비명도 그중의 하나다.

"자기보다 현명한 인물을 주변에 모으는 방법을 터득한 사나이, 여기에 잠들다."

강철의 왕으로 천백만 사람들의 존숭을 받아 온 사나이에게 걸맞은 묘비명이라 하겠다. 카네기가 얼마나 우수한 '싱크 탱크'를 수하에 두고 또 어떻게 그들로 하여금 최대한으로 역량을 발휘하게시리 했는지는 이미 세상이 다 아는 바이다.

자기보다 조금이라도 현명해 보이는 인물은 싹 다 벌초하듯 깎아 치워야 직성이 풀리는 '현명한 인물'들이 우리 주변에는 적지 않다. 류소기(劉少奇), 팽덕회(彭德懷) 들도 현명해 보이지만 않았던들 무사히 살아남아 선종(善終)을 했을 것이다. 천수를 누렸을 거란 말이다.

한 고조 류방(劉邦)이 국방대신 겸 총사령관인 한신(韓信)에게 물었다.

"경이 보기엔 짐이 군사를 얼마나 거느릴 수 있을 것 같은가?"

"폐하께선 10만쯤 거느릴 수 있으실 겝니다."

"더는 안 될까?"

"더는 좀 어려우실 겁니다."

"그렇다면 경은 얼마나 거느릴 수 있을 것 같은가?"

"신이야 다다익선입지요."

그러니까 100만도 좋고 200만도 좋고 많으면 많을수록 좋다는 이야기인 것이다.

"그렇다면 경은 어찌해 짐의 신하가 됐는고?"

"신은 군사를 거느릴 줄 알지만 폐하께서는 장수를 거느릴 줄 아시기 때문입지요."

류방이 천하를 평정하고 한나라를 세운 것은 전적으로 그가 자기보다 현명한 장수들을 주변에 모으는 방법을 터득했었기 때문일 것이다. 그러나 일단 성공을 한 뒤에는 문제가 좀 달라졌다. 류방은 카네기와 달리 자기보다 현명한 장수들을 꺼리기 시작한 것이다. 그래서 대업을 완성하는 데 결정적인 역할을 놀았던 두 사람 중의 한 사람인 장량(張良)은 눈치 빠르게 피신을 해 버렸고 그리고 벼슬자리에 미련을 가졌던 한신은 결국 죽음을 당하고 마는 것이다.

"신이야 다다익선입지요."

한신이 무심코 한 이 솔직한 말 한마디에 가슴이 뜨끔해난 류방이 드디어 마음을 굳혔을지도 모를 일이다.

'아이고, 이런 녀석을 그대로 놔뒀다간 큰일 나겠다.'

묘비명은 꼭 죽은 사람의 묘비에만 새겨지는 글이 아니다. 살아 있는 사람을 조소하는 방법으로, 존재하지 않는 묘비에 시의 형식으로 쓰이기도 한다. 그러니까 일종의 문학 형식으로 쓰이기도 한다. 그러니까 일종의 문학 형식인 것이다.

　　그대는 인색하셨기에 돌아가셨죠.
　　그대는 돈이 아까와 병을 고치질 못했죠.
　　하지만 그대 만일 관차(棺車) 값이 얼마인지를 아셨더라면
　　그대는 자기 시체를 져 나르고저 되살아나셨을 것이외다.

'파리가 좁쌀 물고 가면 20리를 쫓아갈 놈'이라는 우리 속담에 비해 어떤지 모르겠다. '연주창 앓는 놈의 갓끈을 핥겠다'는 우리 속담에 비해 어떤지 모르겠다.

아무튼 이런 묘지명이 자신에게도 씌여지지 않게시리 다들 조심을

해야겠다. 인색한 데 대해서만이 아니라 모든 비도덕적 소행은 다 이런 묘비 없는 묘지명의 대상으로 되니까 말이다.

위고와 마르티

빅토르 위고(1802~1885)는 《레 미제라블》의 작자로서만 유명한 게 아니라 정치 활동가로서도 명망이 극히 높았다.

나폴레옹 3세가 쿠데타를 일으켰을 때 그는 단호히 공화당이 조직한 의거에 가담해 이를 반대하다가 실패, 장장 19년 동안의 망명 생활을 해야 했다. 몇 해 후 나폴레옹 3세가 대사(大赦)를 베풀어 그의 귀국을 촉구했을 때 그는 단호히 이를 물리쳤다. 그리고 나폴레옹 3세의 정권이 무너진 뒤에야 비로소 귀국을 하는데 수도 파리의 시민들은 그를 열광적으로 맞이했다. 개선하는 장군을 맞이하듯 맞이했던 것이다.

귀국을 하는 즉시 위고는 또 프러시아 침략군을 반대하는 전쟁에 뛰어들었다. 그리고 베르사유 정부가 실패한 파리 코뮌의 사원들을 무자비하게 진압할 때 그는 또 한번 일떠나 파리 코뮌의 정당성을 변호해 주는 한편 쫓기는 코뮌의 사원들을 자기 집에 몰래 숨겨 주었다.

"가장 똑똑한 처신술은 아무 일에도 상관을 않는 것이다. 가만히 있는 게 가장 안전하다. 죽은 체하는 놈은 아무도 건드리지를 않는 법이다. 이게 바로 벌레들의 격언인 것이다."

위고의 이 말이 후세에 길이 전해지는 명언으로 된 것은 그의 작가로서의 활동과 정치 활동가로서의 실천이 이를 안받침해 주었기 때문이다.

전쟁터에서 돌격을 할 때 중대장이 자신은 엄체(掩體) 속에 그대로 남아 있으면서 전사들더러만 돌격을 하라고 "돌격! 돌격!" 외치며 지휘도를 내둘러 봤자 아무 소용이 없듯이 행동과 실천으로 안받침되지 않은 이른바 명언은 진짜 명언으로 될 수가 없다.

호세 마르티(1853~1895)도 쿠바의 독립을 위해 감옥살이와 귀양살이를 거듭하다가 마침내는 정부군과의 전투에서 총탄을 맞고 전사를 했다. 그러므로 마티가 한 말은 명언으로 남아서 지금도 우리들의 가슴에 벅찬 감격을 안겨 주고 또 전투적인 격정을 불러일으키는 것이다.

"기본적 인권은 눈물로써가 아니라 피로써 얻어진다."

전인(前人)이 남긴 명언들은 인류의 지혜의 결정으로서 말하자면 언어의 금강석인 것이다. 우리가 그 명언들을 생활의 지침으로 삼는다면 험난한 인생을 살아가는 데 하나의 도움으로 되지 않을까.

고혈압 병

나는 혈압이 언제나 정상이므로 혈압 때문에 고생을 해 본 적은 없다. 그 대신에 고혈압 병으로 죽은 사람은 수태 보았다. '문화대혁명' 기간 징역살이를 하면서 같은 중대의 늙은 죄수들이 꼬리에 꼬리를 물다시피 하며 죽어 나가는 것을 목도했는데 그 대부분이—열에 아홉은—다 고혈압 병으로 죽었다.

우리 중대의 죄수 의사는 여자 문제로 5년형을 받고 들어온 사람이었는데 그는 늙은 죄수들이 자꾸 죽으니까 한 달에 두 번씩 정기적으로 꼭꼭 죄수들의 혈압을 재 봤었다. 혈압의 정상치는 연령에다 90을 더하는 거란 말도 나는 그때 처음 그에게서 들었다. 그러니까 일흔다섯 살 먹은 죄수의 정상치는 165이고 또 여든 살을 먹은 죄수의 정상치는 170이 되는 것이다. 그는 혈압을 잴 적마다 "아 정상, 정상…… 문제없어, 문제없어." 이런 말로 늙은 죄수들을 안심시켰다.

죄수 의사

하건만 고혈압 병으로 죽는 죄수는 여전히 꼬리를 물었다. 한번은 나하고 오전 내내 같이 일을 하고 또 멀쩡히 한자리에 앉아 점심을 먹은 늙은 죄수가 다 먹고 난 밥그릇을 챙겨서 선반에 얹다가 픽 쓰러지더니 그만 당일 밤으로 숨을 거두었다. 그리고 또 한번은 기상 시간에 죽 늘어앉혀 놓고 점호를 하는데 제 차례가 됐는데도 17번 늙은 죄수가 기척이 없어서 웬일인가 살펴보니 그는 병적으로 비뚤어진 입귀에서 침을 질질 흘리고 있었다. 곧 들것에 담아 위생소(감옥 병원)로 가져갔으나 그 역시 당일 밤으로 죽어 버렸다.

형편이 이쯤 되다 보니 늙은 죄수들 사이에 공황이 일어나지 않을 수가 없었다. 어느 날 일흔네 살 먹은 죄수가, 이도 역시 밥그릇을 선반에 얹으려는데 팔꿈치가 갑자기 뻣뻣해지며 말을 들어 주지 않았다. 동료 죄수가 똑같은 동작을 하다가 쓰러져 죽는 것을 봤던 터이라 그는 겁이 더럭 났다. 그러자 "아이고 끝장이다." 소리가 그 입에서 절로 튀어나왔다. 동료들이 놀라서 쳐다보니 그 죄수는 죄수복의 소매가 못에 걸려 팔이 뻗어지지 않는 것을 중풍으로 지레짐작을 한 것이었다. 그때부터 감옥 안에서는 '아이고 끝장이다'가 유행어로 됐다.

또 한 죄수는 죽는다고 새 옷까지 갈아입고 누웠다가 죽지 않고 살아나 웃음거리가 되기도 했다. 감옥살이를 하면서 비로소 알게 된 일이지만 죽기 전에 꼭 새옷을 갈아입는 것이 한족들의 관습인 모양이었다.

그런데 연령에다 90을 더한 것이 정상치라고 굳게 믿으며 혈압을 잴 적 "아 정상, 정상…… 문제없어, 문제없어." 하고 우리를 안심시키던 그 죄수 의사가 하루는 "어째 골이 좀 아프다."며 자리에 눕더니 놀랍게도 그는 불과 몇 시간 후에 덜컥 죽어 버렸다. 쉰네 살 한창나이에 옥사를 한 것이다.

나중에 위생소 행정 의사에게 물어봤더니 그도 역시 고혈압 병으로 죽었다는 것이다. 그러니까 그는 자신의 혈압을 재면서도 역시 '연령 더하기 90'이라는 공식을 만고불변의 철칙으로 믿고 "아 정상, 정상…… 문제없어, 문제없어." 했던 모양이다.

행정 의사란 감옥에서 근무하는 국가 공무원으로서의 의사. 그리고 죄수 의사는 중대 의사라고도 하는데 복역 중 각 중대에 배속돼 있는 의사, 그러니까 그들의 행정 의사의 보조역인 셈.

어느 사교(邪敎)에 아주 빠져 버린 어머니가 딸의 병을 떼 주겠다고 교리에 따라 사정없이 두드리다가 결국은 그 딸을 때려죽이고 말았는데 경찰에서 잡아다 문초를 해 보니 그 어머니는 딸의 몸에 범접한 악귀를 몰아낸다는 게 그 모양이 됐다는 것이었다.

'연령 더하기 90'이라는 공식도 그렇고 '악귀가 범접'했다는 교리도 그렇고…… 변통성 없이 무어나 지나치게 믿는 것은 좀 고려해 볼 필요가 있는 것 같다.

일본 감옥

제2차 대전 말기 나는 일본 감옥에서 4년 동안 징역을 살았는데 1945년 5월, 히틀러 독일이 패망하자 곧 국민학교 교사로 있는 누이동생에게 편지를 띄웠었다. 한 달에 한 통씩 봉함엽서에다 간단히 써야 하는 편지나마 일일이 깐깐한 검열을 거쳐야 했던 까닭에 나는 그저 간단히 함축성 있게 몇 줄 적었다.

"내가 머잖아 귀가해 어머니를 맡을 테니 그때까지만 시집가지 말고 어머니를 모셔 주기 바란다."

감옥에 갇혀 있으면서도 홀어머니를 모시지 못하는 외아들의 지극한 효심이 담긴 글이라 검열의 통과는 별문제 없으리라 넘겨짚고 한 노릇인데 아니나 다르랴 편지는 무난히 발송이 됐었다. 그런데 어찌 알았으리, 그 편지가 전연 예상 못 한 반향을 불러일으킬 줄을.

누이동생은 학교에서 그 편지를 받아 보고 너무도 기가 막혀 눈물을 흘리며 집으로 돌아와 '오빠가 미쳤다'면서 모녀 서로 목을 그러안고 통곡을 했던 것이다.

감옥 안에서 다리까지 한 짝 잘리고 너무 고통스러워서 오빠가 아무래도 정신이상에 걸렸나 보다. 그렇지 않고서야 이런 백주에 잠꼬대 같은 소리를 할 리가 있나. 오빠가 어떻게 '머잖아 귀가'를 한다고 그래? 감옥서 놔줄 리가 만무하잖은가!

그리고 반년이 채 못 돼 그 정신이상에 걸린 줄 알았던 오빠가 누이동생 앞에 나타났다. 우리 누이동생은 대일본제국의 노예 교육을 착실히 받았던 까닭에 '무적 황군(無敵皇軍)'이 패전을 하리라고는 꿈에도 생각을 못 했었다. 그러게 일본이 망하고 조선이 독립을 한다는 것은 그야말로 천변지이(天變地異)나 마찬가지의 이변이었다.

그저께 어느 잡지에 실린 무슨 김학철이라는 글을 읽어 보니까 다음 같은 내용의 구절이 있었다.

"김학철을 '반당', '반동'이라고 당 기관지가 점을 찍었으니 우리쯤이야 그렇게 믿었을밖에. 그러므로 어린 내 가슴에 박힌 첫인상은 반동분자로서의 김학철의 추한 형상이었다."

어린 학생이 당 기관지의 논조를 곧이곧대로 받아들인 것은 너무나도 당연하다.

고혈압을 '정상'이라고 굳게 믿은 나머지 남을 해치고 또 자신까지 해친 추리구 감옥의 그 죄수 의사, 딸의 몸에 범접한 악귀를 떼 주겠다고 사랑하는 딸자식을 제 손으로 때려죽인 어머니, 일본이 곧 망할 것을 내다보고 '머잖아 귀가'한다고 옥중에서 편지를 띄운 오빠를 정신이상에 걸렸다고 통곡한 우리 누이동생, 멀쩡한 사람을 '반당', '반동'으로 알았던 어린 학생.

이런 것들은 다 우리에게 시사하는 바가 크잖을까 생각한다.

투철한 이론이나 정세 파악이 없이 그저 동무 따라 강남 가는 격으로 행동을 하거나 또 남이 치는 장단에 궁둥이춤이나 추는 식으로 처사를 하다가는 결국 낭패를 아니 볼래야 아니 볼 수가 없을 것이다.

독립적으로 사고하고 독자적인 견해를 갖는다는 게 얼마나 중요한가를 일깨워 주는 한 대목이 아닐까 싶다.

정문이, 잘 가오

우리 연변에서 한 사나이가 떠나간다.

리정문(李政文)이가 떠나간다.

우리의 선전부장, 문교 서기를 십 년 동안 맡아보던 리정문이가 떠나간다.

강택민 총서기 앞에서 열렬히 부르짖은 사나이, '당 중앙이 소수민족을 믿지 않는다면 그것은 곧 당 자신을 믿지 않는 거나 마찬가지'라고 불같은 열변으로 열렬히 부르짖은 사나이, 그 사나이가 떠나간다.

리정문이가 떠나간다.

십 년 전의 궁상스런 모습을 그대로 지니고 이 사나이는 떠나간다.

양수청풍(兩手淸風)의 사나이, 두 소매에 맑은 바람만 감도는 사나이.

줄 줄은 알아도 받을 줄은 모르는 사나이, 달랄 줄은 더더구나 모르는 사나이, 그래서 밤낮 구차하기만 한 사나이.

이런 살림살이의 낙제생이 떠나간다.

청렴의 대명사 같은 사나이가 떠나간다.

리정문이가 떠나간다.

촌놈의 근성이 종시 가시지 않아 자동차를 타면 뭐가 어떻게 잘못되는 것만 같아서 마음이 도무지 안 놓여 '에라 모르겠다' 자전거만 타고 다니는 사나이, 아침저녁 궁둥이에 못이 박히도록 자전거만 타고 다니는 사나이, 출퇴근하는 직공들의 대열에 끼어들어 부지런히 페달을 밟는 사나이, 그래야 마음이 놓이는 사나이, 시대에 뒤떨어진 사나이, 촌티 흐르는 무지렁이 전사한(田舍漢).

이런 괴짜 같은 사나이가 떠나간다. 리정문이가 떠나간다.

일부 색다른 지도 일꾼들이 펴는 유론(謬論)에 맞서서 날카롭게 강하게 항변을 한 사나이.

"우리 연변은 민족 자치를 시행하는 만큼 간부를 선발 배치함에 있어서 민족 간부의 비율을 조금이라도 낮춰서는 절대로 안 됩니다!"

맞바람에 갈기털을 날리며 포효하는 수사자. 그 수사자의 기백을 지닌 사나이, 그러면서도 언제나 겸손하고 또 살가운 사나이, 못나 보이기까지 하는 사나이.

이런 사나이가 우리 연변을 떠나간다. 리정문이가 떠나간다.

우리 지식인들의 대오는 지난날 정치의 된서리, '계급 투쟁'의 우박을 번번이 맞고 또 맞아 한때는 아예 쑥대밭이 돼 버리기까지 했었다. 그러나 라창진, 리정문 콤비. 리정문, 김성계 콤비, 리정문, 장룡준 콤비가 문교서기와 선전부장을 각각 맡아보는 10년 동안—우리는 언제 떨어질지 모르는 날벼락 걱정을 안 하고 살았다. 그러니까 처음으로 태평성대라는 걸 누려 본 셈이다.

더 말할 것도 없이 이것은 리정문이가 주로 우리의 보호산(保護傘) 노릇을 해 줬기 때문이다.

정문이—흔연히 떠나 주오. '나는 십 년 동안에 우리 지식인들을 하나도 다치지 못하게 막아 줬다'는 긍지를 안고, 자부심을 안고.

우린 언제까지도 그대를 잊지 않을 거요. 그리고 두고두고 그대의 덕을 기릴 거요.

고맙소 정문이. 수고가 너무너무 많았소 정문이. 승상접하(承上接下)의 틈바구니에서 안팎곱사등이 노릇을 하느라고 정말 수고가 너무너무 많았소 정문이.

지난날, 착한 정치를 한 원이 떠나갈 때는 그 덕을 기리기 위해 그 고을 백성들이 비단으로 만든 만인산(萬人傘)을 기념으로 드렸었다오. 하지만 오늘 우리는 그대에게 만인산이 아닌 우리 모두의 석별의 정을 모아 보내오. 정성으로 모아 보내는 이 석별의 정을 바라건대 길이 길이 소중히 간직해 주오. 그리고 우리를 잊지 마오. 우리 연변을 잊지 마오.

한 사나이가 떠나간다. 리정문이가 떠나간다.

우리의 미더운 보호산이 우리 이 민족의 터전을 떠나간다.

나는 어제, 연변에 온 지 40년하고 또 넉 달 만에 처음으로 송별회라는 명칭의 모꼬지에 참석을 해 봤다. 그러니까 내 딴에는 떠나는 보호산에게 대단히 융숭한 예우를 한 셈이다. 78세의 노구(老軀)로서 40년하고 또 넉 달이라는 세계기록을 안고 들어갔으니까.

'청산횡북곽(靑山橫北郭)'으로 시작돼 가지고 '소소반마명(蕭蕭班馬鳴)'으로 마무리는 리백(李白)의 '송우인(送友人)'이 바로 이를 두고 읊은 게 아닌가 싶을 정도로 서정적이면서도 또 낭만적인 석별의 모꼬지. 그 모꼬지에서 나는 떠나가는 우리의 '터우터우얼(頭頭兒)'에게 처연한 마음을 드러내지 않으려고 짐짓 우스갯소리로 엉너리를 쳐야 했다. 그리고 끝으로 덧붙여서 이런 부탁을 할 것도 잊지 않았다.

"떠나가는 새는 뒤의 물을 흐리지 않는다는 속담을 기억해 달라."

그리고 또

"떠나가는 '터우터우얼'의 마음은 지내봐서 다들 잘 알고 있지만 새로 오는 '터우터우얼'은 그렇지가 못하니 일말의 불안감이 없을 수 없다. 그러니 그이에게 당부를 해 달라. 우리 작가협회를 다룰 때는 고슴도치 가죽으로 만든 장갑을 끼지 말고 어린 양가죽 장갑을 끼라고 당부를 해 달라."

할 때는 잘한다고 했는데 하고 나서 생각해 보니 다 쓸데없는 군소리였다.

'리정문이 어떤 사람인데? 어련히 다 알아서 처리할라구!'

우리 연변에서 한 사나이가 떠나간다.

리정문이가 떠나간다.

청렴의 대명사가 떠나간다. 우리의 보호산이 떠나간다.

아직은 눈과 얼음으로 뒤덮였어도 생각할수록 가슴이 뿌듯해지는 민족의 터전을 그는 오늘 마지못해 떠나간다.

정문이, 잘 가오.

우리를 잊지 마오. 우리도 안 잊을 테니.

자 그럼

정문이, 잘 가오.

독서삼매

'독서삼매'란 '오직 책 읽기에만 골몰한다'는 말이다. 우리 누구나가 다 경험해 본 일이다. 아무리 빼어난 천재라 할지라도 이 과정을 거치지 않고서는 학문의 높은 경지에 다다르기는 어렵다.

사람이 늙어 가지고 쓰고 버린 건전지 같은 취급을 받지 않으려면역시 책 읽기는 게을리하지를 말아야겠다. 일본에서는 그런 쓸모없는늙은이를 '조대(粗大) 쓰레기'라고 한다. 헌 텔레비나 헌 냉장고 따위드다루기 힘든 쓰레기란 뜻이다.

독서삼매를 하는 데는 물론 새 책을 읽는 것이 중요하다. 그러나 전에 읽은 책들을 한번 읽어 보는 것도 해롭지는 않은 일이다. 무심중에지나쳤던 것들을 새로 발견할 수도 있으니까 말이다.

근간에 다시 읽어본 《동주열국지(東周列周志)》와 《삼국연의(三國演義)》에서 새삼스레 우스운 대목들을 발견했는데 그것은 다름 아닌 독살하는 장면들이다. 더 정확히 표현하면 독살이 미수에 그치는 장면들이다.

독살하려는 음모를 미리 알아챈 재상이나 장군들이 모르는 체하고 받아든 술잔이나 약사발을 갑자기 쏟아 버리면 (그 독기에) 불이 번쩍 날 뿐만 아니라 바닥에 깐 벽돌장들이 쩡쩡 갈라지기까지 한다. 그 독약이 얼마나 극렬한지를 보여 주려는 작자의 의도임이 틀림없다. 그러나 세심한 독자들은 납득이 안 가 고개를 갸우뚱하거나 또는 허허 웃고 그대로 읽어 내려가게 될 것이다.

—닿기만 하면 벽돌장이 쩡쩡 갈라질 정도로 극렬한 독약이 왜 술잔 속이나 약사발 속에서는 쥐 죽은 듯 가만있었을까. 그것들도 다 쩡쩡 갈라졌어야 할 게 아닌가.

이 역시 리백의 '백발삼천장(白髮三千丈)'과 같은 유의 예술적 과장으로 받아들이면 무난할 것 같다. 그럴진대는 우리 다 같이 한번 허허 웃고 그대로 읽어 내려가는 게 바람직하잖을까.

빈구석

《림꺽정》에도 하찮기는 하지만 아무튼 빈구석이 아주 없지는 않다.

'최 서방의 맏딸은 근동에서 얼굴이 이쁘기로 이름난 처녀'였는데 뒤에 가서는 '내 손위에 형님이 하나 있었던 까닭에 내 이름은 작은년이요'로 돼 버리는 따위가 곧 그것이다.

돈키호테가 길을 가다가 날이 저물어 주막에 들러 저녁을 시켜 먹고 다시 길을 가다가 날이 저물어 또 주막에 들러 저녁을 시켜 먹는 거나 마찬가지의 하찮은 소홀일 것이다. 소홀치고는 재미있는 소홀—에피소드가 됨직한 소홀이라 하겠다.

《고요한 돈》에서는 주인공 그리고리가 도망치는 적병을 그에 따라가 사벨(군도)로 찍어 죽이고 나서 '도대체 무엇 때문에 내가 저 사람을 죽여야 했나?'로 회의하는 장면에서 깊은 감명을 받았다. 침략 전쟁이 어떻게 나쁘고 또 어떻게 나쁘고 설교를 하는 것보다 훨씬 더 박진감 있는 묘사였다.

소설에서 설교는 군더더기다. 그것은 얼굴에다 크림을 바를 대신에 부적을 붙이고 다니는 거나 마찬가지의 어리석은 표현이다.

졸작에도—그런 설교들이 소고기의 흘떼기 모양 갈피갈피에 끼어 있는 것을 생각하면 낯이 뜨겁다. 그래도 뒤늦게나마 깨달았으니 다행이라고나 할까.

그리고리가 좌익이 옳은지 우익이 옳은지 도무지 알 수가 없어서 '허허벌판에서 눈보라를 만난 것 같다. 향방을 분간 못 하겠다'고 탄식하는 대목은 이 소설의 주안점이다.

차르 정권의 진면모를 간파하자 그는 서슴없이 적군(赤軍, 붉은 군대)에 가담한다. 그러나 적군의 한 지휘관이 사령부로 압송하라는 포로들을 비인도적으로 죽여 버리는 것을 보고는 분연히 적군 부대를 떠난다. 미구에 그는 자연스럽게 백군의 대열에 서게 된다. 그러나 백군이 패퇴를 하면서 지휘관과 그 권속을 포함한 상류층만 기선을 타고 도망을 치고 병사들은 죽거나 말거나 내팽개치는 것을 보자 그는 분연히 백군과 손을 끊는다. 그리고 또다시 적군 부대에 가담을 한다. 적군 부대에서 그는 속죄를 하려고 열심히 복무해 부연대장으로 승진까지 했으나 결국은 신임을 받지 못해 제대를 하게 된다. 고향집에 돌아온 그를 해당 기관에서 체포하려 하자 그는 또다시 반란군에 가담해 결국은 비적의 무리가 돼 버린다. 나중에 비적단마저 풍비박산이 되자 그는 무기와 탄약을 강물에 처넣고 제 발로 걸어서 촌 소비에트를 찾아들어 간다. 자수를 하려는 것이다.

대동란의 시기에 갈피를 잡지 못하고 갈팡질팡하다가 신세를 망치는 한 인간의 비참한 운명을 숄로호프는 극명하게, 생동하게, 박진감 있게 그려 놓았다.

한 인간의 운명

나는 일찍이 톨스토이의 《전쟁과 평화》에서도 이렇게까지 깊은 감명을 받지는 못했었다. 그리고리의 운명에 나는 한 인간으로서—계급성을 초월한 한 인간으로서—심심한 동정과 연민의 정을 금할 수 없다.

지난여름 서안에 갔다가 40여 년 만에 만난 어느 옛 전우의 술회가 떠올려진다.

—나는 마르크스주의적 세계관을 확립하기 전까지는 맥도 모르고 함부로 날뛰었다. 그러나 일단 공산주의자로 된 뒤에는 한눈팔지 않고 꼿꼿이 한길을 걸어 나왔다. 나름대로의 신념에다 평생을 바쳤다. 기막힌 고초를 무수히 겪기는 했지만서도—후회할 일은 없다.

—나는 이지적인 정확한 판단력을 갖고 있다고 스스로 믿는다. 그러므로 어떠한 풍랑에 부닥치더라도 움쭉을 안 한다. 백이 백 소리 하고 천이 천 소리를 한대도 그저 "왜들 이리 지절대느냐!" 한마디 홀뿌리는 게 고작이다.

독서삼매라는 게 어쩌다 보니 가리산지리산이 돼 버렸다. 각설하고 원줄기를 다시 찾아들어 가자.

로신이라고 하면 잡문이 생각나고 잡문이라고 하면 로신이 떠오를 만큼 로신의 잡문은 유명하다. 그런데 이 잡문을 그대로 우리말로 옮겨 쓰면 좀 어색한 감이 없지 않다. 왜냐면 우리말에서 잡문이란 '일정한 체계 없이 함부로 쓴 글'인데 보통은 '예술적 가치가 없는 잡스러운 문학'으로 취급되기 때문이다.

이런 의미에서 지금 세계적으로 널리 쓰이는 '칼럼'이 더 적절할 것 같다. 칼럼이란 '시사 문제나 사회 풍속 등을 촌평하는 글'이니까 말이다. 어쨌든 간에—잡문이 되든 칼럼이 되든 간에—로신의 글에 이런 것이 있다.

유치원짜리 아들의 사진을 찍는데 한 번은 일본 사진관에 가 찍고 또 한 번은 중국 사진관에 가 찍었다(상해에서). 그런데 아이도 같은 아이요 입은 옷도 다 비슷한 옷인데 먼저 사진은 아이가 세찬 장난꾸러기로 찍혀서 꼭 일본 아이 같았고 또 나중 사진은 아주 온순한 얌전이로 찍혀서 영락없는 중국 아이였다.

이것은 렌즈 앞에서 시시각각 변하는 아이의 표정을 찰나적으로 포착하는 사진사의 기량 여하에 따른 것으로서 일본 사진사가 장난꾸러기형을 선호하는 반면에 중국 사진사는 얌전이형을 선호했기 때문일 것이다.

여기까지가 로신의 글의 대략이다. 다음은 필자 나름대로의 견해다.

동일한 인물이나 동일한 사건을 복수(둘 이상)의 작가가 다룰 때 판이한 형상으로 나타나는 것도 아마 이와 비슷한 원유(原由)에서일 것이다.

'계속 흐린 게 남보고 집 봐 달란 말 못 한다'는 속담이 있다. 소인의 눈에는 정인군자도 다 저 같은 소인으로만 보인다는 뜻일 것이다.

그러니까 마음가짐이 바르지 못하면 그려 낸 형상도 일그러질밖에 없다는 얘기가 되는 것이다. 선인이 악인으로 보이고 악인이 선인으로 보이는 사람이 글을 쓴다면 리순신 장군이 해적선의 선장으로 그려질 수도 있을 거고 또 리완용이가 애국적인 정치가로 그려질 수도 있을 것이 아닌가.

글을 쓰는 데 있어서 마음가짐이 얼마나 중요한지를 지재지삼 되새길 필요가 우리 모두에게 있잖을까.

영웅 논란

　신기질(辛棄疾, 1140~1207)은 남송의 가장 걸출한 사인(詞人)이다. 남송이란 금(金)나라에 밀리어 양자강 이남 지역에서만 명맥을 유지한 송나라. '사(詞)'는 '시'와 '가사'의 혼합체 같은 문학 형식. 모택동이 이 신기질의 사들을 특히 애음(愛吟)한 것으로 알려졌다.

　신기질은 금군(金軍) 점령하의 산동 제남에서 태어나 스물두 살 때 2천여 명의 무장을 조직해 거느리고 항금(抗金) 의병장 경경(耿京)의 대오에 합류해 그 참모장으로 됐다. 그 후 정부군과 연합을 해야만 실지수복(失地收復)의 대업을 성취할 수 있다고 판단하게 되자 그는 다시 특사의 사명을 띠고 남송의 수도 건강(建康, 현재의 남경)으로 향한다. 그리하여 황제를 배알하고 남북의 정세를 분석한 끝에 쌍방은 연합군을 내오기로 타합을 한다.

　신기질은 사명을 다하고 되짚어 돌아오다가 도중에서 마른하늘에 생벼락 같은 소식을 접하게 된다. 의병장 경경이 반역자 장안국(張安國)에게 살해되고 부대는 몽땅 그놈의 책동으로 반변(反變)을 했다는 것이다.

민족 영웅 신기질

격노한 신기질은 즉시 수하 군사 50기(騎)를 이끌고 제남으로 직행해 5만 명의 금군 속으로 뚫고 들어가 장안국을 산 채로 잡아내는 데 성공한다. 뿐만 아니라 그놈에게 속아서 반변했던 부대를 돌려세우기까지 한다.

우리 일반의 상식으로는 이럴 때 반역자의 목을 잘라 효수를 하거나 아니면 수급을 말목에 매달고 돌아오는 것으로 일을 마무리할 것이다. 그러나 신기질은 그럭하지를 않았다. 그는 금군 기병대의 집요한 추격을 받으면서도 끝끝내 산 놈을 그대로 말 등에 실은 채 2천여 리를 달려서 양자강에 득달해 다시 배를 잡아타고 강을 건너는 데 성공을 했다.

신기질이 민족 반역자 장안국을 산 채로 잡아다 조정에 꿇려 놓고 정식으로 토죄(討罪)한 뒤 목을 잘라 효수하는 것을 보고 황제를 비롯해 만조백관이 다 크게 놀라 뒤흔들렸다. 그리하여 민족 영웅 신기질은 그 위명을 전국에 떨쳤다.

하건만 불행하게도 워낙 무능한 데다 부패할 대로 부패한 조정은 침략군을 몰아내고 빼앗긴 국토를 되찾을 만한 기맥(氣脈)이 없었다. 그럭할 마음마저 없어졌다. 그래서 나중에는 신기질이 자꾸 출병을 요청하는 것이 듣기 싫다고 신기질을 저 먼 어느 시골구석에다 변변찮은 낮은 벼슬자리 하나를 주어서 아예 쫓아 버렸다. 그가 쫓겨 가 살던 강서성 연산(鉛山)에는 지금도 그의 업적을 기리는 사당이 그대로 남아 있다.

애국의 충정을 기탁할 데가 없어진 신기질은 비장한 사를 지어 읊기 시작했다. 음률에 맞춰 가지고 부르기 시작했다. 의병장 출신의 민족 영웅은 이렇게 해 사인(詞人)으로 됐던 것이다.

이런 인물을 세상에서는 영웅이라 일컫고 또 두고두고 기리는 것이다.

준열한 질책

방효유(方孝孺, 1357~1402)는 명나라의 산문가다. 그는 절강 녕해(寧海) 사람으로서 황제에게 경전을 강의하는 시강(侍講)의 벼슬까지 지냈다.

후에 그 황제의 동생인 연왕(燕王)이 군사 정변을 일으켜 형을 뒤엎고 새 황제가 되면서 명성 높은 방효유를 회유해 써먹을 요량으로 항복을 권유하고 또 등극 조서(登極詔書)를 기초하라고 명했다. 한데 방효유는 붓을 들어 등극 조서를 쓸 대신에 '연적찬위(燕賊簒位)'라는 네 글자를 써 내던졌다. '임금의 자리를 찬탈한 역적 놈이 뻔뻔스레 무슨 수작을 하느냐'고 호령을 한 것이다.

그리하여 방효유가 당장에 목을 잘리우고 그 가족이 몰살을 당한 것은 더 말할 것도 없거니와 애꿎은 일가, 친척, 친우, 제자들까지 무려 870여 명의 사람이 그의 언걸을 입어 참살을 당했다.

황제 노릇을 형이 해먹든 아우가 해먹든 일반 백성하고는 별 상관이 없는 일이다. 하지만 방효유가 한 신하로서 절개를 굳게 지키며 감히 새 황제를 서슬이 푸르게 꾸짖은 것은 장하다 아니 할 수가 없다.

현재 남아 있는 방효유의 저서들은 다 썩 후세의 학자들이 수집해 편찬한 것으로서 그 연유인즉 그의 사후 무릇 그의 문장을 감춰 둔 사람은 다 무조건적으로 사형을 당했었기 때문이다. 그러니까 목숨을 걸고 그의 문장을 감춰 두었던 사람들도 있었다는 이야기가 되는 것이다. 방효유 같은 인물을 세상 사람들이 두고두고 기리는 데는 다 그럴 만한 까닭이 있는 것이다.

혁명가가 무시무시한 적의 법정에서 감히 오연한 기개로 꿋꿋이 맞설 때 세상은 그를 영웅이라고 칭송한다. 그러나 강도나 강간범 따위가 법정에서 뻔뻔스레 고개를 쳐들고 하등의 뉘우치는 기색도 보이지 않을 때 사람들은 그를 영웅이라 하지 않고—망나니라고 한다. 짐승 같은 놈이라고 침 뱉어 버린다.

우리 사회에는 아직도 걸핏하면 '좌석 찾기(對號入座)'를 하기 좋아하는 누습이 남아 있다. 하지만 그런 게 두렵다고 의당 해야 할 말도 아니 하고 산다면 이 사회는 전도가 암담해질 것이다. 그러니 구데기 무섭다고 장을 아니 담글 수는 없는 일이다. 공연히 신경들을 곤두세우지는 않는 게 좋을 것 같다.

가령 여기 남을 물어먹는 따위의 비열한 행실을 일삼으면서도 그 잘못을 준절히 일깨워 주는 사람을 도리어 물려고 덤비는, 수치를 모르는 인간이 있다고 하자. 그런 자는 상술한 범죄자들과 마찬가지로 영웅과 망나니를 구별할 능력이 없는 족속이므로 종당은 건실한 사회의 버림을 아니 받지 못할 것이다. 그러나 아무튼 망나니들이 자신을 영웅으로 착각하고 어깨를 으쓱거리며 돌아친다면 그 꼴은 가관이 아닐 수 없을 것이다.

우리 문학도들은 무엇보다도 먼저 사물을 옳이 꿰뚫어 보는 예리한 안광을 갖춰야 하겠다. 진짜와 가짜를 식별해 내고 영웅과 망나니를 식별해 내는—그런 예리한 안광을 갖춰야 하겠다.

논란 '한 번만'

우리 민요에 이런 것이 있다.

담 넘어 들 때는 큰맘을 먹고
문고리 잡고서 발발 떤다.
시냇가 강변서 빨래질하니
정든 님 만나서 돌베개 벴소.

밤중에 남의 집 담을 넘어 들어가지 않나, 백주대낮에 강변에서 만나 가지고 '노천 굴착'을 하지 않나─풍기 문란, 상풍패속(傷風敗俗)도 이만저만이 아니다. 더구나 '남녀칠세부동석'이 사회생활의 준칙으로 돼 있던 그 세월에 말이다.

이보다 더 심한 것도 우리 민요에는 있다.

시내 강변에 가는 비 오나 마나

어린 서방은 있으나 마나

노랑 두 대가리 쥐나 콱 물어 가라.

동넷집 총각이 내 서방 되리라.

사내구실 못하는 서방을 뭐가 콱 물어나 가 줬으면 오죽 고마우랴. 그러면 저는 마음에 드는 동넷집 총각하고 같이 살 수도 있을 게 아닌 가. 독부(악독한 계집)도 이만저만한 독부가 아니다. 간통죄, 살인예비죄 가 왔다 갔다 할 정도다.

봉건적 윤리

한데 문제는 이런 봉건적 윤리에 크게 어긋나는 행위를 반영한 민요 들이 통치배의 벼락방망이를 맞아 박산이 나지 않고 그대로 고스란히 살아남아 오늘까지 전해져 내려오는 것이다.

추측하건대 그것들이 생활 속에 깊이 뿌리를 내렸기에―세상 사람 들의 사는 모습을 있는 그대로 진실하게 반영을 했기에―어떠한 풍상 도 겪어 내는 검질긴 생명력을 지니고 있는 게 아닐까.

두어 달 전에 나는 작곡가 최삼명 씨의 '꼭 하나 곡을 붙여 봤으면 좋겠다'는 청탁을 받았다. 그래서 전연 엉뚱하게 가사 한 편을 써야 한 다는 심상찮은 운명에 직면했다.

서양에 '코끼리는 토끼를 칠 때나 사자를 칠 때나 다 똑같은 힘을 들 인다'는 격언이 있다. 나도 그 격언을 따르는 습관이 있는지라 '이왕 쓸 바에야 하나 빼어나게 써야지' 이렇게 뼈물고 아주 정식으로 달라붙었다.

'위대한 조국', '어머니의 당(黨)', '아름다운 연변', '그리운 고향', '사랑하는 어머니', '존경하는 선생님', '정다운 벗', '즐겁게 노래하자', '신나게 춤추자', '처녀야', '총각아', '푸른 동산이여', '맑은 시내여', '달이여', '꽃이여', '꿈이여', '안개여', '함박눈이여', '가랑비여', '흰 구름이여', '일곱 색의 무지개여'…… 갖가지로 다 음미를 해 봤으나 그 어느 것도 다 너무 많이 들어 놔서―밤낮 들어 놔서―신선미가 없는 것 같았다. 그 식이 장식인 것 같았다.

'이걸 어떡한다?'

궁리를 하고 머리를 짜고 또 고민을 하던 중에 2주일하고 또 하루 만에 문득 영감이 떠올랐다. 실로 침침칠야의 번갯불 같은 영감이었다. 나는 너무도 흥분해 잽싸게 볼펜을 집어 들었다. 영감을 놓치면 큰일이니까. 그리고 손에 집히는 헌 신문지 난외에다 단숨에 냅다 갈겨 썼다.

당신 없이 그동안 곱게 지키다
아차 실수 한번 좀 그랬는데도
더러운 것 나가라 보기도 싫다
이건 너무 심하지 않으신가요.
이번 한번 용서만 해 주신다면
뼈에 새겨 다시는 안 그러리다.
사내대장부답게 어서 그래라
시원한 대답으로 잊어 주세요.

한데 이것이 일단 신문에 실리자 예상했던 바의 또는 예상 못 했던 바의 일장풍파가 일어났다. 연전에 졸작 '동서남북풍'이 겪었던 것만 못지않은 풍파였다.

옹졸한 위선자들

책상을 치며 '이런 걸 다 신문에다 내는가'고 노발대발하는 분, '그 늙은이 이젠 아주 노망을 부린다'며 개탄을 하고 또 비웃는 분, '뉘 집 여편네 바람을 내 줄라구 이따위를 쓰는가'고 개 벼룩 씹듯 하며 도리머리를 흔드는 분…… 각양각색의 반응들을 보이는 가운데 '고거 야 재치 있다. 아하하!' 하고 긍정을 하는 분도 더러는 있는 게 실정이다.

가사의 사의(詞意)마따나 '아차실수 한번 좀 그런' 여성이 우리 주변에는 과히 심심찮을 정도로 있는 게 사실이다. 그리고 '이번 한번 용서만 해 주신다면' 다시 안 그러겠다고 다짐 두는 여성도 적지 않다. 그렇다면 있는 사실을 몇 줄 글로 간단히 다듬어 보는 게 그래 무슨 잘못이란 말인가.

그럼 어째 그런 점잖은 도학군자분들이 "아니 뭐? 처녀 계집애가 돌베개를 베? 저런 집안 망할 년 같으니라구!" 하고 책상을 치며 노발대발은 하지 않는가. 그런 점잖은 도학군자분들이 그럼 어째 "있으나 마나 한 서방 꽉 물려나 가라? 동네 총각 놈하구 붙어살겠다? 조런 발칙한 년 좀 봤나!" 하고 개 벼룩 씹듯 하며 도리머리를 흔들잖는가?

여자가 바람을 피우자면 반드시 상대자가 있어야 한다. 바꾸어 말하면 바람쟁이 사내놈 하나가 있어야 한다는 말이다. 그러니까 여자가 바람을 피우는 경우 잘못한 책임은 절반만 지면 되는 것이다. 더 죽일 놈은 사내놈이니까.

정직한 사람들, 수양 쌓은 사람들은 일반적으로 안해가 부정한 짓을 할까 봐 걱정을 하지 않는다. 자신의 덕성에 비추어 믿음이 있기 때문이다. 이에 반해 바람쟁이들은 항시 '우리 여편네도 또 그런 짓을 하면 어쩌나?' 하는 의구심을 품게 된다. 제 지정머리가 워낙 지저분하니까 거기 비추어 안해의 인격에 대한 믿음 역시 무너져 버렸기 때문이다. 이것은 당연한 논리라 하겠다.

그러므로 '한 번만'을 읽어 보고 책상을 치며 노발대발하거나 못마땅해서 '노망을 부린다'고 비웃거나 또는 '뉘 집 여편네 바람을 내 주려는가'고 도리머리를 흔드는 도학군자분들은 대개 다 찜찜한 데가 좀씩 있는 분들이기도 쉽다. 추측컨대 그렇다는 말일 뿐, 뭐 꼭 찝어서 어떻고 어떻다는 그런 이야기는 아니다. 오해가 없어 주기를 바란다.

하지만 도무지 이해가 잘 가지 않는 것은 그런 분들이 어떻게 비싼 값을 치르고—그도 우리 돈이 아닌 외화를 치르고—사들여 오는 외국 영화나 비디오는 군말 없이 받아들이는지? 어떻게 팬티 바람의 남녀가 농탕치는 징그러운 장면을 태연자약하게 또는 흥미진진하게 관람을 하시는지?

'팬티'란 서양식 속곳. '농탕'이란 남녀가 음탕한 소리와 난잡한 행동으로 갈개면서 흐지부지한다는 뜻.

그런 분들이 어찌해 돈 한 푼 안 드는 국산품인 '한 번만'을 보고는 입에 게거품을 물고 날뛰시는지?

20세기 90년대의 사회주의 사회에 사시는 분들이 봉건 통치배만도 못 한 문학 감상력을 갖고 계신다면 그것은 일종의 비극일 것이다. 시

대적 비극일 것이다. 치료할 약이 없는 고질일 것이다. 죽기 전에는 못
고치는 고질일 것이다.

이 세상에서 가장 가련한 인생은 해학이 무엇인지를 모르는 '도학
군자'가 아닐까 싶다. 피라미드 속의 미이라처럼 물기 하나 없이 꽛꽛
해진 '도학군자'가 아닐까 싶다.

문객 문학

'문객'이란 (낡은 사회에서) 세력 있는 집의 식객 또는 세력 있는 집의 덕을 보려고 무시로 그 집에 드나드는 사람을 일컬음이다. 그리고 '식객'이란 물론 대갓집에서 얻어먹고 지내는 사람이다.

그런데 이 문객 노릇도 아무나 '내가 하겠소' 해서 되는 것은 아니다. 문객 노릇을 할 만한 자격을 갖춰야지 그런 자격을 갖추지 못하면 그야말로 천만의 말씀이다. 주인 대감 또는 주인 영감과 어울려 풍월도 읊어야 하고 또 서화, 금기(琴棋) 따위도 다 축에 끼일 만큼은 몹시 배어 있어야 하기 때문이다.

고급 턱찌끼

동서고금을 막론하고 세력 있고 돈 많은 집 사랑에는 으레 문객들이 모여들기 마련이다. 전국 시대 제(齊)나라의 정승 맹상군이 문객 3천

명을 두었다는 이야기는 그 좋은 예라 하겠다.

그런데 이러한 문객들도 다 똑같은 건 아니다. 개중에는 주인을 도와 정사(政事)에 참여해 출모발려(出謨發慮)를 하는 참모격도 있고 또 전문적으로 글을 써서 주인의 공덕을 칭송하는 문사(문인)도 있다. 전자는 대개 주인의 중시를 받았지만 후자는 거지반 허울 좋은 하눌타리로 실상은 사용(私用) 광대 취급을 받기가 일쑤였다. 그러므로 후자는 말하자면 고급 턱찌끼를 얻어먹고 사는 신세인 셈이다.

신분 제도

새커리(영국 작가, 1811~1863)의 《헨리 에스몬드》에 이런 대목이 있다.

귀족의 초대연에 참석한 목사가 식사를 끝까지 다 하지 않고 마지막 음식(쿠키와 커피)이 나오기 전에 자리에서 일어나며 주인 귀족을 향해 "죄송하오이다만 급한 볼일이 있어서 소직(小職)은 이만 물러가야겠소이다." 양해를 구하고—죄만(罪萬)을 드리고—조심스레 자리를 뜬다. 귀족의 초대연에서 목사나 신부 따위의 신분으로 감히 끝까지 앉아 식사를 한다는 것은 불경스러운 일이기 때문인 것이다.

레프 톨스토이(1828~1910)의 《전쟁과 평화》에는 또 이런 대목이 있다.

귀족집의 가정교사가 지식인 대접으로 주인집 식구들과 식사를 같이하긴 하지만 시중드는 하인들이 어깨너머로 잔마다 샴페인을 따라 줄 때는 꼭 가정교사만은 빼놓고 따라 준다.

'주인하고 한상에서 밥을 먹는다 뿐이지 네놈도 우리나 마찬가지 고용살이꾼인데—주제넘게 샴페인까지 마셔?'

이런 뜻인 것이다. 그럴 때면 자존심이 상한 가정교사는 하릴없이 '난 원래 속에서 받잖아서 샴페인은 접구도 못 한다니까' 이런 표정을 지어야 하는 것이다.

이상에서도 알 수 있는바 문객 노릇이나 식객 노릇을 한다는 것은 그리 탐탁하지가 못한 일이라 하겠다. 오그랑쪽박 같은 신세가 좋을 게 무언가.

신식 문객들

자본주의 사회에는 지금도 억만장자에게 빌붙어서 없는 꼬리를 살랑살랑 쳐 가며 고급 턱찌끼를 바라고 아양을 떠는 신식 문객들이 없지 않다.

고비사막의 황사가 바람을 타고 바다 건너 먼 나라에까지 날아가 하늘을 뒤덮어 황사 현상을 일으킨다니 그쪽에서 나타난 사회 현상이 우리 여기까지 영향을 미치지 말라는 법 또한 없을 것 같다. 신식 문객들의 치뜬 소행, 비굴한 소행이 유행성 감기나 유행성 뇌막염처럼 옮아오지 말라는 보장은 없을 거란 말이다.

한데 그 신식 문객들은 워낙 약기가 참새 굴레 씌우게 약은지라 눈치가 빠르기를 모두들 도갓집 강아지 찜쪄먹게 빠르다. 그래서 언제나 제 그 너절한 행실머리가 겉으로 드러나잖게 어지간히 신경들을 쓰는 것이다.

예컨대 억만장자, 대기업가의 전기를 써서 '우리나라 재계의 불세출의 위인'이라고 치켜세우더라도 정작 그 작자인 자신은 쏙 빠져 버리는 것이다. 마치 그 불세출의 위인께서 친히 집필을 하신 것처럼 꾸미는 것이다. 그러니까 자서전으로 둔갑을 시켜 버리는 것이다. 가랑 잎으로 하문(下門, 빈축, 면매)만 당하지 않으면 되는 것이다. 족제비도 낯짝이 있다고 발바리, 삽살개 노릇을 하긴 하더라도 백주대낮에 사람들이 보는 데서 하기는 좀 창피하니까 신경들을 쓰지 않을 수가 없는 것이다.

그래도 이쯤이면 최소한 수치라는 것은 아니까 인간으로서의 점수가 영점까지 떨어지지는 않는다.

늦게 난 바람

인류 사회의 인적인 구성 요소를 살펴보면 언제나 근로자 대중이 그 첫자리를 차지한다. 근로자란 우리가 다 알다시피 '(남의 노력을 착취하지 않고) 자기의 노력으로 생활하는 사람'이다. 그럴진대 우리 작가들이 다루어야 할 주요 대상은 더 말할 것 없이 이 근로자 대중이어야 할 것이다. 사회 발전의 기본적인 동력을 중시한다는 것은 너무나도 당연한 일이 아닌가.

지난날 귀에 못이 박힐 지경으로 밤낮 이 근로자 대중만 외쳐 댄 것은 잘못이다. 하지만 그렇다고 또 아주 외면을 해 버린다면 이 역시 잘못일 것이다.

요즘 우리 문단에는 '늦바람이 곱새를 벗긴다'는 속담이 절로 떠오를 만한 현상이 나타나고 있다. 자본주의 나라 신식 문객들의 추잡한 작태가 유행성 병균처럼 묻어 들어와 만연을 하고 있는 것이다. 앞을 다투어 돈 많은 기업가들을 치켜세우는 것이다. 그 이른바 공덕이라는 것을 칭송하는 글을 쓰느라고 여념들이 없는 것이다. 그 결과 현재 우리 사회를 이끌어 나가는 건 바로 그 기업가들인 줄로 착각을 할 지경에 이르렀다. 아무튼 기업가들의 전성시대를 그들은 붓으로써 이룩해 놓았다.

양심적인 기업가들이 그 수익의 일부를 사회에 환원(되돌려줌)하는 것은 물론 가상한 일이다. 경비 부족으로 비틀비틀하는 문화 사업에 찬조를 하는 것은 칭찬받아 마땅한 일이다. 그런 갸륵한 행위에 대해서는 의당히 해야 할 평가를 해야 하겠다.

하지만 그렇다고 기업가들은 무슨 불세출의 위인인 양 삐까번쩍하게 도금칠을 해 주는 것은 얄팍한 상혼(商魂)의 소치라고밖에 달리는 해석할 수가 없다. 장삿속이 밝은 양반들의 잘 계산된 상행위라고밖에 달리는 더 어떻게 해석을 하기가 어렵다.

지난날 중국의 군벌들은 글재주 있는 문객들로 하여금 자기 가문의 가사(家史)라는 것을 쓰게 할 뿐만 아니라 음악가들을 시켜서 가가(家歌)까지 짓게 했었다. '국가'나 '교가'는 다들 알고 있지만 이 '가가'라는 것은 듣느니 처음으로 아마 모르는 이가 많을 것이다.

돈 많은 기업가들에게 충성 경쟁을 벌이는 분들이 왜 돈 없는 근로자들에게는 좀 충성 경쟁을 벌이지 않는가. 그 이유는 아주 간단하다.

'먹을알 없는 놈을 써서는 무엇 해?!'

철면피, 파렴치도 이 지경에 이르면 고칠 약이 없을 것이다. 백약(온갖 약)이 무효일 것이다.

자본주의 나라의 신식 문객들은 그래도 수치나 알지, 부채를 들고 행인을 따라오며 자꾸 부채질을 해 주는 것이다. 돈 한 잎을 꺼내 줄 때까지 끝끝내 부치며 따라오는 것이다. 나도 한번 당해 봤는데 그런 놈을 떼치려면 얼른 한 잎 꺼내 주는 게 상책 중의 상책이었다. 이런 부채질해 주며 따라다니는 수법을 우리 작가들은 아예 따라 배울 게 아니다.

우리의 인격 있고 자존심 있는 작가들은 절대로 따라 배우지를 않을 것이다.

성장 과정

1930년대 조선에 문명기(文明琦)라는 백만장자가 있었다. 이자가 중년에 갑자기 미쳐 났는데 어떻게 미쳐 났는고 하니 군용기를 헌납하는 데 미쳐 났었다. 일본 군부에다 '애국호'라는 군용기를 헌납하는 데 열이 올라 제 돈을 엄청난 액수 바치기만 한 게 아니라 남더러도 바치라고 조선 팔도가 들썩하도록 떠들어 돌아다녔었다. 총독부가 좋아라고 뒤에서 부추긴 것은 더 말할 것도 없는 일이다. 매국 역적 리완용이를 찜쪄먹을 친일파였다.

군용기 헌납광

그 '애국호' 전투 폭격기들이 만주의 '비적'들을 소탕하는 사진들이 연일 각 신문의 지면들을 번다스레 메웠다. '비적'들이 기총 소사와 폭격을 피해 거미 새끼같이 흩어져 달아나는 장면을 공중 촬영한 사진을 보고 우리는 환성을 올렸었다. 그때 내 나이 자그마치 16세였다.

"우리 애국호가 세긴 세구나."

"세계 제일이라더라, 우리 형님이 그러는데."

"물론 그렇겠지!"

"고놈의 비적들 고거, 야."

"서캐 훑듯 훑는 거 아냐?"

"씨알머리가 싹 말라 버릴 거다, 머잖아."

우리는 모두 기고만장해 중구난방으로 이렇게 지껄이며 어깨들을 으쓱거렸다.

우리 '애국호'가 왜 그리도 자랑스러웠던지!

그 못된 놈의 '비적'들이 풍비박산 나는 게 왜 그리도 통쾌했던지!

군용기 헌납광 문명기가 퍼뜨린 친일 병균에 우리도 톡톡히 감염이 됐던 것이다.

그 전전해 11월에 나는 광주학생운동에 휘말려 들어 동맹 휴학에 가담했을 뿐 아니라 수백 명의 동창생들과 함께 교정에서 시위를 하며 '일본제국주의 타도'까지 목청껏 외쳤었다. 일본 헌병과 경찰들이 호시탐탐 노려보는 가운데.

그러던 이 김학철이 이태 후에는 '애국호'에 미쳐 나서 제정신이 아닌 상태가 돼 버렸다. 뒷걸음질을 쳐도 이만저만 친 게 아니었다.

그 후 불과 5년 뒤에 나는 상해로 건너와 조선민족혁명당에 입당, 권총을 차고 반일 테러 활동에 뛰어들었다. 그리고 다시 몇 해 후에는 공산당원이 돼 가지고 팔로군에 입대를 했다. 이른바 '공산 비적'이 된 것이다. 그러니까 일본 군용기에 소탕당할 대상물이 된 것이다.

태항산에서 일본군 전폭기의 공습을 받으면서 나는 실소를 금치 못

했다. '우리 애국호가 제일'이라고 어깨를 으쓱거리던 일이 떠올라서였다.

내가 알고 있는 범위 안에서는 나의 전우들도 거의 다 나와 비슷한 꼬부랑길을 걸었다. 자각적인 마르크스주의자로 되기까지는 별의별 '지그재그 행진', 별의별 '곡선 항행(航行)'을 다 했었다.

그러게 나는 절대로 믿지 않는다. 여라문 살에 벌써 민족의 앞날을 환히 내다보셨다는 따위의 신화를, 중학 시절에 벌써 《자본론》을 통달하셨다는 따위의 신화를, 나는 절대로 믿지 않는다.

김호웅은 비평한다

연변대학의 젊은 학자 김호웅이 지난해 일본의 명문교 와세다대학 학보에다 논문 한 편을 발표했다. 연구원으로 가 있는 동안에 쓴 것으로서 만만찮은 실력이라 하찮을 수 없다. '후생(後生)이 가외(可畏)라'는 말은 이를 두고 한 것이 아닐까.

그 논문 가운데 다음과 같은 단락들이 있다.

…… (50년대 초의 김학철의 작품에는) 정치적 설교의 경향이 너무나 짙다. 김학철답지 않은 맛적은 설교. 소설은 정치 이념을 설명하고 해석하는 도식으로 변해 버렸다. 그는 자신도 모르는 사이 방약무인한 사자 같은 사나이로부터 소심한 정치 교원으로 변신했다. 그의 문학에서는 유유한 유머와 파동하는 생명체로서의 성격이 사라졌다. 그의 문학은 맛적은 설교와 선행 이념에 수동적으로 움직이는 인형으로 변해 버렸다.

…… 이 시기, 김학철의 소설에는 생활감이 결핍해 그 주인공들은 특정한 사상의 메가폰적인 신분으로 등장을 했다. 50년대 초기, 김학철 문학의 이러한 변질은 그가 자신의 강점인 풍부한 인생 체험을 멀리하고 새로운 체제 영역에 성급히 뛰어든 데서 빚어진 것이었다. 해방된 기쁨과 흥분이 지나쳐 새로운 제도에 대한 환상과 절대적인 찬미에 뒤덮이는 바람에 결국은 자기 특유의 작가적 성격을 망각한 데서 빚어진 것이었다.

이와 같이 해부함으로써 가외할 후생 김호웅은 1950년대 초의 김학철의 방황하는 모습을 극명하게 드러내 놓았다. 생생하게 박진감 넘치게 돋을새김해 놓았다. 그 시기 작가로서의 김학철은 또 한번 꼬부랑 길을 걸었던 것이다. '우리 애국호가 세계 제일'이라고 또 한번 진심으로 환성을 올렸던 것이다.

1930년대에 상해에서 반일 테러 활동을 할 때도 나는 거의 종교적인 열광으로 굳게 믿었다. 믿어서 추호도 의심을 하지 않았었다. 몇몇 용사들의 테러 활동으로 능히 일본제국주의를 때려눕히고 조선의 독립을 쟁취할 수 있으리라고. 이제 와 생각하면 그것도 역시 꼬부랑길로서 부질없는 헛고생을 사서 한 것이었다. 보람 없는 고생을 제가 좋아 한 것이었다. 누구를 탓하고 누구를 원망하랴.

이러한 꼬부랑길에서 거듭거듭 골탕을 먹는 동안에 차차 성숙해지다가 모든 것을 깨닫고 일대 비약을 한 결과가 곧 《20세기의 신화》의 탄생이다. 그러니까 '새집 드는 날'과 '뿌리박은 터'는 내가 '소심한 정치 교원'으로 전락해서 설교를 일삼았던 시기의 대표작이다. 그리고 '괴상한 휴가'는 회의와 반성의 시기의 산물이 되겠다. 탈피 과정, 즉

허물을 벗는 과정의 산물이 되겠다. 이 모든 것을 딛고(디디고) 발돋움을 한 상태가 바로《20세기의 신화》란다면 논리적으로 큰 무리는 없을 것 같은데 잘은 모르겠다.

'문화대혁명' 때 숱한 개인 야심가들이 자신의 영달을 위해 혁명의 이름을 빌어 낭자하게 사람 사냥을 벌였었다. 그자들은 개개 다 사람의 가죽을 쓴 야수들로 변했었다. 그 시기, 중학생들이 자신을 가르친 은사를 죽일 놈 살릴 놈 욕지거리하며 닦달질하는 것을 보고 가슴이 무너앉지 않은 사람이 이 넓은 땅 위에 과연 몇이나 있었을까. 하지만 그 아이들은 개인 야심가도 아니고 또 사람의 가죽을 쓴 야수의 새끼들도 아니었다. 그 아이들은 그렇게 하는 것을 진정 혁명인 줄만 알았었다. 비극은 여기에 있는 것이다.

내가 한때 '소심한 정치 교원'으로 전락해 설교를 일삼았던 것도 역시 그렇게 하는 것이 곧 인민을 위하는 것인 줄로 믿어서 의심을 하지 않았기 때문이다. 비극은 여기에 있는 것이다.

—기막힌 사주팔자!

구체적인 사람

종교화에 나오는 성자들의 머리 위에는 개개 다 금빛의 후광이 그려져 있다. 성스럽기 그지없다. 보는 사람의 마음을 경건하게 만들어 살인강도도 대번에 전비를 뉘우치고 착한 사람이 됨직하다. '반란파', '홍위병'들도 가슴을 짓찧으며 참회의 눈물을 흘림직하다.

'성자란 으레 그렇게 대단한 거려니'쯤 생각하고 우리는 그냥 지나쳐 버린다. 그 성자를 보는 눈이 일종의 타성으로 현실 세계에 살아 있는 사람을 보는 데도 작용을 해 우리는 '으레 그렇게 대단하려니'쯤 생각하기가 일쑤다.

살아 있는 신은 이런 기반 위에서 만들어지는 것이다. 그런 풍토 속에서 점점 더 거창하게 자라나는 것이다. 마법사의 완두 덩굴처럼 자꾸 자라 하늘을 찌르고 또 하늘을 뒤덮게 되는 것이다.

사마천과 그의 《사기》의 불후성이 바로 여기에 있다. 그는 역사 인물들의 머리 위에다 후광을 그리지 않고 구체적인 사람 그대로를 돋을새김해 놓았기 때문이다. 걸출한 면과 너절한 면을 아울러 새김으로써 능각(稜角)이 선명하고 명암이 뚜렷한 조각상을 이룩해 놓았기 때문이다.

'반우파 투쟁' 때와 '문화대혁명' 때 나는 만악(萬惡)의 집대성적 인물로 묘사됐었다. '살아 있는 악마'라고 곡마단에서 흥행물로 끌고 다녔다면 관람료를 무더기로 벌었을지도 모를 존재였다.

이와는 반대로 '선(善)'의 집대성처럼, '위대'의 권화(權化)처럼 묘사돼서 만인의 숭앙을 받은 분도 계셨다.

그러나 이 두 가지가 다 편면적이고 편파적이었다는 것은 그 후의 역사가 이미 실증을 해 주었다.

'권화'란 '어떤 추상적인 것이 구체적인 형상을 쓰고 나타난다'는 뜻이다.

지난해 여름 '5월 시회'의 발족회가 백산호텔에서 열렸을 때의 일이다. 연변대학의 허룡구 씨가 상글거리며 축사를 하는데 정치성이 너무 짙게 풍기니까 문학예술연구소의 조성일 씨가 웃으면서 "여보, 당신 그렇게 선전부장이 할 말까지 다 해 버리면 선전부장은 어떡하우." 하고 농담을 던져서 장내가 한바탕 웃음바다가 됐었다.

매우 시사적이면서도 또 재치 있는 농담이었다. 그러나 더 걸작이고 더 재미있는 것은 선전부장 본인의 반응이었다.

"난 그런 딱딱한 말 안 해. 난 그런 딱딱한 말 안 해."

선전부장이 손을 홰홰 내저으며 이와 같이 성명을 하는 바람에 장내는 또 한바탕 웃음바다가 되면서 화기가 애애해졌다.

금빛의 후광으로 치장하지 않은 사람들, 구체적인 사람들, 현실 세계에서 살아 움직이는 사람들, 보통 사람들. 이런 사람들을 우리는 원고지에 그대로 옮겨 놔야 하잖을까. 틀에 맞춰 다듬거나 후광을 그려 넣거나 하지 말고 있는 그대로.

미채(迷彩)와 솜이불

1980년 12월에 이르러서야 마침내 장장 24년에 걸친 나의 수난 시대가 막을 내렸다. 공판정에서 무죄를 선고받고 복권을 한 것이다. 헌데 그 복권이라는 게 된 때부터의 나의 행적을 한번 살펴본다면 이 역시 악전고투의 연속—마음 편할 날이 거의 없는 상태다.

써내는 글들이 모두 두루뭉실했으면 아무 탈 없이 순풍에 돛단배가 될 터이나 전연 그렇지가 못한 것이다. 신념대로 어김없이 쓰다 보니 글이 자연 모가 나고 가시가 돋친다. 그러니 여기저기 자꾸 부딪쳐 상처투성이가 될밖에.

집어서 말하면 통과하기가 어려울 것 같아서 빙 에두르거나 비유를 해도 "이건 곤란합니다." "그래두 걸립니다. 안 됩니다." "요 구절은 깎아 버리잖구는 발표가 불가능합니다." "달리 표현을 해 주실 순 없겠습니까? 좀 더 부드럽게." 친애하는 편집자분들이 이와 같이 골머리를 앓고 도리머리를 흔드는 것이다.

"내가 쓴 게 이게 그래 사실 그대루가 아닌가요? 진리가 아닌가요?"

"누가 아니랍니까?"

"그렇다면?"

"아이구 참 선생님두. 잘 아시면서 왜 이러십니까?"

우리가 '다 잘 알고 있는 그 사정' 때문에 진리가 편집부를 통과하기가 마치 낙타가 바늘구멍을 빠져 나가기 만큼이나 어려운 것이다. 담벼락에 부딪친 것 같은 때가 종종 있는 것이다.

그렇다고 친애하는 편집자분더러 '당신 목이 달아날 각오를 하면 되잖느냐'고 무책임한 강요를 할 수는 없는 일이다. 피차간의 정의(情誼)를 생각해서라도 목만은 보전을 하게시리 해 줘야 하니까. 그래서 할 수 없이 궁여지책으로 글에다 얼룩덜룩 미채를 칠해 캄플라지하는 방법을 쓰기도 하고, 또 날카로운 비수의 날이 다소나마 가려지게끔 솜이불을 덮씌우는 방법을 쓰기도 한다.

그 한 본보기로 〈도라지〉 2호에 실린 '제1 부인'을 들 수 있다. 그 글을 얼핏 보면 앞뒤가 서로 모순 당착해 마치 이원론자가 쓴 글 같다. 심지어 '이거 정신분열증 환자가 쓴 게 아닌가?' 의심이 들기까지 한다. 그러나 유심히 뜯어 보면 의식적으로 얼룩덜룩 미채를 칠한 게 환히 알린다. 필자의 고심이 환히 알린다. 고육지계라는 게 환히 알린다.

나이 77세가 되도록 밤낮 이런 구차한 짓을 해야만 하는 내 신세가 한심스럽다. 한심스럽다 못해 처량하기까지 하다.

나의 동기생

　나의 동기생들에는 유명지인(有名之人)이 적지 않다. 김창만(金昌滿), 리상조(李相朝), 문정일(文正一) 같은 이들이 다 그중의 손꼽히는 이들이다. 그러나 내가 이 글에서 소개를 하려는 것은 그들과 전혀 다른 성질의 동기생, 세상에 잘 알려지지 않은 동기생이다. 내가 지금 소개를 하려는 것은 '문화대혁명' 시기 추리구 감옥에서 나하고 징역을 같이 살았던 동기생─절도범 동기생이다.

배고픈 K

　그의 명예를 훼손시켜서는 아니 되겠기에 본명은 덮어두고 K라는 대명사를 쓰기로 한다.

　K는 당시 50의 고개를 갓 넘어선 홀아비로서 신체 장애자였다. 네댓 살 때 병으로 귀가 먹어 말을 못 하는 것이다. 귀는 아주 절벽이라

등 뒤에서 대포를 놓는대도 움찔을 안 하지만서도 말만은 어릴 때 배웠던 것이라서 토막말을 몇 마디쯤은 할 수가 있었다. 예컨대 밥을 보면 '바비바비', 물을 보면 '무리무리', 곰 가죽을 보면 '고미고미' 하는 따위.

원래는 같은 농아인 안해와의 사이에 딸 하나까지 두고 괜찮게 살았으나 나중에 성격이 맞지 않는다고 그 안해가 집을 나가 버린 까닭에 K는 혼자서 그 딸 하나를 애지중지 키워 왔었다. 한데 신체 장애자라고 왕왕 부당한 차별 대우를 받는 까닭에 생계를 유지하기가 어렵게 되자 그는 먹고 살기 위해 슬금슬금 좀도적질을 시작했다. 딸이 초중을 졸업하고 피복공장에 취직을 한 뒤에도 그 버릇을 고치지 못하고 계속 그러다가 마침내 붙잡혀 그는 2년 징역형을 받고 영광스럽게도 나의 동기생으로 됐었다.

K는 워낙 성질이 급한 데다가 말까지 통하지를 않으니까 무어나 맞갖잖기만 하면 성이 나서 열대 밀림 속의 고릴라처럼 포효를 했다. 건장한 몸집에 얼굴까지 괴물스레 생긴 까닭에 일을 나가서도 조장(신임받는 모범 죄수)이 휘어잡아 거느리기가 대단히 어려웠다. 그래서 감옥 당국은 그가 생리적으로 결함이 있음을 감안(참작)해 그에게 노동을 시키지 않기로 했다. 몸이 성한 죄수 같으면 어림도 없는 일이었다. 그러니까 K는 병신의 덕을 보았다고나 할까.

2년 동안 감옥에서 빈둥빈둥 놀고먹으면 그늘의 개 팔자로 대단히 편할 것 같지만 세상일이란 그렇게 누워서 떡 먹기로 간단하지가 않다. 옥칙(獄則)에 따라 무릇 놀고먹는 놈에게는 일률적으로 최저 표준의 식량이 공급되기 때문이다. 구체적으로 말하면 주식물인 옥수수떡이 아침에 2냥(100그램), 점심에 3냥, 저녁에 4냥. 모두 합해 9냥(450그램)씩 공급이 되는 것이다. 부식물은 물론 끼니마다 남새국 한 사발씩. 그러므로 실장정이 이런 최저 표준을 먹는다는 것은 '쌍태 낳은 호랑이 하루살이 하나 먹은 셈'으로 간에 기별도 채 아니 가기 마련이다.

K는 몸집이 건장한 만큼 식량(먹새) 또한 보통이 아니었다. 이런 사람이 허구한 날 그놈의 하루살이 같은 옥수수떡을 먹고 살자니 필연적인 결과로 눈이 하가마가 되지 않을 수가 없었다. 배고픔을 견디다 못한 K가 어느 날 나를 보고 하소연을 하는데 그 하소연이 또한 걸작이었다.

그는 먼저 동쪽 하늘의 해를 가리키며 손가락 둘을 뻗쳐 보이고 다시 머리 위의 하늘을 가리키며 손가락 셋을 뻗쳐 보인 다음에 다시 서쪽 하늘을 가리키며 손가락 넷을 뻗쳐 보였다. 그러고 나서 다시 허리를 잔뜩 구푸리더니 두 손으로 홀쭉한 배를 부둥키고 처절하게 외치는 것이었다.

"배고프다!!!"

그의 이 동작과 토막말을 종합해서 보통 말로 옮긴다면 대개 아래와 같을 것이다.

"아침에 2냥, 점심에 3냥, 저녁에 4냥. 요렇게 먹고 사람이 배고파 어떻게 살라느냐!!!"

수화

수화란 입으로 말을 못 하는 농아들이 손짓으로 하는 말이다. 그런데 멀쩡한 내가 그 수화를 배우게 될 줄이야. 사람이 오래 살라니까 나중엔 별일이 다 많았다.

K가 집에다 두고 온 딸하고 한 달에 한 번씩 편지를 주고받는데 그 편지를 대신 써 주던 죄수가 만기 출옥을 하게 된 까닭에 피치 못할 사정으로 내가 그 후임자가 됐던 것이다. 일단 후임자가 된 이상은 그 괴까닭스런 수화를 아니 배울 수가 없는 형편이라 나는 그 전임자에게서 늦깎이로나마 수화를 전수받았다. 기초 지식을 배운 것이다.

한편 K는 노상 배를 곯는 통에 기신이 없어졌는지 얼마 안 가 거세우(불 깐 소) 모양 사람이 늘컹해졌다. 눈에 보이게 변했다. 그러니까 감때사나운 놈을 길들이는 데는 아무래도 기아 요법이 제일인 모양이었다. 더구나 신기한 것은 K가 아주 늘컹하게 길이 든 뒤에 조장이 시험 조로 한번 데리고 나가 일을 시켜 보니까 세상에 그렇게도 고분고분 잘 말을 들을 데라구야.

이때부터 K는 탈태환골(奪胎換骨)이라도 한 것마냥 얼굴에 친근감이 감돌았다. 동료 죄수들이 그를 놀려 먹느라고 손짓으로 상소리(쌍소리)를 할라치면 제 딴에 우스워 죽겠다고 허리를 잡고 낄낄거리는 것이었다. K가 이와 같이 백팔십도의 전환을 한 것은 그 무슨 사상이 개조가 돼서가 아니라 노동의 강도에 따라 오매에도 그리던 큰 옥수수떡을 먹게 됐었기 때문이다.

나는 K의 편지 대필을 만기 출옥 때까지 약 일 년 동안 맡아서 해 주었다. 그는 나보다 한 반달가량 늦게 출옥을 했다. 그러니까 옥중에서 내가 마지막으로 그의 대필을 해 준 셈이다.

'사이표'

K의 딸이 부쳐 온 편지를 처음 읽어 보고 나는 몹시 감동했다. 감동을 하면서도 또 한편으로는 적잖이 놀라기도 했다. 그 편지에서는 말못 하는 아버지가 옥중에서 고생할 일을 근심해 속을 끓이는 딸의 애틋한 정—혈육의 정이 글줄 밖으로 넘쳐흘렀다. 그리고 편지를 대필해 주는 이에 대한 감사도 진정 어리게 표했었다.

"이 은혜를 평생토록 잊지 않겠습니다."

부모는 비록 농아일지라도 그 틈에서 태어난 딸만은 사내 볼 쥐어지르게 똑똑했다. 그러나 한편으로 적잖이 나를 놀라게 한 것은 그 맞춤법. 프랑스어를 방불케 하는 '사이표'들이 군데군데 끼어 있잖은가. 그 말썽거리의 '사이표'—손등에 난 사마귀 모양 거치적거리는 '사이표'—를 걷어치워 버린 지가 어느 옛날인데 아직도 그것을 그대로 쓰고 있다니. 나는 입맛이 씁쓸했다.

'총소리'에도 사이표, '물신선'에도 사이표, '등불'에도 사이표, '구둣솔'에도 사이표…… 어디나 맨 사이표투성이어서 사람이 정신을 못차릴 지경이던 세월, 멀쩡한 지식인들이 반무식쟁이 노릇을 해야 하던 세월, 그 세월에 '대약진'은 국민 경제를 파탄시켰고 또 이 초특급 발명품인 '사이표'는 문자 세계에 혼란을 가져왔었다.

우리가 도대체 무엇 때문에 제 고삐를 남에게 내맡기고 논틀밭틀로 끌려다녀야 하는가? 그럭하는 게 정통적이라는 겐가? 우리는 탯덩이가 아니잖은가!

K의 딸은 바로 그 재난적인 '사이표 시기'에 중학교를 졸업하고 이내 직업 전선에 나섰던 까닭에 그 후 다시는 글을 배울 기회가 없었다

고 봐야겠다. 그렇다면 그놈의 '사이표'는 무슨 천변지이라도 그녀의 신상에 발생하지 않는 한 죽을 때까지 그녀를 따라다닐 게 아닌가.

이런 '사이표 세대'가 우리 이 문화권 내에 어찌 그녀 하나뿐일 것인가! 도대체 이 세기적인 오류의 책임은 누가 져야 하는가?

GNP의 격차

일본 사람들은 자기네의 글인 '히라가나'와 '가타카나'만 가지고도 얼마든지 의사를 표달(表達)할 수 있다. 그 두 가지 체를 적당히 섞어 쓴다면 더더욱 명확히 표달을 할 수가 있다. 하건만 그들은 제한된 소량의 한자를 섞어 쓰고 있다. 법적으로 그렇게 규정을 해 놓은 것이다. 더 말할 것도 없이 이것은 알아보기가 쉬우라고 하는 노릇이다. 능률이 오르라고 하는 노릇이다. 그 약아빠진 사람들이 아무 타산 없이 엄벙덤벙 한자를 채용했을 리는 만무하잖은가. 그 참새 굴레 씌우게 약은 위인들이.

그 결과는 어떠한가. 일본의 GNP(국민총생산)는 지난 45년 동안에 한자를 완전히 걷어치워 버린 나라에 비해 무려 50배나 장성(長成)을 했다.

—50대 1!

이 얼마나 놀라운 격차—엄청난 격차인가!

한 나라의 갈라진 두 지역에서도 한자를 섞어 쓰는 지역의 GNP가 한자를 완전히 배제한 지역에 비해 5배나 장성을 했다.

—5대 1.

통계 숫자란 엄연한 객관적 존재이므로 누구도 속이지를 못한다. 펄쩍 뛰며 아니라고 떼를 써도 소용이 없다.

물론 한자를 섞어 쓰는 것이 GNP 장성의 주요한 원인이라는 뜻은 아니다. 하지만 그 장성의 한 요소임에는 틀림이 없을 것이다. 최소한 그 한 요소임에는 틀림이 없을 것이다.

정신이 온전한 사람이라면 높은 것을 따라 배우지 구태여 가로꿰져 낮은 것을 따라 배우지는 않을 것이다. 멀쩡한 눈을 가진 사람이 짐짓 눈먼 망아지 워낭 소리 듣고 따라다니는 시늉을 할 필요는 없다. 남이 고삐를 잡아끈다고 무작정 끌려다닐 필요는 없다.

'사이표'가 등장했다 퇴장했다 하는 통에 우리는 맥없이 끌려다니며 생고생을 했다. 그러니 한자를 섞어 쓰느냐 마느냐 하는 문제에서도 우리는 맥없이 끌려다니며 또 생고생을 사서 하지는 말아야겠다. 우리말, 우리글의 약 70퍼센트가 한문에 뿌리를 두고 있다는 사실을 우리는 잊지 말아야 하겠다.

'사대(事大)'란 '약자가 강자에게 복종하고 섬긴다'는 뜻. '사대사상' 이란 '일정한 주견이 없이 세력이 강한 나라나 사람을 붙좇아 섬기면서 의지하려는 사상.'

그러나 때로는 '사소(事小)'라는 기이한 현상도 나타날 수가 있다. (미안하지만 이 '사소'라는 낱말은 필자가 지어낸 것이니 널리 양해를 해 주시기 바란다.) 사실상 큰 나라 사람이 작은 나라 사람을 붙좇고 섬기면서 의지하려고 한 괴현상은 우리 주변에도 한때 나타났었다. (하긴 일부 지역에서는 아직도 계속 기승을 부리고 있다.) 작은 나라 사람을 신주 모시듯 모시면서 아무도 그 근처에 얼씬을 못 하게시리 눈을 밝히고 단속을 한다는 괴현상이 한때 확실히 나타났었다.

우리는 남의 잔치에 감 놓아라 배 놓아라 하지도 말고 또 남의 상사

(喪事)에 머리도 풀지는 말아야겠다. 더구나 치뜰게 '남의 홍패(紅牌) 메고 춤추기'는 하지 말아야겠다. ('홍패'란 지난날 과거에 급제한 자에게 내주던 합격증.)

일언이폐지하고 우리는 떳떳이 제 갈 길을 가야 하겠다.

탈옥 미수범

K와 나의 교분은 십여 년이 지난 지금도 여전히 지속된다. 우리는 이따금 길거리(연길 시내)에서 오다가다 만나면 반갑게 악수를 나누고 또 수화로 피차 안부를 묻는다.

K의 딸은 이미 결혼을 한 지도 오래다. 외손자가 벌써 유치원엘 다닌다. 하건만 K는 사랑하는 딸에게 누가 미칠까 봐 혼자 따로 홀아비 살림을 하고 있다. 외손자가 보고 싶어도 꾹 참고 있다가 딸이 데리고 오면 한 번씩 안아 보곤 한다. 어리신 왕자님을 안아 모시듯 안아 모신다. K는 감옥에 있을 때도 그 딸이 차입해 준 새 이불을 덮지 않고 내처 새우잠을 잤었다.

—신성한 이불을 이 어지러운 몸이 어찌 덮을 것인가.

K에게는 그 딸이 그저 보통 무슨 그런 딸이 아니었다. 그 딸이 그에게 있어서는 곧 잔 다르크이자 성모 마리아였다.

K는 마땅한 일자리가 생겨서 벌이가 괜찮을 때는 싱글벙글 좋아하고 또 그렇지가 못한 때는 안색이 잔뜩 흐려 보기가 민망할 지경이다. 답답하고 딱하고 안타까울 지경이다.

내가 언제나 옷차림을 허술하게 하고 절뚝거리며 다니니까 K는 나를 몹시 동정한다. 진정으로 동정을 하는 것이다.

—늙은 데다가 다리까지 한 짝 없는 전과자가 먹고 살자니 오죽하랴.

그는 아직까지도 나를 자신과 같은 절도범으로 알고 있는 것이다. 다리 한 짝은 탈옥을 하다가 경비병의 총을 맞고 붙잡혀 감옥 병원 수술대에서 잘라 버린 걸로 알고 있다. 그러므로 나를 절도범에다 탈옥 미수범까지 겹친 악질 전과자로 알고 있는 것이다.

감옥에 있을 때 장난 심한 동기생들이 그를 놀리느라고 그럴싸하게 꾸며 내서 해 들린 말(수화로 해 들린 말)을 그는 고지식하게 그대로 믿고 있는 것이다. 나는 물론 해명할 필요도 없거니와 또 해명할 방도도 없어서 그냥 내버려두고 있는 형편이다. 내 수준의 수화를 가지고는 '반혁명 현행범'이라는 뜻을 표현할 재간도 없거니와 설사 표현을 한다손 치더라도 그의 지능지수로는 그 뜻을 이해하기가 어려울 것이다. 절도, 강도, 강간, 살인 따위라면 곧 알아들을 수 있겠지만서도.

나의 동기생 K는 죽는 날까지 나를 절도범에다 탈옥 미수범까지 겹친 악질 전과자로 여길 것이다. 하지만 나를 좋은 친구로 믿는 마음만은 변치 않으리라는 것도 나는 알고 있다. 그 까닭인즉—.

감옥에 있을 때 나의 (대필) 전임자는 편지를 써 줄 때마다 K가 사례로 건네주는 옥수수떡 반 개씩을 사양 않고 꼭꼭 받아먹었다(워낙 배들이 고팠으니까). 그러나 나는 한 번도 받아먹지를 않았다. 그뿐 아니라 음력설에 단 한 번 나눠 주는 알사탕 2냥(100그램)을 그가 소중스레 봉지째로 갖다주는 것도 나는 단호히 물리쳐 버렸다. 그가 억지로 이부자리 밑에 밀어 넣고 달아나는 것을 절뚝거리며 뒤쫓아가 기어이 호주머니 속에 도로 밀어 넣어 주고야 말았던 것이다.

이런 일들이 있었기에 그는 나를—비록 악질 전과자이기는 하지만서도—참된 벗으로 알고 있는 것이다.

　나의 동기생 K가 마땅한 일자리가 생겨서 벌이가 괜찮아지기를 나는 바란다. 그의 싱글벙글 좋아하는 얼굴을 언제나 보게 되기를 바란다. 진정 바란다.

부록

김학철의 발자취

오무라 마스오 | 와세다대학 명예교수

제1장 김학철 선생

김학철 선생 부부하고는 1989년 후반년에 세 번 대면하였다. 9월에는 중국 길림성 연길시에 있는 선생의 자택에서, 11월에는 한국 서울의 호텔에서, 12월에는 도쿄 요츠야에 있는 세규문화사에서 우리도 부부 동반하여 그분을 만났었다.

유머로 양조(醸造)

김 선생은 중국의 노혁명가인 동시에 중국의 조선인 작가이기도 하다. 그의 불행하고 기구한 인생은 중국과 조선의 고난의 역사를 무겁게 짊어졌다고도 할 수 있다. 우리 부부는 5년 전, 중국에 일 년간 체류하는 동안 매주 댁을 찾아가 뵙고 소년 시대로부터의 회상을 테이프에 취입하시게 하였다. 눈물 없이는 들을 수 없는 슬픈 이야기를 그이는 도리어 웃으시면서 말하는 것이었다. 궁극한 고난도 선생의 여과를 통하면 유머로 양조되는 모양이다. 선생의 소설은 죄다 그랬다.

지금까지 나는 선생의 소설을 세 편 일본어로 번역하였다. 항일 전쟁을 제재로 한 '이런 여자가 있었다'(계간 〈세카이(世界)〉 2호 수록), '담뱃국'(《현대조선문학선 2》 소오도사 수록), 가난하여도 사회주의의 큰길을 걸어가는 젊은이를 묘사한 '신의 역사'(《시카고 복만이》 고오라이서림 수록)

이 세 편인데 어느 것이나 다 기개가 있는 유머로 넘치는 작품들이다.

김 선생은 1916년에 조선 원산의 장사하는 집에서 태어났다. 서울 보성중학교에 다닐 때 광주학생사건에 참가하였고 19세 되던 1935년에 기차를 타고 상해로 갔다. 윤봉길[1]사건에 자극을 받은 그는 상해에서 조선민족혁명당에 입당하였다. 김원봉[2]을 지도자로 하는 이 당은 조선민족통일전선의 당으로서 좌파도 우파도 다 들어 있었다.

1936년 가을, 당의 지령을 받고 중국 국민당의 중앙군관학교 훈련반에 들어갔고 그 학교를 졸업한 후 무한에서 조선의용군 결성에 참가하였다. 조선 독립을 위하여, 국공 합작 중의 중국군의 일부가 되어 항일 전쟁에 뛰어든 이 점은 님 웨일즈《아리랑의 노래》가 전하는 김산의 경우와 같다고 할 수 있을 것이다.

항일전에서 탄알에 맞아 부상

선생은 국민당이 항일전에 소극적인 것을 불만스럽게 생각하고 중국 공산당 지도하에 있는 신사군으로 탈출하였다. 그 뒤 팔로군으로 옮겨가서 팔로군 내의 조선의용군의 일원이 되어 태항산에서 싸우던 중 1941년 12월 다리에 탄알을 맞고 일본군에 잡혀 나가사키로 압송되었다.

본래 전쟁 포로로 취급되어야 할 것이나 당시 조선 사람은 일본인이라는 데서 치안유지법을 적용, 적의 나라에 군사상의 이익을 주었다는

---

1 윤봉길(尹奉吉, 1908~1932) 조선 독립운동가. 1932년 4월, 상해 홍구공원에서 개최된 천장절(天長節) 축하회에 모인 일본 요인 무리에 폭탄을 던져 여럿을 사상시켰다.
2 김원봉(金元鳳, 1898~1958) 조선의 민족 혁명가. 별호는 김약산(金若山). 조선민족혁명당을 조직. 일중 전쟁 이후에는 조선의용대를 거느리고 항일전에 참가하였다.

이유로 구형(求刑)은 사형(死刑)으로, 판결은 징역 10년으로 언도받았다. 원자탄을 위기일발로 모면하고 이사하야에서 왼쪽 다리를 절단 수술하였다. 이번에 40여 년 만에 일본 땅을 밟게 되었는데 "내 한쪽 다리는 이미 일본의 흙이 되었습니다."라고 하면서 매우 감개무량해 하는 것 같았다.

일본이 패전한 그해 10월, 석방되어 서울로 돌아가 열 편의 단편소설을 발표하고 좌익 운동에 참여하였다. 미군정하에서 좌익 운동이 탄압을 받자 1946년 10월, 서울 마포에서 비밀리에 배를 타고 여동생, 여성 간호사와 함께 삼팔선을 넘어서 북으로 들어갔다. 그때의 그 간호사가 지금의 부인이다.

평양에 와서 한 시기 〈로동신문〉과 〈인민군 신문〉의 편집 사업에 종사하였으나 소위 연안파라고 해서 한직으로 쫓기웠다. 그 시기에 조선전쟁이 발발하였다. 그는 미군에게 쫓기운 형식으로 가족과 함께 중국으로 들어갔다. 1951년에는 중국의 대표적 여류 작가 정령의 지도하에 일 년간 문학 수업을 쌓았고 1952년부터 길림성 연길시에서 살았다.

중국에서의 그의 생활도 평탄하지는 않았다. 1957년까지 '간도 인민의 투쟁 역사'를 묘사한 장편소설 《해란강아 말하라》(1954년)를 비롯하여 단편 20여 편을 썼다. 그런데 1957년도의 반우파 투쟁에서 비판을 받고 그 후 '문화대혁명' 시기의 옥중 생활 10년을 포함하여 24년이란 기나긴 세월 작품 발표를 금지당했다.

40년 만에 일본 땅을 밟다

1967년부터 1977년까지의 징역 10년형은 '사상이 극단적으로 반동이며 장기간 일관하여 중국 공산당과 중화인민공화국을 적대시하였다'는 이유에 의하여 부과된 것이었다. 1980년 12월이 되어서야 겨우 그 장편소설은 '발표되지 않아서 사회적으로 영향을 주지 않았고', '원고의 집필 자체는 범죄를 구성하지 않는다'는 이유로 재심, 무죄 선고를 획득하였다.

1981년부터 의기충천하여 집필 활동을 다시 시작하였으며 1985년에는 조선 공민으로부터 중국 공민으로 국적을 옮겼다. 그리고 이번에는 친척 방문차로 40년 만에 한국을 방문하고 그길로 일본에 들렀다. 중국 공산당 당적도 49년 만에 회복되었다. 항일 노간부이므로 그는 지금 중국에서 아주 존대를 받고 있다.

그러나 이 노혁명가, 노작가는 지난날의 영광과 오늘날의 평온한 생활에 파묻혀 있지 않고 항상 세계에 향하여 안테나를 치고 중국과 조선의 미래를 생각하여 노심초사한다. 일본의 지배하에서도, 리승만의 치하에서도 그리고 극좌의 졸속 사회주의하에서도 언제나 죽음과 삶의 경계선에 몸을 두고 있던 김학철 선생이 금후 무엇을 생각하고 무엇을 계속 쓸 것인가를 우리들은 커다란 관심을 가지고 지켜보지 않을 수 없다.

제2장 김학철 선생의 생애

2001년 9월 25일 중국 길림성 연변 조선족 자치주 수부 연길시에서 작가 김학철 씨가 세상을 뜨셨다. 향년 85세였다.

김 씨는 조선 원산에서 출생하고 중학교를 중퇴한 뒤 상해로 갔다. 1937년 일중 전쟁이 발발하자 조선 독립 투쟁을 위하여 중국 국민당 계통의 군사훈련반에 들어갔다. 그러나 국민당이 항일에 소극적인 것을 불만스레 여기고 뜻을 같이하는 동무들과 함께 팔로군 산하의 조선의용대에 용약(勇躍) 입대하였다. 태항산중에서의 일본군과의 한차례 전투에서 왼쪽 다리에 부상을 입고 붙잡혀서 나가사키로 압송되었다. 원시(元是) 전시 포로로 취급되어야 하는 것을 적국에 군사상 이익을 준 일본인으로 취급되어 치안유지법에 의해 징역 10년형을 언도받았다. 원자탄을 위기일발로 모면하고 왼쪽 다리를 절단 수술하였다. 그래서 한쪽 다리는 일본의 흙이 되었다.

1945년 해방을 맞아 서울로 돌아가서 문학 활동을 하는 한편 정치 운동에도 참여하였다. 그런데 미군정하에서 좌익 탄압이 심해지므로 1946년 비밀리에 삼팔선을 넘어 북조선으로 들어갔다. 평양에서 신문기자 등에 종사하였으나 소위 연안파라는 데서 한직으로 쫓기웠는데 그때 조선전쟁이 일어나서 미국군에 추격받는 모양으로 1950년에 중국으로 갔다. 그 뒤 51년간, 중국에 사는 조선족 작가로서 조선어로 많은 장편, 단편을 발표하였다.

중국에서의 생활도 평탄하지 못하였다. 1957년 우파로 비판받은 후 '문화대혁명' 시기의 옥중 생활 10년을 포함하여 24년이란 긴 세월 작품 발표를 금지당하였다. 1981년에 글을 써도 좋다는 허가가 있자 왕성한 의욕으로 문학 활동을 재개하였다. 그러나 금년에 들어와 연세가 많은 데다 병까지 얻어 작가 활동이 어렵게 되자 입원도 하지 않고 주사도 맞지 않는 등 일체 치료를 거부하고 단식하여 사망하였다. 유언에 의하여 유골의 가루를 고향인 조선 원산에 가닿으라고 두만강에 띄웠다. 조선반도, 일본, 중국을 줄달음치면서 맹렬하게 타오르던 생애였다.

제3장 김학철— 내가 걸어온 길(청취 기록)

반우파 투쟁과 《20세기의 신화》

반우파 투쟁은 1957년부터였지요. 반우파 투쟁을 1957년부터 전개해서 전국적으로 60만에 달하는 지식인을 '타도'하였습니다. 우파는 반당, 반혁명이죠. 그 피해는 대단히 컸습니다. 60만 우파분자가 '타도'되자 그 가족까지가 문제로 되었습니다. 자본주의 국가들에서는 누가 무슨 일을 저질렀다면 그 죄가 당자에 한할 뿐이지만 중국은 다릅니다. 그러니까 그 피해자가 수백만이 되었습니다.

1957년 그해로부터 22년이 지난 1979년에야 반우파 투쟁은 전적으로 잘못된 것이라고 선포되었습니다. 우파분자가 되어 그 세월을 살아온 인간들이 무슨 일을 할 수 있었겠습니까? 22년간 아무것도 할 수 없었습니다. 연변작가협회는 회원이 적었지만 그 절반이나 타도되어 강제 노동의 시달림을 받았습니다.

반우파 투쟁이 지나가자 이번에는 3년 동안 분투하여 공산주의 사회를 실현시키자고 하는 '대약진' 운동이 대두하였습니다. 그래서 말입니다, 강철이 필요하다고 해서 기관이고 학교고 간에 사무도 보지 않고 수업도 하지 않고 공장을 꾸렸지요. 애들의 키만큼이나 되는 용광로를 만들고서 강철을 뽑는다고 법석을 놓았지요. 정말 놀라운 일이었지요. 온 나라 모든 사람이 미치광이가 되어 버렸습니다. 학교 운동장의 철봉도 가정의 목욕탕 가마도 가져다가 녹였지요. 결국 그 몇 해 사이에 연길에서만도 공식 통계에 의하면 2천 명이 굶어 죽었다고 합니다. 그렇지만 신문, 잡지, 라디오는 위대한 '대약진'을 찬양했지요. 바로 이 집 앞길에서도 매일 '첩보대'—승리를 보고하는 대오가 징을 치고 나팔을 불어 대면서 '대약진'을 찬송했습니다. 이는 죄다 거짓말입니다.

사실 중국은 파산 상태에 처하고 있었습니다. 공산주의 분배를 한답시고 일하는 자이건 일을 하지 않는 자이건 그 임금이 같게 되어 버렸지요. 누가 일하겠어요. 누구도 일을 잘 하지 않았습니다. 원시 이 공장에선 닭알 하나가 6, 7전이었지요. 월급은 그대로인데 물가는 여덟 배로 뛰어올랐습니다. 그래도 매일매일 '대약진'하는 이 사회를 신문, 잡지와 라디오가 찬송을 했거든요. 그래서 내가 《20세기의 신화》를 썼습니다. 중국의 지식인을 어떻게 때렸는가, 어떻게 강제 노동을 시켰는가, 대약진으로 하여 인민들이 얼마나 굶주림에 시달렸는가를 나는 썼습니다. 비참하였지요.

작가협회도 문을 닫았습니다. 작가들은 땔감을 장만하느라고 농촌에 가서 나뭇잎을 긁어모았지요. 또 시장에서는 나무껍질을 팔았습니다. 그걸 사서 먹었지요. 이런 상태였는데도 라디오나 신문은 위대하다, 위대하다고만 하는 것이었습니다. 《20세기의 신화》는 그런 것을 썼지요. 그 글을 발표해 줄 곳은 없지요. 그렇지만 나는 작가의 양심으로 그걸 썼습니다.

'문화대혁명'은 반우파 투쟁보다 더욱 혹심한 재난이었습니다. 그야말로 내란 상태였습니다. 나라의 주석인 류소기가 타살되었지요. 여기에서도 수만 명이 죽어 갔습니다. 연변대학의 원 교장인 림 교장은 학생들이 귀를 자꾸 잡아당긴 바람에 귀가 이렇게 길게 늘어져 버렸습니다. 주덕해(1911~1972, 동북에서 항일 운동을 전개하였음)는 형식적인 명예 교장격이었고 림 교장이 모든 실질적인 사무를 처리한 제1대 교장이지요. 림민호 교장(1904~1970)은 혁명가이며 연변대학 창건자입니다.

‘문화대혁명’ 시기에 홍위병 등 반란파는 우리 집을 수색하고《20세기의 신화》원고를 가져갔습니다. 우리 집을 뻬데삐구락부로서 반혁명 분자들의 집합 장소라고 했지요. 주덕해, 최채, 배극(연변대학 부교장) 등이 우리 집에 드나들었습니다. 연변의 반동 문인 김학철의 집에 누구누구가 모여서 반혁명 음모를 꾸몄다는 내용으로 뻬라가 나붙었습니다. 우리 집에 자주 온 분들 중 지금 최채만 생존합니다.

1,300명을 동원하여 나를 공판(公判)에 걸었지요. 나는 변호인을 쓰지 않고 자기로 자신을 변호하려 했습니다. 그러자 다섯 명의 무장 민병이 단 위로 뛰어올라 내 목을 끈으로 조이고 쇠몽둥이로 걸레를 내 입에 쑤셔 넣어 말을 못 하게 하였습니다. 대학, 출판사, 신문사의 교원과 직원들을 이 공판에 불러와 본때를 보였습니다.

결국 나는 미결 7년, 형무소에서 3년, 이렇게 10년에 만기가 되어 돌아왔습니다. 1967년부터 1977년까지 10년간 옥에 갇혀 있었고 1980년에 와서야 무죄라고 선포되었습니다. 1957년부터 세면 24년간 글을 쓰지 못한 셈입니다.

그 24년간의 생활은 말이 아니었습니다. 모두가 거지 같은 생활을 하였지요. 반우파 투쟁 때 일이었습니다. 내 작품에 ‘수리개는 맹금(猛禽)이다’라는 어구가 있었습니다. 그것을 놓고 수리개는 사회주의를 가리킨 것이라고 하면서 나를 비판하였습니다. 또 이건 다른 사람의 작품입니다만 그 사람이 쓴 작품에 ‘대학을 졸업하였을 때 나는 청운의 뜻을 품고 있었다’는 말이 있었습니다. 그것을 가지고 ‘청운이란 뭐냐, 왜 홍운이라 하지 않고 청운이라 했는가’, ‘푸를 청은 국민당을 의미하는 것이다’ 이렇게 꾸며 그 작가를 비난하고 투쟁하였습니다.

반우파 투쟁 때, 연변대학에서 누가 제일 날뛰었는가 하면 말입니다, 그는 전문적으로 나를 비판하는 문장을 써서 부교수가 되었습니다. 그런데 최근에는 형세가 달라져서 남에게 폭력을 가한 자를 처분하였습니다. 그렇지만 반우파 투쟁 때의 일은 추궁하지 않기로, 정책상 그렇게 규정하였다고 합니다. '문화대혁명' 때에 말하는 '검은 선'은 반혁명 집단이란 의미입니다. '검은 선'은 또 검은 재봉실도 의미하였지요. 그래서 백화점에 우 쏟아져 들어가 '검은 재봉실'을 태워 버린 일도 있었습니다.

나는 십 년 동안 옥살이를 하였습니다. 내 뒤로 차례차례 새로운 '죄인'이 들어왔습니다. 나는 물었죠. "당신은 어째서 들어왔소?", 그 대답은 "특무입니다." 스파이란 뜻입니다. "당신은?" 하고 그다음에 들어온 사람에게 물으니 역시 "특무입니다." 그 다음다음 사람도 역시 특무라고 대답하는 것이었어요. 전부 특무입니다. '반혁명 특무'라고 크게 쓴 종이를 들고 사진을 찍히웠댔습니다. 나는 웃으면 안 되지만 웃었습니다. 반혁명이 웃다니 이상하지요. 말 그대로 미친놈이었지요.

십 년간이었습니다. 《20세기의 신화》는 1964년에 다 썼습니다. 《신화》 때문에 십 년 동안 얻어맞았습니다. 처음에는 특무 죄로 잡아넣었지만 아무리 조사를 해도 특무란 증거가 나지지 않았던 것입니다.

20여 년간 아무것도 쓸 수 없었습니다. 주위 사람들이 죄다 밀정이었습니다. 변명하면 완고한 반혁명에 몰려 더 혹독하게 얻어맞았습니다. 그들은 '반혁명'이라고 쓴 고깔모자를 씌워 가지고 나를 끌고 시내를 돌아다녔습니다. 학생들이 선생을 반혁명 분자로 몰아 난타하는 사태도 벌어졌댔습니다.

1987년경부터 나는 열심히 써냈습니다. 상흔 문학은 좋은 작품이 나왔습니다. 〈천지〉 잡지는 8만 부나 팔렸습니다. 조선족의 인구가

170만밖에 되지 않는데 8만 부가 팔린 것을 보면 얼마나 인기가 있었는가를 짐작할 수 있을 겁니다.

동북 삼성치고 연변이 제일 잘 끓습니다. 료녕성과 흑룡강성은 대범하게 처사하는데 극좌의 바람은 언제나 연변에서 먼저 불어칩니다.

항일 전쟁과 조선의용군

내가 쓴 《항전별곡》은 출판하기까지 매우 힘이 들었습니다. 편집이 끝나고 인쇄에 회부되는 단계에 와서까지도 "안 되겠어요…….." 하여서 연변에서는 출판 불허가 되었습니다. 할 수 없이 후에 흑룡강성에 가져갔습니다. 문정일이라는 분이 있습니다. 민정부의 부부장까지 담당한 사람으로서 당신(오무라)께서 번역한 '담뱃국'에선 문정삼이란 이름으로 주인공이 되어 등장하는 분입니다. 그가 '왜 출판이 안 되는가' 고 항의를 제기하였습니다. 연변에서 인쇄하는 도중에 '김학철이 조선의 반당분자를 구가하는 작품을 썼다'고 북경에다 상소하는 바람에 소동이 일어났다고 듣자 문정일이 또 나서서 야단을 쳐서 겨우 흑룡강성에서 출판되었습니다. 작품 중의 성명이 모두 가명으로 되어 있습니다. '국내에서만 발행'한다는 조건으로 발행 허가가 내렸습니다. 그렇지만 언젠가는 내가 전부 본명으로 고쳐서 출판하고야 말 것입니다.

소설 형식이긴 하지만 우리들의 역사가 아닙니까? 조선 사람의 역사이지요. 〈장백산〉에 발표한 '남경 춘추(南京春秋)'라는 작품에 "내가 남경에서 상면한 우리들의 선배 혁명가들은 소박하고 훌륭한 분들이었습니다. '강철의 영세(永世)도 아니고 민족의 태양도 아니고 절세의 역사도 아니다' 영세, 태양, 절세…… 이런 형용사를 붙이지 않았지만 그분들은 소박하고 훌륭한 분들이다."라고 써서 그것을 발표하였습니다. 연길 시내의 어느 학교 선생이 '이 반동분자 놈이' 이러면서 성에다가 고발하였습니다. 그런데 무슨 이유로 나를 벌주겠어요. 당시 남경에 있은 지도자들에게 나는 친숙감을 가졌다고 썼을 뿐입니다. 길림성 통화에서 발표된 1984년 제2호 〈장백산〉(지금은 장춘에서 발행됨)에 실린 '남경 춘추' 역시 그와 같은 소동을 일으켰지요. 그 작품에 나오는 김 촌장은 우리들 의열단의 단장이신 김약산(金若山) 그분이고 방효산은 박효삼입니다.

의열단(조선 독립운동 단체, 1919년 길림성에서 결성되었음)은 폭력 혁명주의자 집단입니다. 지도자는 김약산(1898~1958. 민족 혁명 운동가 김원봉의 별호임)입니다.

문: 리륙사(李陸史)라고 하는 시인이 의열단에 참가했다가 체포되어 1944년 북경 감옥에서 사형당했는데 그분을 아십니까? (질문자는 오무라. 이하 같음)

모르겠습니다.
무한 시대, 남경 시대…… 이렇게 연속됩니다만 나의 짧은 회상록인데 〈연변문예〉에 실린 '전적기 사연(戰跡記事緣,《태항산록》에 '전적지에 얽힌 사연'으로 실음)'을 읽으셨습니까?

문: 아직 못 읽었습니다.

이전의 항일전, 40년도 지난 일이므로 전적지의 거리를 알 수 없더군요. 그래서 그곳에 편지를 써서 알려 달라고 하였더니 곧 정확한 지도를 그려 보내왔습니다. 이걸 작품화하였지요. 그 당시의 전투는 말입니다, 일본군 10개 사단에 중국군 5개 사단이 붙으면 중국군이 지고, 중국군이 7개 사단 또는 8개 사단이면 이길 때도 있고 질 때도 있고, 중국군이 10개 사단, 일본군이 10개 사단이면 중국군이 반드시 이깁니다. 국민당 통치구에 우리들이 있을 때는 진지전(陣地戰)을 하였습니다. 그 상호 거리는 300미터밖에 안 되었는데 저격병을 배치해서 저쪽에서 움직이면 총을 쐈던 것입니다.

일본군과 싸우는데 일본말을 모르면 안 되지요. 그래서 내가 일본말을 가르쳤습니다. 그런데 한족 군대는 혀가 돌지 않아 발음이 형편없지요. 여가가 있으면 가르쳤어요. 경례를 하고서 정식으로 시작하는데 아무리 해도 진보하는 것이 안 보이더란 말입니다. 그러나 이상하게도 상소리나 욕하는 말은 인츰 기억합디다. 이건 일본 사람도 마찬가지지요. 이쪽에서 '빠가야롯!' 하고 소리치면 저쪽 일본 군대로부터 "왕바단!(王八蛋)" 하고 쌍욕이 날아오지요. 이래서 성을 내고 서로 기관총을 쏴 대기도 했습니다. 중국인 병사들은 나를 '교관'이라고 불렀습니다. 그들이 나를 보고 "교관, 고로세란 어떤 말입니까?" 하고 물었습니다. 내가 일본군은 돌격할 때 '고로세'라고 고함을 지르는데 '고로세란 사(刹, 죽여라)의 뜻'이라고 하였습니다. 그러니까 "아아 그래요?" 하더군요.

내가 팔로군 쪽으로 왔을 땐 일본 군대는 보루를 쌓고서 그 속에 들어박혀 있었습니다. 그러니 낮엔 그 근방으로 갈 수가 없었습니다. 이쪽에 대고 기관총을 쏴 대니까 해가 지고 어두워지면 그쪽에 대고 이런저런 말을 겁니다. "너희들은 무엇을 위하여 전쟁을 하는가? 자본가를 위하여 싸우다니, 집에서는 안해와 자식들이 기다리고 있다." 이런 말들을 마이크에 대고 합니다. 우린 온밤 떠들어 대어 그자들이 잠들

수 없게 하였지요. 그러니까 저쪽은 성이 나서 "빈대 새끼들아, 낮에 나와라." 이러지요. 그러는 사이에 짬을 타 빠져나가서 저쪽에다 전쟁 반대 삐라를 붙이었습니다.

팔로군은 우리 조선의용군이 실전(實戰)하는 걸 좋아하지 않았습니다. 전부가 300명밖에 안 되는데 죽는다면 보충할 수가 없거든요. 그 뒤 3천 명쯤으로 불었습니다. 우리 의용군이 전사하는 걸 팔로군은 반대하지요. 직접 싸우는 것보다 선전을 전개해서 정치적인 공세를 하는 것이 더 효과가 큽니다. 말하자면 정치적인 의미가 더 중요하다는 것이었지요. 그렇지만 우리도 맞부딪치면 싸웠습니다.

빨치산 전투기를 보면 일본군이 나뭇잎이 흩어지듯 산산쪼각이 나고 한번 싸움에 수천 명이 쓰러졌다고 써 있었습니다. 그렇지만 실제의 전투는 야담도 아니고 무사들의 칼싸움 영화도 아닙니다. 일본군은 그처럼 약하지 않습니다. 우리는 정신을 차려 될 수 있는 대로 싸움을 피하였습니다.

우리의 자손들에게 거짓말을 남기고 싶지 않다, 진실한 역사를 남기자, 있는 그대로 남기자, 이것이 나의 신조입니다. 그때 우리는 일본군을 산산쪼각 쓸어 눕힌 적은 없었고 정치적인 공세를 더 크게 벌였습니다. 그러니 그걸 남기기로 하겠습니다.

조선의용군은 군관뿐으로 병사가 없는 조직이었습니다. 맨 처음 무한에서 1938년 10월에 성립되었는데 그때 모였던 몇백 명이 죄다 군관학교 출신인 군관이었습니다. 병사가 없었지요. 그러니 내가 분대장이 된 것은 대단해요. 문정일은 락양의 분대장이었고 나는 로하구의 분대장이었습니다.

1938년 10월, 조선의용군의 성립 당시에는 성원이 2백 명쯤이었지만 차차 불어서 3백 명이 되고 마지막에는 3천 명이 되었습니다. 중국의 몇십만 군대 가운데서 이런 군대 수는 아무것도 아니죠. 시대가 시대인 만큼 모두가 일본말을 잘하였습니다. 나는 한족 군대에게 일본말을 가르쳤습니다.

한구(漢口)에 일본인이 경영하는 〈한구신문〉이란 신문사가 있었습니다. 그 신문사는 장개석 편이었습니다. 남경과 상해 어간은 장강이 천연 요새가 되어 있어 그곳을 봉쇄한 일본 군함과 기선이 가득 정박하고 있었습니다. 우리의 군사위원회가 결정을 짓고 한바탕 해제끼자 했는데 그 회의에 참가하였던 〈한구신문〉과 관계있는 나쁜 놈이 그걸 일본군과 한구에 있는 일본 영사관에 밀고했습니다. 일이 탄로되자 한시바삐 철퇴하라는 명령, 모두들 구축함 두 척에 나뉘어 타고 전속으로 한구를 향해 도망쳐 갔습니다. 봉쇄 한 시간 전이었습니다. 그때 나는 상해에 있었기에 그걸 목도하였습니다.

그뒤 한구신문사를 우리가 점령하였는데 인쇄기도 있고 활자도 얼마든지 있으므로 그것을 선전용에 사용하였고 삐라도 찍었습니다. 삐라를 다발로 묶어 일본군이 있는 곳에 뿌렸지요. 그러니까 그쪽에서 "빈대 새끼들아, 대낮에 나와라." 그러겠지요.

문: 그중에 혹 선전 삐라를 받아서 간수하는 일본군 병사는 없었던가요?

그건 모르겠습니다. 다만 일본 군대의 시체를 들춰 보면 통행증이 나지던데요. 우리가 발급한 통행증이었습니다. 우리는 그걸 가지고 있는 일본 군대에 대해 안전을 보장해 주고 우대를 해 주었습니다. 그런 까닭에 호신부 속에다가 그 통행증을 접어서 넣은 일본 군대가 많았습니다. 그들은 장교들이 두려워서 살그머니 주워서 누구도 모르게 지니고 있었던 것입니다.

중국 군대는 일본 군대 포로에게 저걸 해라, 이걸 해라 이러지 못합니다. 그들이 자발적으로 하겠다면 요구를 들어줬지만. 포로 가운데 스물네댓 살 먹은 상등병이 있었는데 그가 선전 활동을 하고 싶다고 하였습니다. 그래서 나는 밤에 중국군과 일본군이 약 4백 내지 5백 미터 상거한 데까지 그를 데리고 갔습니다. 우리들이 말을 걸어도 저쪽의 대답이 없고 아무런 반응도 없었습니다. 그들은 자기네 장교가 두려웠던 거죠. 그런데 일본군 포로가 나서서 "나는 이토 스스무다. 무슨 연대, 무슨 대대, 무슨 중대에 있던 이토다." 하니까 저쪽에서 성을 내고 "주둥일 닥쳐, 비국민!" 하고 소리 지르는 것이었습니다. "배반자, 수치를 알라!" 군국주의 교육을 받았으니 이렇게 말하겠지요. 저쪽에서 그러니까 이토는 말을 더 못 하더군요. 중국군 쪽에서 말하는 건 아무렇게도 여기지 않지만 일본 병사가 일본군에 대고 선전을 하면 성을 내더군요.

《금릉○○》(엽검영의 언론을 수집한 책)의 93페이지에 외국인으로서 중국의 항일 전쟁에 참가하여 전사한 사람들의 이름이 실려 있습니다. 그 가운데 일본 사람도 있고 조선의용군 군인도 있습니다. 내가 쓴 《항전별곡》에는 조선의용군에 참가하여 싸운 사람들의 모습이 그려져 있습니다.

우리는 일본인 포로에 대하여 그의 인격을 존중해 주고 물건도 몰수하지 않았습니다. 그렇지만 일본 군대는 철저한 교육을 받았으며 포로되면 코를 베인다는 말을 믿으므로 항복하지 않습니다. 이런 일도 있었습니다. 전투 능력을 잃은 한 일본 병사가 나무줄기를 안고 떨어지지 않지요. 아무리 잡아끌어도 꼼짝을 않네요. 그러자 중국 병사는 성이 났습니다. 전우들이 여럿 죽었으니까 마음이 아주 거칠어졌지요. 중국 사람도 그래요. 그는 욱해서 그 일본 병사를 칼로 베어 죽여 버렸습니다. 그는 뒤에 중한 책벌을 받았어요.

일본 연대의 주계대장(主計隊長, 경리부 회계 주임격)인 한 대위가 도망쳐 온 일이 있었습니다. 도망쳐 왔으니 결국 망명해 온 것이지요. 한 달에 2백 원씩 줘서 무조건 놀게 하였습니다. 이 사나이는 군대의 돈을 가지고 도박도 놀고 기생집에 드나들며 계집질도 하였는데 군법회의에 회부되기 직전에 눈치를 채고 이래도 죽고 저래도 죽을 바에 달아나자 하고 중국 쪽으로 왔던 것입니다. 중국 쪽으로 도망쳐 오면 그건 망명이니까 좋은 대우를 받았습니다. 일본 군대니까 그렇게 해 줬지요. 인간쓰레기이긴 하지만.

문: 그 당시 200원이라면?

내가 그때 받은 급료는 한 달에 20원이었습니다. 그러니 열 배지요. 그건 그때 중국의 정책이었으니까.

《격정시대》의 일부를 여러 잡지에 발표하였습니다. 전체적으로는 하나의 소설인데 각 장절을 나누어 〈장춘문예〉, 〈아리랑〉, 〈장백산〉, 〈송화강〉, 〈은하수〉, 〈흑룡강신문〉 등 일곱 곳에 실었습니다. 중국의 조선족 문학에서 맨 처음 시험 삼아 해 봤지요. 한 잡지에는 편폭이 길어서 다 싣지 못하니까 그렇게 하였지만 지금까지 발표된 것을 다 합쳐도 전체의 3분의 1밖에 안 되어요.

일본군과의 전쟁은 그쪽이 강하니까 몹시 힘들고 괴로운 싸움이었습니다. 우리 쪽으로 온 일본 여자도 있었습니다. 이무라 요시코(井村芳子), 이 여자는 국민당 군대한테 와 있었지만 팔로군한테는 오지 않았습니다. 데라모토 아사코(寺本朝子)는 처음에는 국민당 군대한테 와 있다가 후에 팔로군을 따라왔습니다. 귀여워해 주고 여기저기 데리고 전전하였습니다. 이 여자가 노래를 불렀어요. '황성의 달', '저녁노을', '서로 손 잡고' 이런 노래를 일본군을 향해서 불렀습니다. 이건 효과가 자못 컸어요.

그 두 여인 가운데 한 사람은 조선 남자를 사랑했는데 부모들이 허락하지 않으므로 여기로 도망쳐 왔다고 하며 정치적인 이유는 없었습니다. 다른 한 사람은 남편이 없고, 왜 왔는지 모르겠습니다.

데라모토 아사코는 전에 북조선에서 살았다고 합니다. 썩 후에 우리 부부한테서 애기가 생기자 그 애기를 고와했습니다. 조선 사람 전우하고 결혼했는데 애기가 없었습니다. 그 여자는 지금 북조선에서 살 거라고 생각됩니다. 일본 사람으로서 중국 편에 가담하여 전투에 참가했으며 조선의용군 그리고 팔로군에 몸을 둔 존경받을 사람입니다. 북조선에 있을 때 이름을 권혁(權赫)이라 고쳤습니다. 팔로군에 있을 때 그 여자의 나이는 스물서너 살 되었습니다.

신사군에서 팔로군으로

군대이긴 하지만 우리 조선의용군은 단독으로 행동한 일이 거의 없습니다. 국민당은 1938년 하반기부터 전투를 하지 않았습니다. 그러니 우리가 국민당한테 와 있은들 그게 무슨 의의가 있겠습니까. 그때 팔로군은 일본군과 대판으로 싸우고 있었습니다. 팔로군의 병력은 국민당보다 썩 적지요. 장비도 형편없고요. 대포도 전차도 비행기도 없고 기관총, 지뢰, 수류탄, 거기에 박격포쯤 있을 뿐이었습니다. 그렇지만 가장 용감하게 싸우는 군대였어요. 그래서 나는 '국민당에 있어 봤자 결말이 날 것 같지 않다' 그들한테로 '도망치자' 이렇게 마음먹었습니다.

조선의용군 내부로 중국 공산당 지하 조직이 들어왔습니다. 우리 군대 가운데서 세 명이 신사군으로 갔습니다. 한 사람은 적군 과장이었고 또 한 사람은 중대장인데 입당한 몸이었습니다. 공산당은 조선의용군 내에다 조직을 넓히려고 한 사람을 남기고 두 사람을 도로 보내왔습니다. 이래서 조선의용군 내부에 중국 공산당의 지하 조직이 결성되었는데 나도 당원이 되었습니다. 문정일이 지도자였습니다. 그게 1940년의 일입니다.

나는 신사군에 입대하였습니다. 나는 중앙육군군관학교 졸업생인 만큼 중앙육군군관학교의 휘장을 갖고 있습니다. 이 휘장의 힘이 대단히 큽니다. 장개석이 교장이고 나는 그 학생이니까요. 그 휘장을 달면 어깨가 으쓱해지지요. 국민당에는 장개석의 직계 부대와 군벌의 방계 부대가 있는데 그 직계의 핵이 곧 중앙육군군관학교인 셈입니다. 나는 그 휘장을 달고 전선까지 우쭐대며 갔습니다. 전선을 넘은 다음 군복을 벗어 보에 싸고 노백성의 옷을 입고 일본군 점령 지역을 나흘 동안에 통과하여 신사군 지구에 들어갔습니다. 그런 모양으로 돌아오기도 하고요.

일본 점령구를 통과하는 어간에 붙잡히면 끝장입니다. 군복을 갖고 있지, 권총이 있지, 그러니까 피면(避免)할 수 없지요. 우리들은 될 수 있는 대로 말을 하지 않기로 하였습니다. 호북성 사투리는 통 알아들을 수가 없습니다. 림표의 말을 나는 절반밖에 알아듣지 못합니다. 절강 사투리도 그렇고 모택동의 호남 사투리도 심하지요. 주덕의 사천성 사투리도 그래요. 내가 중국 사람하고 좀 말을 건네면 그 사람이 "당신 남방 사람이구만." 합니다. 나는 상해와 남경에서 중국말을 배웠기 때문에 내 말에 남방 사투리가 지금까지도 남아 있답니다.

그때 나는 농민으로 변장을 하고 있었으니 그 고장 사투리로 척척 말할 수 없는 바에야 입을 꼭 다물고 있는 것이 상수였지요. 괜히 지껄여 대다간 정체가 드러나기 십상이니까.

그런데 말요, 이상하게도 그곳이 일본군 점령구인데도 중국 중앙은 행 돈이 그대로 쓰이는 것이었습니다. 물론 일본군의 돈도 쓰이지만 중국 돈도 쓴다는 것이죠, 당당하게요.

그래, 일단 일본 점령구에 발을 들여놓으니까 막 무서워납디다요. 나는 군대니까 전우들과 함께 있으면 조금도 겁이 없어요. 싸우면 되니까. 그런데 두셋이 변장을 하고 적 점령구에 들어가게 되니까 못 견디게 무서워나거든요. 용자(勇者), 용기가 있는 인간이란 어떤 자인가, 나의 정의는 이래요. 부파쓰(不怕死), 즉 죽음을 두려워하지 않는 것. 글로는 그렇지만 인간으로서 죽음을 두려워하지 않는 자가 어디에 있겠습니까. 뇌수(腦髓)가 없는 사람이면 무섭지 않겠지만 누구나가 다 죽음을 무서워해요. 저걸 가져오라, 저 전선줄을 연결시켜라, 저기에다 기(旗)를 올려라 등등 이런 명령이나 임무가 내렸을 때 무서워서 부들부들 떨면서도 그걸 끝까지 수행하였다면 그것이 진짜 용기, 무서워하면서도 임무를 수행하고야 만다, 이런 의지가 있었기 때문에 나는 적 점령구를 사흘씩, 나흘씩 걸어서 빠져나올 수가 있었던 거죠.

대체로 인간은 세 가지 종류가 있습니다. 첫째는 감옥에 들어가 매를 맞고 고문에 못 견디어 투항하는 놈, 이 종류가 제일 많습니다. 즉 전향파입니다. 둘째는 아무리 고문을 당하여도 감옥 안에서는 절대 전향하지 않지만 만기 출옥해서 옥중 생활을 돌이켜 보고는 그 감옥 생활이 견딜 수 없이 고통스럽고 지긋지긋해서 이젠 그 노릇 그만두는 것, 즉 투쟁에서 탈퇴하는 것인데 이것이 둘째 유형입니다. 마지막 한 가지는 감옥에서 말 못 할 시달림을 받았지만 출옥과 동시에 그걸 까맣게 잊어버리고는 또다시 그 사업에 달라붙고 또다시 그 고통을 맛보는 사람입니다. 이것이 진짜 혁명가입니다. 공산주의자는 바로 이런 사람입니다.

저 스탈린은 후에 범죄자라는 말을 듣긴 하였지만 우점도 있는 사람입니다. 그는 일생 동안에 다섯 번 붙잡혔습니다. 그 다섯 번 가운데 세 번은 유배지에서 탈주하였습니다. 탈주하면 다시 시작할 수 있으니까요. 한번은 탈주하지 못하였습니다. 북극으로 압송되어 갔으니까 만기될 때까지 할 수 없이 있었습니다. 또 한 번은 차르가 멸망하고 신정권이 건립되었기에 형기 중간에 석방되었습니다. 그러니까 혁명하는 사람은 건망증 없이는 안 됩니다.

그래서 나는 부들부들 떨면서 목적지로 향하였습니다. 피점령구였으므로 일본 군대하고 마주치기가 일쑤인 것입니다. 이쪽은 농민의 차림을 하고 있으니까 길가로 치우쳐서 그들이 지나가게 하였습니다. 우리가 국민당 군대에 있을 때는 농민들이 우릴 보면 모두 길가로 물러섰지요. 대감 행차가 지날 때 '길 비켜라!' 외치는 소리를 듣고 백성들이 길을 비키듯이 말입니다. 그런데 팔로군에 오니까 농민들이 절대 길을 비키지 않는구만요. 평등이니까, 훌륭해요.

신사군에도 일본인 포로가 있었습니다. 일본의 치중병(輜重兵)을 신사군이 습격하였습니다. 탄알이나 식량을 운반하는 군대가 치중병입니다. 오장(伍長)을 쏴 죽이고 운전수를 사로잡고 물자를 빼앗고서 자동차를 태워 버렸습니다. 운전수한테 신사군 군복을 입혔습니다. 그 사람이 운전 같은 것이면 할 수 있으니 일을 시켜 달라는 것입니다. 신사군에는 자동차가 없었습니다. 가령 있었다 하더라도 자동차 길이 없었습니다. 그래서 나는 그에게 "기다려 주게, 이삼 년 후이면 될 거네." 이렇게 말해 주었습니다.

신사군에서 팔로군으로 옮겨갈 때도 고생을 하였습니다. 황하 이북의 일본 점령 지역에 조선 사람이 많이 살고 있었습니다. 그들 속에 들어가 항일 조직을 묶지 않으면 안 된다는 명목하에 우리는 황하를 건너려 하였습니다. 황하의 배는 모두 군부에서 관리하고 있었습니다.

군대라도 개인적으로 행동할 때는 여행권이 필요하였습니다. 그것이 없으면 탈주병으로 간주되었습니다. 여행권에 소지한 권총이 한 자루면 한 자루라고 써넣어야 하였습니다. 무기를 갖고 도망치면 안 되니까 북으로 황하를 건너자면 여행권만으로 안 되고 또 도항증(渡航證)이 있어야 하였습니다.

락양에 제1 전구(戰區) 사령부가 있었습니다. 나는 제3 전구에 있었습니다. 뒤에 장개석 밑에서 부총통이 된 리종인(李宗仁)이 제5 전구 사령관이고, 제1 전구는 위립황(衛立煌)이 사령관이었습니다. 이 제1 전구에 문정일이 조선의용군 대표로 주재하고 있었습니다. 그가 우리들의 여행권과 도항증을 마련하였습니다. 네 패로 나뉘어 네 번에 건너 팔로군에 왔습니다. 문정일은 맨 뒤에 건넜습니다. 장편《격정시대》에 이때의 일을 죄다 썼습니다.

팔로군에서의 생활

팔로군에서의 우리의 생활 수준은 그전에 비해 뚝 떨어졌습니다(국민당 중앙군에 있을 때는 생활이 좋았습니다). 입쌀이 없고 좁쌀뿐인데 이 좁쌀밥이 목을 넘어가지 않았습니다. 처음에는 참 견디기 어려웠죠. 속탈이 나서 말입니다. 도회지에서 자랐기에 좁쌀밥을 먹어 보지 못했으니까요. 밥보다도 더 참기 어려운 것은 소금이 없다는 것이었습니다. 나는 팔로군에 와서는 맨 처음 중대장급이었으므로 월급이 3원 50전이었습니다. 홍탕 1근(당시는 160돈중)이 7원이었으므로 이 3원 50전으론 홍탕 80돈중밖에 사질 못하였습니다. 돌소금 1근이 4원이고 돼지고기 1근이 2원이었습니다. 각오를 하고 팔로군에 입대하기는 하였지만 생활은 참말로 어려웠습니다. 여성들은 중대장이건 소대장이건 50전 더 많이 받는데 이건 생리용품대겠지요. 그때 일본인 포로는 5원을 받았습니다. 장교이건 병사이건 모두 5원, 우리 군대는 대대장급이어야 5원을 받았습니다.

그 당시 모택동은 머리가 아주 맑았습니다. 지방에서 온 병사들은 원시 어렵게 생활하였으므로 그리 고생스러워하지 않았지만 지식인은 도회지의 공기를 마셨기에 아주 고통스러워 한다는 것을 모택동은 잘 알고 있었습니다.

우리 팔로군의 한 중대장은 농촌에서 자랐기에 철길을 본 일이 없었습니다. 어느 날 밤 일본군 장갑차가 앞뒤에 탐조등을 켜고서 달려왔습니다. 모두들 엎드려 있다가 장갑차를 겨누고 뒤따라갔습니다. 장갑차가 철길을 건넜습니다. 그때 그 중대장이 철길에 권총을 대고서 이게 무얼까 하고 손으로 만져 보는 것이었습니다. 철길을 난생처음 봤으니까요.

더 우스운 일도 있었습니다. 어느 산골의 자그마한 거리에 갔는데 사람들이 와글와글 떠들어 대면서 군대들을 못 가게 막겠지요. 무슨 일인가 하고 물으니까 '독가스가 폭발했다'는 것이지요. 어째서 독가스가 폭발했을까 하고 비집고 들어가 봤습니다. 원시 그들이 일본군 군수물자를 빼앗았대요. 그 속에 사이다 상자가 있었는데 무얼까 하고 병 하나를 들고 마개를 빼니까 '연기'와 물이 함께 뿜겨 나왔다죠. 이래서 이게 독가스다 하고 큰 소동을 피웠던 것인데 처음 보는 것이니까 모를 수밖에요.

그보다 더한 웃음거리도 있습니다. 일본 군대의 만년필을 얻었지요. 이게 뭘까 생각하다가 철필촉을 빼 버리고 그 속에 바늘을 넣었습니다. 팔로군은 실과 바늘을 꼭 휴대합니다. 철필촉을 빼 버리니까 그 만년필은 참으로 편리한 '바늘쌈지'가 되었습니다.

그렇지만 그들은 혁명 사업에 매우 충성하였습니다. 공산당원은 혁명에 절대적으로 충성하였습니다. 사령관한테 절대복종합니다. 질이 좋지요. 남의 곤란을 보면 꼭 도와 나서지요. 당시 팽덕회(1898~1974. 항일 전쟁 당시에는 팔로군 부총사령, 조선전쟁 때는 중국 인민 지원군의 초대 사령관. 국방부장이었으나 모택동의 대약진 정책을 비판한 관계로 실각)가 팔로군의 부총사령이었지만 실제로는 총사령의 역할을 하였어요. 총사령 주덕은 연세가 많기에 연안에 가 있었습니다. 그 팽덕회가 하루는 말을 타고 우리 조선의용군을 찾아왔습니다. 보위병 한 사람만 데리고요. 우린 매우 감격했지요. 국민당 사령원의 행차라면 앞뒤에 보위병이 길게 줄을 쳤을 것인데요. 우린 그를 붙임성 없는 무뚝뚝한 분으로 생각했는데 전혀 그렇지 않았습니다. 그는 이런 말을 하였습니다.

"내가 여기로 오는 도중에 팔로군 군대를 만났어요. 그 꼴이 통 말이 아니었거든. 단추도 안 걸구요, 날 보고도 경례를 붙이지 않아요. 히히 웃고 지나쳐 갑니다. 규율이 통 엄하질 않아요." 그러고는 다시 말을 이었습니다. "일본군의 규율에 비하면 우리 팔로군의 규율은 엄격한 면에서 매우 떨어집니다. 그러나 일본군의 규율은 강제적이고 팔로군의 규율은 강제적이 아닙니다. 우리 팔로군은 자신의 해방을 위하여 싸웁니다. 이것이 우리의 최대의 장점입니다."

팔로군은 군대의 소질이 매우 좋습니다. 돌격할 때는 총검을 꽂고 맹호처럼 뛰어갑니다. 중대마다 지도원이 있고 중대의 병사 100명이면 당원이 5, 6명 있었습니다. 돌격할 때는 공산당원이 선두에서 돌진하였습니다. 팔로군이 공산당 군대지만 100명 가운데 95명은 비당원이었습니다. 위험한 일은 당원이 솔선수범합니다. 그러니 당원은 위신이 높고 존경을 받았습니다.

그런데 지금에 와서는 전혀 정반대로 되었지요. 좋은 건 모두 공산당이 갖지요. 오늘 〈인민일보〉에 그에 대한 화제가 실렸어요. 이걸 어떻게 해야 하는가고요.

당시는 앙양된 민족적 감정과 불타는 애국심으로 행동하였습니다. 지금은 입당해야 득을 보고 높은 벼슬을 하는 형편인데 앞으로 옛날처럼 훌륭하게 될 것입니다.

팔로군에는 베트남 사람도 필리핀 사람도 있었습니다. 그 베트남 사람은 황포군관학교 학생이었습니다. 베트남이 독립하였을 때 주요한 인재들은 황포군관학교 출신들이었습니다. 그 학교는 고급 중학교 졸업자로서 시험에 합격하면 입학되었습니다. 고관의 자제면 뒷문으로 들어갔지요. 이 학교를 나오면 출세는 보증코 문제없었습니다. 특히 장개석의 출신지인 절강성 학생이면 두 가지로 출세가 보증이 되었습니다. 엽검영은 그 학교 교관이었고 주은래는 정치부 주임이었습니다. 림표, 서향전(徐向前) 이들은 제1기 졸업생입니다. 황포군관학교 졸업생이 국민당과 공산당 두 편으로 갈라져서 싸운 걸로 됩니다.

팽덕회

조선전쟁 시기에도 역시 황포군관학교 조선인 졸업생이 남북으로 갈라져 싸웠지요. 우리가 국민당 중앙군에 있을 때 〈한구신문〉이라고 하는 무한의 한 신문사를 국민당한테서 가졌댔습니다. 그때는 그 신문사 활자를 사용하였습니다. 그런데 팔로군으로 오니까 활자가 없더군요. 그래서 석판 인쇄를 하였습니다. 숫돌 비슷한 미끄럽고 반반한 돌에 약을 바르고 글씨를 쓰고 그 위에다 또다시 약을 바르고 인쇄를 하였습니다. 말하자면 탑본한 셈이죠. 어느 날 태극기 게양 문제로 말썽이 생겼습니다. 태극기를 게양하는 건 이미 멸망한 대한제국 시대에 대한 미련이라고 하면서 우리는 한결같이 반대하였습니다. 그리고는 붉은 기를 만들었습니다. 의용군의 뼈는 중국 공산당 당원이라는 데서였습니다. 팽덕회가 그 일을 알고 물었습니다. "당신들의 나라가 망할 적의 국기는 어떤 것이었소?" "태극기였습니다." 하니까 그분이 이렇게 일러줬어요.

"그러면 그 태극기를 게양하시오. 그렇지 않고 붉은 기를 추켜들고 간다면 조국 인민들은 저건 뭔가고 여길 것이고 태극기를 추켜들고 간다면 아아 우리나라가 돌아왔다고 생각할 것입니다. 당신들은 극단적인 좌익이군요."

돌아와서 그 말을 전달하니까 그분의 말에 도리가 있다고 모두가 고개를 끄덕이었습니다.

'일본 병사에게 고함', '조선 동포에게 고함' 이런 삐라 통행증도 발급했는데 이걸 가지고 온 사람에게 우리는 생명을 보장해 주었습니다.

나는 포로가 된 뒤 개인이 경영하는 병원에 입원하였댔습니다. 포로는 군대 병원에 입원할 수 없었기 때문입니다. 그 병원의 준의사, 말하자면 조수가 나를 보고 '선생님' 하고 불렀습니다. 그때 나는 난생처음 선생님 소리를 들었지요. 우리는 지금까지 서로 '동무'라고 불러 왔으니까요. '선생님' 이렇게 부르고 그는 우는 것이었습니다. 이런 산골에 조선 독립군이 있을 줄은 몰랐다는 것이었어요. 그 사람이 "선생님, 이걸 보세요." 하고 삐라를 내놓는 것이었습니다. 그는 통역한테서 가졌다고 하였습니다. 일본군에 종사하는 일본말과 중국말 통역은 대부분이 조선 사람이었습니다. 장교 대우를 받으므로 군도를 차고 권총도 갖고 가죽 장화도 신습니다. 통역 100명 가운데 90명이 조선 사람입니다. 그의 친구인 일본군 통역이 전선에 나갔다가 우리가 작성한 조선어 삐라를 주워 가만히 가져왔던 것입니다.

통역은 일본군에 협력하므로 반민족 반역자입니다. 그러나 따져 보면 복잡합니다. 그는 주워다가 감춰 두었던 삐라를 병원의 조수에게 줬으며 조수가 보니 그것은 우리들이 찍은 삐라였습니다. 그는 삐라의 태극기를 봤을 때 눈물을 하염없이 흘렸다고 말하는 것이었습니다. 아아 팽덕회는 걸출한 인물입니다. 나는 이렇게 감탄하였습니다.

소년 시절

내가 어렸을 때는 원산에 유치원이 없었습니다. 작은 여동생은 미국 사람이 세운 유치원에 다녔습니다. 나는 서당에 가서 천자문을 배웠습니다. 귤상자에다 종이를 풀로 붙인 책상을 앞에 놓고 하늘 천, 따 지하고 소리 높이 읽었습니다. 도시락을 갖고 가서 점심을 먹고 저녁때 돌아왔습니다. 그때 헤는나이로 여섯 살이었습니다. 천자문을 다 익히고 당시(唐詩) 공부를 하였습니다. 여섯 살이니까 뭘 알겠습니까? 두보의 '춘망(春望)'도 배웠습니다. '국파산하재(國破山河在)요, 성춘초목심(城春草木深)이라.'

열두 살 때 집에 전등을 가설하였고 열세 살 때 처음 라디오란 것을 들었고 그리고 60세가 넘어서 처음 흑백 텔레비를 보고요.

중학교에 들어가서 한문을 배웠는데 그때는 두보의 시를 '구니 야 부레데 산가 아리, 시로 하루니시데 소오모쿠 후카시(國破山河在 , 城春草木深)' 이렇게 배웠구요 그 후 한문의 본고장인 중국에 와서는 같은 시를 이번엔 '궈포산허짜이 청춘차오무선(guo po shan he zai cheng chun cao mu shen)'이라고 배웠습니다.

내가 원산에서 살던 어린 때 아버지의 직업은 누룩을 만드는 것이었는데 외할아버지의 작방(作坊)에서 그분을 돕는 격이었습니다. 나의 여동생은 둘인데 큰 여동생은 산림감수(山林監守)한테 시집을 갔지만 젊어서 죽었고, 작은 여동생은 사범학교를 나왔으며 후에 조선 공군 사령관하고 결혼하였습니다. 아버지는 누룩잡이, 나는 그의 외아들, 나는 별명이 행악쟁이입니다. 싸움꾼이었습니다. 그렇지만 '기술'이 없어서 늘 맞아 대기만 하였습니다. 나는 독자였으므로 부모님들은 귀하게 나를 길러 주었습니다. 아버지가 일찍 돌아가셔서 어머니와 이모, 나 그리고 여동생이 한집에서 함께 살았습니다. 이모는 독신으로서 음악 학교를 나와 학교에서 음악을 가르쳤습니다. 고전에 대한 나의 지식은 그 이모한테서 얻은 것입니다.

근처에서 싸움질하여 상해 가지고 오기나 하면 어머니가 이웃 애들을 모아 놓고 누가 때렸는가고 따졌습니다. 그러면 숱한 증인들이 나서서 "학철이가 먼저 접어들었습니다."고 하는 것이었습니다. 이러니 할 수 없지요. 먼저 손을 댄 것도 이쪽이요 맞은 것도 이쪽이니까요. 여하튼 나는 공부가 싫었습니다. 서당에 가는 것이 죽기보다 싫었습니다. 서당에 가지 않고 곳간에 숨어 있노라니 서당 상급생들이 와서 담가(擔架)에 싣는 것처럼 앞에서 두 손을, 뒤에서 두 발을 들고 서당으로 갔습니다. 도시락과 책보는 내 배 위에 올려놓고요.

어느 날 서당에 가기 싫어 길 복판에 앉아 있으니까 칼 찬 순사가 한 쪽 손을 잡아끌고 서당으로 데려갔습니다. 거리 사람들이 무슨 일이냐고 모여 와서 구경을 하였지요.

중학교에 입학하여 여름방학에 원산에 왔다가 시계방 창문 앞에 섰더니 안에서 시계 수리를 하던 주인이 "아니, 이거 행악쟁이가 아니냐. 중학교에 입학했구나." 하지 않겠어요. 나는 그때 참 부끄러웠습니다. 남들의 기억에 잊혀지지 않을 만큼 그렇게 행악질이 심하였던 것이.

나는 소학교 때 공부는 하지 않고 문학책만 읽었습니다. 아코 로시(赤穗浪士), 사쿠라다 문 밖의 변, 뱟코 타이(白虎隊)의 이야기에 열광하였습니다. 조선의 소설은 빈약하였기 때문에 거의 읽지 않았습니다. 나는 사이조 야소(西條八十)의 작품을 제일 많이 읽고 다음으로는 노구치 우조(野口雨情), 기타하라 하쿠슈(北原白秋)의 작품을 많이 읽었습니다. 나는 이 세 사람한테서 크게 영향을 받았습니다. 좀 더 커서는 도이 반스이(土井晩翠), 아쿠타가와 류노스케(芥川龍之介), 구메 마사오(久米正雄), 기쿠치 히로시(菊池寬), 다야마 가타이(田山花袋), 도쿠토미 로카(德富蘆花), 후다바데이 시메이(二葉亭四迷), 그들의 작품을 무엇이나 읽었습니다. 〈아카혼〉이라고 하는 소년 통속 독물(讀物)이 있는데 거기에 나오는 둔갑을 잘하는 첩자—시노비모노 얘기도 읽었습니다.

중학교 때 선생님이 흑판에다 '곡자(曲者)'라 쓰고 어떻게 읽느냐고 학생들에게 물었습니다. 누구도 옳게 대답을 못 하였습니다. 마지막으로 나한테 묻기에 내가 '쿠세모노' 하고 대답하니까 선생님은 무릎을 치며 기뻐하였습니다.

설정식(薛貞植, 1912~1953. 영문학자, 미국 유학. 림화(林和) 등과 함께 북조선에서 숙청당하였음)은 중학 시절 나와 한 반이었습니다. 나도 영어 공부를 열심히 하였지만 그를 따르지 못하였습니다. 그의 아버지는 목사였는데 미국에서 돌아왔다고 들었지만 똑똑히는 모르겠습니다. 설정식은 끝내 벗어나지 못하였습니다. 그가 미국 밀정이라는 죄명을 쓰고 처형되었다는 것을 알았을 때 나는 말할 수 없이 섭섭하였습니다. 림화(1908~1953. 무산계급 시인, 평론가. 해방 후 월북하였으나 처형되었음)도 훌륭한 사람입니다. 애국 시인이었습니다. 그는 박헌영(朴憲永, 1900~1956. 북조선 초대 부수상, 남조선노동당의 지도자. 미국의 밀정이라는 죄명으로 처형되었다)네들과 함께 처형되었습니다. 그중 리승엽(李承燁, 1905~1953. 조선노동당 중앙위원회 비서장이었으나 미국 밀정이라는 죄로 처형되었음)만은 나쁜 놈, 그는 진짜 밀정이었습니다. 앞일을 모르고 교제하였을 뿐이지요.

나는 외할아버지가 서울에 살고 계셨기에 그 집에 살면서 보성중학교를 다니었습니다. 나는 공부를 잘하지 못하였습니다. 특히 수학 성적은 아주 나빴습니다. 나는 열세 살, 즉 1929년에 서울 보성중학교에 입학하였지만 그건 그 학교 선생하고 우리 이모가 아주 친숙한 사이여서 뒷문으로 입학한 것이었습니다. 나는 일곱 살에 아버지를 여의고 어머니 손에서 자랐습니다. 어머니는 남들한테서 홀어미 자식이니 저렇다는 그런 업심을 당하지 않으려면 남한테 지지 말아야 하며 나쁜 길에 들어서지 말며 정신을 차리고 똑바로 살아야 한다고 나를 타일렀습니다. 그래서 나는 한평생 술도 담배도 하지 않습니다. 술을 마시지 않는 것이 내가 국민당에 있던 때는 곤란한 경우도 있었습니다. 그들은 술이 들어가지 않고선 말을 들어주지 않지요. 또 술을 먹여 상대의 약점을 캐내는 방법도 그들은 잘 썼던 것입니다.

어머니는 삯바느질을 해서 우리 세 남매를 길렀습니다. 아버지는 폐병으로 사망하였습니다. 나도 결핵에 걸린 적이 있지만 그때는 스토마이가 치료에 쓰여졌기에 결핵으로 죽는 사람은 적어졌습니다.

의지할 데가 없는 어머니는 불교를 믿었습니다. 어느 한번 어머니가 시켜서 어린 나는 참기름 한 병(한 되들이)을 끈으로 매서 어깨에 메고 세 되의 쌀을 짊어지고 쇠사슬에 매달리면서 급한 벼랑을 기어올라가 그걸 상운암(上雲庵)에 바쳤습니다. 그때 도중에서 쉬면 공덕이 없어진다고 어머니가 말하므로 쉬지도 못하였습니다. 그건 어머니가 속히워 착취당한 것입니다. 아들을 백 살까지 몸 성하게 살게 해 준다는 말에 삯바느질해서 한 푼 한 푼 모은 돈으로 쌀 세 되와 참기름 한 되를 사서 희사한 것입니다. 그 산을 톺아 오르느라 고생한 일, 어머니의 마음, 어머니를 속인 그자들의 일을 생각하면 지금도 가슴이 아픕니다. 그때 나는 중학생이었으므로 열서너 살쯤 되었을 것입니다. 여름방학에 원산의 집으로 돌아왔을 때 일이니까.

중학교 시절에 유도도 배웠는데 오래 했지만 흰 띠를 면치 못하였습니다. 동무들은 자주색, 붉은색 띠를 띠는데, 가장 센 자가 띠는 검은색 띠를 띤 학생은 없었지만. 나는 내내 흰 띠만 띠고 말았습니다. 그때 조선의 중학교는 5년제로서 학생은 전부 조선 사람이었습니다. 일본인 중학교는 학생이 대부분이 일본인이고 조선 사람은 몇이 안 되었습니다. 내가 다닌 학교는 조선인 중학교로서 일본인 학생은 없고 선생만은 일본 사람이 많았습니다.

광주학생사건

내가 중학교 1학년 때 광주학생사건이 발발하였습니다. 그것은 1929년 전라남도 광주를 비롯해서 조선 각지에서 전개된 반일 학생 데모입니다. 사건이 왜 일어나게 되었는지는 잘 몰랐지만 그때 아주 통쾌하였습니다. 학교의 철문을 순사들이 굵은 철사로 열지 못하게 얽어매 놨습니다. 그러니 학생들이 밖으로 나갈 수가 없었습니다. 상급반인 4학년에 곰보란 별명을 가진 학생과 백발귀(白髮鬼)란 학생이 있었습니다. 그는 머리가 좀 희었지요. 그 둘이 교문을 뛰어넘어 순사하고 다투었습니다. 순사도 훈련을 받았지만 지더군요. 몇백 명이 "닥쳐라!" 하고 소리를 질렀어요. 그 두 학생이 순사들을 등으로 업듯이 하면서 허리를 굽혀 시궁창에다 내동댕이쳤거든요. 교문이 열리자 몇백 명이 와와 쏟아져 나갔습니다. 헌병 놈이 모자의 턱 끈을 조이고 군도를 차고 권총을 손에 쥐고 누런 장화를 신고 말을 타고 학생들 속으로 뛰어들어와 말을 꼿꼿하게 세웠습니다. 우리는 냅다 뛰었습니다. 이때 경관대가 들이닥쳐서 우리를 못 가게 가로막는 것이었는데 나는 꼬맹이였으므로 순사가 벌린 팔 밑을 가방을 들고 빠져나갔습니다. 그들은 큰 고기만 잡고 작은 고기는 내버려뒀지요. 큰 고기들은 다 잡혀 몇 대의 버스에 정어리 통졸임처럼 빽빽이 실려 경찰서로 연행되었습니다. 나의 이모(리화여자전문학교 음악과 출신)도 붙들려 갔지만 일주일 뒤에 놓여나왔습니다. 나는 이모한테서 음악에 관한 지식을 많이 배웠습니다.

그때 서울 시내는 막 들끓었어요. 학교 마당에서는 학생들이 '일본

제국주의자를 타도하자'고 외쳤습니다. 나도 외쳤습니다. 나는 '일본
제국'의 뒤에다 '주의자'를 붙인 것일 거라고 생각하였지요. 그 뒤에
상해에 가니까 상해에 〈독립신문〉이며 〈앞길(前途)〉이며 하는 신문이
있었는데 그 신문에 '미제국주의를 타도하자!'고 씌어 있지 않겠습니
까? 납득이 되지 않아서 물었습니다. "미국은 공화국이 아닙니까? 대
통령이 수반인데 왜 제국이라고 합니까?" 하고요.

그때 나는 처음으로 '제국주의'란 무엇인가에 대하여 설명을 들었
습니다. 광주학생사건 때는 몰랐습니다. 하여간에, 일본인을 반대하
자, 일본인은 나쁘니까 반대하자, 그쯤밖에 생각하지 못하였습니다.
공산주의에 대하여도 전혀 몰랐습니다. 그래서 테러 활동을 했지요.
그러나 이것쯤으론 일본은 넘어가지 않습니다. 끄떡도 안 하였지요.
이토 히로부미를 죽였고 시라가와 대장을 죽였어도 일본은 넘어가지
않았습니다. 이래서는 안 되겠습디다. 이래서 이론적으로 생각하고 나
서 나는 공산당에 들어갔습니다. 그 당시는 공산당에 입당하면 학살당
하였습니다. 장개석은 엄한 사람이니까요.

중학교 1학년 때 학교에서 학예회를 개최하였습니다. 그때 철공장
노동자의 생활을 묘사한 연극을 상연하였는데 아주 성공적이었습니
다. 쇠망치로 치면 무대에서 불꽃이 일어났는데 그건 전기 장치로 그
렇게 한 것이었습니다. 무산 계급 연극이었습니다. 끝으로 교장의 총평
이 있었는데 학생이면 학생다운 연극을 하라는 것이었습니다. 그 말에
학생들은 성을 내었습니다. 인력거에 교장을 앉히고 시가지를 벗어나
계속 가서 동대문을 나갔습니다. 그곳에서 동쪽으로 2킬로미터 가면
쓰레기를 버리는 곳인데 거기에다 교장을 버렸습니다. 쓰레기 취급을
받은 교장은 계속 그 직책에 앉기가 뭣해서 사퇴를 하고 말았습니다.

서울에서의 중학생 시절에 나는 〈조선문단〉의 심부름꾼을 하였습니다. 그건 내가 좋아서 한 노릇입니다. 청량리의 소나무 숲, 거기에는 대학의 예과가 있었고 별장 풍격의 건물이 줄져 있었습니다. 그때 방인근(1899~1975. 소설가)의 원고를 가져갔던 기억이 있습니다.

중학교를 나와서 처음에는 일본으로 가려 하였습니다. 그런데 일본행의 도항증을 해 주지 않습니다. '너는 안 된다'는 거죠. '광주학생사건 때의 기록이 서류로 남아 있으니까 너한테는 도항증을 해 줄 수 없다' 이러는 것입니다. 뭣도 모르고 남의 흉내를 내서 떠든 것뿐인데 그렇지만 그 당시 조선은 언론의 자유라는 것이 좀 있었습니다. 잡지에 황포군관학교 학생 모집 광고가 실렸는데 사진까지 박혀 있었습니다. 거기로 가자, 이렇게 생각하고 학교를 나오자 일단 원산에 돌아갔습니다. 어머니께서 무슨 일을 시키면서 준 돈을 가지고 서울로 도망쳤습니다. 독자이기 때문에 말씀을 올려 봐야 중국으로 가는 걸 허락할 리 만무하지요. 그래서 가출해 버렸습니다. 서울역 이등객 대합실에서 어머니께 편지를 썼습니다. "어머니 안녕히 계십시오. 어머니께서 이 편지 받으셨을 때면 저는 중국에 가 있습니다." 이렇게 썼습니다.

황포군관학교

황포군관학교(1924년에 국민당과 공산당이 합작하여 세운 군관학교)에서는 수업료를 받지 않았을 뿐더러 도리어 1인당 매달 12원씩 주었습니다. 닭알 하나에 1전씩 하던 시대인 만큼 식비로 6원이면 충분하였습니다. 12원 가운데서 6원이 식비니까 실지 잡비로 쓰이는 용돈이 6원입니다. 기타의 옷, 모자, 총, 종이, 노트 같은 것은 나라로부터 공급받았습니다. 졸업하면 군관이 됩니다. 그 대신 잠 한번 푹 자 볼 새 없이 내

몰리었습니다.

졸업하면 소위입니다. 졸업할 때 "오늘은 교문을 나서는데 나가면 뭘 하고 싶으냐?" 하는 상관의 물음에 150명 졸업생이 일제히 '스이죠오(잠)'라고 외쳤습니다. 그 상관이 깜짝 놀라는 것이었지요. 그날 실컷 잠을 잤습니다. 식사도 하지 않고. 그처럼 훈련이 엄격하였습니다. 공거루 먹여 줄 리가 있겠습니까?

문: 허정숙(許貞淑. 1902~1991. 연안에서 해방을 맞고 북조선에 돌아가 문화선전상으로 있었다) 과 상면한 곳은 어디였습니까?

내가 그 학교로 가니까 허정숙이 거기에 있었습니다. 북조선의 문화선전상을 10여 년간 지낸 사람입니다. 지금은 여든 살로써 당 중앙 서기직에 있습니다. 그 여자의 부친은 조선의 유명한 변호사로서 박헌영의 변호를 섰댔습니다. 허정숙은 허헌(許憲)의 딸입니다. 그녀는 미국에 유학을 갔다가 하필이면 거기서 붉어졌지요. 처녀의 몸으로 조선 전국을 돌아다니며 연설을 하였습니다. 그래서 6년간 감옥살이를 하였습니다.

문: 황포군관학교에 여자도 입학할 수 있었습니까?

허정숙은 감옥에서 나오자 결혼한 후 도망쳤습니다. 내가 그 학교에 갔을 때 거기에 있었습니다. 아들이 하나 있더군요. 북조선에서 그녀가 왜 타도당하지 않았을까. 박헌영의 변호를 선 사람이 그녀의 부친 허헌인데도 지금 이용하고 있는 것이지요. 군관학교 때 그녀는 우리들에게 욕탕물도 끓여 주고 옷가지도 빨아 주었습니다. 황포군관학교는 3년제였습니다.

상해에는 독립운동에 참가한 조선 사람이 많았습니다. 그런데 일본이 쇠퇴하는 징조도 보이지 않으니까 외국인 회사에 취직하여 생계를 유지하는 사람이 많아졌고 독립운동을 끝까지 견지한 사람은 소수였습니다.

남경에 있는 일본 영사관이 조선 망명자들을 조사하고 있었습니다. 영사관 직원들이 조선말을 참으로 잘하더군요. 어느 때 북경으로 갈 일이 있어 안경을 쓰고 중절모를 쓰고 중국옷인 장파오(長袍)를 입고 갔습니다. 나는 아주 긴장하였습니다. 북경에는 국민당 헌병도 있고, 국민당 계통의 특무대 즉 남의사(藍衣社)치들도 있고, 일본인도 플랫폼에 영접을 나와 있으니까요.

황포군관학교라 하면 옷깃을 여미고 마음을 가다듬을 만큼 그렇게 신성하고 엄숙하고 열정적이며, 또 그런 점에서 중국의 대표적인 학교입니다. 그러나 내가 쓴 글의 황포군관학교는 그러한 면만 쓴 것이 아니라 반면도 썼습니다. 즉 두 면을 다 썼습니다.

군관학교에 처음 들어갔을 무렵 교관은 탄알 150발(일본 탄알은 6.8밀리, 중국 탄알은 실한데 7.9밀리), 수류탄 2개, 총검에 배낭, 이렇게 무장을 시켜 가지고 우리를 달리게 했습니다. 무거워서 견딜 수가 없더군요. 국무원 민족사무위원회 부주임을 지낸 문정일도 그때 그 학교 학생이었습니다. 그가 내 옆구리를 쿡쿡 찌르는 것이어서 보니까 칼은 없이 칼집만 차고 있지 않겠어요. 칼은 어쨌느냐고 물으니까 침대 밑에 있다지요. 그러다가 내부 검사에서 발각이나 되면 어쩔라구, 내가 근심하니까, "이 등신아, 발각이 되게 두겠어." 하겠지요. 교활한 자식이죠.

김학철의 발자취   415

이런 실례는 얼마든지 있습니다.

그다음엔 행군 훈련입니다. 뱀처럼 길게 만든 자루, 이걸 전대(纏帶)라고 하는데 여기에 쌀을 넣고 아구리를 매고 어깨에 멥니다. 한 사람이 쌀을 5킬로 또는 7킬로씩 전대에 넣습니다. 물통에, 배낭에, 총검에, 탄약에다 쌀까지니까 견디기가 어렵지요. 한번은 변소에 가니까 변소 뒤로 여럿이 들락날락하거든요. 뭣들 하는가고 가 보니까 피라미드 모양으로 입쌀산이 이뤄졌거든요. 절반쯤 부리워 놓고는 시치미를 뚝 떼고 나오는 것입니다. 몇백 명이 그랬으니까 산더미를 이룰 수밖에요.

성공한 예도 쓰고 실패한 예도 쓰겠습니다. 자신들이 실제로 그렇게 하였으니까 판단은 자손들에게 맡기면 됩니다. 완전한 것을 남기고 싶다는 이것이 나의 마음입니다.

태항산에 있을 때 최채랑 함께 사람의 키만큼이나 큰 메기를 발견하였습니다. 이런 고마울 데가 어디 있느냐 하고 구워 먹었습니다. 소금이 없었으므로 그대로 먹었지요. 그것을 마을 사람들이 보고선 곧 여단 사령부로 가서 항의를 제기하였습니다. 그 메긴 몇천 년 전부터 살아온 용왕인데 그 용왕이 비를 점지하신다는 것이었습니다. 그 고장은 비가 적은 곳이어서 영물이 내리는 재앙이 무서워 큰 메기를 잡아먹지 못합니다.

우리들은 유물주의자입니다. 영물의 재앙 같은 것을 믿지 않습니다. 그렇지만 농민한테는 그것이 신령님입니다. 신령을 잡아먹었으니 어떻게 됩니까? 백성들이 신령님이라면 할 수 없지요. 꾸지람을 들었습니다. 그렇지만 모르고 한 일이어서 용서를 받았습니다. 그런데 그해는 하느님이 심술을 부려서 한 방울의 비도 내려 주지 않았습니다. 그

것 보지, 하고 농민들이 들고일어났습니다. 가늘고 긴 천을 장대에 매달고 짚을 태우고 악기를 불고 치고 하면서요. 그들은 기우제를 지낼 테니 메기를 먹은 자들은 와서 기우제 의식에 참가하라는 명령을 내렸습니다. 이런 것도 나는 썼습니다. 혁명은 위대합니다. 하지만 재미있는 실수도 있습니다. 거짓말을 하여선 안 되지요.

소년 시절 (계속)

내가 열두 살 때, 즉 소학교 6학년 때인 1929년 1월, 원산에서 총동맹파업이 일어났습니다. 원산 시내의 모든 상점이 문을 열지 않았습니다. 순사들이 경찰모의 턱 끈을 조이고 여기저기서 경비를 서고, 부두에는 마이즈루, 니이가다, 츠루가로부터 온 배들이 많이 정박하고 있었습니다. 그런데 부두 노동자들은 하물(荷物)을 부리워 주지도 않고 실어 주지도 않았습니다. 대단하였지요. 난 어렸으니 왜 그러는지 잘 몰랐지만요 저쪽은 파업 파괴분자들을 고용하였습니다. 나는 어리었으므로 구경을 갔습니다. 같은 계층의 아버지와 형님들이 싸우고 있으니까요. 7, 8척의 화물선이 떠나지 못하고 수백 명 순사들이 우글거리고 있었습니다. 파업 파괴분자들이 미웠습니다. 일본 선원들이 갑판에서 발을 구르고 기적을 울렸습니다. 응원을 하는 거지요. "어—이, 이겨 내라!"고 성원을 하는 것이었습니다. 그때는 무슨 영문인지를 몰랐습니다. 왜 파업을 일으키는지.

1929년 11월의 광주학생사건 때 나는 중학교 1학년생이었습니다. 전 조선의 학생이 동맹휴학을 하였습니다. 나는 중학교 1학년생, 나이가 어리어 왜 그러는지를 몰랐지만 다른 중학생들과 함께 참가하였습니다. 나의 이모도 여학생이었는데 동맹휴학에 참가하고 경찰서에 연행되었습니다.

　그 당시 조선공산당의 지도자였던 리재유(李載裕)가 지명수배를 당하여 온 서울 시내가 발칵 뒤집혔댔습니다. 꼭 서울 시내에 있을 거라고 해서 빠져나가지 못하게 봉쇄를 하고 일을 벌여 2주일 이상이나 그를 찾지 못했는데 경성제국대학의 일본인 교수의 지하실에서 그가 붙잡혔습니다. 신문에 대대적으로 그 일이 실렸습니다. 우리 반 친구들이나 나나 왜 조선 공산당 지도자를 일본 사람이 비호했는지. 그 까닭을 몰랐습니다. 교수와 그의 부인은 리재유를 감춰 주고 먹여 주었답니다.

　〈삼천리〉라고 하는 잡지와 〈조광(朝光)〉이라고 하는 잡지에 '황포군관학교의 조선인 학생'이란 소개 기사가 사진과 함께 실린 일이 있습니다. 조선 학생이 수십 명 있다고 씌어 있었습니다. 인기 있는 학교였으니까 나는 그 학교에 들어가자고 마음먹었습니다. 그래서 도망쳤습니다.

　나는 프랑스 조계에 들렀습니다. 상해에 있는 대한민국 임시정부는 조선 사람을 비밀히 파견하여 군자금을 모았습니다. 그에 응해서 여자들까지도 비녀며 반지를 기부하였던 것입니다. 그런데 그 돈을 임시정부의 일부 나쁜 놈들이 큰 서양요리점에 가서 먹고 마시는 데 썼습니다. 리승만(1875~1965. 한국 초대 대통령)이 상해에서 미국으로 도망칠 때 임시정부의 국고금을 훔쳐 가지고 도망치려 했습니다. 그는 기선의 특등실에 앉아 미국으로 갔습니다. 이건 거짓말이 아닙니다. 안창호(1878~1938. 독립운동가)는 한 달, 두 달로 조선이 독립될 것도 아니니까 소홀히 임시정부의 돈을 써서는 안 된다고 하면서 그 돈으로 프랑스 조계의 소쫀거리에 많은 아파트를 사서 세를 놓아 용무에 썼습니다. 안창호는 머리가 좋은 분입니다.

윤봉길 의사가 폭탄을 던졌지요. 의거에 앞서 그는 태극기를 붙여 놓고 그 앞에서 선서하였습니다. 두 손에 폭탄을 쥐고 사진을 찍었습니다. 나도 그 사진을 봤습니다. 프랑스 조계에 조선 청년이 나타나면 사방에서 신문, 잡지를 갖고 옵니다. 민족혁명당의 〈앞길〉이라는 신문, 김구 등이 꾸린 〈독립신문〉, 무정부주의자의 〈남화통신〉 등이 있었는데 그 속에서 선택하였습니다. 윤봉길 사건이 있은 뒤에는 프랑스 조계에 있지 못하고 남경, 진강(鎭江, 남경 옆에 있는 도시), 항주 등지로 도망쳤습니다. 프랑스 조계에는 조선 사람이 많이 살고 있었습니다. 중국 사람은 조선 사람이 일본 사람처럼 보이고 아편 장사도 하니까 싫어하였습니다. 그런데 윤봉길 사건이 일어난 후에는 거리를 지나갈 수가 없었습니다. 모두 악수를 청하고 한잔하자고 청해서 말입니다. 중국 사람이 죽이고 싶어 한 걸 조선 사람이 죽여 줬으니까 그러는 것이었습니다.

상해 시대

상해에 있을 때 나는 단순하였습니다. 일본 사람을 많이 죽이면 조선이 독립되는 줄로 여겼습니다. 그래서 테러 활동을 하였습니다. 활동 자금이 부족하니까 젊은 축은 강도질을 하였습니다. 그러나 프랑스 사람과 중국 사람의 것은 절대 뺏지 말아야 하고, 기타 나라 사람들의 것은 뺏어도 좋다는 규정이 있었습니다. 우리는 주로 일본 사람의 금품을 약탈하였습니다. 나의 한 친구가 강도죄로 나가사키 형무소로 연행되어 7년간 옥살이를 하였습니다. 일본 사람은 이들을 정치범으로 판결하기 싫어하고 될 수 있는 대로 보통의 살인죄, 강도죄, 방화죄로 처리하려 하였습니다.

후에 나 역시 치안유지법에 의해 판결을 받았댔습니다. 한 달에 한 번씩 편지를 쓸 수 있어서 여동생한테 치안유지법에 걸려 감옥에 있다고 편지를 썼댔는데 검사관이 보고 먹으로 거길 지워 버렸습니다. 그 편지를 받은 여동생은 먹으로 지운 데를 햇빛에 비추어 보고 오빠가 치안유지법에 걸렸다는 걸 알았다고 합니다.

나는 열두 살까지는 원산에서 살고 열세 살에 서울로 가서 1934년까지 혜화동 보성고등보통학교에 다녔습니다. 그 학교를 졸업하고 상해로 갔습니다. 일곱 살에 아버지를 여의었습니다. 내가 상해로 도망쳤을 때 순사부장이 어머니를 찾아왔다고 합니다. 내가 집에 있을 때 셰퍼드를 사다가 훈련시켰댔는데 순사부장이 찾아오자 일본말을 모르는 어머니는 내가 셰퍼드한테 말하는 본새로 "스와렛(앉앗)!" 하였는데 전쟁 후에 안 일이지만 그 순사부장이 무던해서 욕은 하지 않고 일본말로 이러더랍니다. "'스와레'는 나쁜 말이요, '오소와리나사이', 이래야 합니다."라고.

나는 상해에서 여러 가지 일을 알았습니다. 그 일부를《격정시대》에 썼습니다. 상해도 미국의 시카고처럼 무서운 도시였습니다. 청방(靑幫), 홍방(紅幫) 같은 비밀결사가 있는데 그 성원들이 다부살 속에 권총을 감추어 가지고 있다가 갑자기 총을 쏴 대는 것이었습니다.

무정(武亭, 1905~1952. 팽덕회 옆에 있으면서 팔로군 속에다가 조선의용군을 조직, 해방 후 북조선으로 돌아갔음)이 나를 남경으로 불렀습니다. 나는 남경에서 4리쯤 떨어진 곳에 가서 폭탄 던지는 것 같은 훈련을 몇 달 동안 받았습니다. 무정은 남경의 절간에 살고 있었습니다.

일본 경찰이 냄새를 맡고 카메라를 메고, 선향(線香)과 시줏돈을 갖고 와서 시줏돈을 바치고 나서는 찰칵찰칵 절간 안 여기저기를 찍었습니다. "남경에서는 일본 사람을 습격해서는 안 된다. 그것은 상대에게 구실을 만들어 주게 된다."면서 장개석이 무력행사를 금하는 명령을 내렸습니다. 그리고 일본은 외교 경로를 통하여 장개석에게 황포군관학교 재학 중인 조선 사람을 축출하라고 강요하였습니다. 할 수 없이 학교 당국에서는 조선 사람을 퇴학시키고 이튿날 그들의 본적지를 조선 지명이 아니라 중국 지명으로 고쳐 뒷문으로 다시 들어오게 하였습니다.

우리는 프랑스 조계에 조선인 독립단체가 있다는 것을 알고 있었습니다. 우리가 갔을 때는 윤봉길의 폭탄 사건으로 하여 임시정부가 탄압을 받아 철수한 뒤였습니다. 나는 아파트에 기숙하였습니다. 그런데 그 아파트의 주인아주머니가 보통 여자가 아니었습니다. 그의 남편은 정치범으로서 서울 서대문 감옥에 감금되어 있었습니다. 그의 남편은 임시정부 말단의 간부였는데 마르크스주의자가 되자 임시정부가 하는 일이 마음에 들지 않았습니다. 그래서 그때 상해에 생긴 중국 공산당 조선인 지부에서 활동하다가 프랑스 경찰한테 잡혀 서대문 감옥에 갇히게 된 것입니다. 그 부인이 아파트를 경영하는데 건물의 주인으로부터 한 동의 아파트를 세 맡아서는 방들을 다시 남에게 세주고 있었습니다. 실상 말이 아파트이지 방이 대여섯 간밖에 없는 긴 행랑방 같은 3층집이었습니다. 그런데 처음에는 몰랐지만 그 부인이 권총을 핸드백 속에 감춰 가지고 어디론가 가져가곤 하는 것이었습니다. 그때 그녀의 나이는 38세, 영어와 상해 방언에 아주 능숙하였습니다. 그녀가 나를 얼마 동안 명심해서 살펴본 뒤 김약산한테 이런 사람이 있다고 알려 주었습니다. 김약산의 당파가 남경에서 4, 5리 떨어진 강녕(江

寧)에 있었습니다. 나는 강녕에 가서 입단 수속을 하고 다시 상해로 돌아갔습니다. 나는 강녕에서 지도원으로부터 실제 사격 훈련도 받았습니다.

문: 왜 상해로 가셨습니까?

'상해로 가면 권총과 폭탄을 가질 수 있다, 그걸 가지면 조선으로 들어가서 조선 총독을 죽여 버릴 테다' 하고 생각하였습니다. 이런 생각을 하기까지의 전제는 일본인에 대한 증오가 그 기본이었습니다. 거기에 윤봉길의 폭탄 사건은 나에게 직접적으로 큰 자극을 주었습니다. 나는 잡지에 황포군관학교의 기사가 사진과 함께 소개된 것을 보고 상해로 왔습니다. 당시 일본의 보도에 대한 통제는 그 정도였습니다. 〈적기(赤旗)〉, 〈전위(前衛)〉 등도 상해에서 팔리고 있었습니다. 한 책에 5전, 값이 쌌습니다. 그 대신 책장이 한데 붙어서 제 손으로 베지 않으면 안 되었고 종이의 질도 나빴습니다.

내 나이 열여덟에 상해로 건너가고 다시 남경으로 가 김약산을 만났으며 이제 금방 폭탄을 받을 거라고 생각하고 있는데 일단 상해로 돌아가서 명령을 기다리라는 것이었습니다. 이래서 군관학교에 들어가기 전까지 테러 활동을 하였습니다. 김약산은 나를 사랑해 주었습니다. 테러 노릇이 처음에는 겁났고 선배를 따라다녔습니다.

그 당시는 마르크스주의적 방침의 지도하에서 움직인 것이 아니었습니다. 사람을 죽이면 그 사회에선 신용을 얻었습니다. 또 살인하면 그 테러 조직을 배신할 수 없었던 것입니다. 길 가는 사람의 금품을 강탈하기도 하고 남의 집에 들어가 강탈하기도 하고 살인도 하였습니다.

무정부주의자들은 지독합니다. 65세가 된 한 무정부주의자가 있었습니다. 그의 조카의 밀고로 노인이 체포되었습니다. 노인의 부하인 리하유란 사람이 낚시질을 함께 가자고 노인의 조카를 꾀어내서 상해에서 4, 5리 상거한 남창덕이라는 작은 기차역으로 함께 갔습니다. 철교 옆에 있는 자그마한 다리에서 낚시질을 시작하였습니다. 리하유는 권총을 쏘면 소리가 나겠으니까 단도를 뽑아들고 "네놈은 조국을 배반하고 존경하는 선배님을 일제한테 팔았다." 선언하고 배반자를 찔렀습니다.

내가 남경에 있을 때 장군장이라는 사람이 있었습니다. 그는 민족주의자인데 전쟁 후 서울에서 만난 적이 있습니다. 그의 딸은 우리들과 함께 팔로군에 갔습니다. 그런데 장군장의 아들놈은 나쁜 놈이었습니다. 이놈이 워낙은 우리 그룹의 식당 관리원을 하였습니다. 장에 가서 물건을 살 때 장사치한테 속는 것 같아 자기 저울을 갖고 가서 무게를 달았던 관계로 '저울내기'라는 별명을 갖게 되었지요. 그놈이 글쎄 남경 일본 영사관으로 도망쳐 들어갔습니다. 식사할 시간인데도 밥을 가져오지 않으므로 요리실로 가 보니 중국인 요리사가 지도원이 없어서 재료를 사지 못했다고 말하는 것이었습니다. 우린 그가 일본인에게 납치된 거라고 근심하였습니다. 중국 헌병대에 우리의 한패가 둘 있었는데 그들을 통하여 알아봤더니 '저울내기'가 영사관에 있다는 것이었습니다. 그로부터 일주일이 지나 우리 패들이 집으로 오는 도중 폭한들의 습격을 받았습니다. 권총으로 응전하여 재난은 모면하였지만 다들 '저울내기'가 찔러바친 것이 틀림없다고 하였습니다. 그러나 그가 영사관 안에 있으므로 손을 쓸 방법이 없었습니다. 그 뒤에 그는 상해로 갔습니다. 그때 비밀 망명자 단체는 남경에도 항주에도 있었고 진강(남경에서 상해 쪽으로 약 60킬로 상거한 도시)에도 있었습니다. 항주에 살고 있는 그의 아버지 장군장이 상해 북역에 당도해서 기차를 내리자 일본 영사관 형사에게 체포되었습니다.

아들이 아버지를 밀고한 것입니다. 그놈은 사람이 아니었지요. 아버지는 잡혀가 7년 징역을 살았습니다.

문: 상해로 가신 것이 어느 해였습니까?

1934년 봄이었습니다. 그 이듬해 군관학교에 들어갔습니다. 내가 상해에 있을 때 김두봉이 군관학교 교관이었습니다. 그의 동생이 김구백(金九栢)인데 이 사람이 완고한 민족주의자였습니다. 한번은 프랑스 조계에 모여 들놀이를 하였는데 그때 그 김구백이 무정(뒤에 조선의용군 총사령)한테 걸고 들어 '공산주의자는 사람이 아니다'라는 취지의 발언을 하였습니다. 그 말에 성이 난 무정이 벗나무 지팽이, 그전에 공산주의자들은 머리를 길게 자래우고 벗나무 지팽이를 짚고 다녔는데, 그 지팽이로 김구백을 두들겨 패 놓고는 그길로 강서성으로 달아났습니다. 그는 소비에트 지구로 들어가 홍군에 입대하고 2만 5천 리 장정에 참가하였습니다.

상해에 있을 때는 나도 공산주의가 무엇인지 이해하지 못하였습니다. 그저 일본 놈을 때려 엎으면 된다는 그런 마음만으로 행동하였습니다. 상해에서는 〈동아일보〉, 〈조선일보〉 같은 것을 다 볼 수 있었습니다. 그런데 놈들이 일본군에 헌금을 하고 총독부로부터 표창을 받는 것이었습니다. 믿기가 짝이 없었지요. 그래서 입대를 고무하는 기사를 쓴 사람에게 신문사를 통하여 편지를 썼지요. 그전에는 신문 기사에 이름을 밝혔지요. 편지에다 누구님 전상서라 쓰고서 '당신의 의견은 좋은 의견입니다. 당신께서 조직의 사명과 비밀을 철저히 지키시면서 지하 사업에 종사하시는 데 대하여 경의를 표하면서 금후도 계속하실 것을 기원합니다' 이렇게 썼습니다. 이쪽 테러 단체의 이름으로 말입니다. 그 편지를 읽은 일본 사람들이 어떤 생각을 하였겠는지…… 하여튼 그런 일도 하였습니다. 밉살스러워서 그랬지요.

나는 서울에서 살긴 하였지만 역시 시골뜨기를 면치 못하였어요. 시골놈이었으니까 처음 상해에 갔을 때 고운 서양 아가씨가 색안경을 쓴 걸 봤지요. 소경이구나, 불쌍한 생각이 들더군요. 하숙집 아주머니에게 말했더니 호호 웃으며 그게 선글라스라고 말했습니다. 그때까지 나는 소경만이 색안경을 쓴다고 여겼으니까요.

또 버스에 앉으니까 차장이 '오소 오소' 하겠지요. 나는 양복에다 넥타이까지 매고 상해식으로 머리를 깎았는데 저 차장이 어떻게 내가 조선 사람인 줄을 알고 '어서' 타라고 할까. 나는 이상하여 집에 돌아오자 하숙집 아주머니 보고 "내가 상해 사람으로 안 보입니까?" 하니까 상해 사람으로 보인다는 것이지요. 그래서 버스 차장이 나를 보고 '오소 오소' 하더란 말을 하자 그 아주머니가 소리 내어 웃으며 '오소 오소'는 상해말로 '어서 어서'란 의미라고 가르쳐 주었어요. 여러 가지 실수가 있었습니다만 젊으니까 인차 수습해지더군요.

상해에 있을 때 미국 사람한테서 영어를 배웠습니다. 한어도 공부했지요. 이것이 나에게는 약점이었으니까. 군관학교 입학시험에는 영어와 일본어 중 한 가지를 선택할 수 있었는데 나는 둘 다 쳤습니다. 제일 외국어를 일본어로 했는데 이건 100점이고 제이 외국어를 영어로 썼는데 80점을 맞았습니다. 고중 졸업생으로서 신체가 건강하고 정신이 건전한 사람은 누구나 시험 칠 수 있었습니다. 그렇지만 뒷문으로 들어오는 자도 많았습니다. 그 학교는 등용문이었으므로 지방 군벌의 자제들도 뒷문으로 들어왔습니다. 우리들도 김약산의 후원이 있었습니다. 나는 '민족혁명당' 당원이었으므로 당의 명령으로 군관학교에 들어갔습니다. 첫 수업 시간에 교관이 이런 말을 하였습니다.

"제군이 이제부터 배우는 것은 살인하는 과학이다."

적을 어떻게 처부수는가를 배운다는 것입니다.

황포군관학교는 뒤에 중앙군관학교로 개칭되었습니다. 기병과가 제일 그럴듯하였습니다. 학생 한 명에 말 한 필, 말을 돌보는 마부가 딸려 있었습니다. 출발할 때는 번쩍번쩍하게 빛을 낸 말을 타고 가며, 돌아와서는 고삐를 던져 주면 마부가 감당하여 말에 손질을 하였습니다. 그 기병과는 키가 크지 않으면 들어갈 수 없습니다. 공병과는 토치카를 쌓고, 참호를 파고, 교량을 가설하고 요새를 구축하는 것을 배우므로 힘이 있는 자를 고릅니다. 포병과는 수학 잘하는 자를 고릅니다. 제일 찌꺼기가 보병과입니다. 나도 보병과였습니다. 그렇지만 진짜 정치가는 모두 보병과 출신입니다. 기병과는 멋쟁이들이지만 정치적 두뇌가 부족한지 높이 출세하는 자가 없었습니다.

김약산

'민족혁명당'은 처음에 '의열단'이라고 하였습니다. 순수한 테러 조직인데 그 수령이 김약산입니다. 그는 당시에 이십팔구 세의 젊은이였습니다. 그 후 테러만으로 아무것도 성사할 수 없다 여기고 공산주의자도 포용하였습니다. 김두봉(1890~?. 연안에 있을 때는 조선독립동맹 지도자였음. 해방 후 북조선에서 활동했으나 실각)도 이 조직체 안에 있었고 최창익

(崔昌益, 1896~1957. 연안에서 항일 전쟁을 하였고 해방 후 북조선의 부수상)도 일본 감옥에 8년간 갇혀 있다가 출옥 후 상해로 망명해 와서 여기에 가담했고 그의 부인 허정숙(조선의 문화상을 10년간 역임하고 지금은 당 중앙 서기. 당 중앙 서기이면 부수상급)도 함께였었습니다. 나는 그때 그 당에 참가하였습니다.

군대에는 사령관과 정치위원이 있습니다. 사령관은 전쟁 때만 명령을 내리고 평상시는 정치위원의 말대로 합니다. 그러니 정치위원이 더 높습니다. 석정(石正)이란 분이 김약산과 함께 있었습니다. 그는 17세 때 폭탄을 갖고 가서 조선 총독을 폭살하려 했다가 배반자의 밀고로 체포되어 8년간 감옥에 갇혔었습니다. 그뒤 그는 점점 마르크스주의자들과 친교를 맺게 되었습니다. 그는 김약산의 '지혜 주머니'였습니다. 나는 상해 프랑스 조계에 있을 때 그의 지도를 받았습니다. 팔로군 쪽으로 넘어갈 때도 그가 우리를 영솔하였습니다. 그때 김약산은 식구가 많아서 중경을 떠나지 못하고 남았습니다. 김약산은 중경에서 광복군과 합병하고 부사령에 취임하였습니다. 리청천(李青天)은 일본 육군사관학교 출신입니다. 그 학교를 졸업하면 장교입니다. 그는 일본군 소대장이 되어 청도에 있는 독일군 공격에 참가하였습니다. 그런데 그는 일본을 배반하고 만주에 도망쳐 가서 독립군에 가입하였습니다. 그 사람이 광복군의 중심인물입니다. 김약산은 젊은이들이 다 팔로군한테로 도망쳐 갔으니까 실력이 없어 부사령으로서 전쟁이 끝날 때까지 그쪽에 있었습니다.

광복군은 일본을 반대하였지만 일본과의 실제 전쟁에는 참가하지 않았습니다. 내가 서안에 가 보니까 그들 우익의 생활은 좋았습니다. 대궐 같은 큰 집에 살고 영문에는 위병이 보초를 서고 게양대에 태극기가 펄럭이고 있었습니다.

조선전쟁 때는 팔로군으로 간 좌익과 중경, 서안에 남은 광복군이 서로 싸웠지요. 그들은 모두 군관학교 출신이죠. 남조선의 사단장들, 북조선의 군대 지휘관들, 그들은 동급생입니다. 서로가 잘 아는 사이였습니다.

1935년 봄에 황포군관학교에 입학하였습니다. 나는 학생이지만 이미 '민족혁명당' 당원이었습니다. 식당, 교과서, 노트, 잡비 일절을 학교에서 부담하였으며 이 밖에 돈으로 12원씩 지급받았습니다. 그 속에서 6원을 식비로 내는데 하루 20전으로 만족스럽게 식사를 할 수 있었습니다. 그 시절에 닭알 하나의 값이 1전이었습니다. 한 중대에 취사원이 6명 있었으며 50전을 내면 빨랫집에서 옷을 전부 빨아 주었습니다. 한 중대에 이발병이 한 사람씩 있는데 한 달에 20전만 내면 몇 번이고 머리를 깎아 주었습니다. 외출은 일주일에 네 번뿐이니까 한 달에 5원 30전, 이것이면 용돈으론 충분하였습니다.

일단 졸업한 사람이 다시 와서 재교육을 받는 경우가 있습니다. 이런 사람을 학원이라고 하였는데 우리 같은 학생은 2원 받지만 학원은 20원 가졌습니다. 견습 사관 실습에 나가면 준의의 자격으로 군대에 입대하며 그걸 마치면 소위입니다. 나의 경우는 견습 사관 실습에 나가 있을 때 진짜 전쟁이 일어났습니다. 그때 나는 일본 조계에서 얼마 멀지 않은 대장(大場)에 가 있었습니다. 황포항에 일본 순양함 '이즈모'가 들어와서 함포 사격을 하였습니다. 졸업 전에 전투가 벌어졌으니 졸업식은 그 뒤에 거행되었습니다. 전쟁이 터진 뒤 나는 남경에서 싸우고 무한에서도 싸웠습니다. 이듬해 10월에는 무한에서 조선의용군이 성립되고 조선 사람이 거기에 집결하였습니다.

무한을 철퇴(撤退)하기에 앞서 우리는 한구 시내에 있는 일본 조계의 아스팔트길과 벽, 담장에다 이틀 낮, 이틀 밤에 걸쳐 반전 표어를 썼습니다. '너희들은 자본가들한테 속히워서 침략 전쟁에 종사하고 있다. 이런 전쟁에 참가할 필요가 뭔가?' 이런 식으로 썼습니다.

곽말약(郭沫若)이 와서 보고 감탄하였습니다. "일본에 유학한 중국인 학생이 10만을 넘지만 무한 함락 전에 여기 남아 반전 표어를 쓰고 있는 사람은 죄다 조선 사람이다. 왜 그런가, 부끄럽다." 곽말약은 이렇게 자기의 저서에 썼습니다. 중국인 일본 유학생이 웬일인지 몰라도 위험한 제일선에 나오지 않은 건 사실입니다. 일본군은 한구에 입성한 뒤 뻥끼와 콜타르로 쓴 그 반전 표어에 골머리를 앓았습니다. 일본군은 군대를 동원하여 밤낮 사흘 동안 그 표어를 지웠다고 합니다.

무한에서 떠나 우리들은 둘로 갈라져 한 패는 한수(漢水, 장강의 지류)를 거슬러 북으로 향하고 우리네는 악양(동정호 입구)까지 배를 타고 간 다음 도보로 막부산 전선으로 향하였습니다. 야간 행군 때 멱라수(호남성 북부에 있는 강물, 하류는 상강에 주입한다. 굴원이 빠져 죽은 곳) 강변에 왔는데 배는 있지만 사공이 달아나고 없었습니다. 나는 바닷가에서 자랐기 때문에 노를 저을 줄 알았습니다. "내가 사공 노릇을 하지." 하고 주인 없는 배에 군대를 싣고서 세 번 왕복하여 무사히 전부 건네주었습니다.

국민당 군대는 징병제가 아니었습니다. 이 마을에서 몇 사람 내놔라, 병사로 되는 것은 영광이다, 이렇게 선전을 해 놓고 적령자에 한해서 대나무 막대로 제비를 뽑는데(촌장이랑 군대의 입회하에서) 빠지면 후우시름을 놓고 맞으면 그 자리에서 엉엉 운답니다. 부자들은 돈을 내서 대신 갈 사람을 응모합니다. 그러면 가난한 집 아들이 그에 응하여 그 자리에서 합법적으로 대신합니다.

나는 조선의용군의 분대장으로 등용되었습니다. 사단장과 군단장이 안에서 담화를 하기에 나는 밖에서 기다렸습니다. 안에서 "일본 군대 포로를 보고 싶으냐?" 하기에 보고 싶다고 하니까 사람을 시켜 포로를 데리고 왔습니다. 하나는 일등병이고 하나는 상등병이었습니다. 수염이 자라고 멍청한 것이 핏기 없는 죽어 가는 얼굴이었습니다. 내가 일본말로 "가케나사이(앉아요)." 하고 말하였으나 통 반응이 없었습니다. 그들은 한참 있다가 내가 일본말을 했다는 걸 알고는 지옥에서 부처님을 만난 것처럼 갑자기 얼굴에 생기가 돌았습니다. 군단장이 깜짝 놀라는 것이었습니다. 그저 구경이나 시켜 주자 한 것인데 내가 일본말로 말하였으니까 보위병도 놀라는 것이었습니다. 그 일본 포로가 그제야 "저는 일본에 있을 때 노동자입니다." 하고 경력을 말하였습니다. 그러자 군단장이 우리네 대장을 보고 나를 빌려 달라는 것이었습니다.

나는 싫다고 하였으나 군단장이 그것이 네 임무라고 하는 것이어서 할 수 없이 군단 사령부에 남았습니다. 여기 국민당 군대는 식사 표준이 높아 반찬이 여덟 가지나 되더군요. 군단장은 일본군 포로한테서 정보를 얻자는 생각으로 나를 남게 한 것이었습니다. 그런데 포로는 둘뿐이고 2주일 동안 있어도 할 일이 없었습니다. 나는 자원을 해서 다시 전선으로 돌아갔습니다.

조선의용군이 최초에 겪은 전투 이야기를 할까요. 막부산에서 적벽(赤壁)으로 흘러드는 강물이 있습니다. 그 강물에 자그마한 콘크리트 다리가 놓여 있었습니다. 무한으로부터 싸우고는 퇴각하고 싸우고는 퇴각하고 하였습니다. 우리는 후미 부대로서 그 다리를 폭파하였습니다. 일본군이 추격하니까요. 다리를 방금 폭파하였는데 백 명이나 되는 피난민이 뒤따라 당도하였습니다. '다리가 없다'고 이쪽에서 소리를 쳤지만 못 듣는 모양이었습니다. 피난민들이 아래로 내려와 강을 건너려 하는데 일본군 비행기가 와서 기총 소사를 해 댔습니다. 우리는 살아남은 피난민들을 구해 주었습니다. 한참 있으려니 일본군 전차가 달려왔습니다. 우리는 이쪽 언덕 위에 박격포와 대전차포를 걸어 놓고 포격하였습니다. 대전차포에는 바퀴가 고무인 것과 강철인 것, 두 가지가 있습니다. 고무바퀴인 것은 가벼워서 기동성은 좋으나 조준이 잘 안 되며 강철 바퀴인 것은 기동성은 못 하나 사격은 정확합니다. 우리는 이것으로 일본 전차를 격파하였습니다. 당시의 전차는 지금 것보다는 아주 작아서 마스기 쉽지요. 일본군은 강을 건너지 못하고 있는데 어느 사이에 밤이 되었습니다. 밤이니까 적은 우리가 있는 곳을 알 수 없었습니다. 우리는 일본군이 눈치를 채지 못하게 살그머니 물러갔습니다. 조선의용군이 맨 처음 싸운 곳은 바로 거기였습니다.

실제 전쟁이라는 것은 기묘한 일도 있습니다. 어떤 임무가 있어서 우리 군대 약 2천 명이 이동하다가 우연히 한 개 연대 병력의 일본군과 마주쳤습니다. 저쪽도 전투가 목적이 아니고 이동 중이었기에 서로 보면서도 묵묵히 지나쳤습니다. 서로 상거한 거리가 100미터도 되지 않아 잘 보였는데도 말입니다.

또 이런 일도 있었어요. 일본군의 3.8식 총에는 국화꽃 문장이 새겨져 있지요. 그 3.8식 총을 몇백 자루나 중국 쪽에 팔려고 온 일본 자본가가 있었습니다. 거간꾼을 내세워 가지고. 그 총으로 뭘 합니까? 일본이 만든 총으로 일본군을 사격하였습니다. 그는 몇만 발이나 되는 탄알도 우리한테 팔려고 가져왔습니다. 속은 것은 평민뿐이지요.

조선의용군이 어째서 잘 싸웠겠는가, 의용군은 조선 사람 자체의 선거를 받아 민족 대표가 된 적이 없습니다. 그러나 중국 사람은 우리가 조선 민족을 대표한 것으로 간주합니다. 그러니 비겁하게 놀지 못합니다. 민족의 체면이란 것이 있으니까요. 그러기에 우리는 용감히 싸웠습니다. 표창도 받고요.

내가 어째서 소설을 쓰게 되었느냐, 나는 원시 소설 쓸 생각이라곤 조금도 없었습니다. 그렇지만 우연하게도 일본군이 총알 한 방을 내 다리에다 선물했으니까, 한쪽 다리를 상실하였으니 군인으로선 쓸모가 없게 되었습니다. 그래서 그럼 글을 써 보자 이렇게 규슈의 이사하야 감방 안에서 마음먹었습니다. 조선의용군은 노동자 군대도 아니고 농민 군대도 아니며 지식인 군대입니다. 이른바 소자산계급 군대입니다. 그들은 배를 곯아서나 직장이 없어서 참가한 것이 아니라 내 민족이 다른 민족에게 유린당하는 것을 앉아서 볼 수가 없어 궐기하였을 뿐입니다. 내가 쓴 것은 이 인간 세상이 어떻게 하면 더 잘 되겠는가, 인류를 위해 무엇을 공헌할 것인가, 그를 위해 나는 글을 씁니다. 나의 일생은 눈앞에 어떤 불합리한 현상이 있으면 그것과 싸우는 일생입니다. 《20세기의 신화》를 쓴 것도 그래서였고, 조선의용군에 참가한 것도 그 때문이었습니다.

국민당 군대를 떠나 팔로군 군대가 되다

국민당 군대도 아랫사람들은 잘 싸웠습니다. 우리도 잘 싸웠지요. 그런데 국민당은 날이 감에 따라 싸우지 않게 되었습니다. 군대가 국가의 군대가 아니라 군벌과 장군의 사병적(私兵的)인 존재이고 장군의 자본이었던 것입니다. 그러므로 그들은 자기 군대의 소모가 두려워서 점점 싸움을 피하였습니다. 그렇지만 팔로군은 적극적으로 싸우는 것이어서 그쪽으로 가려고 마음먹었습니다.

내가 공산당에 입당한 것은 세계관에 변화가 생겼기 때문입니다. 테러 행위로 일본 사람을 죽이는 것만으론 성사 못 한다는 것을 인식하였습니다. 조선이 독립하여도 자본가나 지주를 그대로 놔둔다면 민중은 학대를 받습니다. 일본군 통치하에서나 조선인 지주와 자본가의 통치하에서나 착취받는 건 매한가지입니다. 조선 민중을 진실로 해방하기 위해서는 공산당에 입당하지 않고서는 안 된다, 이렇게 생각하고 나는 1940년 8월에 입당하였습니다. 지금은 입당하면 모든 사람에게 공개되고 사회적으로 존중케 하고 본인은 명예로 여깁니다. 그러나 그때는 달랐습니다. 누구한테도 당원임을 말하지 않습니다. 그 비밀이 새면 목이 붙어 있질 않으니까요. 장개석은 공산당을 생매장하였던 것입니다.

전투 마당에선 공산당원이 선두에 섰습니다. 숭고한 정신을 지닌 사람들이었습니다. 나는 누구도 모르게 공산당원이 되어 신사군에 갔습니다(팔로군은 황하 북쪽에 있었음). 신사군의 당 조직이 조선의용군 내부로 들어왔습니다. 내가 우리와 신사군 간의 연락을 취했습니다. 그곳으로 왕래하는 것이 여간 위험하지 않았습니다. 국민당군의 통치 지역을 지날 때는 황포군관학교 학생 휘장을 달고, 그곳을 빠져나가면 옷을 벗어 보에 싼 뒤 백성 차림새를 하고서 보따리를 어깨에 둘러멥니다. 돌아올 때는 국민당 통치구에 들어가기 직전에 국민당 군복으로 갈아입었습니다. 그런데 신사군 지역으로 들어가려면 반드시 일본군 점령 구역을 통과하지 않으면 안 됩니다. 한번은 우리들이 일본군 점령 구역까지 가서 보니까 일본 군대들이 총을 쥔 보초를 제방 위에 세워 놓고서 발가벗고 물속에서 미역을 감고 있었습니다. 우리는 보초

앞에선 행동할 수 없어 옷을 입은 채 강을 따라 내려가서 강을 건넜습니다.

한차례 큰 전투가 있었는데 싸움에서 장자중이라고 하는 국민당군 대장이 전사하였습니다. 그 싸움을 마지막으로 국민당은 싸우지 않았습니다. 그래서 팔로군으로 도망가기로 하고 각 부대별로 흩어져서 락양에 집결하였습니다. 당시 락양 분대의 분대장이 문정일이었습니다. 그는 군인으로선 무능하였지만 중국인과의 교섭에 있어서는 천재였습니다. 그가 변설가라서 중국 사람들이 잘 속아 넘어갔습니다. 그는 사령부에 조선의용군 주재원 신분으로 있으면서 황하의 도하증, 통행증을 발급받게 해 주었습니다. 이런 증명 없이 부대가 강을 건넌다면 전쟁이 붙습니다. 교섭의 천재인 문정일의 노력으로 피 한 방울 흘리지 않고 팔로군에 합류할 수 있었습니다. 우리가 갔을 때 주덕 총사령은 연안에 있었으므로 팽덕회 부총사령이 우리들을 환영해 주었습니다. 그때 등소평(鄧小平)은 192사 정치위원이었고 그때 사단장인 류백승(劉伯承)은 지금 원수이고 구십 고령으로 북경에 살고 있습니다.

이쪽의 생활 형편이 매우 어려웠습니다. 옥수수를 먹었습니다. 조와 옥수수밖에 없었습니다. 우리는 그 생활에 습관이 되지 않아 처음에는 배탈이 나서 고생하였습니다. 소금이 없는 것이 제일 문제였습니다. 소금을 가져오자면 말과 노새 떼로 무장한 군대가 호위해서 일본군 봉쇄를 돌파하지 않으면 안 되었습니다. 일본군은 이곳에 소금이 들어가지 못하게 봉쇄하고 있었습니다. 소금이 들어가지 않은 반찬은 먹기 어려웠습니다. 참 괴로웠습니다. 그러나 기분은 좋았습니다. 국민당 군대에 있을 때는 늘 기분을 억제하고 사양하고 했지만 여기서는 그럴 필요가 없으니까. 조선의용군은 약 30명씩 여러 분대로 나뉘어서 교대로 산을 내려가 일본군과 걸고 들었습니다. 전투는 될수록 피하고 선전과 정치 활동을 주로 하였습니다. 밤중에 내려가서 말도 걸고 삐라도 뿌렸습니다.

일본군 포로가 꽤 많이 있었습니다. 노사카 산조(野坂參三)네가 그들을 맡아서 해방 동맹이란 것을 만들고서 교육하고 있었습니다. 그들은 자본가의 자식이 아니고 노동자, 농민들의 자식이었으므로 교육을 받고는 인차 일본이 침략 전쟁을 일으켰다고 각성하는 것이었습니다.

일본군의 군용 트럭을 매복했다가 부숴 놓고 장교 하나를 포로하였습니다. 우리는 총 이외엔 포로한테서 연필 한 대 뺏지 않습니다. 일본 주재 중국 대사로 있은 부호(符浩)가 이런 이야기를 쓴 걸 보았습니다. "예닐곱 살 먹은 애가 벽돌 쪼각을 포로된 일본인 장교한테 뿌린 것이 면바로 골에 맞았습니다. 골이 터져서 피가 났습니다. 그 포로는 '당신들은 포로를 학대하지 않는다 해 놓고선 이게 웬일이냐' 하면서 성을 냈습니다. 어린애가 그랬는데 아이들이 법률을 아는가, 하지만 그 애가 왜 당신한테 벽돌을 뿌렸겠는가, 이 점을 생각해 주기 바란다. 일본군은 가는 곳마다 사람을 죽이고 물건을 뺏지 않았는가."

글쎄, 애들은 어떨지 몰라도 우리들은 일본군 포로에게 예의를 다했습니다. 그것은 팔로군의 정책이었기 때문에.

호가장 전투

1941년 12월 10일, 우리들은 태항산 산속의 원씨현 호가장에 머물게 되었습니다. 원씨현은 북경에서 무한으로 가는 철도연선에 있습니다. 그 역에서 20킬로쯤 상거한 곳에 일본군 포대가 있었는데 그놈들이 낮이면 근방의 농촌들에 와서 소란을 피워 대곤 하였습니다. 그날 밤 우리들은 포대 가까이로 가서 수류탄을 뿌린 다음 선전 방송을 하였습니다. 이튿날 놈들이 '토벌대'를 우리한테 출동시켰습니다. 간밤 늦게까지 선전 활동을 한 탓으로 늦잠을 자고 일어나 한창 아침밥을 먹는데 갑자기 지척에서 포탄 하나가 터졌습니다. 저도 모르게 일어나려니까 위급함을 알리는 보초의 총소리가 울렸습니다. 우리 팔로군의 병력은 약 3백 명, 우리는 곧 전투를 전개, 우리가 산 위를 차지하고 있었기에 승리하였습니다. 우린 기뻐서 풍풍 뛰며 만세를 외쳤습니다. 그 이튿날 즉 12월 12일 무슨 대회였던지 잊어버렸는데 아무튼 무슨 대회가 열려서 우리는 거기에 참가하게 되었습니다. 팔로군 지배하에 있는 지역에도 장이 섰습니다. 우리는 장터도 총을 쥐고 보호하였습니다.

전투가 끝나면 전쟁터를 정리하지 않으면 안 됩니다. 시체를 치우고 무기를 거두고 민병들은 일단 피난한 민중들을 데려옵니다. "전쟁터를 정리하고 가겠으니 먼저 떠나시오. 내일 아침 당신들을 따라붙을 것입니다." 팔로군이 이렇게 권하므로 우리는 먼저 마을로 와서 밤늦게까지 화롯불을 피워 놓고는 노래를 부르고 춤을 추었습니다. 싸움에서 이겼으니까요. 그러니 이겼다고 투구의 끈을 졸라매지 않았거든요. 경각성을 늦췄지요. 춤추고 노래한 뒤에 잤습니다. 각반을 풀어 둘 다 모자 속에 넣어서 베갯머리에 놓고 탄띠를 베개로 삼고서 잠이 들었습니다. 산서성의 집들은 지붕이 평평합니다. 그래서 곡식 같은 것은 지붕 위에다 말립니다. 그 밤따라 마을은 짙은 안개에 휩싸여 보초가 적을 발견하지 못하였습니다.

적과 내통한 간첩이 마을에 있었습니다. 그놈이 밤중에 몰래 빠져나가 일본군에 통지하였던 것입니다. 현 소재지에는 일본군 중대가 있었는데 그들이 전화를 받고 군용 트럭을 타고 달려왔습니다. 호가장에서

2, 3킬로 상거한 흑수하 강변까지만 트럭이 달릴 수 있었습니다. 그들은 거기 와서 트럭에서 내려 내통한 젊은 놈을 앞세우고 슬슬 들이닥치며 우리를 포위하였습니다. 그러나 안개가 짙어서 보초는 그들을 발견하지 못하였습니다. 그들이 돌연 습격을 개시하였습니다. 우리는 벌떡 일어나 저항 사격을 하였습니다.

이윽고 총신이 불덩이처럼 달아올라 (다음 두세 마디 말은 녹음이 똑똑지 않음) 부풀어 올라 닫기지 않았습니다. 그래서 발로 차서 그것을 열어 놓은 채로 총을 쐈습니다. 그러나 이제 우리의 복멸(覆滅)은 시간 문제였습니다. 바로 이 위급한 시각에 팔로군이 들이닥쳤습니다. 내일 아침 온다고 약속한 터인데 예정보다 빨리 와서 우리를 공격하는 일본군을 좌측으로부터 에워싸기 시작하였습니다. 이를 눈치 챈 일본군은 조수가 밀려가는 모양으로 도망을 쳤습니다.

나는 일본군이 밀려가기 바로 직전에 총을 쏴 대다가 적탄에 맞았습니다. 총알이 살을 뚫고 나가면 별문제였겠는데 뼈를 맞았기 때문에 야구 방망이로 되게 얻어맞은 것 같았습니다. 순간 몸을 뒤치다가 그만 바위에 골을 부딪쳐 정신을 잃었습니다. 정신을 차렸을 때는 내가 담가(擔架)에 누워 있었습니다. 깜짝 놀라 담가에서 내려 도망치려다 보니까 놈들이 각반으로 내 몸을 담가에다 칭칭 비끄러매 놓지 않았겠어요. 거기서 얼마쯤 가니까 일본 군용 트럭이 기다리고 있었습니다. 그 트럭에 일본병 중상자와 함께 실렸습니다. 내 옆의 그 일본 놈은 배를 맞았는데 고통스러워서 밖으로 나온 창자를 무의식중에 꽉 뭉개고 있었습니다. 소설이나 영화에서 보면 사람들이 숨을 거두기 직전에 당비를 바쳐 달라와 같은 훌륭한 유언을 남기는데 나는 남들이 임종하는 걸 여러 번 겪어 봤지만 그러는 사람을 하나도 못 봤어요. 머리를 총에 맞은 자는 즉사하고 가슴을 맞은 자는 입으로 피를 토하면서 쓰러지고 배를 맞은 자는 의식을 잃었습니다. 유언하는 자는 하나도 없었어요.

팔로군의 군율은 엄합니다. 민중한테서 바늘 하나 뺏지 않았습니다. 밤엔 마당에서 자고 방에서 자지 않았습니다. 어느 연대장이 백성의 여자하고 좀 무슨 치근거리는 짓거리를 했다가 당장에 취사원으로 격하됐습니다. 이건 내 눈으로 본 사실입니다. 엄격하기가 이를 데 없지요. 팔로군은 존경받을 자격이 있습니다.

부상, 구속

이렇게 나는 붙들려서 헌병 분견대(分遣隊)로 넘겨갔습니다. 팔로군에 비해 식사가 여간 좋은 것이 아니었습니다. 농민의 소를 뺏아다 잡아먹는 것은 예상사였습니다. 농민에게 있어서 소는 생명처럼 귀한 것인데도. 나한테 눈가림을 시켜 가지고 담가로 가져간 곳은 후에 안 일이지만 하북성 형대(邢台)였습니다. 당시 형대에 일본군 여단 사령부가 있었고 여단장은 조선 사람인 홍사익(洪思翊)이었습니다. 나는 조선 사람이 꾸린 그곳 개인 병원에서 치료를 받았습니다. 나를 치료한 의사가 파상풍에 걸리지 않은 게 이상하다고 하였습니다. 수술을 하지 않았기에 상처가 곪아서 고름이 뚝뚝 떨어졌던 거죠. 약제사를 겸하고 있는 그 병원의 조수가 사람이 없을 때 가만히 들어와서 "선생님!" 하면서 눈물을 흘렸습니다. 자기 누님이 신의주의 평안북도 도립병원에서 일하는데 거기 가면 완전히 치료될 수 있는 건데요 하고 그는 울었습니다. 그는 자기 친구가 일본 부대의 통역인데 '토벌' 갔다가 우리가 뿌린 삐라를 주워 장화 속에 감추어 가지고 와서 자기한테 주었다고 하였습니다. 그는 태극기가 그려져 있고 '조선 동포에게 고하노라. 일본제국주의의 앞잡이가 되지 말라. 여기로 오너라. 여기에 혁명군이 있다'고 씌어 있는 그 삐라를 나에게 보여 주는 것이었습니다. 민족의 감정이지요. 그 젊은이는 울었습니다. 본인은 일본군의 일을 해 주면서요.

그 뒤에 나는 기차에 실려 석가장 헌병대에 압송되어 가서 헌병 사령관의 헛간 비슷한 곳에 갇히었습니다. 하루 세 끼 맛있는 것을 먹여 주었습니다. 치료라곤 위생병이 와서 알콜 소독을 해 줄 뿐이었습니다. 그러나 젊었던 관계로 3개월쯤 되니까 일어설 수가 있었습니다. 참대 막대 하나를 짚고서 일광욕을 하려고 마당으로 나갔더니 그걸 본 헌병이 나를 헌병대 취조실로 데리고 갔습니다. 철조망을 두른 취조실 마당에 나의 친구가 서 있었습니다. 마덕상이라고 하는 나의 군관학교 동창생입니다. 또 한 사람은 그리 친했던 사람이 아니었습니다. 야마모토 헌병 조장(曹長)은 싱긋 웃으며 여기서 서로 말해도 좋다는 양상을 보이고서 가 버렸습니다. 머리칼은 길 대로 길고 얼굴은 백지장 같고 군복은 해어져 누데기가 된 나를 보고 그 친구들은 처음에 내가 유령인 줄로 여긴 모양이었습니다. 그들은 내가 호가장의 그 전투 뒤에 끌려가 죽은 줄로 알고 있었던 것이죠. 내가 말해서 사정을 알게 된 그들은 꼭 치료될 수 있을 거라고 격려해 주었습니다.

그들은 정보를 정탐하러 왔다가 체포된 것이었습니다. 그중 한 사람은 팔로군에 잡혀 왔던 조선 사람인데 팔로군에 와서 사상이 변해 가지고 이번엔 팔로군을 위해 정탐 과업을 맡았답니다. 그는 백성의 옷으로 갈아입고 자기는 팔로군에서 탈주해 왔노라고 하면서 일본군에 자수하였습니다. 그는 일본군이 자기를 믿게 해 놓고 정보를 팔로군에 보냈습니다. 그런데 그만 드러났습니다. 일본 특무 기관에서도 의심하였겠지요. 밀정은 총살됩니다.

감옥 안에는 일본 사람도 꽤 있었습니다. 군대의 몸으로 도적질한자, 총과 탄알을 밀매한 자 등등. 어느 날, 잡역부가 감방을 청소하러와서 "이건 당신의 것이요." 하면서 나한테 흰 종이쪽지를 건네어 주는 것이었습니다. 보니 '자네가 이걸 볼 땐 우리들은 북경으로 끌려가총살당했을 것이다'라고 씌어 있었습니다. 마덕상이 잡역부한테 부탁하여 나한테 보낸 것이었습니다.

"자네는 죽지 말고 살아서 원쑤를 갚아 주게. 그놈은 일본 밀정이네,정신을 차리게."

신용순이란 자를 두고 하는 말이었습니다. 그는 원시 광복군에 있다가 후에 조선의용군에 넘어왔는데 그자가 일본 밀정이었습니다. 하필이면 그자가 마덕상을 취조할 때 일본군의 통역을 섰는데 말의 내용을 마덕상에게 불리하게끔 고의적으로 다르게 통역하는 것이어서 마덕상이 성을 벌컥 내고 심문 중인데도 재떨이를 들어 신가 놈에게 던졌다고 합니다. 마덕상은 일본말을 듣긴 들어도 말은 못 했던 것입니다. 어쨌든 총살이란 걸 알고 있었으니까요.

나는 그곳에 있다가 영사관에 옮겨갔습니다. 내 죄상이 치안유지법위반이므로 헌병대에서 취급할 바가 아니기 때문입니다. 영사관은 깨끗하였습니다. 몇 달 뒤에 예심이 시작되었습니다. 예심 형사 밑에서 일하는 여비서가 찻가루로 만든 고급차를 가져와서 나한테 권하였습니다. 그들도 나의 경력을 알고 있어서 취급을 허술히 하지 않았습니다.

내가 일본으로 갈 때 가네야마라는 순사와 누노부쿠로야(후쿠시마 사람)라는 순사가 나를 호송하였습니다. 그 사람들이 나를 존경해서 내

요구를 다 들어주었습니다. 천진까지 가서 그들은 나의 여동생한테 몇 시에 서울역을 통과하니까 면회를 와 달라는 전보를 쳐 주었습니다. 그래서 서울에서 여동생과 어머니를 만났습니다. 여동생이 어른이 되었더군요. 그 애가 소학교 5학년 때 서로 갈라졌는데 그때는 학교 선생님이었습니다. 어머니는 퍽 수척하시고. 호송하는 순사들이 처음에는 그 자리에 입회했었지만 저쪽으로 피해 갔습니다. 여동생과 어머니는 수원까지 나와 함께 갔습니다. 나는 부산까지 같이 가 주리라고 생각하였는데 수원에서 내리는 것이었습니다. 그 까닭은 전쟁 후에야 알았는데 그때 차비가 없었던 것이었습니다. 나는 부산에서 연락선을 타고 시모노세키에서 내렸습니다.

그들은 나에게 수쇄를 채우지 않았습니다. 지팡이를 짚고 있는 데다가 발이 꾸드러져서 한쪽 다리를 전혀 쓰지 못하니 도망할까 근심할 필요가 없었습니다. 시모노세키에서 내지의 경찰한테 나를 인도할 때도 수쇄를 채울 필요가 없다고 그들이 말해 주었습니다. 시모노세키에서 네 시간 기다리는 어간에 식당에 들어가 '소고기 구이'를 주문하였습니다. 가져온 것이 딴딴하기에 여점원보고 물어봤더니 "고래 고기입니다."라고 대답하겠지요. 소고기가 없는 것이었습니다. 나는 중대머리를 번쩍 쳐들고 지팡이를 짚고 우쭐우쭐 식당 안을 걸었습니다.

문: 그때 소고기 구이는 어디서 잡수셨습니까?

상해랑 남경에선 얼마든지 그걸 먹을 수 있습니다.

저는 시모노세키에서 나가사키로 이송되었습니다. 미결방에는 다다미가 깔려 있었습니다. 기결이 되면 마루방에 돗자리 한 장씩 차례

집니다. 미결방에는 정가표에 사이다는 얼마, 빵은 얼마, 사과는 얼마, 말린 오징어는 얼마라고 씌어 있었습니다. 그래서 주문하면 지금은 비상 시기이기에 없다는 것이었습니다. 할 수 없지요.

1943년 4월 30일에 나가사키에 도착했던 거지요. 부상 입은 날짜는 1941년 12월, 그사이에 신원 확인을 하러 헌병이 조선에 계신 어머니한테까지 갔었다고 합니다.

신사군, 팔로군에 있을 때를 또다시 생각하고

신사군은 둘로 나뉘어 활동하고 있었습니다. 한수 근처에서 활동하고 있는 것이 리선념(李先念) 부대, 리선념은 지금 국가 주석입니다. 다른 한 갈래는 대홍산(호북성 무한에서 서북쪽으로 약 130킬로 상거한 곳에 있는 산) 부근에서 활동하고 있은 한 개 사단이었습니다. 그 사단에 나의 조선인 전우 두셋이 가서 중대장을 맡고 있었습니다. 그중 한 사람은 대적(일본) 공작과 과장이었습니다. 그들이 갈 때는 당원이 아니었는데 거기 가서 싸우는 도중 중국 공산당에 입당하였습니다. 그들이 조선의용군에 공작을 해 보는 것이 좋겠다는 의논을 하고 우리에게 왔습니다. 우리의 제2 지대는 리정인(李正仁)의 대홍 전구에 있었습니다. 그들은 돌아와서 비밀리에 중국 공산당 조선의용군 지부를 만들었습니다. 그때 나는 호남성 제9 전구에 가 있었기 때문에 일 년쯤 늦어 중국 공산당에 가입하였습니다. 그곳에서 태항산으로 가려면 참으로 멉니다.

팔로군의 군대는 백성과 동등합니다. 내가 팔로군으로 갔을 때 일입니다. 목욕탕이 없으므로 작은 냇물을 돌로 막고서 몸을 씻고 있노라니 농민이 괭이를 들고 뛰어와서 큰소리로 꾸짖는 것이었습니다. 웬일인가 하였더니 이 냇물이 밭에 물을 넣는 수로라는 것입니다. 내가 냇물을 막았으므로 밭에 물이 들어가지 않았던 거죠. 백성이 장교를 꾸짖다니, 팔로군은 위대하죠. 국민당 통치구에서 이랬다간 그 농민은 온몸이 벌집처럼 구멍이 뚫릴 것입니다.

태항산은 우리들이 가기 전에 염석산(閻錫山) 지배하에 있었습니다. 가 보니 민중은 30년 앞날의 물 세금까지도 납부했다는 것입니다. 놀랐어요. 한심한 착취지요. 그때는 압박을 받아 하라는 대로 할 뿐 한마디 대꾸도 못 하였지만 팔로군이 오자 그들은 아주 자유롭게 생활하고 일할 수 있었습니다.

조선의용군 중공 지부의 결정으로 우리는 팔로군한테로 가게 되었습니다. (사전에 신사군과 연락이 있었으며 우리는 국민당 지배 지대에서 신사군 지배 지대로 여러 번 왕래하였습니다.) 한꺼번에 가면 국민당이 눈치챌까 봐 한 분대씩 이동하였습니다. 집합 장소는 락양입니다. 락양의 분대장이 문정일이었습니다. 그는 중국 사람과의 교섭을 아주 능란하게 하고 뒤처리도 잘하였습니다.

신사군에서도 조선의용군이 팔로군에 합류하는 걸 비준해 주었습니다. 조선의용군은 단독 조직이 아니었으므로 중국 공산당 당원의 신분으로서는 비준이 없이 움직일 수 없었습니다. 신사군에서 팔로군에 그 사정을 연락하여 주었습니다. 비당원 의용군 병사에게는 당의 비준에 의해서란 말을 하지 않고 국민당 군대는 일본과 싸우지 않으니 먹기만 하고 놀고 사는 밥벌레다, 그러니 팔로군에 넘어가자, 이렇게 설득하였습니다. 신사군에 있는 조선의용군이 아닌 조선 사람들도 팔로군에 가고 싶다고 하였으나 이는 허가되지 않았습니다.

그때 스메틀레라는 미국 사람이 태항산에 왔습니다. 우리네 간부에게는 근무병을 한 사람씩 딸려 주었댔는데 그들이 밥을 날라 준다든가, 속옷을 빨아 준다든가 하였습니다. 스메틀레에게도 18세 되는 소년병을 딸려 주었는데 아들이 없는 그 미국 사람이 소년병을 양자로 삼겠다고 말을 꺼냈습니다. 우리는 그 자리에 없었지만 그때 리선넘이 전쟁이 끝나면 양자로 삼게 해 주겠노라고 설득한 모양입니다. 그런데 그만 그 애가 두 해쯤 후에 전사하였습니다.

팔로군으로

락양으로 가는 데는 황하를 건너지 않으면 안 됩니다. 여기 황하 일대는 국민당 장군의 손아귀에 들어 있으므로 여행증과 도하증이 필요합니다. 문정일이 맨 마지막에 와서 황하 북방 일대에 있는 조선 사람을 지원하고 보호하겠다는 명목을 내걸어서 묘하게 속여 넘기고 도하 허락을 받았습니다. 밤이 되어 강을 건너기 직전에 돈 교섭을 해야 하였습니다. 막돼먹은 놈이 통행세를 좀 더 내라는 것이었습니다. 돈을 주었습니다. 그걸 안 주면 전투가 벌어지니까요. 이제 뭍에서 떠나려는데 돈이 모자라니 더 내라는 것이어서 주지 않았느냐 하니까 모자란다는 것이지요. 강도 행실을 하는군요. 이쪽도 수단이 없는 건 아니랍니다. "탄알을 재웟!", "전체 대검(帶劍)!" 하고 명령하였습니다. 몇백 명이 총알을 재우는 소리에, 밤에 봐도 번쩍이는 총검, "돌파!" 하고 명령하였습니다. 그러자 저쪽도 전쟁은 싫지요. 속여서 돈을 빼앗자 했는데 이쪽에서 위압적으로 나오니까 인즘 부드러운 태도로 "관둬, 관둬, 우리들은 형제가 아니냐! 건너가요, 건너가." 마치 《수호전》이죠.

전원이 다 건너가자 우리는 총을 빵빵 쏘았습니다. 처음에는 추격해 오는 줄 알았는데 총알이 전혀 날아오지 않았습니다. 우리가 총을 쏜

건 일본군에 알려 주는 것이었습니다. 총성이 울리면 일본군이 달려온다, 그러면 일본군에 보고하지, 방금 적군과 맞부딪쳐 전투를 했다고, 일본군 놈들 자기들한테 충성을 다 했다고 기뻐할 테지, 이런 생각을 하고서요.

팔로군 지역으로 들어갈 때, 밤중에 마을의 움푹 팬 와지(窪地)에 집합하였습니다. 팔로군에서도 영접하는 사람이 왔는데 그는 나의 황포군관학교 동창생이었습니다. 밤길을 걸어가는데 "수이앗(誰啊, 누구야)!" 하는 고함쳐 묻는 소리가 들렸습니다. 밤마다 낮마다 변하는 암호와 통과 번호가 있어서 이걸 말하면 아무 소리 없이 통과시켜 주었습니다. 그런 곳이 서너 곳이나 되었습니다. 국민당 군대는 일본군을 경계할 뿐 아니라 팔로군도 경계하였습니다. 새벽이 되었습니다. 산마루 위를 행진하고 있는데 골짜기에서 와아 하는 소리가 들려왔습니다. 보니 녹색 군복을 입은 몇백 명 군대가 군모를 벗어 흔들면서 우리를 환영하는 것이었습니다. 벌써 연락이 되어 있었던 거죠. 그곳에 당도하니 총기를 한 줄로 늘어놓고 환영하는 것이 마치 열병식 같았습니다. 밤에는 극을 상영하고요. 그리고 조선 동지를 환영한다고 쓴 플래카드가 드리워 있었습니다. 이 산중에서 연극을 노는데 조선 치마저고리를 입은 여성이 등장하였습니다. 어디서 구했을까? 그걸 입고 있는 여자는 중국 사람인데요. 총사령부까지 다시 사나흘을 더 걸었습니다. 그곳에 당도하니 펑덕회 부총사령이 우리를 반갑게 맞아 주었어요.

그 후부터 각 분대(한 분대는 수십 명)별로 나뉘어 때로는 산을 내려가 일본군 포대 근처에까지 가서 전쟁을 하였습니다. 그렇지만 우리의 방침은 될 수 있는 대로 전투를 피하는 것이었습니다. 무기를 갖고 있으니까 싸움이 붙으면 싸우지만 선전 활동을 위주로 하였습니다.

중국 공산당도 우리가 싸우는 걸 반대하였습니다. 조선의용군의 몇 백 명이 수십만의 적과 정면으로 싸운다 해서 일이 성사될 것도 아니라면서 말입니다.

중조산은 골짜기가 매우 깊습니다. 산길에서 스쳐 지나 반대 방향으로 한 시간 걸어간 뒤에도 서로가 큰 소리로 말을 주고받을 수 있었습니다.

막심이라고 하는 소련제 중기관총이 있습니다. 띠 하나에 탄알 200발이 들어갑니다. 일본 군대에도 마구잡이로 덤비는 둔한 놈들이 있었습니다. 막심으로 쏘면 일반적으로 적은 가까이 들어오지 못하는데 한번은 풀숲 속을 기어와 벼랑 밑에서 셋이 목말을 꾸미더니 맨 위의 놈이 막심 중기관총의 다리를 잡아서 당기는 것이었습니다. 정말 목숨 아까운 줄을 모르는 자들이죠. 털이 부시시한 손이 기관총의 다리를 잡아당기는 통에 총을 쏘고 있던 우리 총수는 그만 어리뻥뻥해졌습니다. '무기는 생명이다' 군대에서 이렇게 교육받았으니 그는 생명이 없어지는 것처럼 당황하였습니다. 칼로 기관총의 다리를 잡아당기는 그 손을 찍어 버리면 만사필인 걸 가지고 막심은 회전시키면 대가리가 쏙 빠지게 되어 있습니다. 총을 쏠 때는 몹시 따가와요. 새고기 구이도 할 수 있을 정도이니까. 따가운 총신을 둘이서 힘껏 잡아 뺐습니다. 일본 군대는 기관총 다리만 잡고서 셋이 함께 골짜기로 떨어졌습니다. 다리가 없이는 기관총을 쏠 수 없습니다. 전쟁이란 말입니다. 어느 님처럼 백전백승할 수가 없습니다. 일본군도 그렇지요. 기관총 다리만 뺏고서야 뭘 하는가. 전쟁 과정은 승부의 반복 과정입니다. 그러니 우리의 자손들에게 진실을 전하지 않으면 안 됩니다.

우리들은 잘 싸웠지만 실패도 많았습니다.

팔로군의 생활

문: 팔로군의 생활면 같은 걸 좀 더 말씀하여 주십시오. 집은요?

우리가 들어 있는 집은 백성의 가옥이었습니다. 그 집들에 어쩌면 벼룩이 그렇게 많겠어요. 인상에 남네요. 벼룩이 어찌나 많은지 세숫대야에다 물을 담아 놓으면 수면이 까맣게 되어요.

감이 많습니다. 산서성의 산엔 감나무 천지입니다. 가을이면 온 산이 새빨갛습니다. 산서성의 집은 석조이며 지붕이 평평합니다. 그 위에다가 감을 말립니다. 산 중턱에다 계단 모양으로 집을 짓습니다. 그곳의 명물은 감과 호두입니다. 호두를 일본군 점령구에 갖고 가 팔아 가지고 종이도 사고 석유도 사 옵니다. 입쌀은 한 알도 없고 감을 말려 가루 내서 만두를 만들어요. 색은 검어도 달아요. 배가 터지도록 먹으면 뒤가 문제지, 뒤가 막혀 버리기 때문에요.

그곳은 양도 많습니다. 산벼랑에서 떨어져 죽는 놈도 있어요. 군대한테는 싼값으로 팔아 줍니다. 고기에 푸른 반점이 있고 삶아서도 먹고 구워서도 먹습니다. 그런데 소금이 없어요. 있어도 값이 비싸서 살 수 없습니다. 소금 한 근에 4원입니다. 중대장인 내 월급이 3원 50전입니다. 어떻게 삽니까. 여행할 때면 성냥갑에 소금을 넣어 가지고 마치 인단처럼 갖고 다닙니다. 그것도 새까만 돌소금인걸요. 소금은 일본군 점령구 저쪽에 있습니다. 전투 부대가 말을 끌고 가서 소금을 말 등에 실어 가지고 목숨을 걸고 일본군 점령구를 돌파합니다. 일본군이 엄중히 봉쇄하기 때문에요.

우리 팔로군 선전부만은 석유등을 쓰고 기타는 채종유(菜種油)를 씁니다. 하루에 취침하기 전 30분만 불을 켤 권리가 있습니다. 전 부대가 접시에 심지를 담근 등불을 씁니다. 선전부는 석유등을 쓰며 시간제한이 없습니다. 꼭 책을 읽어야 할 사람은 선전부에 모여 석유등을 둘러 쌉니다.

곤란한 것은 목욕입니다. 겨울 같은 때는 머리를 감기조차 어렵습니다. 그래서 모두 겨울이면 까까머리를 하고 여름이면 머리를 강물에 감을 수 있으므로 머리를 기릅니다. 내가 제일 곤란해한 것은 신입니다. 삼을 주면서 자기절로 '짚신'을 삼아 신으라는 것이었습니다. 나는 아무리 해도 안 되었습니다. "맨발로 견디지." 하니까 친구가 "내가 삼아 주지." 하고 내 어려움을 맡아 해결해 주었습니다. 그 대신 "내가 자네의 빨래를 해 주지." 하고 나는 그의 빨래를 해 줬습니다. 후에 그는 조선의 포병 학교 교장이 되었습니다.

나는 단추조차 달 줄 모릅니다. 무기만은 분해도 하고 청소도 하지만 그 밖의 일은 죄다 잘하지 못합니다. 국민당 군대에 있을 때는 목욕하는 것, 빨래하는 것을 모두 당번 병사가 시중들고 빨아 주고 했는데 팔로군에 오니까 이게 곤란하더군요. 팔로군에서도 몇 사람에게 한 사람의 샤오구이(小鬼, 열서너 살짜리 어린애 병사)를 붙여 주기는 하였습니다. 그렇지만 그들은 아이들이었으므로 밤 행군을 할 때면 끄떡끄떡 자면서 걷지요. 어디로 갈지 모르겠으니 할 수 없이 각반을 풀어 혁대에 매서 그가 행방불명이 되지 않게 하였습니다. 이런 어린애들이 훌륭한 군인이 되었습니다. 어쨌든 열두어서너 살 때부터 군대에서 단련되었으니까요.

추수 때는 군대가 추수 작업에 동원됩니다. 가을걷이는 날래게 짧은 시간 내에 하지 않으면 안 됩니다. 일본군은 여름 동안은 곡식이 무성하므로 무서워 들어오지 못하다가도 잎이 떨어지면 '토벌'하러 옵니다. 그러니까 일본 군대가 들이닥치기 전에 곡식을 베고 말리고 타작을 해서 산속에다 감춰야 합니다. 농민들의 이런 일을 팔로군이 도와줍니다. 이럴 때 농민들은 감과 호두를 대접하려고 가져옵니다. 그러나 군대는 절대 그것에 손을 대지 않습니다. 먹고 싶어도 규율이니까 절대 안 됩니다. 산서성에는 석탄이 풍부합니다. 1근에 1전으로서 아주 싸지요. 그 석탄이 그렇게 눅거리지만 그 1전을 절약하기 위해 팔로군은 땔나무를 하였습니다. 아아! 그런데 나는 나무도 할 줄 몰랐습니다. 온 하루 애써도 남의 십분의 일을 못 하였습니다. 저녁에 돌아오니 모두가 손뼉을 치며 웃는 게 아니겠습니까? 학철이가 일등이다 하면서요.

팔로군에 온 여성들

일본군에 조선인 위안부가 있었습니다. 그런 여자가 여럿 우리한테 포로되었습니다. 최전선에까지 온 위안부는 제일 얼굴이 미운 여자입니다. 고운 여자는 후방에서 높은 값으로 팔리기에 위험한 곳까지 오지 않습니다. 팔로군 군대 바보지 그래, 일본군 병영을 섬멸하고 여자를 포로했습니다. 일본 옷을 입었기에 일본 사람인가 했더니 조선 사람이지요. 그래서 우리한테로 보내왔습니다. 이거 곤란하게 되었어요. 거의 모두가 화류병에 걸린 거죠. 군의한테 보여야 하였습니다. 그 한족 군의가 우리보고 말했습니다. "당신들 나라의 여자들은 모두 저렇게 밉게 생겼나?" 자존심이 상했습니다. "허튼소리 마시게." 하고 나는 밉게 생긴 여자가 최전선에 오게 되는 필연성을 가르쳐 주고 나서 말하였습니다. "우리나라에도 꽃 같은 미인이 얼마든지 있어요."

그로부터 며칠 지나는 사이에 알게 된 일이지만 그 여자들이 참으로 부드럽고 인정 많은 사람들이었어요. 산골에서 소학교도 다니지 못하고 생활고에 시달리다 못해 팔려 왔다는 것입니다. 산중의 샘물처럼 맑고 깨끗한 여자들이었습니다. 그 여자들이 글쎄 땔나무를 하는데 나보다 열 배나 하지 않겠어요. 놀랐어요. 감격했어요. 부끄럽기도 하고.

더욱 딱한 일이 있었습니다. 일요일이면 팔로군의 취사병은 다 휴식하고 간부들이 밥을 짓는 것이었습니다. 국민당 군대에서는 절대 이런 일이 있을 수 없습니다. 나는 밥을 지을 줄 모릅니다. "그럼 물을 길어 와." 하는 것이어서 가기는 갔는데 멜대에 달린 물통의 물은 원래 절반도 못 되었건만 그것마저 다 흘려 버렸습니다. 물 긷기는 참 힘들었습니다. 다음은 자기가 먹은 음식 그릇을 자기절로 씻는 것이었습니다. 나는 귀찮아서 물로 슬쩍 헹굴 뿐이었습니다. 그런데도 언제나 깨끗했습니다. 남들은 모두 시간을 들여 명심스레 씻습니다. 그래서 나는 자랑을 하였습니다.

"자네들, 뭘 그렇게 자꾸 씻어. 난 말이여 슬쩍 씻어도 이렇게 번쩍번쩍하잖은가, 다들 보란 말이여."

"이 바보야, 자네 그릇은 데라모토 아사코가 씻어 줬어."

일본 여자가 특히 내 그릇을 씻어 준 걸 나는 감감 몰랐던 것입니다.

또 태항산 예술학교의 여자들 말입니다. 그녀들은 대체로 큰 도회지의 여학생들이었지요. 그녀들은 뒷굽이 높은 하이힐은 이젠 쓸데없으니까 팔려고 하였지만 이런 산골에서 누가 사겠습니까? 멍청이들이죠. 그렇지만 예술 이야기 같은 건 나하고 말이 통합디다. 그래서 나는 그녀들과 사이좋게 지냈습니다.

고전 음악에 대한 나의 지식은 낮지 않습니다. 그러기에 정률성(鄭律

成, 1918~1976. 조선족 작곡가)과 마음이 맞았습니다. 정률성은 '팔로군 행진곡'을 작곡한 분입니다. 그의 매형은 황포군관학교 출신인데 후에 숙청당했습니다.

전쟁이 발발하여 우리가 무한에 집결했을 때 일입니다. 한구는 동양의 마드리드라고 불린 곳입니다. 조선의용군이 한구의 청년회관에서 연극을 놀게 되었습니다. 할 수 없이 내가 각본을 썼습니다. 외국 손님도 구경을 온다는 것이었습니다. 나는 각본을 쓴 적이 없으나 쓸 사람이 없으니까 썼지만 자기로서도 부끄럽기 이를 데 없었습니다. 그러나 중국 사람은 관대합니다. "잘했어요. 아주 훌륭해요." 하고 칭찬하였습니다. 그들도 생각해 보면 그 연극의 의의를 알 수 있었던 것입니다. 자기들이 일본과 전쟁을 하고 있는 이때 외국 사람이 자기들을 편들어 준다 하는 그 정치적 의의를 그들한테서 인정받았을 것입니다. 연극 자체를 보면 그다지 않았습니다. 그건 선전이었으니까요.

그때 각본은 내가 썼고 감독은 지금 장춘에 있는 최채가 맡았습니다. 최채는 원래 영화배우였으니까 감독을 맡은 것입니다. 최채는 형, 나는 동생의 역을 맡고 연극을 놀았습니다. 나는 정치범으로서 감옥을 탈출, 형은 등대지기, 동생이 형을 찾아가는 이런 줄거리였습니다.

등대지기의 마누라를 담당한 사람이 누군가 하면 데라모토 아사코라고 하는 일본 여자였습니다. 그때 무대 장치를 담당하였던 사람은 썩 후에 조선중앙통신사 사장이 되었고 효과(물을 유리그릇에 넣고서 파도소리를 냈었지요)를 담당하였던 사람은 썩 후에 사단 참모장이 되었는데 미국군의 인천 상륙을 저격하는 싸움에서 전사하였습니다.

이 연극은 역사적 의의는 있지만 예술성은 영점입니다.

물론 팔로군에서도 연애를 할 수 있었습니다. 삼각관계일 경우는 정치위원이 중개를 해서 어느 쪽으로 정합니다. 복종하지 않으면 정치 문제로 됩니다.

대대장 이상은 말이 한 필 차례집니다. 또 그들의 대부분은 부인이 있었습니다. 부인을 말에 앉히고 남편이 걷는 경우도 많습니다. 팔로 군에서 여성은 남성의 백분의 일이었으니까요. 애가 태어나면 큰일입니다. 부인도 군인이니까 탁아소에 맡겨 기릅니다.

나는 결혼하지 않았으므로 그런 근심은 없었습니다.

김사량

김사량(金史良, 1914~1950. 1933년 일본으로 건너갔음. 아쿠타가와 상 후보가 됨. 중국에 와서 해방구로 탈출, 해방 후 북조선에서 활약. 조선전쟁 때 사망)은 조선 작가 가운데서 처자를 버리고 혁명군한테로 도망쳐 온 유일한 사람이에요. 훌륭한 분입니다. 사망한 것도 전쟁 마당에서였고. 그의 아들의 이름은 랑림(狼林)입니다. 조선에 랑림산맥이 있지요. 그 랑림을 이름으로 취했어요. 딸은 나비라고 했는데 역시 날아다니는 나비로부터 취했구요. 부인은 리화여자대학 출신으로 점잖고 온순한 분이었습니다.

해방 후 어느 날 김사량이 평양에서 4, 5리 상거한 숲속으로 들놀이를 갔습니다. 1946년경이었습니다. 가 보니 김일성도 거기 왔더라고 합니다. 그들은 서로 아는 사이였으므로 인사를 하였습니다. 이쪽에서는 김사량 일가가 식사를 하고 저쪽에서는 김일성이 식사를 하였답니다. 김사량과 부인이 나비에게 "저분이 김일성 장군이시다." 하고 말하였습니다. 그런데 세 살 먹은 나비가 믿지 않았습니다. 김일성 장군을 거룩한, 신불 같은 사람으로 생각하였던 것입니다. 나비는 아장아장 걸어가 김일성의 목을 그러안고 "정말 김일성 장군님?" 하고 물었다지요. "오오, 그래그래, 나다. 이걸 놔라. 숨이 가쁘구나." 하고 기분이 좋아서 김일성이 소리쳤으므로 모두 웃음을 터뜨렸다고 합니다.

김사량의 형은 친일파입니다. 평안남도 도청의 무슨 과장 노릇을 하였는데 해방되자 남쪽으로 도망쳤습니다. 그 형의 집에 김사량이 들었습니다. 김사량 부인의 부친은 그전에 세창고무회사의 사장으로서 집이 수옥리에 있었습니다. 그 사장을 나도 알고 있습니다. 그런데 그때 주택이 모자라서 김사량이 든 집을 다른 사람에게 뺏겼습니다. 할 수 없이 일본인 보통 회사원이 들었던 집에 들었지만 그 집에 세(貰) 세간이 들었으므로 그중 한 간을 얻어 살았습니다. 그래서 김사량의 의부(義父)의 아들이 결혼을 하게 되었지만 들 집이 없어서 딱해 했더랍니다.

김사량은 진짜 애국자입니다. 그가 북경으로 가서 북경 호텔에 들었을 때 우리네 조선의용군의 연락원을 만났답니다. 우리 연락원이 장사꾼으로 가장하고 호텔에 들었던 것입니다. 김사량은 조선의용군에 갈걸 결심하였습니다. 그는 의약품이 적다는 것을 알고 갖고 있던 돈을 다 털어 약품을 사서 류색(배낭)에 가득 넣어 가지고 일본군 봉쇄를 뚫고서 팔로군한테로 왔습니다. 조선의용군 쪽에서 영접을 나간 사람은 텁석부리 김철원입니다. 일본군과 싸울 때 기관총의 다리를 뺏기운 사내, 상해에 있을 때 나하고 함께 테러 활동한 친구입니다.

"당신이 김사량이여?" 하고 텁석부리가 장한 체 물어 놓고 "그전에 조선 작가로서 나와 한패인 김학철이란 것이 여기 있었는데 죽어 버리고 지금은 나 혼자요."라고 하더랍니다. 거짓말쟁이입니다. 뭘요, 김철원, 그 작자는 아무것도 쓴 일이 없었습니다.

태항산에 있을 때 나는 '투바오쯔' 작가로 즉 '시골뜨기'로 불렸습니다. 상해에 있을 때는 멋쟁이 양바오쯔(洋包子, 하이칼라)였는데 산서 산골에 오래 있으면 투바오쯔가 되는 법입니다. 김철원 그 녀석이 이렇게 말한 모양입니다. 투바오쯔 작가는 편지 한 통 쓰지 못하게 되었다구요. 훗날에 김사량이 날보고 그가 그렇게 말하더라고 말해 주었습니다.

문: 리태준(1904~?. 소설가, 순수 문학의 중심인물. 해방 후 삼팔선을 넘어 북에 들어갔음)을 마지막으로 대면한 것은 어느 때입니까?

내가 리태준을 마지막으로 만난 것은 1952년 10월 초순, 북경에서였습니다. 그는 조선작가동맹의 대표의 자격으로 북경에서 열린 회의에 참가하였습니다. 그때 나한테 연락이 왔습니다. 나는 멋을 부려서 중국의 다부살을 입고 갔습니다. 리태준이 이런 말을 하는 것이었어요. 조선에는 아무것도 없습니다, 조선전쟁에서 들부숴졌습니다, 도회는 폭격으로 집이 없으니까 시골 농가에 가서 삽니다, 농가에는 쥐가 욱실거립니다, 외국으로 갈 때 입는 양복을 보자기에 싸서 천장에 달아매 놓습니다, 우리 작가동맹은 아무것도 없습니다, 그러니까 부탁합니다. 이런 말을 나한테 하는 것이었습니다. 그래서 정령(1904~1986. 중국의 여성 소설가. 1936년 연안 지구에 들어갔고 해방 후에는 북경에 들어왔음. 1957년 우파로 비판받음)에게 그 말을 했더니 중국작가협회의 전신인 문학예술계연합회의 이름으로 지프차 두 대를 사서 리태준 편으로 조선작가동맹에 증송하였습니다. 나와 리태준은 막역한 사이였습니다. 1951년이었던지 1952년이었던지 〈인민문학〉, 〈광명일보〉 등에 리태준의 작품을 몇 편 번역 소개한 적이 있습니다. 어느 작품이었던지 지금 기억나지 않습니다. 그가 쓴 《문장강화》는 아주 좋은 책이에요. 여기선 금서로 취급되지만요.

문: 어째서요? 이데올로기적인 것은 아무것도 없는데.

그러니까 문제지요. 이치에 닿지 않아요. 김사량과도 아주 친숙했어요. 내가 그들과 친밀한 사이였다고 해서 당신한테 그분들 일을 말하는 게 아닙니다. 그들은 진짜 애국자입니다. 김사량은 전쟁터에서 죽었지요. 그리고 리태준은 양심적인 인간입니다. 일본과는 추호의 타협도 없는 사람이었습니다.

리태준은 민족주의자입니다. 그는 새 나라에 대한 기대를 품고 북조선에 왔습니다. 작가동맹의 부위원장이 되었습니다. 작가동맹의 부위원장. 그런데 한설야(1900~1976. 리기영과 함께 무산계급 작가의 대표격이었음. 해방 후 북조선 문학계의 지도적 지위에 있었으나 1962년에 비판을 받고 활동을 중지 당함)가 그를 배척하였습니다. 후에는 결국 박헌영과 친숙하다는 데서 반동 작가의 감투를 쓰고 흥남의 큰 공장에 끌려가서 쇠 부스레기를 주웠다는 것입니다. 죽을 때까지 쇠 부스레기를 줍게 하였답니다. 이 죄악을 당신께서 꼭 기록에 남겨 두시길 바랍니다.

나는 한설야하고도 교제하였습니다. 그런데 그리 호감이 가지 않는 사람입니다. 그가 너무 제 자랑만 하기 때문입니다. 인간은 제 자랑만 하게 되면 끝장입니다. 그 사람도 그렇습니다. 말참견할 여지조차 없을 만큼 그 사람은 제 자랑을 합니다. "그때는 말이여……" 하고선 손가락 끝에 술을 묻혀 가지고 테이블 위에 지도를 그리지요. "적의 대표가 여기 이렇게 있고 우리는……" 전혀 자기 자랑뿐이었습니다. 이처럼 인격이 없는가 하고 나는 생각하였습니다. 인간은 겸허하지 않으면 안 됩니다. 자기가 큰일을 하였다 하더라도 자기는 실패도 있었다, 자기는 아랫사람이었다, 이러는 것이 인간, 진짜 인간입니다. 나는 그 사람이 제 자랑만 하는 데 대해 기가 막혔습니다.

한설야는 제 자랑만 하는 인간입니다. 한설야는 원고를 연필로 쓰고 퇴고를 안 합니다. 리태준은 매우 겸허하고 상냥하고 온순하고 착한 사람입니다. 김사량도 말할 것 없이 좋은 사람입니다. 내가 그한테 어째서 독일 문학을 전공하였는가고 물었더니 괴테의《파우스트》에 반했기 때문인데 그《파우스트》를 원문으로 읽는 것이 일생의 원이라고 말하였습니다. 김사량은 그런 사람입니다. 그의 본명은 김시창입니다.

문: 사망 당시의 일을 아십니까?

이제부터 말씀드리죠. 조선전쟁이 시작되어 4, 5일 지났는데 1950년 6월 말이라고 생각됩니다. 김사량이 종군 기자의 허가 신청을 하고 싶다고 하기에 나는 그와 함께 노동당 중앙 간부부 부장인 진반수를 찾아가서 그를 소개하였습니다. 그리고 특별히 배려해 줄 것도 부언하였습니다. 그는 나이도 있고 나보다 두 살 위이니까 그때 서른일곱이겠습니다. 게다가 심장병도 있으니 일반 병사처럼 대우한다면 견디기 어려울 거라고 말하였습니다. 그는 허가가 내려 전쟁터로 나갔습니다. 그러나 락동강까지 가서 후퇴할 때 심장병이 악화되어 사망한 모양입니다.

김사량이 "돼지 굴의 썩은 똥물을 먹으면 심장병이 낫는다고 누가 말하는 걸 듣고 나도 먹었다." 이렇게 말해서 웃은 일이 있습니다. 이

건 조선전쟁이 일어나기 이전에 있은 이야기입니다. 김사량과 나, 그리고 전재경이 있은 자리였습니다. 우리 셋은 참으로 친한 사이였습니다. 전재경은 평양 중앙 방송국 국장이었습니다. 역시 일본 유학생인데 전투 중에 포로가 되어 거제도에 갔었습니다. 리지웨이의 회고록에도 전재경의 말이 나옵니다. 영어에 능란하기 때문에 통역을 섰답니다. 후에 돌아왔으나 '이색분자'로 몰려 냉대를 받는 신세가 되었습니다. 지금 살아 있는지 어떤지 모르겠습니다.

진반수는 중국에 있다가 주덕해, 후에 조선 공군 사령관이 된 내 매부, 이렇게 셋이 소련으로 갔으며 중일 전쟁 당시 신강을 거쳐 연안으로 온 사람입니다. 중앙 부장의 전임은 리상조, 군관학교 때 나의 동급생입니다(후에 소련 대사, 조선측 정전위원회 대표). 그 뒤 중앙 무역부장으로 진반수를 옮겨 놓았습니다. 당의 중앙 부장이 내각의 부장이 되는 건 조선에서는 좌천입니다.

문: 김사량은 어느 때 노동당에 입당하였습니까?

김사량은 태항산에서 돌아오자 인즉 노동당에 가입하였습니다. 태항산에 있을 때는 '조선독립동맹'에 가입했었구요. 그 독립동맹과 북조선 노동당이 1946년에 합병하였으니까 그도 자연히 노동당원이 되었습니다. 그는 중국 공산당 당원은 아니었습니다.

중국에다 김사량을 소개하려고 힘을 써 봤지만 뜻대로 되지 않았습니다. 해방 직후《김사량 선집》이 북조선에서 출판되었습니다. 그런데도 지금 중국에서 출판되지 못한 것은 연안파에 속한다는 이유로 외부의 눈치 때문이었습니다. 그러니 지금은 안 되지요. 김달수가《김사

량 선집》을 나한테 보내 줬지요. 그걸 중국에 소개하려 하였는데 그게
안 됩니다.

　아까 말한 조선인 위안부 문제로 돌아갑시다. 팔로군에 포로된 위안
부가 7, 8명 있었습니다. 그녀들의 일을 두고 쓴 글을 중국의 어느 잡
지에 보냈더니 "바보 같으니라구, 왜 끌고 왔어, 일본인이라고 생각했
던가?"라고 쓴 부분의 '바보 같으니라구'를 지워 버렸거든요. 편집부
로부터 '양해해 주십시오' 하는 편지가 왔습니다. 팔로군을 바보라고
하면 안 되는 모양이지요.《격정시대》를 출판할 때 원문대로 하라는
조건을 달았지만 역시 마찬가지로 지워 버렸습니다.

또다시 팔로군의 생활

　나는 중대장이므로 월급 3원 50전을 받았습니다. 그 속에서 당비
30전과 구락부비(오락, 여흥) 20전을 바치고 나면 용돈이 3원이 됩니다.
그런데 홍탕 1근 즉 160돈중이 7원, 돼지고기 1근이 2원, 돌소금 1근
이 4원입니다. 군복은 공급받습니다. 치분도 있었는데 그게 정체를 모
를 치분이었습니다. 칫솔은 털이 닳아 빠지면 대를 가져가야만 바꿔
줍니다. 그 낡은 대에다 다시 털을 박아 넣는 것입니다. (대약진 때 여기서
도 선이 끊어진 전등알을 가져가지 않으면 새것을 바꿔 주지 않았습니다.) 비누도 일
광인(日光印)으로서 세수할 때도 쓰고 빨래할 때도 쓸 수 있는 묘한 것
이었습니다. 그런 비누를 산골 공장에서 만들어 팔았습니다.
　밥은 조밥도 먹고 옥수수를 삶아 주식으로 한 때도 있었습니다. 국
민당은 국민의 세금을 착취하죠. 팔로군은 인민을 수호하는 군대이니
그 세월에 그런 걸 먹는 것은 당연합니다.

조선의용군의 추도가는 내가 작사한 것입니다. 가사는 《항전별곡》
에 있습니다.

문: 한번 불러 주십시오.

잊었는지도 모르겠군. 한번 불러 볼까요.

사나운 비바람이 치는 길가에
다 못 가고 쓰러지는 너의 뜻을
이어서 이룰 것을 맹세하노니
진리의 그늘 밑에 길이길이 잠들어라
불멸의 영령

문: '산에 나는 까마귀야 시체 보고 우지 마라'는 추도가의 작사자는 누굽니까?

원시 레닌을 추도하는 노래의 곡에다 누군가 가사를 붙여서 부른 것
입니다. 팔로군 시대에 우리도 처음은 이것을 불렀습니다. 팔로군 정
치부 부장인 라서경의 부하가 저 곡은 레닌 추도곡이라고 그에게 귀
띔 말을 하였기 때문에 라서경으로부터 새로운 추도가를 짓되 가사는
김학철, 곡은 류신이 짓도록 하라는 명령이 내렸습니다. 그때 작곡가
정률성은 연안으로 멀리 가고 태항산에 없었습니다. 그런데 연변에서
'문화대혁명' 때 사람이 죽으면 내가 지은 추도가를 불렀답니다. 나는
감옥에 들어가 있어서 그걸 몰랐지만 반혁명 괴수가 지은 추도가를
부르다니, 알고 있은 사람들은 킥킥 웃었답니다. 후에 그 작사자가 누

구라는 것이 알려지게 되어 부르지 못하게 되었다고 합니다.

류신은 갖고 있던 바이올린을 전쟁 중에 잃어버려 하모니카로 작곡하였습니다. 그가 작곡할 때 우리 둘은 성문 옆에 앉았댔습니다. 눈앞은 아득한 옥수수밭, 내가 우리들이 정권을 잡으면 포고를 내어 옥수수 심는 것을 금지시키고 옥수수 심은 자를 총살하자, 이렇게 말하자 류신은 크게 웃고 찬성하였습니다. 매일매일 옥수수만 식사하다 보니 생각만 해도 지긋지긋하였으니까요.

우리들은 옥수수를 가루 내어 볶아서 자루에 넣어 메고서 싸움터로 향하였습니다. 싸울 때 연기를 피우면 있는 곳이 발각되지요. 볶은 옥수숫가루에 물만으로의 식사가 열흘, 반달씩 계속되었지요. 옥수숫가루도 자기 먹을 것을 제 손으로 내었습니다. 보통은 당나귀가 빙빙 돌면서 갈지요. 그런데 당나귀 같은 것이 없으니까 자신이 맷돌을 돌렸습니다. 온몸이 새하얗게 되었습니다. 썩 뒤에 부군단장이 된 치가 내 옆에서 채질을 하였는데 그도 하얀 사람이 되었습니다. "학철이, 상해의 모던보이가 당나귀로 되었구나!" 하고 날 놀리는 것이었습니다. 그러나 마음만은 즐거웠습니다. 민족에 대하여 꺼림직한 데가 한 점 없었으니까요.

나는 술도 담배도 하지 않아 아무렇지 않지만 그걸 좋아하는 치들은 아주 곤란해하였습니다. 팔로군에 술 담배가 있을 리 만무합니다. 곡식으로 술 담그는 걸 엄금하였으니까요. 중국말로 '헤이죠오', 조선말로 고욤이라는 것이 있습니다. 작은 감 비슷하고 맛도 감맛이 납니다. 산에 가면 얼마든지 있는데 서리를 맞으면 검어지며 맛이 답니다. 이걸 발효시켜서 술을 빚기도 했지만 후에 없어졌습니다.

로신예술학원 학생들이 와서 바이올린 연주회를 열었댔습니다. 차

이콥스키요, 모차르트요, 이런 걸 연주하였는데 듣고도 모르니까 모두 돌아가 버렸습니다. 한 사람이 끝까지 가지 않았습니다. 연주자가 감격되어 "당신은 대단한 분입니다. 음악을 아시는군요." 하니까 "아니요, 당신이 쓰고 있는 걸상이 내 것이니까 갖고 가야 하겠기에 이렇게 가지 않고 있습니다."라고 하더랍니다.

그림 전람회는 참 잘되었습니다. 액틀이 없으니까 옥수숫대를 끊어서 네 귀를 맞추어 액틀을 만들었습니다. 숲속에 전람회 입구라 쓰고 나무 한 그루에 한 폭씩 걸었습니다. 아주 성과적이었습니다.

서울 시대

〈천지〉 9월호(1985년)에 평양에 있을 때의 나의 문학 활동을 썼습니다. 그 이전의 이야기를 하겠습니다. 일본에서 해방을 맞았습니다. 나가사키에서 서울로 돌아와 일 년간 있었습니다. 나는 서울에 있을 때 대학병원 소아과에 입원하였습니다. 그 소아과 과장이 남로당 당원이었기 때문입니다. 리병남(李炳男, 1903~?), 리병남은 후에 북으로 가서 보건상이 되었습니다. 그 사람이 병원에 있는 관계로 소아과에 입원하였는데 북에 있는 여동생을 불러와서 둘이 함께 병원에 있었습니다. 그곳이 나의 근거지가 되고 거기서 소설을 썼습니다. 많은 사람이 소아과로 날 찾아와서 대면을 하였습니다. 내가 당시에 쓴 것은 대부분이 조선의용군을 취급한 '담뱃국' 같은 것으로 열 편쯤 써서 다 발표하였습니다. 여러 잡지에다 실었습니다. 내가 서울에 있을 때, 내 주위의 사람들은 일본군과 대적한 적이 거의 없었습니다. 학도병이 되어 일본군 측에 붙어서 싸운 사람은 있지만 일본군의 반대 측에 서서 일본군에 반항하여 싸운 경험은 없지요. 그러므로 나는 인기가 있었습니다. 이런 분도 있었구나 하고요.

 게다가 다리 하나뿐이니까 더욱 눈에 뜨이었지요. 그래서 많은 사람을 만나 봤습니다. 명함을 많이 가졌댔으나 북에서 도망칠 때 몽땅 두고 왔습니다. 회의 같은 것이 있으면 병원에서 회의 장소로 갔습니다. 려운형(1886~1947. 독립운동가, 언론인. 해방 직후 좌우 두 파의 통일 노선을 추구하였음)이 그 옛날 중앙일보의 사장을 하고 있을 때 나는 중학생이었지만 전후에 나도 일개의 혁명가라는 신분으로 그분을 만났습니다. 그 당시 나와 거래한 사람들은 대부분이 후에 숙청당하였습니다. 리태준, 리원조(李源朝, 1909~1955. 문학평론가. 해방 직후 삼팔선을 넘어 북으로 가 노동당 중앙위원회 선전선동부 부부장직에 있었으나 미국 밀정이라는 판결을 받고 처단되었음), 김남천(金南天, 1911~1953. 소설가, 문학평론가. 조선프롤레타리아예술동맹에 가담, 해방 후 월북하였으나 실각), 한효(韓曉, 1912~?. 문학평론가, 조선프롤레타리아예술동맹 중앙위원. 해방 후 월북하였으나 실각), 안회남(安懷南, 1910~?. 소설가. 해방 직후 월북) 이들이 다 그렇게 되었습니다. 나는 그들과 함께 전골을 집어 먹으면서 잡지사 주최의 좌담회를 연 적도 있고 커피점에서 모임을 가진 적도 있습니다. 림화의 부인인 지하련과 알게 된 것도 그런 모임에서였습니다. 내가 꽤나 눈에 뜨이게 활동하였기 때문에 경력과 신분이 폭로되었습니다. 한 해가 지나면서 좌익에 대한 탄압이 시작되었으므로 나는 거기 있을 수가 없어 조직의 명령으로 월북하게 되었습니다. 삼국 외상 회의 때는 서울에 있었습니다.

 내가 서울에 있을 때 〈신세대(新世代)〉라는 잡지가 있었습니다. 주재한 사람은 리무영(李無影, 1908~1960. 소설가. 해방 후 한국의 자유문학가협회 부회장으로 있었음)인데 그에게 나는 소설 쓴 걸 보냈습니다. 그 제목은 '균열(龜裂)'이었습니다. 친절한 리무영이 '균열' 발표에 즈음하여 김동리

(金東里, 1913~1995. 소설가. 좌익 문학에 반대하여 민족주의적 순수문학의 입장에 섰음)에게 부탁하여 서문을 달았습니다. 나는 그 서문의 일을 감감 알지 못하였습니다. 이에 대하여 곧 좌익으로부터 항의가 제기되었습니다. 김동리와 같은 반동 작가에게 왜 서문을 쓰게 했는가고 항의한 사람은 윤규섭(尹圭涉, 1909~?. 해방 직후 서울에서 조선프롤레타리아문학동맹을 결성하여 림화네의 조선문학건설본부에 대항하였음. 월북 후의 일은 알 수 없음). 어리석고 가소롭죠.

북으로 가기 전에 정판사(精版社) 사건이 있었습니다. 정판사에 당 본부가 있었는데 우익 반동의 습격을 받았습니다. 개판(蓋板)을 붙인 문을 내리고 우리들은 지붕 위에서 내려다보고 있었습니다. 그때 장지문만큼이나 되는 삐라가 서울 거리거리에 '조선의용군 포고'라는 이름으로 나붙었습니다. 우리들은 누가 그랬는지 전혀 몰랐습니다. 그 삐라가 나타나자 반동들이 무서워 부들부들 떨었습니다. "반동 우익들아, 제멋대로 놀다간 조선의용군이 무장봉기해서 습격하겠다." 이런 내용이었습니다.

평양 시대

내가 〈로동신문〉의 기자로 있을 때 박팔양(朴八陽, 1905~1988. 프롤레타리아 시인. 해방 후 한때 북조선에서 활약하였음)이라고 하는 동료가 있었습니다. 리태준은 북에 와서도 글을 많이 썼습니다. 나는 그한테서 그가 쓴 《소련 기행》을 선사받았습니다. 그의 많은 문장이 〈로동신문〉에 실렸습니다. 그 신문사 주필은 기석복(奇石福)이라 하는 소련에 있다가 조선에 돌아온 사람인데 한설야(작가동맹 위원장)하고 사이가 나빴습니다. 그는 리태준의 작품을 가끔 신문에 발표하게 하였습니다.

림화는 사형당하였다 하던 것이 그 뒤 박헌영의 재판 때 증인으로 출정하였으므로 깜짝 놀랐습니다. 박헌영이 재판 때 부상(副相)급 이상이 아니고는 참가할 수 없었습니다. 리원조도 나왔다고 합니다. 나는 거기에 출석하지 않았지만 후에 재판 기록을 가졌습니다. 림화를 죽인 건 박헌영을 재판한 뒤였습니다. 박헌영을 죽여 버리지 않으면 뿌리를 끊을 수 없다, 작은 것을 먼저 죽여 버리면 증인이 없어진다 바로 이거지요. 이런 사실은 고봉기의 유서에도 있습니다. 고봉기는 나의 매부입니다. 소련 항공학교를 졸업하고 우리네와 함께 중국에서 항일 전쟁을 하고 해방 후 조선에 돌아와 공군 사령관이 되었습니다. 내 매부 고봉기, 나랑 함께 중국에 왔습니다만 소련으로 가서 소련 항공학교를 졸업하고 조선에 돌아와 공군 사령관이 되었습니다…….

나는 미국 군정하에서 활동을 할 수가 없어 삼팔선을 넘어 북으로 들어왔습니다. 그때 나하고 여동생 그리고 조직에서 나한테 붙여 준 서울대학병원 간호부, 이렇게 셋이서 도망쳤습니다. 어머니는 서울로 오신 적이 있긴 해도 대부분 북에 계시고, 말하자면 왔다 갔다 하셨지요. 1949년에 삼팔선을 함께 넘은 그 간호부하고 평양에서 결혼하였습니다. 그 뒤 장남인 해양이 세상에 태어났지요. 안해는 나와 열두 살이나 차가 있습니다. 사람들은 '후처'로 여기고 애기가 불쌍하다고 뒷공론을 하였답니다. 아이가 딸린 홀아비 가정에 시집왔다고 생각한 거죠. 항일 전쟁을 하느라고 바빠서 누구나 늦게야 결혼하였습니다. 주덕해도 자기보다 열여섯 살 어린 처녀하고 결혼하였고, 문정일도 자기보다 열네 살 어린 여자와 결혼하였고, 김두봉은 그때 50대였는데 스물여섯 살 되는 여자를 안해로 삼았습니다.

조선에 있을 때 정률성과 내가 신문사 사장이었습니다. 그때 김일성이 식사를 함께 하자고 나를 청하였습니다. "학철 동무, 피 흘린 것을 기념하여 한잔하기요. 자아 건배, 건배." 이러겠지요. 그때 보니까 김정일이가 대여섯 살인데 온 얼굴에 밥알이 다닥다닥 붙어 있었습니다. 그러던 것이 지금 저렇게 위대하게 되고……

림화는 억울하게 죄를 덮어썼습니다. 당시의 당 선전부 부부장이던 김강, 그는 지금 중국에 도망쳐 와 있지만 그한테서 림화의 일을 들었습니다. 김강은 지금 산서성 태원의학원 고문을 맡고 있습니다. 명예직으로서 월급을 받고 있을 뿐.

또다시 김사량의 이야기

김사량의 작품을 중국말로 번역하여 상해나 북경에서 출판시켜 보려고 했으나 어디서나 거절당하였습니다. 김달수의 작품은 더군다나 그렇고.

김사량이 대학에서 공부할 때였답니다. 부인이 도쿄로 건너가기 전까지 그는 혼자 살고 있었는데 하루는 얼굴이 쑬쑬한 조선 여자 유학생이 찾아와 그의 작품을 읽고 나서 "매우 존경하고 있습니다." 이런 말을 하곤 가지 않더랍니다. 그 여자가 눌러붙어 있으므로 아파트에서 석 달 동안 같이 살았답니다. 그 여자는 미술을 전공하는 학생이었답니다. 흔치 않은 여자죠.

"그땐 할 수 없었어. 쫓아낼 수도 없구."

"그 일 자네 부인이 알고 있었나?"

"몰랐지, 몰랐어."

이건 썩 후에 평양서 나와 김사량이 주고받은 이야기입니다.

김사량도 잘생긴 축이 못 됩니다. 나하고는 전혀 반대였지요. 나하고 같이 걸으면 그는 "너만 본다, 여자들이." 하고 비꼬는 것이었습니다. 갈빗국은 평양 명물 요리입니다. 김사량과 부인, 우리 부부가 함께 갈빗국에다 김치, 쌀밥만의 간단한 대중 요리를 청해 먹은 적이 있습니다.

"자네 얼굴은 갈빗국집 주인이면 딱 어울리겠어. 이 집 주인이 되게나."

내가 이렇게 말해서 크게 웃었습니다. 그는 도쿄제국대학 출신이지만 그 얼굴은 인텔리답지 않습니다. 머리는 비상한데 얼굴이 갈빗국집 주인과 흡사하고.

리태준은 이목구비가 번듯하고 눈이 째지고, 송영(宋影, 1903~1979. 대표적인 프롤레타리아 극작가)은 도깨비같이 생겼고, 제일 미남은 김남천인데 선이 가늘고 세련된 얼굴이었습니다.

나는 김사량을 태항산에선 만나지 못하였습니다. 서로가 알고는 있었지만 평양에서 처음 만났습니다. 그의 장인이 금강산에 작은 별장을 하나 갖고 있었으므로 여름이면 금강산에 가서 글을 썼습니다. 나는 김사량을 평양에서도 만나고 그 별장에 가서 만난 적도 있습니다. 그는 소개 결혼을 하였는데 만남도 도청의 과장이었던 형이 자산가와 친해서 그의 따님을 동생인 사량에게 소개한 것이었습니다. 부인은 아주 현숙한 분입니다.

리태준도 여자에 대해선 성인이 아니었습니다. 부인이 자산가의 딸이었습니다. 그는 부인이 무서워 가만가만 놀지요. 미남이자, 문장가이자, 그러니까 여학생들한테 인기가 있었습니다.

한설야는 엉망이죠. 위조품이죠. 사람이 아닙니다. 자세히는 말하기 어려워요.

북조선에서

내가 항일 전쟁을 하다가 병신이 된 걸 누구나 다 압니다……

나는 병이 들어 금강산에 가서 휴양했었습니다. 폐결핵이었지요. 스트렙토마이신이 처음 나왔을 때인데 그걸 80대나 맞았습니다. 금강산이 공기가 좋고 닭도 있고 토마토와 꿀도 있고 해서 일 년 이상 요양 생활을 하였습니다. 신장을 하나 떼어 낸 것도 그때였습니다. 감옥에서 몸이 엉망이 되었던 것이었습니다. 그때 결핵은 완쾌해졌습니다. 평양에 돌아오자 조선전쟁이 일어났습니다.

평양부터 연길로

평양에 있을 때 나는 '태평양', '금태양(金太洋)'이란 필명을 썼습니다. 아들애의 이름도 해양(海洋)이라 지었습니다. 어느 날 부수상인 최창익한테서 전화가 왔습니다. 그는 팔로군에 있을 때 우리들의 선배였습니다. 호출을 받고 무슨 일인가 해서 갔더니 "자네 거기 앉게. 자네는 김태양이라는 이름을 쓰지?" 하고 묻는 것이었습니다.

"네, 김태양, 태평양, 김학철 다 내 이름으로 씁니다."

"김일성 수상이 나한테 말했어, 저 사람이 개인 영웅주의가 있지 않느냐구, 자네를 두고 한 말이야. 자네 정신 차리게."

그런 일이 있은 뒤 어느 집회에서 나는 연설을 하였습니다. 나는 틀에 맞춘, 연설 원고를 소리 높이 읽는 식으로 말하지 않습니다. 나는 솔직한 심경을 그대로 털어 말합니다. 그러자 열광한 대학생들이 "김학철 만세!" 하고 외쳤습니다.

원시 중국에서는 황제는 '만세', 황태자는 '천세', 일반은 '백세' 하였습니다. 학생들이 '김학철 만세' 하는 바람에 나는 깜짝 놀랐습니다.

그때부터 혐의를 받고 그곳에서 살기 어렵게 되었습니다.

우스운 이야기가 있습니다. 한효가《조국의 통일을 누가 방해하는가》라는 책을 썼습니다. 그 책이 출판되었습니다. 북조선에서는 대부분 책의 첫 페이지를 수상 사진으로 장식하는 관습이 있습니다. 그도 그렇게 하였습니다. 그런데 그 뒤에 선전부장이 그 책을 손에 들고《조국의 통일을 누가 방해하는가》첫 페이지를 펼치니까 수상이 나왔거든. 그래서 큰 소동이 일어났습니다. 당황하여 책을 회수하였습니다. 사진을 뒤에 가져다 붙일 수도 없고 사진을 찢을 수도 없고 해서 어쩔 바를 몰라 하였답니다. 한효도 이것 때문에 몰락하였습니다.

조선전쟁

평양에서 도망칠 때 적의 전차 부대가 사리원까지 왔었습니다. 이제 곧 들이닥칠 판이었습니다. 나는 전투원도 아니니까 철퇴를 하였습니다. 조선에는 개인 차가 없고 죄다 국가의 차입니다. 직무상 나에게 지프차 한 대가 차례졌는데 운전수가 나와 안해를 태워 주었습니다. 나는 트렁크 두 개에 짐을 넣어 가지고 도망쳤습니다. 그때는 이미 전에 로동신문사를 그만두고 인민군대 신문사 사장이 되었으나 병으로 휴양하고 있었습니다. 지프차의 운전수는 인민군 군조였고 지프차도 군대용이었습니다. 처음에는 신의주 쪽으로 가려 하였는데 함포 사격을 받을 위험이 있을 것 같아서 만포진, 강계 쪽으로 향하였습니다. 도중에 휘발유가 없어져 지나가는 트럭 운전수한테서 그걸 얻어 강계로 들어갔습니다. 강계까지 가면 그곳에 병참부(兵站部)가 있으니까 연료도 공급받을 수 있었습니다. 나의 여동생은 공군 사령관의 부인입니다. 공군 사령부로부터 소개 명령이 내려 부관 한 사람과 운전수가 와서 여동생을 데리고 평양을 떠났습니다. 나는 평양에 좀 더 머물 생각을 하였으므로 두어 살 먹은 아들 해양이를 여동생한테 맡겼댔습니다. 나는 강계로 가 여동생과 해양을 만나서 함께 만포까지 갔습니다. 압록강변의 만포진에서 이틀 묵었습니다. 그런데 공군 사령부의 장군 가정은 신의주로 가라는 명령이 내렸습니다. 해양이를 여동생한테 붙여 보내는 편이 낫겠다는 생각을 하고 아이를 그한테 맡기고 나와 안해는 만포진에 남았습니다.

그러는 사이에 미국 군대가 압록강까지 쳐들어왔습니다. '미군하고 맞붙으면 어쩌나' 이런 근심을 하고 있는데 문정일을 우연히 만났습니다. 그는 중국 인민 지원군의 후근부(後勤部, 무기, 탄약 등을 공급하는 부서) 부부장이었습니다. 그와 의논을 하니까 "중국에 들어와. 어쩌자고 여기에 있어." 하면서 소개장을 써서 나를 주었습니다. 다리는 널판자로 가설한 공병교(工兵橋)였습니다. 지프차에 탄 채로 다리를 건너서 집안으로 왔습니다. 그 소개장을 가지고 집안에 있는 후방 사령부를 찾아갔습니다. 내가 팔로군 출신인 걸 알고 그들은 나에 대한 대우를 소홀히 하지 않았습니다. 그곳에서 며칠 동안 묵었습니다.

문정일이 돌아와서 "연길로 가게. 주덕해와 최채가 거기 있으니까." 이렇게 권하는 것이었으나 나는 마음에 그리 내키지 않았습니다. 그때 서휘(徐輝, 지금 서안에 있음. 원래 조선인민군 사령부 정치국장 대리로 소장이었다)가 나를 보고 연길도 안전하진 않으니까 북경의 정령한테 가라고 하였습니다.

나는 운전수와 지프차를 돌려보내고 기차에 앉아 연길로 와서 주덕해와 최채를 만났습니다. 최채는 그때 선전부장이었습니다. 며칠 후에 우연히 매부를 만났습니다. 연길역 부근에 공군 학교가 있어서 시찰을 왔던 것입니다. 그와 주덕해는 막역한 사이입니다. 함께 소련으로 망명한 친구입니다. 여동생과 해양이 어떤가고 물으니까 "다 잘 있으며 지금 이통(장춘에서 남쪽으로 70킬로 상거한 곳)에 집중해 있다. 공군 관계의 가족은 그곳에 모였다. 신의주를 떠나 몇 시간 뒤에 미국 군대가 들어왔다. 위기일발이었으나 전부 무사하다." 하고 매부는 말하였습니다.

안해와 함께 이통으로 가 봤더니 어머니와 해양이 같이 있었습니다. 식사엔 근심 걱정이 없지만 목욕탕이 없었습니다. 거리에 나가면 목욕탕이 있지만 남자만 들여놓고 여자는 들여놓지 않는 것이었습니다. 그래서 현 정부에 교섭해서 일주일에 이틀만 여성 손님을 받고 다음은 남성 손님만 받게 해서 문제를 해결하였습니다. 북경 같은 도회지에는 여성 전용의 목욕탕도 있지만 거긴 시골이니까.

나는 그곳에서 반달쯤 있다가 안해와 함께 북경으로 가서 정령을 만났습니다. 당시에는 중국작가협회는 없고 전국문화단체연합회(문련)만 있었습니다. 나는 전국문련에 명목상의 등록을 해 놓고 북경에 눌러앉았습니다. 그런 등록을 하지 않으면 월급을 타 내올 수 없었던 것입니다. 이럭저럭 생활이 안착되어 해양이를 데려와 세 식구가 살았습니다. 나는 중앙문학연구소에 들어가 공부하면서 글을 썼습니다. 그때 내 나이 서른다섯, 북경에서 2년간 살고 연길로 왔습니다.

정령하고는 이전부터 아는 사이입니다. 팔로군 당시부터 우리는 친숙하였습니다. 정령은 연안에서도 생활했고 태항산에서도 생활했습니다.

정령도 22년간 강제 노동을 구사당하였습니다. '문화대혁명'이 일어나자 흑룡강성에서 산서성으로 수갑을 채운 채로 끌려갔었습니다. 정령, 그분이 나한테 그 사실을 전부 말해 주었습니다.

중학교 때의 세간사 수업

중학교 2학년 때였던지 3학년 때였던지, 상급생이 "어이, 촌놈아, 세간사 수업을 시켜 줄 테니 날 따라왓." 하는 것이어서 따라갔습니다. 붉은 등이 여러 개 줄지어 매달린 순 조선식의 집이었습니다. 문은 기름칠해 번들번들 윤기가 나고 문이 열려져 있어 뜰(마루 기둥과 지붕뿐인 널판을 깐 방)도 다 보였습니다. 짙게 화장을 한 여자들이 좁은 통로에 우글우글해서 지나기가 힘들었습니다. 가슴이 두근거려 한심한 데로 왔구나 생각하였습니다. 그 상급생은 전라남도의 어느 지주 집 아들로서 스무 살을 먹고 1학년에 입학한, 아들 둘이 있는 아버지입니다. 여자가 그 상급생에게 "들르지 않고 그냥 갈 거예요?" 하고 말을 걸었습니다.

"오늘은 용서해 줘, 죄꼬만 녀석을 달고 왔으니까."

나는 놀랐습니다. 세상에 이런 일도 있는가 싶어서요. 그 여자는 용서해 주지 않고 모자를 벗겨 쥐고 그를 끌어들이었습니다. 여자가 "미워 죽겠네. 요런 호박 같은 거라구." 하며 나를 방해자 취급을 하는 것이었습니다. 그러니까 손님 하나가 놀려 주는 것입니다.

"죄꼬매도 변변히 손님 노릇 할 거다."

이것도 《격정시대》에 썼습니다.

전재경과 김사량

김사량에 대하여 보충하고 싶은 것이 있습니다. 김사량, 전재경(조선방송국 국장), 리소민(약품회사 사장), 정률성(인민군 협주단 단장) 그리고 나, 이렇게 넷은 언제나 모여서 떠들썩하게 놀았습니다.

리소민은 상해 시대 반일 테러의 지도자, 전재경은 평양에 있을 때의 나의 친구이자 중학교 시대의 한 반 딱친구입니다. 메이지대학의 영문과 졸업생, 그의 러시아 문학의 번역은 영어본의 중역입니다. 지금 전재경은 생사 불명입니다. 김, 리, 정은 이 세상에 없고 나만이 악운이 세서 살아 있습니다.

전재경은 조선전쟁 때 포로당해서 거제도로 끌려갔습니다. 통역이 필요하였는데 그는 대학 영문과 출신이니까 할 수 없이 통역을 섰습니다. 그 뒤 포로들이 석방되어 북으로 돌아오자 그는 '이색분자'라는 죄명으로 얻어맞고 수용소로 끌려간 뒤 생사 불명입니다. 살아 있지 않을 것입니다.

어느 때였던지 무슨 일이 있어 사랑이 우리들을 초대하였습니다. 프랑스 술인 샴페인이 있었습니다. 대외 무역을 하는 조선상사회사 사장이 사랑하고 친한데 그 사장한테서 샴페인을 선사받고 우리를 초대한 것이었습니다. 모두 그런 걸 먹어 보지 못하였던 거죠. 그래도 샴페인이니까 한잔하자고들 하였는데 마개를 어떻게 빼는지 몰랐습니다. 밑을 쳐서 겨우 열리자 술이 분수처럼 뿜겨 나와서 삼분의 일이나 없어져 버렸습니다.

음담 하나를 하겠습니다. 그 술자리에서 김사량이 이런 우스운 이야기를 하였습니다.

"정성을 다해 조각을 하여서 여자를 만들었다. 그래도 잘되었는지 어떤지 걱정이 되어 의사를 불러 봐 달라고 하였다. 의사는 '야아, 천재적인 걸작입니다. 위생적이고요' 하느님은 기뻐하셨습니다. 그래도 더 신중성을 가하느라고 예술가를 불러왔습니다. 예술가도 감탄하며 '예술적으로 만점입니다' 하였으므로 하느님은 기뻐하셨습니다. 그래도 만에 하나라도 미흡한 데가 있어선 안 되지 하는 생각을 하고 또 한 사람 금고 관리인을 불렀습니다. 그는 '하느님 참으로 훌륭합니다. 그런데 단 한 가지 자그마한 결점이 있습니다' 하였습니다. 하느님은 놀라서 '무슨 결점이냐?' 하고 물으니까 금고 관리인이 대답하여 왈 '그게 중요한 열쇠 구멍인데 어느 열쇠도 다 맞게 되어 있습니다.'"

김사량은 이런 말을 곧잘 하여서 사람들을 웃기었습니다. 그런 재료가 어디엔가에 있는 것이죠.

북경에서 연길로

나는 북경문학연구소에서 공부하는 기간에 책을 두 책 썼습니다. 《범람》과 《군공 메달》을 한어로 써서 출판하였습니다. 1952년 10월에 연길로 왔습니다. 주덕해가 노는 자에게 월급을 줄 수 없으니 무슨 일을 좀 해라 하므로 연변 문련의 제1대 주석을 담임했다가 7, 8개월 하고는 사직하였습니다. 그 노릇을 하니까 글을 쓸 수가 없거든. 그 노릇 그만두고 전직 작가가 되었습니다. 연길로 와서 4, 5년 사이에 장편 《해란강아 말하라》, 중편 《번영》, 단편소설집 《고민》과 《새집 드는 날》 두 책을 썼습니다. 이렇게 네 책을 썼을 때 반우파 투쟁이 벌어졌습니다. 얻어맞았습니다. 어제까지만 해도 날보고 '선생님, 선생님' 하던 것이 '네 이놈, 반혁명' 이러질 않겠어요. 나뿐이 아닙니다. 중국에서 약 60만 지식인이 타도되었으니까. 22년 후에 겨우 오명이 벗겨졌습니다. 두 해하고 두 달이 아니라 22년, 나는 '반혁명'까지 덧붙었으니 24년 만에야 겨우 억울한 죄에서 풀렸습니다.

반우파 투쟁 때 나는 한 달에 50원씩 월급을 받았습니다. 대약진 때는 닭알 하나가 60전으로 뛰어올랐습니다. 형무소에 들어가 있는 9년간 급료를 한 푼도 받지 못했습니다. 무죄라는 선고를 받아 원래의 신분으로 돌아왔지만 그사이의 감방 생활 12년간의 급료도 역시 받지 못하였습니다.

금년(1985년) 4월부터 나에게 홍군 대우를 한다고 하였습니다. 1937년 7월 7일 이전에 혁명에 참가한 간부를 '홍군 간부', 1937년 7월 7일 이후부터 1945년 8월 15일 사이에 혁명에 참가한 간부를 '항일 간부', 1945년 8월 16일 이후, 1949년 10월 1일 사이에 혁명에 참가한 간부를 '해방 간부', 그해 10월 1일 이후의 간부를 일반 간부로 취급합니다. 홍군 대우를 받는 사람한테는 구체적으로 말해 좋은 주택을 주고 급료도 최고로 주는 것 같습니다.

군대에 있던 사람이 군복을 벗으면 제대비가 나옵니다. 나는 40 몇 년간 제대비를 받지 못하였습니다. 이번에 그 제대비를 준다고 합니다. 상이군인한테는 무휼금이 매달 나옵니다. 나는 항일 전쟁의 부상자이므로 받는 돈이 꽤 많습니다. 4월부터는 내 신분이 변한다, 하하하…… 흥, 우스워 죽을 노릇이지요. 좋아, 뜬구름 같은 것이랄까요. 살림살이는 윤택해지리라고 생각합니다. 생활 형편이 펴이면 쓰지 않게 된다고 말들 하지만 나는 쓰겠습니다. 단, 나는 홍군 대우를 받기 위해 항일전에 참가한 건 아닙니다.

24년간, 집필 정지를 받은 그 세월은 인간의 생활이 아니었습니다. 지난해까지도 안해는 자동차 소리만 나도 또 잡으러 온 것이 아닌가 하여 벌벌 떨었습니다. 이제부터는 그런 일이 없을 것입니다.

그런데 《20세기의 신화》의 반환을 재판소에 요구하니까 돌려주겠다는 것입니다. 어느 출판사에서 출판하겠다는 말이 있어서 김성휘(시인)가 재판소에 말하니까 본인이 신청하면 생각해 보겠다는 것이었습니다.

연길시, 58년 이후

'대약진'이 대두하였습니다. 학교 마당과 거리에 '투꼬루'라고 하는 용광로를 만들었습니다. 쇠가 없으니까 집에 있는 일본 사람이 남겨 놓은 '고에몬부로'라는 무쇠로 만든 목욕통, 학교의 철봉대까지 가져가서 녹였습니다. 나도 그 노동에 동원되었습니다. 한 시간 걸려 비행장(지금의 예술학교에서 동으로 가면 전날의 비행장이 있습니다. 일본 시대의 비행장입니다)으로 갔습니다. 아이들의 키만큼 한 용광로를 몇백 개나 만들었는데 그걸 가지고 무슨 강철이 제련되겠는가. 라디오와 신문, 스피커는 이제부터 몇 년 후이면 공산주의 사회가 된다고 떠들어 댔습니다. 이렇게 만들어 낸 강철은 질이 형편없이 나빠서 쓸 수 없었습니다. 낭비였죠, 낭비. 용광로 가마를 벽돌로 만들었는데 벽돌이 모자라 벽돌 담장을 허물어서 용광로를 만들었습니다. 그 미치광이 짓을 나는 《20세기의 신화》에다 남김없이 썼습니다. 어느 작가가 〈천지〉(원 〈연변문예〉, 1986년 5월호인가, 6월호인가 되겠다)에 김학철에 관한 문장을 쓴 모양입니다. 그 글에 두 가지 점이 지적되었습니다. ① 1980년대에 들어와서야 전국적으로 극좌주의를 비판하기 시작하였다. 김학철은 그것을 20년 먼저 60년대 초에 비판하는 글을 썼다. ② '평반(平反)'되었을 때(억울한 죄가 풀렸을 때) 20년간 감옥에 들어가 있었거나 노동을 강요당한 사람으로서 지금 와서 원죄가 풀렸다면 감격하여 눈물을 흘리며 '중국 공산당 만세!'를 불러야 하는 것이다. 이것은 공식이 되어 버렸으니 누구나가 그렇게 하였던 것이다. 그러나 오직 한 사람, 김학철만이 '중국 공산당 만세'를 외치지 않았다고.

원죄가 풀린 그 재판 장소에서 발언시켜 달라고 내가 요구하니까 그럴 필요가 없다지 않겠어요. 그렇다면 난 재판에 참석하지 않겠다 이러니까 할 수 없이 그들은 겁을 내면서 발언을 허락하였습니다.

나는 맨 첫마디를 이렇게 말하였습니다. "나는 일찍이 이 북간도 땅에 이렇게 긴 땅굴이 있는 걸 몰랐습니다." 하고 입을 열기 시작하였습니다. 나는 이 북간도 땅에 이십몇 년 걸려야 겨우 빠져나갈 수 있는 그런 긴긴 땅굴이 있는 걸 몰랐다고 말하였습니다. '긴 땅굴'이라는 이말은 그 뒤 많은 사람들에 의하여 사용되었습니다. 그렇기 때문에 나는 단호히 '만세'를 외치지 않았습니다. '뭣이 만세란 말인가. 20여 년간 박해를 받았는데 무엇이 고마와서 만세를 부르겠는가. 너들이나 나한테 사죄하라' 이런 뜻입니다.

1957년부터 1980년 12월까지 집필 활동을 할 수 없었습니다. 24년 간입니다. 내가 글을 쓰기 시작한 것은 1981년 1월부터입니다. 《20세기의 신화》는 61년 봄부터 62년까지 약 일 년간 썼습니다. '평반'된 때가 1980년 12월입니다. 진짜 감옥 생활은 1967년 12월부터 1977년 12월까지 10년이나 됩니다.

옥중에서 나는 하루도 일을 쉬지 않았습니다. 작업을 쉬는 날이면 대신 학습을 강요하는 것이었습니다. 오전 두 시간, 오후 두 시간 학습합니다. 어떻게 하는가 하면 무릎을 꿇고 이렇게 앉아서 '위대한 영수, 누구는 이렇게 교도하시었다……' 이렇게 읽습니다. 견딜 수 없는 노릇이죠. 그것은 강제 노동보다 몇 배나 무서웠습니다. 그래서 나는 필사적으로 강제 노동에 응하였습니다.

《20세기의 신화》에 이런 대목이 있습니다.

내가 어느 날 어느 도서관의 책을 빌어다 봤다. 누군가 연필로 책장에 이렇게 더 써넣었다.

"마음에도 없는 걸 매일 말하지 않으면 안 되는 이것이 괴롭다."

"배고프다."

정말로 먹을 것이 없으니까.

"춥다."

영하 25도나 되는 캄캄한 새벽 3, 4시, 줄을 서서 자그마한 짐수레 하나분의 석탄을 샀다.

이런 생활을 하면서 매일 위대한 누구님의 만수(萬壽)를 부르지 않으면 안 된다. 그러지 않으면 얻어맞으니까. "추위도 견딜 수 있다. 기아도 참을 수 있다. 그러면서도 위대한 누구누구의 만수를 외쳐야 한다. 그것이 마음에 괴롭다."라고.

20여 년간 개나 돼지만도 못한 취급을 당한 사람이 '원죄가 풀렸을' 당시, '중국 공산당 만세'를 마음속으로부터 우러나와 부를 수 있겠습니까? 공식적인 룰, 즉 규정이고 또 그렇게 하면 무사할 것 같아서 만세를 부를 뿐입니다.

반우파 투쟁 때 최정연이 맨 먼저 타도되고 다음에 내가 타도되었습니다. 최정연에게 강제노동수용소 수인(囚人)들의 교장직을 떠맡겼습니다. 연변대학 배극 교장은 몇 번이나 자살하려 하였으나 자살하면 반당, 반혁명 분자로 낙인, 자식들이 더 비참하게 된다는 생각을 하고 죽지 않았노라고 말하였습니다.

수용소에서 주는 국물은 건데기가 거의 없습니다. 있다고 해도 말린 채소 잎 같은 것입니다. 그래도 국물을 받을 때는 어느 그릇에 건데기가 많은가고, 국 받느라 내미는 손에 앞서 눈이 그걸 살폈습니다. 아아, 내가 어쩌면 이 지경이 되었는가, 한탄하였습니다.

대약진을 하니까 원래 7전 하던 닭알이 60전까지 되었습니다. 여덟 배로 뛰어올랐습니다. 나는 《신화》에 이렇게 썼습니다. "대약진은 7전 짜리 닭알을 60전으로 되게 하는 위력을 갖고 있다." "인민이란 놈은 우스운 놈이다. 저 훌륭한 슬로건만으로도 충분히 살아 나갈 수 있을 텐데 왜 먹을 것이 모자란다, 입을 것이 없다 하느냐." 이건 반어입니다.

《신화》는 37만 자의 장편소설(400자 원고지로 675매)입니다. 언젠가엔 꼭 발표될 거라고 확신하고 있었습니다. 재판소에서는 반혁명의 증거물이라고 하여 그것을 소중히 보관하여 주었습니다. 10년간 옥중에 있은 사람들은 이것으로 인생이 끝난다고 생각한다지만 나는 확신이 있었습니다. 반드시 내가 옳았다고 할 날이 올 거라고, 나는 그것을 확신하고 있었습니다. 원문은 조선어이고 일본어 원고도 있었습니다. 서명은 서랑연(徐狼烟)이라는 필명을 썼습니다.

서로 알고 지내던 사람도 길에서 나를 만나면 외면을 하였습니다. 가령 말을 걸고 싶어도 그러지 말아야죠. 반혁명 분자와 말을 나누면 위험하니까요.

'문화대혁명'이 시작되어 이러고저러고 하는 사이에 우리들을 때리던 작자까지도 얻어맞았습니다. 연변대학의 ○○도 맞았습니다. 타도되는 자들이 많아지니 도리어 좋더군요.

그들도 이때에야 깨달았겠지요. 자기들이 지금까지 남을 때려눕힌 것이 어떤 일인가를, 이때에 와서 자기도 겪어 보고 알았으리라.

연길시 부시장이 얻어맞았습니다. 그의 부인도 간부이고 공산당원인데 역시 얻어맞았습니다. 그 부인이 목을 매고 자살하였습니다. 그러니까 부인을 타도하던 작자들이 모닥불을 피워 놓고 잘 죽었다, 잘 죽었다 하며 춤을 추었습니다. 그게 인간입니까.

작년(1984년)에 한수동(작가협회 비서장)과 김성휘(시인)가 내가 있던 감옥으로 조사를 갔습니다. 간수들이 "아이구, 김학철 그 사람 때문에 몹시 애먹었습니다." 하더랍니다.

감옥에는 성적의 순서로 표시된 붉은 것, 노란 것, 푸른 것, 검은 것, 이런 네 가지 작은 깃발이 있는데 성적이 좋으면 붉은 것을 주었습니다. 나는 처음부터 마지막까지 검은 기만 탔습니다. 감옥에는 일곱 가지 규칙이 있는데 나는 그것을 그 몇 해 감옥에 있는 동안 암기를 못하였습니다. 또 그것을 시험 칠 때도 제3조까지밖에 외지 못하였습니다. 그래서 간수들도 애를 먹었을 것입니다. 지식인인 김학철이가 저런 것도 암기하지 못하다니, 김학철이라 하면 '가유호효(家喩戶曉)'라 모르는 사람이 없었습니다.

생활난에 시달려서 맨 먼저 라디오를 팔았습니다. 라디오가 있으면 '적의 라디오 방송을 도청한다'(이로 인하여 감옥에 간 사람도 있었다)는 의심을 받을 수 있습니다. 그래서 라디오를 팔고 다음은 재봉기를 팔았습니다. 책은 《모택동 선집》만 남겨 놓고 죄다 태워 버렸습니다. 내 손으로 태웠습니다. 발자크의 소설까지도 빼놓지 않았습니다. 감옥에 들어가자 나는 '범죄자'들의 가족 성원이 되었지요. 그러니까 그 박해는 더 지독하였습니다. 형무소에서는 입고 있는 모든 옷견지에 '범(犯)'이라고 크게 뼁끼로 씁니다. 개인의 옷까지도 전부 씁니다. 팬티에도 씁니다. 셔츠, 양말, 팬티 등은 죄다 집에서 차입하고 형무소에서는 지급하지 않습니다. 한 작자가 "설마 잠뱅이 바람으로 도망칠 놈이야 없겠지요."라고 말하였다가 된매를 맞았습니다.

지금도 우리 집엔 '범' 자 표적이 있는 팬티가 있습니다. 어느 누가 희류산인지 뭔지 공장의 약품으로 '범' 자를 쓴 뺑끼를 지우려 했다가 '범' 자와 함께 자켓이나 셔츠가 다 누데기로 되어 버렸습니다. 나는 '범' 자 표적이 있는 옷을 그대로 당당히 입고 집으로 돌아왔습니다.

일본에서는 정치범에 대해 '엄정 독거'를 실시, 한 방에 한 사람이 있게 하고 누구와도 접촉을 시키지 않습니다. 그러므로 영화도 볼 수 없고 말은 확성기로 들을 뿐이며 목욕탕으로 들어갈 때도 혼자입니다.

여기서는 사람들과 접촉할 수 있습니다. 정치범에게는 한 달에 1원을 주고 파렴치범 같은 일반 형사범에게는 한 달에 1원 50전씩 주었습니다. 세계에서 형사범보다 정치범이 나쁜 대우를 받는 곳은 여기 중국뿐이었습니다. 지금은 똑같게 해 준다지만.

나는 감옥에 들어가기 전에 북경으로 가서 소련 대사관에 뛰어들어 가다가 세 사람의 경관과 마주쳤습니다. 당시는 중소 관계가 가장 나쁜 때였습니다. 세 사람의 경관하고 큰 소리로 다투었습니다. 소련 대사관에 들어가든 말든 그것은 자유가 아닌가고 하면서요. 경관 한 사람이 나를 그러안고 한 사람이 손으로 나의 입을 막았습니다. 셋이서 나를 대사관 정문에서 멀리 끌어갔습니다. 나는 연길로 압송되어 왔습니다. 1961년 3월에 있은 일입니다. 나는 이곳에서 너무도 미움을 받았기에 망명을 각오한 것입니다. 나는 이 생각을 안해한테 숨김없이 말하였댔습니다. 후에 안 일이지만 조선으로부터 중국으로 망명해 온 많은 사람들이 소련 대사관으로 도망쳤다고 합니다. 그러나 소련 대사관에 6개월 동안 있었지만 결정이 나지 않아 도로 나와 버린 사람도 있다 합니다. 조선의 망명자들이 소련 대사관으로 도망치다가 중국 측에 잡혔다면 5년 판결을 받고 형무소 생활을 하였을 것입니다.

후에 보니까 시기적으로 내가 제일 처음 소련 망명을 하려 하였습니다. 약속한 것도 아닌데(연락을 취할 수도 없습니다) 뜻밖에 그들도 나와 행동이 같았습니다. 나는 자본주의 나라로 갈 생각은 없었습니다.

'평반' 때 소련 망명 미수가 문제로 되었습니다. 이런 자를 무죄 석방할 수 없다고 하는 것이었습니다. 문정일이 그때 와서 어째서 그것이 죄로 되는가, 그 나라도 사회주의 나라가 아닌가, 미국으로 도망치려 했느냐, 일본으로 도망치려 했느냐 하면서 대들었습니다. 문정일도 대담한 사내입니다. 결국 그것도 흐지부지해져 '평반'이 되었습니다.

나는 감옥 안에서 장작 패는 일을 하였습니다.

《모택동 선집》이외의 책은 읽지 못하게 하였습니다. 집에서《로신 선집》을 보내왔는데 간수가 '규정대로 하면 읽을 수 없다'고 하는 것이었습니다. 항의하니까 전옥(典獄)이 소장과 상의하여 겨우 허가를 받았습니다. 나는 선집을 절대 읽지 않았습니다.

한 달에 한 번 집에 편지를 쓸 수 있었습니다. 안해와 해양은 연길에 살고 있었습니다. 나는 돈화 교외의 산골에 있는 추리구 감옥에 있었습니다. 그곳은 옛날 옛적의 화산 분화구입니다. 추리구 감옥은 지금도 있습니다. 그때 아들과 주고받은 편지가 있습니다. 출옥하게 될 때 마지막으로 옥중에서 해양한테 보낸 편지가 이것인데 보십시오.

海洋, 我將于十九日早八時獄釋. 除了兩股行李繩外, 什麽也不要.

(해양, 나는 19일 아침 여덟 시에 석방될 것이다. 짐 묶을 노끈 두어 오리 외엔 아무것도 필요 없다.)

1977년 12월 14일

김학철의 발자취   481

또 이런 편지도 남아 있습니다.

海洋, 杳無音信何故耶? (學鐵)

(해양, 조금도 소식이 없으니 웬일이냐? 학철)

1977년 8월 1일 추리구 감옥

일본의 형무소에선 편지에 불온한 문구가 있으면 그 단락만 먹으로 지워서 편지를 부쳐 주었습니다. 여기서는 불온한 문구가 있으면 몰수 당하고 편지를 받을 수 없습니다. 두석 달 동안이나 집에서 편지가 오지 않아서 온 집안이 몰살당하지나 않았는가고 근심한 적도 있습니다. 내가 집에 쓴 편지나 집에서 나한테 오는 편지가 제대로 닿지 않은 때가 종종 있었습니다. 그때 아들의 나이는 스물일여덟이었습니다.

내가 감옥에 있을 때 손자가 태어났습니다. 출옥한 뒤 나는 정령 누님한테 '30년 만에 우리 집안에서 애기 울음소리가 들렸으니 기쁩니다' 하고 편지를 썼습니다.

정령이 나한테 편지를 보내왔습니다. "그놈들이 자네를 24년간이나 가두어 놓고서도 그것이 억울한 죄였음을 인정하는 대회도 열지 않고 작가협회 주최로 그걸 하라는 것인가. 그게 대체 무엇이냐." 하는 분개한 사연이 담긴 편지였습니다. 나는 이 편지를 정령이 사망한 후에 공개할 생각입니다. 이 밖에도 아주 많은 편지가 있었지만 죄다 몰수당하였습니다.

형무소를 1977년 12월에 나왔지만 어디에서도 나를 받아 주지 않았습니다. 작가협회로 돌아가야 할 텐데 반혁명 분자라고 하여 나를 피하는 것이었습니다. 이렇게 또 3년간 아무 일도 못 하였습니다. 나는 재판소에 괴로운 사정을 호소하고 "나는 무죄다. 그러므로 사회 활동을 할 수 있게끔 보증하라."고 요구하였습니다. 재판소는 나의 요구를 거절하지 않았지만 해 주마, 해 주마 하면서 3년을 끌었습니다.

끝내 참을 수가 없어서 3년 만에 문정일한테 편지를 썼습니다. 그는 최고 재판소 부원장과 친한 사이입니다. 문정일이 나서자 대뜸 수속이 되었습니다. 이것은 뭐냐, 법률이 없죠.

어제 경찰이 왔습니다. 정당 운동에 재료가 필요한 모양이었습니다. 나에게 죄를 들씌운 자들, 옥중에서 나를 때린 자들, 나를 고문한 자들이 제약회사로 좌천되어 그 일이 낙착된 줄로 알고 있는데 또 그 일로 경찰이 와서 증언서를 써 달라고 하는 것이었습니다. 나에게 관계되는 것인가, 다른 사람에게 관계되는 것인가고 물으니 다른 사람에게 관계되는 것이라고 하는 것이어서 그러면 돌아가 주시오 하고 말하였습니다. 그러니까 선생님한테도 관계가 있으니 증언을 써 달라고 합니다. 그래서 할 수 없이 써 주면서 그 대신 두 번 다시 오지 말아 달라고, 이 24년간 아무 일도 못 했으니 이 이상 귀찮게 굴지 말아 달라, 이러니까 다시는 오지 않겠습니다 하고 돌아갔습니다.

중국작가협회 연변 분회

1985년 8월말에 나는 국적이 변경되었습니다. 중국작가협회 연변 분회(2002년 현재에는 전국—연변이라고 하는 상하 관계가 없어지고 연변작가협회는 독립 기관이 되었다)는 이사가 60명(선거에 의함) 있습니다. 이사가 작가협회 주석, 부주석을 선거합니다. 선거하기 전에 당 선전부에 가서 미리 작성된 '허가 문서증'을 받습니다. 그런 다음에 선거를 하는데 주석, 부주석, 이사 입후보자의 명부를 사전에 인쇄해 놓고 찬성이면 ○를 치는 신임 투표입니다.

나의 이름은 없었습니다. 그런데 누가 김학철을 내놓고는 이사의 적임자가 없다고 발언하였습니다. 이래서 결국 사전에 작성된 명부에 이름이 없었던 나도 이사로 뽑혔습니다. 이것은 연변 최초의 민주적 선거라고 할 만한 것이었습니다.

김학철 연보

1916년

11월 4일, 함경남도 원산에서 누룩 제조업자의 아들로 태어남, 당시 이름은 홍성걸. (식민지 조선 함경남도 덕원군 현면 용동리, 현재 원산시 용동.)

1917년 (1세)

11월, 러시아사회주의 10월혁명 일어남.

1919년 (3세)

3월, 조선 3·1운동. 5월, 중국 5·4운동.

11월, 김원봉 길림성에서 의열단 조직.

1922년 (6세)

아버님 홍두표의 타계로 홀어머니 김상련(28세) 슬하에서 삼 남매가 자람. 여동생 성선, 성자.

1924년 (8세)

4월, 원산제2공립보통학교 입학.

1929년 (13세)

1월, 원산총파업. 3월, 원산제2공립보통학교 졸업. 서울 외갓집(관훈동 69번지) 도움으로 서울 보성고등학교 입학.

11월 3일, 광주학생운동.

1931년 (15세)

9월, 중국 9·18사변. 일본, 중국 동북3성 점령.

1932년 (16세)

4월, 윤봉길 상해 홍구공원 의거에 큰 충격을 받음.

1934년 (18세)

서울 보성고등학교 졸업. 이상화의 〈빼앗긴 들에도 봄은 오는가〉와 입센의《민중의 적》영향으로 빼앗긴 땅을 총으로 찾으려 결심. 문학지 〈조선문단〉에 소설 한 편 써냈다가 퇴짜 맞음. 다시는 소설을 안 쓰기로 결심함.

1935년 (19세)

상해 임시정부를 찾아 중국 상해로 망명. 상해에서 심운(일명 심성운)에 포섭되어 의열단에 가입. 석정(본명 윤세주)의 영도 아래 반일 지하 테러 활동 종사. 상해에서 리경산(일명 리소민)과 친해짐.

7월, 조선민족혁명당 성립.

1936년 (20세)

조선민족혁명당 입당. 당시 조선민족혁명당 중앙 본부 소재지는 남경 화로강(花

露崗). 행동대 대장은 로철룡(일명 최성장), 대원으로는 서각, 라중민, 왕극강, 안창손, 김학철 등. 행동대는 상해에서 반일 테러 활동 전개. 조선민족혁명당 김원봉의 편지를 가지고 김구 선생을 만남. 화로강의 동료로는 반일 애국자 최성장, 반해량(리춘암), 로철룡, 문정일, 정율성, 로민, 김파, 서휘, 홍순관, 한청, 조서경, 리화림, 안창손, 라중민 등. 루쉰 선생을 몹시 숭배하여 리수산과 함께 여반로(呂班路) 루쉰 선생 저택 문앞까지 갔다가 용기 부족으로 돌아옴.

1937년 (21세)

7월, 중국 호북 강릉 중앙육군군관학교(황포군관학교, 교장 장개석) 입학. 당시의 교관으로는 김두봉(호 백연), 한빈(일명 왕지연), 석정, 왕웅(본명 김홍일), 리익성, 주세민. 김두봉, 한빈, 석정의 진보적 사상 영향으로 마르크스주의자가 됨. 동창생으로는 문정일, 리대성, 한청, 조서경, 홍순관, 리홍빈, 황재연, 요천택, 리상조 등.

7월 7일, 노구교사건 중일전쟁 발발.

1938년 (22세)

7월, 중앙육군군관학교 졸업하고 소위 참모로 국민당 군대에 배속.

10월, 무한에서 조선의용대(조선의용군의 전신, 총대장 김원봉) 창립, 창립 대원으로 제1지대 소속. 조선의용대 창립 대회에는 무한 팔로군 판사처 책임자 주은래와 국민혁명군사위원회 정치부 제3청 청장 곽말약 참석.

화북 항일 전장에서 분대장으로서 활약, 전우로는 김학무, 문명철, 문정일 등.

1939년 (23세)

상반년, 호남성 북부 일대에서 항일 무장 선전 활동 전개.

하반년, 호북성 제2지대로 옮겨 중국 국민당 제5전구와 서안 일대에서 교전.

1940년 (24세)

8월 29일, 중국공산당에 가입.

1941년 (25세)

연초, 조선의용대 제1지대원으로서 락양 일대에서 참전.

여름, 화북 팔로군 지역으로 들어가 조선의용군 화북 지대 제2분대 분대장으로 참전.

12월 12일, 하북성 원씨현 호가장 전투에서 일본군과 교전 중 부상, 포로가 됨.

태항산 시기 항전 일선에서 가사, 극본 등 창작. 김학철 작사, 류신 작곡 〈조선의용군 추도가〉, 김학철 극본, 최채 연출 〈등대〉 등.

1942년 (26세)

1월부터 4월까지 석가장 일본 총영사관에서 심문받음. 당시 '일본 국민'으로 10년 수감 판결, 죄명은 치안유지법 위반.

5월, 북경에서 열차로 부산까지, 부산에서 다시 배를 갈아타고 일본으로 연행. 일본 나가사키 형무소에 수감. 단지 전향서를 쓰지 않는다는 이유로 총상당한 다리를 치료받지 못함. 옥중에서 같이 수감된 송지영(KBS 전임 이사장)과 알게 됨.

1943년~1944년 (27세~28세)

일본 나가사키 감옥 수감.

1945년 (29세)

수감 3년 6개월 만에 왼쪽 다리 절단.

8월 15일, 일본 항복.

10월 9일, 맥아더사령부의 정치범 석방 명령으로 송지영 등과 함께 출옥. 송지영과 함께 서울로 감. 송지영의 소개로 소설가 리무영을 알게 됨. 리무영은 김학철의 문학 '계몽 스승'이 됨.

11월 1일, 조선독립동맹 서울시위원회 위원으로 좌익 정치 활동을 하면서 소설 창작 활동. 문학가동맹에서 조벽암, 리태준, 김남천, 리원조, 안희남 등을 알게 됨.

12월 1일, 처녀작 단편소설 〈지네〉를 서울 〈건설주보〉에 발표.

1946년 (30세)

서울서 창작 활동. 〈균렬〉(〈신문학〉 창간호), 〈남강도구〉(〈조선주보〉), 〈아아 호가장〉(〈신천지〉), 〈야맹증〉(〈문학비평〉), 〈밤에 잡은 부로〉(〈신천지〉), 〈담뱃국〉(〈문학〉 창간호), 〈상흔〉(〈상아탑〉), 그 밖에 〈달걀(닭알)〉, 〈구멍 뚫린 맹원증〉 등 십여 편 단편소설을 서울에서 발표.

11월, 좌익 탄압으로 부득이 월북.

1947년 (31세)

로동신문사 기자, 인민군 신문 주필로서 창작 활동.

경기도 인천시 부평 사람 김혜원(본명 김순복) 여사와 결혼.

단편소설 〈정치범 919〉, 〈선거 만세〉, 〈적구〉, 〈똘똘이〉, 〈꼼뮨의 아들〉 등을 신문, 잡지에 발표. 중편소설 〈범람(氾濫)〉 조선문학예술총동맹기관지 〈문학예술〉에 발표.

1948년 (32세)

2월, 외아들 김해양 출생, 인천 부평.

외금강휴양소 소장 맡음. 이때 김일성이 어린 김정일을 데리고 수차 찾아옴.

고골의《검찰관》번역 출판, 시나리오로 개편. 황철, 문예봉 등 연출 준비 완료, 전쟁으로 중단. 정율성과 합작하여〈동해어부〉,〈유격대전가〉등 창작.

1950년 (34세)

6·25 한국전쟁 발발.

10월, 압록강을 건너 중국행, 국경에서 문정일의 도움을 받음.

1951년 (35세)

1월부터 중국 북경 중앙문학연구소(소장 정령)에서 연구원으로 창작 활동.

1952년 (36세)

10월, 주덕해, 최채의 초청으로 연변에 정착.

연변문학예술계연합회 주비위원회 주임으로 활동.

중편소설《범람》(중문), 단편소설집《군공메달》(중문) 인민문학출판사 출판. 루쉰 단편소설집《풍파》번역, 연변교육출판사 출판.

1953년 (37세)

6월, 연변문학예술계연합회 주임직 사퇴하고 전직 작가로 창작 활동.

단편소설집《새집 드는 날》연변교육출판사 출판. 정령 장편소설《태양은 상건하를 비춘다》번역. 루쉰 중편소설집《아큐정전》번역, 연변교육출판사 출판.

1954년 (38세)

장편소설《해란강아 말하라》(상, 중, 하) 연변교육출판사 출판.

1955년 (39세)

루쉰 중편소설집《축복》번역, 연변교육출판사 출판.

1957년 (41세)

반동분자로 숙청당해 24년 동안 강제노동에 종사.

단편소설집《고민》북경민족출판사 출판. 중편소설《번영》연변교육출판사 출판.

1961년 (45세)

북경 소련대사관 진입 시도 사건.

1962년 (46세)

주립파 장편소설《산촌의 변혁》(상) 번역, 연변인민출판사 출판.

1964년 (48세)

주립파 장편소설《산촌의 변혁》(하) 번역, 연변인민출판사 출판.

1966년 (50세)

중국 문화대혁명 시작.

7월, 홍위병의 가택수색으로 개인숭배, 대약진을 비판한 장편소설《20세기의 신화》원고 발각, 몰수.

1967년 (51세)

12월부터《20세기의 신화》를 쓴 죄로 징역살이 10년.

연길 구치소(미결), 장춘 감옥, 추리구 감옥 감금, 복역.

1977년 (61세)

12월, 만기 출옥. 향후 3년간 반혁명 전과자로 실업.

1980년 (64세)

12월, 복권. 24년 만에 64세의 나이로 창작 활동 재개.

1983년 (67세)

전기문학 《항전별곡》 흑룡강조선민족출판사 출판.

1985년 (69세)

11월, 중국작가협회 연변 분회 부주석으로 당선.

《김학철단편소설집》 료녕민족출판사 출판.

1986년 (70세)

중국작가협회 가입.

장편소설 《격정시대》(상, 하) 료녕민족출판사 출간.

전기문학 《항전별곡》 한국 거름사 재판.

1987년 (71세)

《김학철작품집》 연변인민출판사 출판.

1988년 (72세)

장편소설 《격정시대》(상, 중, 하), 《해란강아 말하라》(상, 하) 한국 풀빛사 재판.

1989년 (73세)

1월 29일, 중국공산당 당적 회복.

9월 22일~12월 18일, 월북 후 첫 서울 나들이. 12월, 부부 동반 일본 방문.

보고문학 《김일성의 비서실장 고봉기의 유서》 한국 천마사 출판. 단편소설집 《무명소졸》 한국 풀빛사 출판. 산문집 《태항산록》 한국 대륙연구소 출판.

1991년 (75세)

6월 21일~7월 3일, 서안 옛 전우 서휘, 강진세 등을 방문.

1993년 (77세)

5월~7월, 부부 동반 일본 방문.

1994년 (78세)

3월, KBS해외동포상(특별상) 수상. 2월~4월, 부부 동반 한국 방문.

산문집 《누구와 함께 지난날의 꿈을 이야기하랴》 한국 실천문학사 출판.

1995년 (79세)

자서전 《최후의 분대장》 한국 문학과지성사 출판.

1996년 (80세)

산문집 《나의 길》 북경민족출판사 출판. 장편소설 《20세기의 신화》 한국 창작과비평사 출판.

12월, 창작과비평사 초청으로 한국 방문 출판기념회 참석.

1998년 (82세)

4월, 장춘 〈장백산〉 잡지사 방문.

6월, 우리민족 서로돕기 운동본부 초청으로 서울 방문.

10월, 서울 보성고교 초청으로 한국 방문. '자랑스러운 보성인' 수상.

《무명소졸》 료녕민족출판사 재판. 〈김학철 문집〉 제1권 《태항산록》, 제2권

《격정시대》 연변인민출판사 출판.

1999년 (83세)

10월, 우리민족 서로돕기 운동본부 초청으로 서울 방문.

〈김학철 문집〉 제3권 《격정시대》, 제4권 《나의 길》 연변인민출판사 출판.

2000년 (84세)

5월, NHK 서울지사 초청으로 서울 방문.

2001년 (85세)

한국 밀양시 초청으로 한국 방문. 석정(윤세주 열사) 탄신 100주년 기념 국제학술

회 참석. 서울 적십자병원 입원.

2001년 9월 25일 오후 3시 39분, 연길시에서 타계. 유체는 화장하여 두만강에

뿌려짐. 일부는 우편함에 담아 동해바다로 보냄. 우편함에는 '원산 앞바다 行 김

학철(홍성걸)의 고향 가족, 친우 보내 드림'이라고 씀.

산문집 《우렁이 속 같은 세상》 한국 창작과비평사 출판.

2005년

8월 5일, '김학철·김사량 항일문학비' 중국 하북성 호가장 옛 전투장에 세움.

2006년

11월 4일, 중국 연변 도문시 장안촌 용가미원에 '김학철문학비' 건립.

장편소설 《격정시대》(1·2·3) 한국 실천문학사 출판.

2007년

《김학철 평전》(김호웅, 김해양) 한국 실천문학사 출판.

2009년

중국 내몽골사범대학 내 중국소수민족문학관에 '김학철 동상' 건립.

2014년

중문 〈김학철 문집〉 제1집 출판.

2020년

일문 〈김학철 선집〉 제1집 출판.

2022년

《격정시대》(상, 하), 《최후의 분대장》(〈김학철 문학 전집〉 1~3권) 한국 보리출판사 출판. 이후 〈김학철 문학 전집〉 4권~12권(보리출판사) 순차로 출판 예정.

김학철 문학 전집 제 7권

나의 길

2024년 11월 19일 1판 1쇄 펴냄

글쓴이 김학철
편집 김누리, 김성재, 이경희, 임헌 | **디자인** 서채홍, 이종희
제작 심준엽 | **영업마케팅** 김현정, 심규완, 양병희 | **영업관리** 안명선
새사업부 조서연 | **경영지원실** 노명아, 신종호, 차수민
인쇄와 제본 (주)상지사P&B

펴낸이 유문숙 | **펴낸 곳** (주)도서출판 보리 | **출판등록** 1991년 8월 6일 제9-279호
주소 (10881)경기도 파주시 직지길 492
전화 031-955-3535 | **전송** 031-950-9501
누리집 www.boribook.com | **전자우편** bori@boribook.com

ⓒ 김해양, 2024

보리는 나무 한 그루를 베어 낼 가치가 있는지 생각하며 책을 만듭니다.

ISBN 979-11-6314-387-1 04810
      979-11-6314-244-7 04810(세트)